NALINI SINGH
Cherish Love

NALINI SINGH

CHERISH LOVE

Roman

Ins Deutsche übertragen
von Patricia Woitynek

LYX in der Bastei Lübbe AG
Dieser Titel ist auch als E-Book und Hörbuch erschienen.

Die Originalausgabe erschien 2017 unter dem Titel »Cherish Hard«
Copyright © 2017 by Nalini Singh
Published by Arrangement with Nalini Singh
Dieses Werk wurde vermittelt durch die Literarische Agentur
Thomas Schlück GmbH, 30161 Hannover

Für die deutschsprachige Ausgabe:
Copyright © 2019 by Bastei Lübbe AG, Köln
Textredaktion: Angela Herrmann
Umschlaggestaltung: © Sandra Taufer, München, unter Verwendung von
Motiven von © shutterstock (Alexander_Evgenyevich/Curly Pat/
Shumo4ka/tomertu/kaisorn)
Satz: Greiner & Reichel, Köln
Gesetzt aus der Adobe Caslon
Druck und Verarbeitung: C.H.Beck, Nördlingen
Printed in Germany
ISBN 978-3-7363-0991-3

1   3   5   7   6   4   2

Sie finden uns im Internet unter www.lyx-verlag.de
Bitte beachten Sie auch: www.luebbe.de und www.lesejury.de

Ein verlagsneues Buch kostet in Deutschland und Österreich jeweils überall dasselbe.
Damit die kulturelle Vielfalt erhalten und für die Leser bezahlbar bleibt, gibt es die
gesetzliche Buchpreisbindung. Ob im Internet, in der Großbuchhandlung, beim
lokalen Buchhändler, im Dorf oder in der Großstadt – überall bekommen Sie Ihre
verlagsneuen Bücher zum selben Preis.

Sie geht in Schönheit, gleich der Nacht
In wolkenlosem Sternenlicht;
Des Schattens und des Lichtes Pracht.

Aus »Hebräische Melodien« von Lord Byron

PROLOG

DER ROTSCHOPF UND DER GALGENSTRICK

Sailor wusste selbst nicht, was er auf einer Collegeparty verloren hatte. Eigentlich ging er noch zur Highschool. Na gut,
eigentlich stimmte nicht – er war tatsächlich Schüler der Highschool, und zu allem Übel trug er auch noch eine Igelfrisur
und ein gewaltiges Veilchen zur Schau. Der einzige Punkt zu
seinen Gunsten war, dass er dank des Wachstumsschubs, den
er mit fünfzehn gehabt hatte, den Eindruck erweckte, hierher-
zugehören.

»Er sieht aus, als käme er gerade aus dem Knast.«

Sailor setzte sein charmantestes Lächeln auf und wandte
sich zu der spöttisch grinsenden Blondine um, die diese Worte
ihrer Freundin zugeraunt hatte, wohl wissend, dass er sie hören
würde. Wenn Sailor nicht gerade wie ein Knacki aussah, kam
er gut bei Mädchen an und sie bei ihm ebenso.

»Rugby«, erklärte er, indem er auf sein Auge zeigte. »Ein
kleines Malheur mit Fassadenfarbe; sie lässt sich nicht auswaschen.« Er tippte an seine Haare, die ihm sein älterer Bruder
Gabriel heute im Beisein seiner hysterisch lachenden jüngeren Brüder kurz geschoren hatte. »Den Fehler mache ich nicht
noch mal.«

Die beiden Mädchen schienen ihm die Story nicht ab-
zukaufen, aber er war jedenfalls höflich geblieben, so, wie er es
von seinem Vater beigebracht bekommen hatte. Da Sailor sich

noch nie zu hochnäsigen Zicken hingezogen gefühlt hatte, die ihn auf diese Weise musterten, so von oben herab, als wäre er der Dreck von ihren Schuhsohlen, ließ es ihn kalt, was sie von ihm dachten.

»Manche Mädchen stehen übrigens auf Typen, die frisch aus dem Kittchen kommen«, bemerkte einer seiner Rugbykumpel grinsend. Es war derselbe, der ihm eine Einladung zu dieser Party verschafft hatte, für die er eindeutig zu jung war, was man ihm dank seiner Größe und seines durch den Sport, den sie beide so sehr liebten, muskelgestählten Körpers jedoch nicht anmerkte.

Sailor knuffte Kane für diese Bemerkung in den Bauch, bevor er sich weiter den Weg durch die Menschenmenge in der gigantischen, aus Stahl gefertigten Lagerhalle bahnte, die ein einundzwanzigjähriger Typ namens Cody für diese Party gemietet hatte. Er legte die Kosten für die Halle und die Beschallungsanlage, die den riesigen Raum mit wummernder Rockmusik erfüllte, auf die Gäste um, indem er von jedem zehn Dollar verlangte.

Sailor hatte den Verdacht, dass sein Beitrag zum Fenster hinausgeworfen war. Er war müde und wollte sich ausruhen, weil er im Anschluss an einen langen Schultag auch noch seinen Nebenjob erledigt hatte. Der einzige Grund, warum er überhaupt ausging, waren seine Eltern, die befürchteten, dass er sich übernahm und zu hart arbeitete, mit gelegentlichen Rugbyspielen als einziger Abwechslung, und ihn immer wieder beschworen, sich mehr Freizeit zu gönnen.

Das Gesicht seiner Mutter hatte aufgeleuchtet, als er unbedacht diese Party erwähnt hatte. Selbst als sie hörte, dass es eine Collegeparty war und Alkohol ausgeschenkt würde, hatte sie nicht mit der Wimper gezuckt.

»Ich vertraue dir, Sailor«, hatte sie mit einem Ausdruck tiefer Überzeugung in ihren klaren grauen Augen gesagt. »Geh hin und amüsiere dich. Küsse irgendein hübsches Mädchen. Handle dir ein bisschen Ärger ein.«

Und Sailor hatte es nicht übers Herz gebracht, sie zu enttäuschen.

Also würde er notgedrungen eine Stunde bleiben, sich an der Bar eine Cola kaufen, weil er keinesfalls vorhatte, sich zu betrinken, dann nach Hause gehen und sich wie geplant in die Falle hauen und hoffentlich bis zehn durchschlafen. Obwohl morgen Samstag war, hatte er keine Gartenarbeit angenommen, weil bei Gabriel am Abend ein wichtiges Spiel anstand, und Sailor wusste, dass sein Bruder ihn bei der Vorbereitung würde dabeihaben wollen.

Normalerweise war Gabe nicht nervös. Aber dieses Mal ging es für ihn um eine richtig große Sache. Gerüchten zufolge würde ein Scout anwesend sein, um zu sehen, ob er sich für die Nationalmannschaft eignete. Wenn er also spielte wie in den letzten sechs Monaten, nämlich wie eine Urgewalt, würde er das nächste Mal für sein Land auf dem Rugbyfeld stehen.

Sailor war ganz aus dem Häuschen angesichts der Tatsache, dass sein Bruder im Begriff war, seinen größten Traum wahr zu machen.

Er liebte Rugby ebenfalls, aber sein Ziel war ein anderes.

Nachdem er sich endlich durch das Gedränge gekämpft hatte, um sich seine Cola zu holen, gesellte er sich wieder zu seinen Teamkollegen, die noch immer in der Nähe des Mädchens mit dem schönen Gesicht und dem hässlichen Wesen standen. Gerade lästerte sie über jemand anderen.

»Würg, wie kann Cody bloß *das da* daten?«

»Versteh ich auch nicht«, antwortete ihre Freundin.

»Aber lange dauert das nicht mehr.« Der Ton der Blondine war selbstgefällig. »Ich hab gehört, dass er sie bald absorviert.«

Sailor wandte den Kopf, um zu sehen, über wen die Giftspritze jetzt lästerte. Fast hätte er losgelacht. Kein Wunder, dass sie stutenbissig war. Das Mädchen mit der Alabasterhaut, dem flammend roten Haar und den Rundungen, bei deren Anblick ihm ganz heiß wurde, stellte sie mühelos in den Schatten. Wäre er der Glückspilz, der dieses Mädchen erobert hatte, er würde ihr auch nicht von der Seite weichen.

Der Rotschopf lächelte.

Sailors Magen zog sich zusammen. »Wer ist das?«, fragte er Kane, der seit einigen Monaten das College besuchte. Sie hatten sich vor ein paar Jahren im Rugby-Trainingslager der Schule kennengelernt und durch die gemeinsame Liebe zu dem Sport eine Verbindung aufgebaut, bei welcher der Altersunterschied nicht ins Gewicht fiel.

»Wen meinst du?«

»Das Mädchen bei Cody.« Sailor kannte den älteren Jungen, weil er ebenfalls Rugby spielte und sie schon mehrmals in ihrer Freizeit zusammen auf dem Platz gestanden hatten, aber sie waren keine besten Kumpels oder so etwas.

»Die Rothaarige? Seine Freundin, schätze ich.« Kane stieß ihn mit seiner muskulösen Schulter an. »Die ist eine Nummer zu groß für dich, Sail. Sie geht aufs College.«

Sailor hielt sich streng an die Regel, niemals einem Kumpel die Freundin auszuspannen – wie verdammt illoyal müsste man da sein? –, aber schon von den wenigen Begegnungen mit Cody wusste er, dass der ein ziemlicher Arsch sein konnte. Darum spielte Sailor mit dem Gedanken, Kane um sofortige Benachrichtigung zu bitten, wenn der Rotschopf das herausfinden und Cody in den Wind schießen sollte.

Anschließend würde Sailor zusehen, dass er öfter zu Collegepartys eingeladen würde, bei denen sie auch anwesend war. Kane würde ihm dabei helfen. Konnte ja sein, dass der Rotschopf auf blaue Augen stand. So sehr, dass sie darüber hinwegsah, dass er jünger war als sie und noch zur Schule ging. Leider waren besagte blaue Augen derzeit blutunterlaufen, und eins davon wurde von einem grünblauen Bluterguss verunziert.

Sailor guckte finster, als das Mädchen ihm einen leicht schüchternen Blick zuwarf, bevor sie die Augen schnell wieder abwandte. Vermutlich hielt sie ihn ebenfalls für einen Kriminellen. Seine Brüder würden wie die Irren loswiehern, wenn er ihnen diese Geschichte erzählte.

Cody wandte sich dem Mädchen zu, wobei er Sailor mit seinem großen Kopf ärgerlicherweise die Sicht verstellte, bevor er einen Schritt zur Seite trat. Was immer er zu ihr sagte, bewirkte, dass sie erbleichte. Sailor las von ihren Lippen die Worte: »Was? Nein, das …«

Den Rest konnte er nicht enträtseln.

Cody erhob im selben Moment die Stimme, als die Musik eine Pause machte. »Verdammt noch mal! Muss ich es buchstabieren? Mir ist letzte Nacht klar geworden, dass ich selbst dann nicht mit einer Specktonne wie dir schlafen wollte, wenn ich in die Firma deiner Mutter einsteigen könnte!«

Noch bevor Cody den Satz beendet hatte, steuerte Sailor auf die beiden zu, aber er kam zu spät. Mit feucht glänzenden Augen und einer so starren Miene, als hätte Cody alles Leben aus ihr herausgepresst, taumelte das Mädchen mit dem prachtvollen Haar einen Schritt nach hinten und stürzte mit wehender Mähne durch die schweigende Menge davon.

Die Musik setzte wieder ein. Die Leute fingen an zu tanzen.

Sailor vergaß seine guten Manieren und drängte sich mit brachialer Gewalt durch den Pulk der Tänzer, indem er sich vorstellte, es wären Gegner auf dem Rugbyfeld. Es funktionierte. Er erreichte die Tür der Lagerhalle wenige Sekunden, nachdem der Rotschopf sie zugeknallt hatte.

Als er auf die stille, spärlich beleuchtete Straße hinaustrat – die Halle befand sich in einem Industriegebiet –, sah er, wie das Mädchen in die Nacht davonrannte. »Hey!«, rief er ihr nach und hatte das Gefühl, als ließe er sich Mondlicht durch die Finger rinnen. »Warte! Du solltest nachts nicht allein unterwegs sein.«

Sie drehte sich um und schaute ihn an – dann lief sie noch schneller.

In diesem Augenblick bog ein Taxi um die Ecke.

Sie winkte es hektisch herbei und sprang hinein. Der Wagen fuhr einen Bogen, und sie war verschwunden.

Am nächsten Tag bekam Kane die frohe Botschaft, dass er für ein Team in Japan ausgewählt worden sei, und Sailor verlor seine einzige Informationsquelle über den Rotschopf. Er stöberte in den sozialen Medien durch zahllose Fotos von der Party, aber sie war so kurz dort gewesen, dass niemand sie abgelichtet beziehungsweise auf einem der Bilder getaggt hatte. Cody hatte sie von seinem Profil gelöscht. Und Sailor würde diesen Drecksack auf keinen Fall nach ihr fragen; sie verdiente mehr, als ihren Namen aus Codys Mund zu hören.

Es war, als hätte sie nur in Sailors Fantasie existiert.

Die geheimnisvolle Rothaarige mit der Alabasterhaut.

Sieben Jahre später …

Und der Himmel küsst die Erd',
Und das Mondenlicht den Fluss –
Was sind all die Küsse wert,
Weigerst du den Kuss?

Aus »Philosophie der Liebe« von Percy Bysshe Shelley

I. KAPITEL

DER GÄRTNER MIT DEM TATTOO
AUF DEM SCHENKEL

Ihre Ovarien drohten zu schmelzen. Oder zu explodieren. Oder beides.

Ísalind Magdalena Rain-Stefánsdóttir, von allen, außer ihrem Vater, Ísa Rain genannt, ermahnte sich, vom Fenster wegzutreten. Jetzt sofort. Bevor das Objekt ihrer Begierde sie noch entdeckte und sie so rot würde wie ihre Haare. Aber ihre Füße verweigerten ihr den Gehorsam. Wie ein Junkie gierte sie nach noch ein bisschen mehr. Sie vergrub die Zähne in ihrer Unterlippe, klammerte sich am Fensterbrett fest.

Er war kein Mensch.

Das war die einzige Erklärung.

Niemand konnte so perfekt sein. Wie einer Limonadenwerbung entsprungen. Schon beim ersten Anblick hatte sie ein Prickeln bis in die Zehen gespürt, doch es war ihr gelungen, der Versuchung eine geschlagene Stunde lang zu widerstehen. Dann war sie ihr erlegen und hatte nach draußen gespäht, als er just im selben Moment sein T-Shirt auszog! Das ging einfach gar nicht. Ganz egal, ob ihm heiß war und er durch die schwere Arbeit bei der Pflege des Schulgartens ins Schwitzen geriet. Es war dem weiblichen Geschlecht gegenüber schlichtweg nicht fair, dass er seinen Oberkörper und damit seine straffen, von goldener Haut überzogenen Muskeln entblößte.

Als wäre das nicht schon schlimm genug, trug er zu allem Überfluss auch noch Kakishorts, die so kurz waren, dass sie den Rand des Tattoos sehen ließen, das sich einmal rund um seinen Oberschenkel zog. Am liebsten wäre Ísa nach draußen gestürmt, um ihm zu befehlen, sich Herrgott noch mal etwas anzuziehen. Wie sollte sie sich mit gesenktem Kopf auf ihren Lehrplan konzentrieren, während er da draußen männliche Pheromone verströmte, als wären sie bald Mangelware!

»Was ist denn dort so interessant, Ms Rain?«

Aufgeschreckt von der Stimme der Rektorin fuhr Ísa herum und bemühte sich, nicht allzu schuldbewusst dreinzuschauen. Zum Glück hatte sie das Erröten, das sie in ihrer Jugendzeit gequält hatte, inzwischen unter Kontrolle. Manchmal kam es ihr so vor, als hätte ihre Gesichtsfarbe von ihrem dreizehnten bis zu ihrem siebzehnten Lebensjahr ständig zwischen dunkelorange und tomatenrot gewechselt.

Ihre Mutter war davon in keiner Weise begeistert gewesen.

»Wie willst du jemals einen Multimillionen-Dollar-Deal verhandeln, wenn du kein Pokerface zustande bringst?«, hatte Jacqueline sie gefragt.

Auch wenn Ísa nie den Wunsch gehegt hatte, in der Vorstandsetage mitzumischen. Ihr Verlangen war feinfühligerer und zugleich aufsässigerer Natur. Es beinhaltete Poesie und Literatur und eine Welt der Luftschlösser, für die die mächtige Firmenchefin Jacqueline Rain einfach keinen Blick hatte. Hin und wieder bedauerte Ísa ihre Mutter, weil ihr die Fähigkeit fehlte, die Magie zu erfahren, die Ísas Kosmos so viel Farbe verlieh.

Die restliche Zeit musste sie in der Nähe ihrer Mutter meist dem Drang widerstehen, einen Mord zu begehen.

»Gar nichts«, antwortete sie strahlend. »Ich mache nur eine Pause.«

Die Rektorin, Ms Cafferty, zupfte ihre lange Halskette zurecht und trat ans Fenster. »Nette Aussicht.«

Allen Bemühungen zum Trotz konnte Ísa nicht verhindern, dass ihre Wangen feuerrot wurden. Etwas Unverständliches nuschelnd trat sie zu ihrem Pult und ordnete Papiere um, nur um ihre Hände zu beschäftigen. Sie schämte sich in Grund und Boden, gleichzeitig war sie enttäuscht, weil ihr die »nette Aussicht« jetzt genommen war.

Die Rektorin lachte. »Es ist kein Verbrechen, solch ein Bild von einem Mann zu bewundern, Ms Rain. Wäre ich zwanzig Jahre jünger, würde ich es nicht beim Schmachten belassen.« Sie zwinkerte Ísa zu, die nun selbst lachen musste.

»Vielleicht sollten wir ihn zur Strafe für seine Wahnsinns-Bauchmuskeln nachsitzen lassen«, schlug Ísa vor, nachdem sie wieder zu Atem gekommen war.

»Aber dann könnte er sich bemüßigt fühlen, sein T-Shirt wieder überzuziehen. Und das wäre ein Verbrechen gegen die Weiblichkeit.« Ms Caffertys Miene war ernst, aber ihre Augen blitzten, als sie auf die andere Seite von Ísas Pult trat und sich mit der Hüfte dagegenlehnte. »Ich bin nur gekommen, um mich zu erkundigen, wie es Ihnen geht. Sind Sie immer noch dazu bereit, den Sommer über den Abendkurs zu unterrichten?«

»Selbstverständlich.« Es waren zwar nur eineinhalb Stunden pro Woche, die sich wegen der Vorbereitungszeit und der Arbeiten der Kursteilnehmer, die es zu korrigieren galt, am Ende jedoch auf fünf summierten. »Erwachsene Schüler, die sich für Lyrik interessieren, werden eine willkommene Abwechslung sein zu fünfzehnjährigen Teenies, die den Literaturunterricht für den dritten Kreis der Hölle halten.«

Violet Cafferty grinste. »Ich hatte mit etwas Widerstand zu kämpfen, als ich Sie einstellte, weil Sie verglichen mit den anderen Lehrkräften noch sehr jung sind, aber die Schüler haben sich deutlich verbessert, seit Sie hier sind. Verraten Sie mir Ihr Geheimnis?«

»Musik«, antwortete Ísa und gewann ihre Selbstsicherheit zurück, als sie auf ihr Lieblingsthema zu sprechen kamen. »Gute Musik, gute Songtexte – auch das ist Poesie. Sobald ich ihnen das begreiflich gemacht habe, lassen sie sich auch auf Shakespeare und moderne Literatur ein.«

»Ich bin froh, Sie im Team zu haben, Ísa.« Die Rektorin richtete sich auf. Sie war eine gertenschlanke Frau in den Vierzigern, mit einer Vorliebe für gut geschnittene Hosen und knallbunte Oberteile. Heute trug sie ein leuchtend rotes, das an Violet Cafferty mondän und elegant wirkte, wohingegen Ísa darin ausgesehen hätte wie ein Feuermelder.

»Sollten Sie irgendetwas brauchen«, fuhr sie fort, »oder Fragen zu den Anmeldungen der Kursteilnehmer haben, können Sie sich an die Notbesetzung im Sekretariat wenden, die an den Tagen, an denen Sie unterrichten, jeweils zwanzig Minuten vor Beginn Ihres Kurses eintreffen und Ihnen eine Dreiviertelstunde lang zur Verfügung stehen wird.«

Auf Ísas Kopfnicken hin fügte sie hinzu: »Zeitgleich mit Ihren Erwachsenenseminaren finden noch zwei weitere statt. Diana Eastin und Jason Jeng werden also an denselben Abenden wie Sie in der Schule sein.«

Ísa wusste das zwar schon, aber sie hörte trotzdem aufmerksam zu. Violet Cafferty ging ihretwegen all dies noch einmal durch, weil sie gerade ihr erstes Jahr an dieser Schule absolviert hatte und außerdem noch immer geradezu absurd jung aussah. Ihr Erscheinungsbild ließ die Menschen gelegentlich vergessen, dass sie keine frischgebackene Lehrerin war, die gerade von der Uni kam.

Möglicherweise wollte die Rektorin nur deshalb besondere Vorsicht walten lassen, weil dies Ísas erster Abendkurs sein würde. Ihre alte Schule hatte so spät am Tag lediglich Sport- und Werkunterricht angeboten. Ísa und ihre beste Freundin hatten an einem Fechtkurs teilgenommen und sich in einer einzigen Stunde dreimal fast gegenseitig erstochen.

Gut, dass die Spitzen der Degen mit einer Kunststoffkappe versehen waren.

»Wir schaffen das schon«, sagte sie, nachdem Violet Cafferty verstummt war. »Genießen Sie Ihren Urlaub, und machen Sie sich um uns keine Sorgen.« Ísa hatte die lähmende Schüchternheit, unter der sie als junges Mädchen gelitten hatte, nachdem sie von einer winzigen Dorfschule in ein anderes Land und an eine riesige Highschool verpflanzt worden war, schon lange überwunden.

Es war nicht weiter überraschend, dass sie wegen ihres Akzents, ihrer roten Haare und ihres Übergewichts sofort zur Zielscheibe geworden war. Ein Anflug des Akzents war ihr trotz all der Jahre geblieben, sie hatte immer noch rote Haare, und sie würde, selbst wenn sie einen Monat lang nur Sellerie äße, nie so dünn sein wie die Rektorin, aber sie hatte schnell eine Überlebensstrategie entwickelt und sich Stärke antrainiert.

Dann war da noch ihre Mutter. Bei diesem Drachen hieß es, kämpfen oder sterben.

»Rarotonga scheint wunderschön zu sein«, sagte sie nun zu der Rektorin, die ihre Karriere beschleunigt hatte, indem sie ihr eine Lehrerstelle an einer der renommiertesten staatlichen Schulen des Landes ermöglicht hatte. »Ist Ihre Freundin aus New York schon auf dem Weg dorthin?«

Violet Cafferty nickte. »Sie brennt voller Ungeduld darauf, das neue Jahr in einem Bikini einzuläuten, statt unter einer dicken Schneeschicht begraben zu sein.« Ein strahlendes Lächeln. »Sonne, Strand und endlose Margaritas, wir kommen!«

Sie informierte Ísa, dass sie noch eine halbe Stunde in ihrem Büro sein werde, bevor sie sich offiziell in die Sommerferien verabschiedete, und verließ kurz darauf das Zimmer. Obwohl es Ísa maßlos reizte, an das Fenster und zu ihrem persönlichen Gärtner-Porno zurückzukehren, beugte sie den Kopf wieder über ihren Lehrplan, um ihn fertigzustellen. Da sie noch nie Erwachsene unterrichtet hatte, würde sie viel Spielraum für Diskussionen und Marschrouten lassen, die ihre Schüler erkunden wollten.

Sie brauchte etwas mehr als eine Stunde.

Beim Zusammenpacken konnte sie der Versuchung nicht widerstehen, einen Blick aus dem Fenster zu werfen, aber ihr hinreißender, verschwitzter Gärtner mit den pechschwarzen Haaren, dem freien Oberkörper und dem sexy Tattoo auf seinem muskelbepackten Schenkel war verschwunden. »Verflixt!«

Enttäuscht verstaute sie ihre Sachen in der rosaroten, mit weißen Blumen bedruckten Umhängetasche, die sie sich von ihrem ersten Gehaltsscheck geleistet hatte. Manche behaupteten, Rosa beiße sich mit roten Haaren, aber Ísa war das egal. Die Tasche war hübsch und machte sie glücklich.

Wie ihre jüngere Schwester Catie einmal gesagt hatte: »Das Leben ist zu kurz, um es an langweilige Accessoires zu vergeuden.«

Nach einem letzten Blick, um sich zu vergewissern, dass sie alles hatte und das Zimmer für ihren ersten Erwachsenenkurs nächste Woche vorbereitet war, wollte sie gerade in den leeren Flur treten, als ihr Handy klingelte.

Es zeigte keinen Namen an, sondern nur eine örtliche Nummer.

In der Annahme, dass es sich um die Rückmeldung eines Geschäfts handelte, zu dessen Treueprogramm sie sich kürz-

lich angemeldet hatte, weil sie die Kleider im Stil der Fünf-
zigerjahre so sehr liebte, ging sie mit einem fröhlichen »Hallo«
ran.

»Isa?«

Sie erstarrte vor Überraschung. Diese Stimme …

2. KAPITEL

ÍSAS WEG INS VERDERBEN,
AUCH BEKANNT ALS DER VORFALL
MIT DEM SEXY GÄRTNER

»Hier ist Cody«, sagte die Stimme. »Cody Schumer.« Ein nervöses Lachen des Mannes, von dem sie einst gedacht hatte, dass sie ihn irgendwann heiraten und mit ihm glücklich bis ans Ende ihrer Tage hinter einem weißen Lattenzaun leben würde. Inklusive einem Hund.

Einem schokoladenbraunen Labrador, um genau zu sein.

Zum Glück fühlte Ísa schon lange nicht einmal mehr einen Hauch der Anziehung, die sie Cody »Schleimbolzen« Schumer gegenüber verspürt hatte, als sie eine einundzwanzigjährige Studentin gewesen war, mit ein paar hartnäckigen Flausen im Kopf und einer Sehnsucht nach Liebe, die so tief ging, dass sie ein Loch in ihre Seele riss. In Gegenwart von mindestens fünfzig Leuten grausam auf einer Collegeparty abserviert zu werden hatte sie von allen Illusionen, die sie sich vielleicht über den Kerl gemacht hatte, geheilt.

Doch sie hatte nicht zugelassen, dass diese Erfahrung jeden Hoffnungsschimmer zum Erlöschen gebracht hätte. Ísa glaubte noch immer an die Liebe, an Happy Ends, weiße Lattenzäune und schokoladenbraune Labradore mit dümmlichem Grinsen. Und daran, dass Schleimbolzen nie aufhörten, eine Schleimspur hinter sich herzuziehen.

Es war hauptsächlich morbide Neugier, die sie veranlasste, das Gespräch fortzusetzen. Welchen möglichen Grund konnte es geben, dass Schumer sie anrief? Hatte er die Botschaft nicht verstanden, als sie und Nayna in einer dunklen Nacht voller Schadenfreude sein Auto, seinen ganzen Stolz, mit Eiern und Toilettenpapier verschandelt hatten, nachdem er Ísa den Laufpass gegeben hatte?

Sie hatten rosarotes, mit Prinzessinnen bedrucktes Klopapier gewählt.

Es war das Illegalste, das sie und ihre beste Freundin je im Leben getan hatten – und es war ein Riesentriumph gewesen. Besonders, weil Cody völlig machtlos gewesen war und seine Anschuldigung nicht beweisen konnte. Er hatte gezetert und getobt, ohne das Geringste zu erreichen, während Ísa und Nayna Engelsmienen aufgesetzt und ihre Heiligenscheine poliert hatten.

»Hallo, Cody«, sagte sie mit einem bösen Lächeln, während sie mit dem Rücken an der kalten Wand des Klassenzimmers lehnte und zu dem Fenster hinschaute, von dem aus sie den heißen Gärtner angestarrt hatte. »Lange nichts von dir gehört.« Sie hatte die Zeit damit verbracht, die Erinnerung an dieses Scheusal und den Abend ihrer Schmach zu begraben.

»Ja«, bestätigte Cody mit einer Wärme in der Stimme, die sie früher einmal für echt gehalten hatte. »Ich schätze, du hast meine Nummer aus deinem Handy gelöscht, hm?«

Ísa blinzelte und schüttelte den Kopf. Schleimbolzen waren in Sachen Gehirnzellen eindeutig zu kurz gekommen. Hatte er nach allem, was er gesagt und getan hatte, ernsthaft angenommen, sie werde nicht stinksauer auf ihn sein?

»Kein Job ist es wert, dass ich mich prostituiere«, hatte er gespottet, kurz bevor er seine finale, erniedrigende »Specktonnen«-Bemerkung vom Stapel ließ. »Du hättest mir einen Ferrari kaufen sollen, Fettklops. Dann hätte ich mich möglicherweise dazu überwinden können.«

Ein echter Hauptgewinn.

Von wegen.

Doch das Allerschlimmste sollte erst noch kommen: Einen Tag nachdem er Ísa auf die denkbar brutalste Weise abgeschossen hatte, schleppte Cody die bildhübsche Blondine ab, die es zu ihrer Mission erklärt hatte, Ísa ihre Highschoolzeit zur Hölle zu machen. »Wolltest du etwas Bestimmtes, Cody?« Zum Beispiel einen Tritt in den Hintern?

Ihr knapper, sachlicher Ton schien ihn für einen Moment aus dem Konzept zu bringen.

Dann fasste er sich und sagte: »Suzanne und ich wollten dir die Neuigkeit mitteilen, bevor alle Welt davon erfährt. Immerhin haben wir noch einige gemeinsame Freunde.«

Das zumindest stimmte. Auch wenn es sich bei den meisten eher um gemeinsame Bekannte als um richtige Freunde handelte. Letztere würden Cody nicht mal mit der Kneifzange anfassen.

»Suzanne und ich sind schwanger.«

»Ich wusste gar nicht, dass du einen Uterus hast«, entgegnete Ísa, während ihr die Bedeutung seiner Worte klar wurde und sich ihr der Magen umdrehte.

»Hä?« Dann lachte er. »Oh, das war ein Scherz. Du warst schon immer witzig.«

Ísa verbiss sich weitere ätzende Bemerkungen – *War er auch schon so hohl gewesen, als sie ein Paar waren?* – und sagte stattdessen: »Ich hoffe, die Schwangerschaft verläuft reibungslos, und das Baby ist gesund.« Das arme Kind konnte schließlich nichts dafür, dass Suzanne und Schleimbolzen Schumer seine Eltern waren.

Dass man sich die nicht aussuchen konnte, wusste Ísa nur zu gut.

»Danke«, antwortete Cody beschwingt. »Wir werden übrigens heiraten. Ich dachte nur … Egal, Suzanne wollte unbedingt, dass du Bescheid weißt.«

»Ich wünsche euch beiden das Leben, das ihr verdient.« Sie legte auf, bevor er noch etwas entgegnen konnte.

Dann stand sie einfach nur da und starrte auf die Wand mit den Fenstern. Sie war von Schülern bemalt worden, die in diesem Raum Kunstunterricht gehabt hatten, bevor sie in einen wesentlich helleren umgezogen waren und hier nun der Literaturunterricht stattfand. Zu welchem die bunten, leuchtenden Farben der zu Interpretationen herausfordernden Spritzmuster hervorragend passten.

Ísa musste nur auf die Wand zeigen, um zu demonstrieren, dass jede Art von Kunst – inklusive Gedichte und Romane – abhängig vom Betrachter auf unterschiedlichste Weise gedeutet werden konnte. Doch in diesem Augenblick, während Codys Worte noch in ihrem Kopf nachhallten, sah sie nur farbige Kleckse. Ihre Wangen waren gerötet, ihr Puls raste, ihre Knie zitterten.

Allem Anschein nach konnte Sarkasmus einen nur vorübergehend schützen.

Nicht einmal der Gedanke, dass Suzanne sich offenbar verzweifelt an ihren früheren Status als Königin aller Biester festklammerte, war in irgendeiner Form hilfreich.

»Ich liebe ihn nicht, noch nicht einmal ein bisschen.« Es war die Wahrheit.

Das hoffnungsvolle, unschuldige Gefühl, das sie für Cody empfunden hatte, war in jener furchtbaren Nacht, als er sie innerlich in Stücke gerissen und über ihren Schmerz gelacht hatte, für alle Zeiten gestorben. Sie hatte ihm ihr verletztes, angeschlagenes Herz zu Füßen gelegt, und er war darauf herumgetrampelt.

Ísa war nicht so dumm, in einen Mann vernarrt zu sein, der zu einer solchen Grausamkeit imstande war.

Aber eine Ehe und Kinder und ein sicheres Zuhause – nicht nur für sich selbst, sondern auch für ihre wesentlich jüngere Schwester Catie und ihren Bruder Harlow – war immer ihr Traum gewesen. Nur deshalb setzte sie sich der Tücke von Onlinedating aus, und zwar mit einer Umsicht, als ginge es um die wichtigste aller Unternehmensfusionen.

Da ihre Schüler seit Ende letzter Woche Ferien hatten und es für sie keinen zwingenden Grund gab, vor dem Beginn ihrer Abendkurse in der Schule zu erscheinen, sah ihr Tagebuch momentan aus wie das einer unter Koffeinschock stehenden Frau, die rastlos einen Kerl nach dem anderen datete.

Montagmorgen: Kaffee mit Manuel. Dunkle Haare, dunkle Augen. Mag Romane und Gedichte. Jetzt heißt es, Daumen drücken!

Nachtrag: Er mochte nicht nur Romane und Gedichte. Sondern auch die Kellnerin, mit der er ein Rendezvous verabredete, während ich ihm gegenübersaß. Anschließend fragte er mich, ob ich offen dafür sei, »meine Sexualität ohne Grenzen zu erproben«.

Montagnachmittag: Kaffee mit Beau. Eins fünfundsiebzig. Blond. Mechaniker. Kommt mir in unseren Onlineunterhaltungen nicht wie ein Widerling vor.

Nachtrag: War nur Fassade.

Montagabend: Kaffee mit Carl. Reizender Bursche, der auf Computerspiele steht. Das ist okay – falls er der Richtige ist, kann ich ja lesen, während er daddelt.

Nachtrag: Sein aktuelles Spiel war so spannend, dass er sich nicht vom Computer losreißen konnte, um mich zu treffen. Hat mir erst eine Nachricht geschickt, als ich schon zwanzig Minuten gewartet hatte. Kann mich in dem Café nie wieder blicken lassen.

Dienstagmorgen: Kaffee mit Henry. Eins siebzig. Braune Haare. Anwalt. Macht einen sehr vernünftigen, einfühlsamen und netten Eindruck.

Nachtrag: Gott sei Dank lasse ich mich bei einem ersten Date auf nie mehr als auf einen Kaffee ein. Der Mann hat die ganze Zeit geschäftliche Telefonate geführt. Wenn er nicht einmal eine halbe Stunde für eine Verabredung abzwacken kann, ist es wohl eher unwahrscheinlich, dass er sich gegenüber Ehefrau und Kindern zu mehr verpflichtet fühlen würde.

Dienstagabend: Kaffee mit Tana. Eins fünfundachtzig. Ist irgendwie im Finanzwesen tätig. Gibt online nicht viel von sich preis, aber manche Menschen sind nun mal nicht gut bei Onlineunterhaltungen. Macht nicht den Eindruck eines Serienmörders.

Nachtrag: Chemie stimmt nicht. Er hat mir seine Visitenkarte gegeben, für den Fall, dass ich in meine Zukunft investieren möchte.

Mittwochmorgen: Kaffee mit Wyatt. Dreiunddreißig. Hat einen Namen wie ein Cowboy. Will auf einer Farm arbeiten.

Nachtrag: Wyatt hat sich beim Erstellen seines Profils hinsichtlich seines Alters um vierzig Jahre vertan. Und außerdem vergessen zu erwähnen, dass das Foto vor Jahrzehnten aufgenommen wurde. Ich bin nicht altenfeindlich, aber es wäre schön, wenn mein zukünftiger Ehemann noch seine eigenen Zähne hätte.

Mittwochnachmittag: Kaffee mit Gareith – mit *i* geschrieben. Okay, seine Eltern gaben ihm diesen Namen, darum darf ich ihn nicht danach beurteilen. Leiter eines Supermarkts. Er wirkt sehr normal. Leider.

Nachtrag: Er hat seinen Namen an seinem achtzehnten Geburtstag in Gareith Atlas Schwengel geändert und glaubt, dass der Große Schwengel von ihm verlangt, eine REVOLUTION anzuführen.

Mittwochabend: Überprüfung meiner geistigen Gesundheit mit Nayna. So was schimpft sich beste Freundin. Sie hat Wein aus der Nase geprustet, nachdem ich ihr von Wyatt und Gareith berichtet habe. Danach hat sie mich gezwungen, weitere Verabredungen zu treffen.

Donnerstagmorgen: Tee mit Ken. Kein Kaffee mehr. Braune Haare. Wird eine Rose am Revers tragen, damit ich ihn erkenne. Irgendwie niedlich.

Nachtrag: Stehe unter Schock. Er war attraktiv, redegewandt und höflich. Natürlich sprang der Funke absolut nicht über. Ich sollte mich einem Hormontest unterziehen.

Donnerstagnachmittag: Tee mit Stuart. Trägt Glatze. Sexy. Mag Hunde.

Nachtrag: Hatte ein Hundehalsband um. Wollte, dass ich ihn Gassi führe und Wuffi nenne. Ich bin sicher, eines Tages findet er die richtige Partnerin.

Es war erst Freitag in ihrer ersten Dating-Woche, und Ísa war schon jetzt erschöpft. Darum hatte sie keine weiteren Treffen ausgemacht. Aber das würde sie noch. Weil herumzusitzen und darauf zu warten, dass der Richtige des Weges käme, die beste Garantie dafür war, niemals das Leben zu bekommen, das sie sich erträumte.

Heirat mit dreißig. Ein Kind mit zweiunddreißig. Das alles in ganz viel Liebe verpackt.

Das war Ísas Zeitplan, und daran würde sie sich halten. Ihr blieben zwei Jahre, um den ersten Teil in die Realität umzusetzen. Aber während sie noch immer nach einem Partner suchte, bei dem sie darauf vertrauen konnte, dass er bei ihr blieb – nachdem sie sich ein Leben lang darin geübt hatte, von niemandem abhängig zu sein –, würde Schleimbolzen Schumer bald all diese Dinge haben, und das ausgerechnet mit der Person, von der Ísa jahrelang gequält worden war.

Es erschien ihr einfach zutiefst ungerecht.

Ísa konnte sich nur mit Mühe davon abhalten, gegen das erstbeste Möbelstück zu treten. Aber vielleicht würde das Schicksal ihr ja einen Knochen hinwerfen, dachte sie hoffnungsvoll, und es an Codys und Suzannes Hochzeit regnen lassen. Mitsamt Hagelkörnern. Und Kröten, die vom Himmel herabfielen. Und einem Laster, der der hochnäsigen Braut Schlamm ins Gesicht spritzte.

Dieses rachsüchtige Bild noch vor ihrem geistigen Auge, schloss sie die Tür ihres Klassenzimmers, als abermals ihr Handy läutete und in dem leeren Flur widerhallte. Als sie den unheilvollen Klingelton identifizierte, hätte Ísa am liebsten den Kopf gegen die Wand geschlagen. Kurz spielte sie mit dem Gedanken, in ein Flugzeug zu steigen und nach Island zurückzukehren. Dort war sie glücklich gewesen, sie beherrschte die Sprache, und ihre Eltern waren zurzeit beide nicht vor Ort.

Es wäre perfekt. Nur dass es bedeuten würde, Catie und Harlow schutzlos dem Drachen zu überlassen. Und das würde Ísa niemals tun. Welchen Weg auch immer sie im Leben einschlüge, ihre Geschwister kämen mit.

Das Handy läutete weiter.

Jacqueline Rain, Geschäftsführerin von Crafty Corners und zahlreichen anderen Unternehmen, gab nie auf.

»Hallo, Mutter.«

»Ich wollte dich nur an die heutige Vorstandssitzung erinnern.«

Jetzt schlug Ísa tatsächlich mit dem Kopf gegen die Wand. »Es gibt keinen Grund für meine Anwesenheit.«

»Du hältst dreißig Prozent der Anteile.«

Nur weil du sie mir zu meinem einundzwanzigsten Geburtstag aufgedrängt hast. »Ich bin sicher, du kannst meine Interessen bestens vertreten.«

»Ich habe keine Zeit für diesen Unfug, Ísa. Sorg dafür, dass du da bist.« Jacqueline legte auf.

Ísa biss die Zähne zusammen und besann sich mit aller Kraft

auf die Meditationstechnik, die sie in einem buddhistischen Meditations-Retreat erlernt hatte, wo Nayna für sie beide letztes Jahr einen Urlaub gebucht hatte. Allerdings hatte Ísas beste Freundin übersehen, dass es sich dabei um ein Schweigekloster handelte. Das war ihnen erst klar geworden, als man ihnen nach ihrer Ankunft die Regeln erläuterte.

Sie hatten vier Stunden durchgehalten. Lange genug, um sich die Grundlagen anzueignen.

Aber wie Ísa feststellte, konnte man sein Zen nicht finden, während man zornige Worte über Drachen und Schwerter hervorstieß.

Das Schlimmste war, dass Jacqueline nicht einfach nur eine angriffslustige Furie war. Nein, sie wusste genau, was sie tat – dass sie Ísa wegen Catie und Harlow in der Zange hatte.

Als könnte ihre Schwester Gedanken lesen, schickte sie ihr genau in diesem Moment eine Nachricht. *Triffst du nicht heute den Drachen? Leg deine feuerfeste Rüstung an.*

Ísa musste unfreiwillig lächeln, als sie Catie antwortete. Sie wusste nicht, wie ihre Schwester es anstellte, immer über jeden Klatsch, jede Neuigkeit auf dem Laufenden zu sein, obwohl sie nicht in derselben Stadt lebte wie Ísa oder Jacqueline. Zum Teil lag es an Caties enger Bindung zu Harlow, aber genauso sehr war es ihrer Fähigkeit zuzuschreiben, auf Schritt und Tritt neue Freundschaften zu schließen, sogar in Jacquelines Unternehmen.

Ísa schickte die Nachricht ab, steckte das Handy in ihre Umhängetasche und wanderte den Flur entlang. Ihre Schritte hallten in dem gespenstisch leeren Gebäude wider … und quälend entfaltete sich der Keim gerechten Zorns aufs Neue zu voller Blüte. Nicht nur wegen Jacquelines unverblümter Manipulation, sondern auch, weil Cody und Suzanne ihr Glück gefunden hatten.

Als gemobbte Jugendliche hatte Ísa sich mit dem Gedanken getröstet, dass Suzanne als traurige, einsame Frau ohne Freunde – und ohne Haare – enden würde. Damals hatte Ísa Letzteres als die ultimative Strafe für ein Mädchen betrachtet, das die Angewohnheit hatte, ihre taillenlangen blonden Locken wie in einer Shampoo-Reklame herumzuwerfen.

Voll Bedauern für ihr armes, jugendliches Ich schaltete sie die Alarmanlage ein und sperrte ab. Bevor die Rektorin kurz nach fünf gegangen war, hatte sie Ísa noch daran erinnert, dass sie die letzte Person im Gebäude sein würde. Alle anderen hatten sich längst in die Sommerferien verabschiedet – und auch die Lehrer der Abendkurse würden sich nur zu den entsprechenden Zeiten einfinden. Ísa war bloß deshalb noch hier, weil sie daheim nicht an ihrem Stundenplan arbeiten konnte.

Die Nachbarin über ihr ließ ihr Badezimmer renovieren, was mit lautem Hämmern und Rumsen einherging.

Und es hatte nicht nur mit Nägeln und Holz zu tun.

Hoffentlich waren die Arbeiten inzwischen beendet. Es gab eine Grenze, wie viele orgiastische Lustschreie eine Frau, die sich selbst im Fegefeuer des Onlinedatings befand, aushalten konnte, ohne sich zu einer Gewalttat hinreißen zu lassen.

Ísa ging die Eingangstreppe des imposanten, aus Backstein erbauten Hauptgebäudes der Schule hinunter und wandte sich nach links in Richtung Auto, als sie den beigen Transporter des sexy Gärtners entdeckte. Er hatte ihn gleich neben ihrem schnittigen blauen Kleinwagen geparkt. Bei dem Truck handelte es sich um einen Viertürer mit getönten Scheiben und einer geräumigen Ladefläche, auf der sich Schaufeln und anderes Gartengerät sowie ein riesiger Sack mit Schnittgut befanden.

Sein hellbraunes T-Shirt hing über der Ladeklappe.

Was bedeutete, dass er immer noch mit nacktem Oberkörper irgendwo hier herumspazierte.

»Steig in dein Auto, Ísa«, murmelte sie, wohl wissend, was passieren würde, wenn sie mit diesem männlichen Leckerbissen zusammenträfe. Auch wenn sie ihre Schüchternheit überwunden hatte, kannte sie doch ihre Grenzen.

Diesem spärlich bekleideten Mann gegenüberzustehen, der ihre Ovarien zum Explodieren brachte, ließe sie knallrot werden, die Stimme würde ihr den Dienst versagen, und das wär's dann. »Oh …«

Hätte er sie nicht um die Hüfte gefasst, sie wäre gegen seine gestählte Brust geprallt.

»Entschuldigung«, sagte er mit einem verdutzten Lächeln, das seine faszinierenden blauen Augen aufleuchten ließ. »Ich hab Sie nicht gesehen.«

»Nein, äh, es war mein Fehler.« Offenbar hatte er in der Hocke einen Reifen oder irgendwas überprüft und sich im selben Moment aufgerichtet, als sie sich umdrehte, um in ihr Auto zu steigen. Gott, seine Haut war so warm und geschmeidig, er selbst so groß, seine Schultern so breit. Ihr lief das Wasser im Mund zusammen. Sie würde jede Sekunde anfangen zu stottern.

Über ihr Stottern hatte Suzanne sich in einer Tour lustig gemacht, als sie vierzehn gewesen waren. Bis Ísa komplett verstummt war, außer in Gegenwart der wenigen Freunde, denen sie vertraute. Und jetzt würde diese schreckliche, kaltherzige Person heiraten, ein Kind bekommen und glücklich leben bis ans Ende ihrer Tage. Zu allem Überfluss ließ Ísas Mutter sie tanzen wie eine Marionette, und ihr letztes »Date« hatte darum gebeten, dass sie es Wuffi nannte und mit Hundekeksen belohnte.

In den blauen Augen des Gärtners schimmerte etwas Heißes auf.

Und sie dachte … *ich kenne ihn*. Aber bevor sie diesen flüchtigen Gedanken weiterverfolgen konnte, lösten Zorn und Schmerz, Frust und Ärger ein weiß glühendes Inferno in Ísa aus.

Sie schnappte über.

Sie nahm das wunderschöne Gesicht des sexy Gärtners zwischen beide Hände und sagte: »Ich will dich küssen.«

Ein spitzbübisches Grinsen. »Nur zu.«

Und Ísa drückte ihre Lippen auf seine.

3. KAPITEL

HALTE STETS DEN RÜCKSITZ SAUBER

Wow.

Die atemlos hervorgestoßenen Worte des unfassbar süßen Rotschopfs mit der hellen Haut und den Kurven an genau den richtigen Stellen, der Sailor an … jemanden erinnerte, waren kein Witz gewesen. Die Frau küsste ihn. Sie beherrschte es nicht gerade meisterlich. Aber wen zur Hölle juckte das, da sie doch so gut schmeckte, so gut duftete, sich so gut anfühlte?

Es schien sie nicht zu stören, dass er selbst nach Gras, Erde und Schweiß roch.

Er fuhr mit der Hand von ihrer wohlgeformten Hüfte zu ihrem Rücken hoch, umfasste ihren Hinterkopf und bog ihren Hals zur Seite, bevor er sie mit den Lippen verschlang. Ein leises Stöhnen entrang sich ihrer Kehle, ein raues Schnurren, das ihm eine heftige Erektion bescherte. Sailor wollte diesen Laut noch einmal hören, er würde herausfinden, wie er ihn ihr entlocken konnte.

Er verlagerte sein Gewicht und drängte sie gegen die Tür des Lieferwagens. Ihr Körper war süß und sinnlich, ihre Brüste weiche Rundungen, die er beißen und liebkosen und nackt sehen wollte. Doch eins nach dem anderen. Er strich mit seiner Zunge über ihre.

Sie drehte den Kopf zur Seite.

Sailor seufzte innerlich, bevor er sich schwer atmend von ihr löste. »Du willst gehen?« Normalerweise stürzte er sich nicht auf Frauen, die er gerade mal zwei Sekunden kannte, aber zu seiner Verteidigung musste gesagt werden, dass nicht er die Initiative ergriffen hatte.

Sailor betrachtete sich gern als anständigen Menschen – aber er war auch immer noch ein Kerl. Und sie war die hinreißendste und erotischste Frau, die er je in den Armen gehalten hatte. Hätte er ihr ihren Wunsch abschlagen sollen?

Die Pupillen ihrer großen graugrünen Augen waren erweitert, als sie seinen Blick festhielt. »Hast du eine Freundin oder eine Ehefrau?«

»Nein.« Sailor wollte sie überall berühren, mit dem Mund über ihre Haut streifen, bis sie von einem lieblichen Rosa überzogen wäre. »Ich bin mit meiner Arbeit verheiratet. Sie ist eine ziemlich anspruchsvolle Partnerin, die andere Frauen nicht auf Dauer neben sich duldet.«

Der Rotschopf warf einen Blick zum Schulgebäude hinüber. »Es ist noch hell. Jemand könnte uns sehen.«

Sailor stockte der Atem. »Wie wäre es mit dem Rücksitz meines Wagens?« Er hatte seit seinem siebzehnten Lebensjahr nicht mehr in einem Auto rumgemacht. Aber bei dieser sexy Frau, die küsste wie eine Unschuld vom Lande und einen Körper hatte, der für die Sünde wie gemacht schien, war er zu allem bereit.

»Was?« Sie riss die Augen auf. »Nein!«

Wieder bemächtigte er sich ihrer vom Küssen geschwollenen Lippen, die ihn zu sehr verlockten, um ihnen zu widerstehen, und die in ihm das Verlangen schürten, mit seiner Zunge an andere, geheimere Orte vorzudringen. Erst als sie um Luft rang und die Fingernägel in seine Brust grub, löste er den Mund von ihrem. »Die Fenster sind getönt, und die Windschutzscheibe geht auf den leeren Parkplatz hinaus. Niemand würde uns sehen.«

Ihre Brust hob und senkte sich, während der Schock und die Verwirrung in ihren Augen seine Erinnerung kitzelten.

»Okay«, sagte sie.

Heilige Scheiße!

Sailor löste sich von ihr. »Lass mich nur schnell den Krempel vom Rücksitz auf die Ladefläche verfrachten.« Er wollte ihr keine Zeit lassen, es sich anders zu überlegen, aber er war nicht darauf vorbereitet gewesen, sich im Fond seines Wagens zu vergnügen. Dort hatte er Teile für eine Sprinkleranlage verstaut.

Er machte so schnell wie möglich und war schon halb fertig, als eine Autotür zufiel. Zwei Sekunden später setzte der blaue Kleinwagen neben seinem Transporter mit quietschenden Reifen zurück, bevor er gleich darauf die Zufahrt hinunterraste und seine Kusspartnerin mit sich nahm.

Sailor stand wie vom Donner gerührt da, er wusste nicht, wie ihm geschah. Ihm drehte sich der Kopf, sein Glied war schmerzhaft steif, und er hatte das Gefühl, soeben von dem entzückenden Rotschopf mit dem entzückenden Akzent und den gleichermaßen entzückenden Kurven, die wie geschaffen waren für seine Hände, benutzt und weggeworfen worden zu sein.

Dann machte es Klick in seinem Hirn.

Feuerrotes Haar. Eine Haut wie Alabaster. Graugrüne Augen.

Sailor hatte sie schon vor sieben Jahren süß gefunden, als Cody sie zu der Party in der Lagerhalle mitgebracht hatte. Er hatte sie nur kurz bewundern können, bevor Cody sich als Arschloch des Jahres entpuppte und sie vor sämtlichen Gästen in die Wüste geschickt hatte. Sailor wusste nicht mehr, was Schumer genau zu ihr gesagt hatte, aber er erinnerte sich noch lebhaft an den Schmerz und den Schock in den Augen des Mädchens.

Und dann hatte sie sich in die Nacht geflüchtet, ohne eine Spur zu hinterlassen.

Und jetzt war sie wieder weggelaufen.

Mit zusammengekniffenen Augen betrachtete Sailor die lange Zufahrt. »Ich bin keine sechzehn mehr, kleiner Rotschopf. Und ich weiß, wo du arbeitest.« Seine Lippen verzogen sich zu einem hochzufriedenen Lächeln.

Das hier war nicht vorbei. Noch lange nicht.

4. KAPITEL

IN WELCHEM DIE TEUFELIN
IN ÍSA IHR DEBÜT GIBT

»Oh mein Gott! Oh mein Gott!« Ísa konnte nicht fassen, was sie getan hatte – und fast getan hätte.

Sie hatte auf dem Parkplatz ihrer Schule rumgeknutscht. Einer staatlichen und angesehenen Schule, die für ihre hohen Standards und ihren makellosen Ruf bekannt war. Eine dort tätige Lehrkraft belästigte weder einen braven Gärtner, noch erklärte sie sich einverstanden, mit ihm auf den Rücksitz seines Lieferwagens zu klettern!

Falls jemand sie gesehen hatte …

»Bleib ganz ruhig«, ermahnte sie sich. »Es war schließlich nur ein Kuss.« Ein heißer, erotischer Kuss, der bewirkte, dass ihre Nervenenden flirrten und sie vor sehnsüchtigem Verlangen die Beine zusammenpresste.

Mit ihren Hormonen war eindeutig alles in Ordnung.

Wäre da nicht dieser kurze lichte Moment gewesen, in dem sie erkannte, dass sie drauf und dran war, wegen eines Schleimbolzens namens Schumer, Suzanne, Jacqueline und einem sexy Gärtner, *dessen Namen sie nicht einmal kannte*, ihre gesamte Karriere zu gefährden, läge sie jetzt auf dem Rücksitz seines Wagens.

Sehr wahrscheinlich ohne Höschen, ihre Lippen mit denen des Gärtners verschmolzen.

Ihre Schenkel zitterten, ihr Schritt fühlte sich heiß und geschwollen an. Bereit.

Die Teufelin in Ísa schmollte. *Kehr um,* flüsterte sie. *Sieh zu, dass du auf diesen Rücksitz kommst.*

»Hör auf damit«, schalt sie sich erschrocken. »Es war ein Anfall von Wahnsinn, der sich nicht wiederholen wird.« Ísalind Magdalena Rain-Stefánsdóttir behelligte keine attraktiven, wildfremden Männer auf dem Schulgelände. Am helllichten Tag!

Und erst recht grub sie nicht ihre Fingernägel in deren Oberkörper oder stellte sich vor, an ihnen zu lecken wie an ihrem Lieblingseis.

»Oh Gott!«

Aufgewühlt wie sie war, konnte sie unmöglich bei dieser Vorstandssitzung erscheinen. Zuerst musste sie ihre Fassung wiederfinden. Vielleicht sollte sie sich ein paar starke Drinks genehmigen – und ihren Kopf untersuchen lassen. Gefolgt von einer kalten Dusche – weil ihr Körper sich nicht an dieses Programm halten wollte. Er verzehrte sich nach dem heißen Gärtner, seinen gierigen Küssen und den Berührungen seiner fähigen Hände.

Kein Mann hatte sie je auf diese Weise angefasst, so als wäre sie eine wahr gewordene sexuelle Fantasie.

Kehr um und fahr zu ihm zurück. Die roten Hörner der Teufelin leuchteten. *Leb dich ein bisschen aus. Besser noch: nach Strich und Faden. Ich bin hemmungslos. Sei du es auch. Ganz bestimmt verzeiht er dir, dass du getürmt bist, wenn du wiederauftauchst und ganz langsam und sexy dein Kleid abstreifst.*

»Halt die Klappe!«, befahl Ísa dem geistesgestörten Teil ihrer Psyche.

Die Teufelin zuckte die Schultern und schlug die Beine übereinander. *Zumindest hättest du dann eine furiose, amüsante*

Anekdote, um sie später einmal deinen Enkeln zu erzählen. Anstelle deiner aktuellen atemberaubenden Lebensgeschichte. Ein herzhaftes Gähnen. *Du kommst mir vor wie eine Neunzigjährige, die im Körper einer Achtundzwanzigjährigen gefangen ist. Ööööde.*

Ísas Blick erfasste den Namen der Straße vor ihr. Ohne nachzudenken, entschied sie sich, nach links abzubiegen und nicht nach rechts. Sie fuhr die Hauptstraße entlang, die tagsüber von unzähligen Pendlern benutzt wurde, bis sie das belebte Viertel erreichte, wo sich kleine Restaurants und angesagte Cafés aneinanderreihten und vom frühen Morgen bis spät in die Nacht dichter Verkehr herrschte.

Wer waren diese Leute, die immer Zeit dafür hatten, herumzusitzen und Latte macchiato zu trinken?

Die Teufelin in Ísa wusste die Antwort. *Menschen, die ein eigenes Leben haben. Harlow ist siebzehn, Catie dreizehn. Bald werden sie dich nicht mehr brauchen. Was willst du dann tun, Großmutter?*

»Ich habe einen Plan!«

Wuff! Wuff!

Ísa fragte sich, ob das ein Hinweis darauf war, dass man den Verstand verlor. Streitgespräche mit sich selbst zu führen war sicherlich kein Zeichen geistiger Gesundheit. Aber sie wusste von mehreren Schriftstellern, dass sie Stimmen in ihrem Kopf hörten, darum war sie zumindest kein Einzelfall. *Es hängt mit Kreativität zusammen,* sagte sie sich. *Folglich können meine Gedichte nicht ganz schlecht sein.*

Klar doch, Omi.

Die Ampel schaltete um.

Und abermals auf Rot, bevor Ísa es an den Anfang der Schlange schaffte.

Im Obst- und Gemüseladen an der Ecke herrschte Hochbetrieb, gegenüber hatten sich mehrere Passanten an den Tischen vor einem Café niedergelassen, das es schon ewig gab. Wenn Ísa sonst hier vorbeikam und an der roten Ampel warten musste, vertrieb sie sich die Zeit gern damit, den Menschen nachzusehen, vor allem, wenn sämtliche Fußgängerampeln gleichzeitig auf Grün schalteten und die Leute von rechts und links und diagonal die Kreuzung überquerten.

Es schien, als würde unentwegt ein ganzer Mikrokosmos Aucklands durch Mount Eden ziehen, während im Hintergrund der gleichnamige Berg wie ein stummer Wächter aufragte.

Aber heute war kein Tag wie jeder andere.

Immer noch vom Tumult ihrer Gefühle hin und her geworfen, musste Ísa eine weitere Ampelphase abwarten, bevor sie es über die Kreuzung schaffte. Keine zehn Sekunden später hatte sie den Verkehrsstau in Mount Eden hinter sich gelassen und folgte weiter der langen Straße.

Ihr Ziel lag jedoch ein gutes Stück vor deren Ende in einer ruhigen Gegend zwischen dem Restaurantviertel, das sie soeben hinter sich gelassen hatte, und den größeren Geschäften nahe des Zentrums. Sie war schon beinahe an ihrem Ziel angelangt, als sie glücklicherweise einen freien Parkplatz fand.

Sie stieg aus und dachte gerade noch daran, den Wagen zu verriegeln, bevor sie über die Straße auf die weiße Villa zulief, die dem Wirtschaftsprüfungsunternehmen Hillier & Co als Firmensitz diente.

Naynas grüner Mini Cooper war das einzige Fahrzeug auf dem Mitarbeiterparkplatz.

Wie dumm von ihr. Ísa hätte ihr Auto gleich neben dem ihrer besten Freundin abstellen können – aber sie war gedanklich nicht ganz da.

Weil sie noch immer den Duft des Gärtners in der Nase hatte und ihre innere Teufelin sie mit ihren Kommentaren triezte.

Bemüht, ruhig zu atmen, stieg sie die Treppe der Villa hinauf und drehte den Türknauf. Sie schwang auf, und Ísa hätte demjenigen, der vergessen hatte, sie abzuschließen, am liebsten eine geknallt. Die Regel der Firma lautete, wenn nach Büroschluss nur noch eine einzige Person im Gebäude zurückblieb, musste diejenige, die vor ihr als Letzte ging, aus Sicherheitsgründen abschließen.

Ísa tat genau das, bevor sie den mit einem dicken Teppich ausgelegten Flur entlangeilte. Diese noble Gegend galt zwar nicht gerade als eine Brutstätte des Verbrechens, aber die Villa lag an einer Hauptstraße, auf der es Tag und Nacht von Menschen wimmelte. Da durfte sie kein Risiko eingehen, erst recht nicht, wenn sie als einzige Frau ganz allein im Gebäude war.

Wie der leere Parkplatz sie schon hatte vermuten lassen, waren die vorderen Büros verwaist, genau wie der Empfang, der normalerweise mit zwei Sekretärinnen besetzt war, die für die vier Wirtschaftsprüfer von Hillier & Co zuständig waren.

Auf dem Weg zum hinteren Teil der Villa kam sie an einer kleinen Küche und einem Aufenthaltsraum vorbei und betrat gleich darauf Naynas Büro zu ihrer Linken. Als jüngstes Firmenmitglied hatte Nayna sich ihr Büro nicht aussuchen können, aber tatsächlich zog sie es den im vorderen Bereich gelegenen Räumen vor, weil es lichtdurchflutet war.

Hinter einem Stoß Unterlagen versteckt, blickte ihre Freundin überrascht auf. Sie hatte ein bezauberndes, ovales Gesicht, eine Haut von der Farbe dunklen Mahagonis und glatte schwarze Haare, die zu einem adretten Knoten geschlungen waren.

Nayna nahm ihre schmale Lesebrille ab und drückte sich ihre grazile Hand auf das Herz. »Ísa! Hast du mich erschreckt!«

Dann lächelte sie von einem Ohr zum anderen und erhob sich von ihrem Schreibtischstuhl, an dessen Rückenlehne eine schwarze Jacke hing, die ihr aus einem schwarzen Rock und einer blauen Seidenbluse bestehendes Outfit komplettierte. »Aber dein Timing könnte nicht besser sein. Ich bin am Verhungern, weil ich das Mittagessen habe ausfallen lassen, und habe gerade eine monstergroße Pizza bestellt. Wir können ...«

Nayna verstummte mitten im Satz und musterte Ísas regungslose Gestalt von Kopf bis Fuß ... und anschließend ein zweites Mal. »Du siehst aus, als hättest du es mit einem irre heißen Typen wild getrieben.«

Obwohl Ísa wusste, dass ihre Freundin nur Spaß machte, ließ sie sich seufzend auf die Ledercouch sinken, die Nayna vorzugsweise für Besprechungen mit Klienten benutzte, um eine weniger förmliche Atmosphäre zu schaffen. »Du wirst nicht glauben, was ich getan habe.« Sie vergrub das Gesicht in den Händen.

»Ach herrje!« Nayna machte große Augen, ließ Arbeit Arbeit sein, und schlüpfte aus ihren halbhohen Pumps, bevor sie sich neben Ísa auf das Sofa setzte. »Erzähl von Anfang an. Und das meine ich wörtlich.«

Ísa wollte gerade dazu ansetzen, ihre Sünden zu beichten, als es an der Haustür schellte.

Nayna schaute auf ihre Uhr. »Oh, das wird die Pizza sein. Rühr dich nicht von der Stelle.«

Sie sauste barfuß aus dem Büro, während Ísa den Kopf gegen die Rückenlehne der Couch lehnte und es wieder mit ihrer Meditationstechnik versuchte. Doch die Teufelin machte ihr einen Strich durch die Rechnung, indem sie sie erneut mit der Erinnerung an die warme, seidenweiche Haut des Gärtners, seinen maskulinen Duft, seine unersättlichen, lustvollen Küsse und Berührungen marterte.

Ihre Zehen kribbelten.

»Was für ein Glück, dass du vorbeigekommen bist«, sagte Nayna, als sie mit einer Pizzaschachtel und zwei Wasserflaschen ins Zimmer zurückkam. »Sonst hätte ich mir dieses Ding allein einverleibt, ich schwör's dir. Hier.« Sie reichte Ísa eine der Flaschen. »Kommt aus dem Kühlschrank. Du siehst aus, als könntest du eine kleine Abkühlung vertragen.«

Während Ísa einen Schluck trank, stellte Nayna den Karton auf den Couchtisch und holte ein paar Papierservietten aus ihrer geheimen Schublade, in der sie unter den langweiligsten Steuerformularen, die sie finden konnte, ein ganzes Sortiment von Schokolade versteckte.

Anschließend setzte sich Ísas beste Freundin und Komplizin im Schneidersitz neben sie und sah sie mit ihren braunen Augen durchdringend an. »Okay. Jetzt gesteh endlich!«

Ísa knüllte den bauschigen Rock ihres Kleids mit ihrer feuchten Hand zusammen und ließ ihn wieder los. »Es war kein Sex im Spiel«, erklärte sie unverblümt. »Nicht einmal ansatzweise.«

»Wieso siehst du dann aus, als hätte die Polizei dich ohne BH und mit einem geilen Typen zwischen deinen Beinen ertappt? Offenbar wusste der Mann, was er tun musste, um dich in diesen Zustand zu bringen.«

»Das ist nicht witzig.« Ísas finsterer Blick machte null Eindruck auf ihre Freundin.

»Jetzt spuck's schon aus!«

»Du weißt doch, dass ich in der Schule war, um meine Abendkurse vorzubereiten?«

Nayna, die unterdessen von ihrem Pizzastück abgebissen hatte, nickte wortlos. Sie hatte das kraftvolle Gehämmere in der Wohnung der Nachbarin über Isa hautnah miterlebt, als sie letzte Woche auf dem Rückweg von einer externen Besprechung zum Mittagessen bei ihr vorbeigekommen war.

»Nun ja«, fuhr Ísa fort, »da war dieser extrem heiße Gärtner auf der Außenanlage.«

Nayna entfuhr ein Quieken. »Oh bitte, Ísa«, japste sie, nachdem sie hastig den Bissen in ihrem Mund geschluckt hatte. »Bitte, bitte, bitte sag mir, dass du wenigstens mit ihm geknutscht hast.«

Ísa setzte eine geknickte Miene auf. »Ich bin tatsächlich wie ein wildes Tier über ihn hergefallen.«

Nayna blinzelte mehrmals, bevor sie flüsterte: »Echt jetzt?« Auf Ísas schuldbewusstes Nicken hin stieß sie einen Jubelschrei aus, dann sprang sie auf und vollführte mit dem Pizzastück in der Hand ein Freudentänzchen, inklusive Hinternwackeln und einer Ein-Frau-La-Ola-Welle. »Meine Heldin!«

Ísa rieb sich mit den Händen übers Gesicht. »Nein«, murmelte sie. »Nein, nein, nein. Was, wenn jemand es gesehen hat? Ich bin Lehrerin, Nayna. Ich habe mich ihm nicht nur an den Hals geworfen, sondern es auch noch auf dem Schulgelände getan.«

Nayna setzte sich wieder und verputzte den Rest ihres Pizzastücks, bevor sie sagte: »Zurzeit sind doch Sommerferien, oder? War sonst noch jemand da?«

Ísa schüttelte den Kopf.

»In diesem Fall kannst du es als eine Erfahrung verbuchen und, sagen wir mal, einen Anfall von Gärtnergeilheit. Betrachte es als Wiedergutmachung für unsere Jugendzeit, wo keine von uns beiden irgendetwas Aufregendes in der Schule erlebt hat.«

Ísas Lachen klang leicht hysterisch. »Ich brauche Eis.« Sie hielt die kalte Wasserflasche erst an die eine, dann an die andere Wange.

Ohne erkennbare Wirkung.

»Tonnenweise Eis«, fügte sie hinzu. »Ich muss immerzu an

seine Augen denken.« Sie waren von einem solch einpräg-
samen, leuchtenden Blau, dass ihr Hinterkopf darauf beharr-
te, sie früher schon einmal gesehen zu haben, aber Ísa hätte
dermaßen faszinierende Augen niemals vergessen. Oder einen
derart atemberaubenden Mann. »Ich sollte nach Hause fahren
und ein Eiswürfelbad nehmen.«

»Egal, wie schockiert du gerade bist …« Nayna grinste wie
ein Honigkuchenpferd. »Eines Tages wirst du zurückblicken
und dich als Teufelsweib bejubeln.«

Ísa, die starke Zweifel an der Prognose ihrer Freundin hatte, stieß ein Schnauben aus. »Genug jetzt von meinem Anfall
geistiger Umnachtung. Wie geht es mit der Verlobung voran?«
Ísa fiel es immer noch schwer zu akzeptieren, dass ihre kluge
und hochgebildete Freundin dem Wunsch ihrer Familie nach
einer traditionell arrangierten Ehe entsprechen wollte, aber
wenn Nayna damit zurechtkam, würde Ísa sie mit Herz und
Seele unterstützen.

»Bisher haben alle meine heiratswilligen Verehrer mehr Interesse an der Tatsache gezeigt, dass ich eine frischgebackene
Wirtschaftsprüferin bin, als an mir.« Naynas Ton war staubtrocken. »Die meisten arbeiten in derselben Branche und hoffen
darauf, mithilfe einer Heirat eine zukünftige Geschäftspart-
nerin zu akquirieren.« Sie zog eine Grimasse. »Es geht ihnen
darum, eine Dynastie zu begründen. Deine Mutter hätte dafür
vollstes Verständnis.«

Durch ihre Worte an Jacqueline erinnert, schaute Ísa stirnrunzelnd auf die Uhr. »Verflixt«, grummelte sie. »Ich muss nach
Hause und unter die Dusche, um den stressbedingten Schweiß
abzuwaschen … und den Schmutz, den ich von seinem Körper
abbekommen habe.« Sie hatte eben erst die Flecken auf ihrem
dunkelblauen Kleid entdeckt.

Die Teufelin in Ísa wisperte: *Da du sowieso schon schmutzig*

bist, wieso spürst du ihn nicht auf und kletterst auf den Rücksitz
seines Lieferwagens?

»Vergiss die Party am Samstag nicht!«, rief Nayna ihr nach, als Ísa zur Haustür eilte. »Zieh dein kürzestes Kleid an. Vielleicht hast du ja Glück und begegnest noch einem sexy Gärtner!«

5. KAPITEL

HÄMMERN UND NAGELN
(BEDAUERLICHERWEISE NICHT
IM WOLLÜSTIGEN WORTSINN)

Sailor drosch den Nagel mit unnötig viel Kraft ins Holz.

Sein Bruder Gabriel, der die gleichen grauen Augen wie ihre Mutter hatte, hob eine Braue. »Was hat dir diese arme Latte getan?«

Sobald der Nagel so tief eingeschlagen war, dass er sich nie wieder hervorwagen würde, trat Sailor einen Schritt zurück, um sein und Gabriels Werk zu begutachten. Er war direkt nach dem Fiasko an der Schule zu seinen Eltern gefahren, weil Gabe und er ausgemacht hatten, mit ihnen und ihren jüngeren Brüdern zu Abend zu essen und bei dieser Gelegenheit ein Teilstück des Zauns zu reparieren, das wegen eines verrotteten Pfostens, den niemand bemerkt hatte, zusammengebrochen war.

»Wie alt ist dieser Zaun?«

»Wie lange sind Mom und Dad schon verheiratet? Nimm die Zahl der Jahre und zieh zwei ab.«

Sailors Gedanken schweiften zurück zu dem Tag, an dem sie in diese Villa eingezogen waren. Damals blätterte die Farbe von den Wänden, und der Garten war der reinste Dschungel. Aber es war das einzige Haus gewesen, das Alison und Joseph Esera sich leisten konnten. Sie hatten alle jede Menge schweißtreibender Arbeit hineingesteckt, um es auf Vordermann zu bringen – und sein heutiger Wert würde selbst einem gesunden Menschen einen Herzanfall bescheren.

Diese Gegend war eine der begehrtesten auf dem Immobilienmarkt von Auckland.

Aber für Sailor symbolisierte dieses Haus Erinnerung, Wärme, Liebe und Sicherheit. »Wir hatten Glück mit Dad, findest du nicht?« Er benutzte dieses Wort ausschließlich in Zusammenhang mit Joseph Esera und nie, wenn er von dem Mann sprach, der zwei Kinder gezeugt und sie anschließend mitsamt seiner Ehefrau hatte sitzen lassen, ohne sich auch nur noch einmal umzusehen.

Sein Bruder, der in die Hocke gegangen war, um die verbogenen Nägel einzusammeln, die sie auf den Boden gelegt hatten, bis sie mit der Arbeit fertig waren, blickte auf. Er hatte die breiten Schultern und die kräftige Statur, die für einen körperlich anspruchsvollen Sport wie Rugby unverzichtbar waren. »Ja«, sagte er schlicht, und in seinen Augen spiegelten sich Erinnerungen, die nur er, Sailor und ihre Mutter teilten.

Ihre jüngeren Brüder Jake und Danny würden nie erfahren, was es hieß, vor Angst zu schlottern, weil man, die Klamotten in Mülltüten verpackt, aus seinem Zuhause verjagt wurde. Sailor, das jüngste Mitglied der ursprünglichen Familie, erinnerte sich am wenigsten an die Einzelheiten, aber die brauchte er nicht, um die Gefühle noch immer nachempfinden zu können.

Die lähmende Furcht, die schreckliche Verwirrung.

Er war fünf gewesen und hatte sich verzweifelt an Gabes Hand festgeklammert, während ihre Mutter darum kämpfte, dass die Leute, die die Zwangsräumung durchführten, nicht die Habseligkeiten ihrer Söhne konfiszierten.

Sailor war unendlich froh darüber, dass Jake und Danny niemals in eine solche Lage geraten würden. Auch ihre Mutter würde nie wieder eine derartige Erfahrung machen. Denn im Gegensatz zu Sailors und Gabriels leiblichem Vater würde Joseph Esera sich eher den Arm abschneiden, als seine Familie im Stich zu lassen.

»Auch mit Mom hatten wir Glück«, betonte Gabe und richtete sich mit den Nägeln in der Hand auf. »Sie hat nicht eine Sekunde lang aufgegeben. Nicht einmal, nachdem dieser Dreckskerl ihre ganzen Ersparnisse gestohlen hatte, für die sie sich so sehr abgerackert hatte. Oder als er sie zwang, Sozialhilfe zu beantragen, obwohl das ihr schlimmster Horror war.«

Gabriels Zorn war gnadenlos. Und das schon immer. Als der ältere Sohn hatte er am meisten mitbekommen und zu schnell erwachsen werden müssen, nachdem ihr Vater sich abgesetzt hatte. Er erinnerte sich an jedes einzelne Detail dieses Albtraums.

Er hatte Sailor vor den schlimmsten Auswirkungen beschützt.

»Ich hatte mit euch beiden Glück«, ergänzte Sailor leise.

Unverhohlene Zuneigung stand in Gabriels grauen Augen, als er Sailor in die Schulter knuffte. »Wir haben es gemeinsam geschafft, Kleiner.«

Sailor hatte sich schon oft gewünscht, die gleichen Augen wie Gabriel und damit auch die ihrer Mutter zu haben. Stattdessen hatte er die von dem Wichser, der ihn gezeugt hatte, abbekommen. Aber der hatte keinen Platz in seiner Schatzkiste der liebevollen Erinnerungen.

In altbewährter Manier verdrängte er Brian Bishop aus seinem Kopf und packte sein Werkzeug zusammen. »Ist es dir schon mal passiert, dass eine Frau urplötzlich einen Rückzieher gemacht hat und buchstäblich geflohen ist?«

Gabriel bemühte sich nach Kräften, ernst zu bleiben. »Du musst echt schlimm gestunken haben.«

»Leck mich«, sagte Sailor, aber es war kein Groll dahinter. Er überlegte, ob es tatsächlich daran gelegen haben könnte. Sein Rotschopf hatte den Eindruck gemacht, als fühle sie sich zu ihm hingezogen, obwohl er schmutzig und verschwitzt war, und ihn, ohne zu zögern, geküsst, aber vielleicht hatte sie sich anders besonnen, als er den Fehler machte, den Körperkontakt zu unterbrechen.

Idiot.

»Wer war sie?«, hakte Gabriel nach, nachdem er die verbogenen Nägel entsorgt hatte.

»Trouble.«

Sein Bruder lachte in sich hinein. »Wirst du Miss Trouble zu der großen Party am Samstag mitbringen?«

»Hast du mir nicht zugehört? Sie ist stiften gegangen!« Eigentlich hatte Sailor vorgehabt, auf der Party, die der Freund eines Freundes veranstaltete, mal ordentlich auf die Pauke zu hauen, aber jetzt würde er die Nacht vermutlich damit verbringen, über seinen Rotschopf zu grübeln.

»Gabe! Sail! Dad fragt, ob ihr ein Bier wollt.« Ihr jüngster Bruder eilte mit zwei kalten Flaschen auf sie zu.

Obwohl schon vierzehn, war das Nesthäkchen ihrer Familie noch immer eher ein fröhliches Kind als ein mürrischer Teenager. Zum Glück, weil Danny noch keinen Wachstumsschub gehabt hatte und unter allen Mädchen und Jungen in seiner Klasse einer der Kleinsten war. Dass er außerdem zu den beliebtesten Schülern zählte, verdankte er nicht nur seiner Schnelligkeit auf dem Rugbyplatz, sondern auch seinem sonnigen Gemüt.

Sailor zauste seinem Bruder die Haare, die genauso schwarz waren wie seine eigenen, nur ein bisschen struppiger, und nahm ihm ein Bier ab, während Gabe sich das andere schnappte. »Danke, Danny.« Er schlug die Faust gegen die des Teenies.

Anschließend vollführte Danny mit Gabriel eine Reihe extrem komplizierter Handschläge. Er hatte mit zwölf ein ganzes Wochenende darauf verwendet, sie Sailor, Gabriel und Jake beizubringen. Während sein jüngster Bruder seinen älteren beschwatzte, mit ihm ein paar Bälle zu werfen, stand Sailor mit dem Rücken zu dem reparierten Zaun und übte sich schon mal im Grübeln. Sollte ihm sein niedlicher Rotschopf noch ein drittes Mal über den Weg laufen, würde er ihn keinesfalls entwischen lassen.

Ein Rugbyball traf ihn in den Magen.

Er fing ihn reflexartig, ohne seine Bierflasche fallen zu lassen, und taxierte Gabriel, der grinste, mit zusammengekniffenen Augen. »Hallo, du bist der Kapitän der Nationalmannschaft.« Der am höchsten ausgezeichnete Spieler mit dem größten internationalen Bekanntheitsgrad im Team. »Zeig ein bisschen Würde.«

»Hey!« Jakes dunkler Schopf tauchte am Fenster des im Obergeschoss gelegenen Zimmers auf, das er sich bis zu Sailors Auszug vor zwei Jahren mit Danny geteilt hatte. »Spielt ihr etwa ohne mich?« Mit verdrossener Miene zog er den Kopf zurück, gleich würde er die Treppe hinunterflitzen, um sich ihnen anzuschließen.

Sailor stellte sein Bier neben Gabes vor dem Zaun ab und warf den Ball in hohem Bogen zu Danny. Dieser fing ihn und stürmte schnurstracks auf Gabe zu, als wollte er diesen Muskelberg über den Haufen rennen. Stattdessen wurde er hochgehoben und kopfüber herumgeschwungen.

Doch anstatt aufzugeben, streckte Danny den Arm aus und ließ den Ball hinter Gabe auf den Boden fallen. Anschließend führte er einen Siegestanz auf, wobei er immer noch mit dem Kopf nach unten baumelte. Sailor grinste. Falls alles nach Plan lief, würde er in den kommenden Monaten noch weniger freie

Zeit haben. Er würde diese Abende mit seiner Familie vermissen, aber es gab Träume, die ihn verfolgten, Dämonen, die heulten.

Er musste sie zum Verstummen bringen und zu einem Mann heranreifen wie der, der ihn großgezogen hatte. Zu jemandem, der für die Seinen sorgte, anstatt unentwegt zu nehmen, bis nichts mehr übrig war. Jemand werden, der sich etwas aufbaute. Ein Mann, der aber auch nicht die geringste Ähnlichkeit mit Gabriels und Sailors Erzeuger hatte.

Jemand mit solchen Ambitionen hatte keine Zeit für Ablenkungen.

Besonders nicht, wenn sie in Gestalt einer niedlichen rothaarigen Frau daherkamen, die nach dem ersten Kuss die Flucht ergriff.

6. KAPITEL

VON BARTSTOPPELN ZERKRATZTE HAUT
LÄSST SICH SCHWERLICH VOR DEM
DRACHEN VERSTECKEN

Nachdem Ísa von Naynas Büro nach Hause gerast war, drehte sie das Wasser in der Dusche auf eiskalt und stellte sich japsend darunter. Doch das trug nicht dazu bei, ihre Libido oder ihr wild pochendes Herz zu beschwichtigen, dafür versetzte es sie in eine Kältestarre. Sie erhöhte die Temperatur und wusch sich den Duft nach Sünde und Versuchung vom Körper, ebenso wie die Erinnerung an unfassbar blaue Augen und an Lippen, die die ihren verschlangen. Anschließend trocknete sie sich sehr sorgfältig ab, um alle Spuren ihrer Duschzeremonie zu beseitigen.

Sollte ihre Mutter dennoch eine Bemerkung machen, würde Ísa behaupten, Sport getrieben zu haben. Das Gute daran: Es war nicht einmal gelogen. Der Gärtner und sie hatten mit Sicherheit einige Kalorien verbrannt. Und Jacqueline würde sich freuen zu hören, dass Ísa urplötzlich Spaß daran hatte, nach der Arbeit zu trainieren. Sie hatte nie verstanden, wie sie ein Kind in die Welt setzen konnte, das sich viel lieber mit einer Tasse Tee und einem Gedichtband aufs Sofa zurückzog, anstatt joggen zu gehen, um den Kopf frei zu bekommen.

Trotzdem hatte sie Ísa nie wegen ihres Gewichts kritisiert. »Kurven können sehr hübsch sein«, hatte sie ihr mehr als einmal versichert. »Aber man braucht Kraft und Kondition, um sie zur Geltung zu bringen.«

Ísa hatte sich den Rat zu Herzen genommen, sich aber für Sportarten entschieden, die ihr zusagten. Laufen – Jacquelines bevorzugte Leibesertüchtigung – gehörte auf jeden Fall nicht dazu. Ein Mannschaftssport wäre gut gewesen, wenn sie die erforderliche Körperkoordination mitgebracht hätte. Da dies nicht der Fall war, besuchte sie stattdessen Aerobic-Kurse und dergleichen, wo sie und Nayna sich nach hinten verdrücken konnten, weit weg von den schlanken Fitness-Mädels, die sich zu Brezeln verbiegen konnten, ohne auch nur ins Schwitzen zu geraten.

Die normalen Frauen in der letzten Reihe lösten oft gegenseitig Lachkrämpfe aus. In der letzten Stunde hatte Nayna am Ende der Übung andersherum gestanden als die restlichen Teilnehmerinnen. In der davor hätte Ísa um ein Haar versehentlich einer anderen Drückebergerin die Hand ins Gesicht geknallt.

Zu schade, dass dieser Abend nicht von Lachen und Kameradschaft erfüllt sein würde.

Sie schlüpfte in ein schlichtes graues Kleid mit figurbetontem Oberteil und weitem Rock und rundete das Outfit mit einem dünnen, geschäftsmäßig wirkenden Gürtel ab. Dann steckte sie die Haare zu einem Knoten hoch und griff zu ihrem Make-up.

Bei ihrer blassen Haut war Puder überflüssig, es sei denn, sie wollte aussehen wie eine Kabuki-Tänzerin. Gewöhnlich beließ Ísa es bei Wimperntusche, einem Hauch Lidschatten und vielleicht noch etwas Lipgloss. Mehr Schminke, und sie kam sich vor wie ein Clown. Wie der mit den orangeroten Haaren, den man mit Burgern, frittierten Hähnchenstücken und Pommes assoziiert.

Suzanne hatte es an der Highschool genossen, diese Ähnlichkeit hervorzuheben.

»Ronald. He, Ronald. Wie geht's, Ronald?«

Und jetzt würde dieses Vorzeigebeispiel eines gemeinen Biests heiraten und ein Kind bekommen.

Da sie ganz vergessen hatte, Nayna diese ärgerliche Neuigkeit mitzuteilen, schrieb sie ihr schnell eine SMS, während sie zu ihrem Auto rannte. Sie war schon losgefahren, als ihr Handy mit einem *Pling* meldete, dass Nayna geantwortet hatte, deshalb wartete sie damit, die Nachricht zu lesen, bis sie auf den Parkplatz der Operationsbasis ihrer Mutter im glitzernden Stadtzentrum eingebogen war.

Sie hatte einen eigenen Stellplatz.

Als der ihre ausgewiesen durch ein protziges schwarzes Schild, auf dem in goldenen Lettern stand: Ísalind Rain, Vizepräsidentin.

War das zu fassen? Das war beim letzten Mal noch nicht da gewesen.

Sie stieg aus und las, was Nayna geschrieben hatte.

Das Leben ist unfair. Aber keine Sorge – ich bin Hindu; ich glaube an Reinkarnation und Karma. Suzanne wird in ihrem nächsten Leben als eine von Läusen befallene Kakerlake wiedergeboren werden und Schleimbolzen-Schumer als Ratte. Als einäugige. Dann entspricht ihr Äußeres endlich ihrem Innenleben.

Wohingegen du und ich als ein Mix aus Topmodel und Gehirnchirurgin zurückkehren und jeden heißen Gärtner weit und breit verführen werden.

Ísa grinste, als sie durch die Vordertür der Hauptniederlassung von Crafty Corners in die farbenfrohe Lobby trat – wo sie wie jedes Mal ein fröhlicher Angriff auf ihre Sinne erwartete. Sie winkte der Empfangsdame zu, die derzeit allein die Hauptrezeption innehatte, und nahm anstelle des Aufzugs die Treppe.

Der obere Empfangsbereich bestand aus einem weiteren Kaleidoskop aus Farben, die Sofas waren eine Mischung aus leuchtendem Orange, Limettengrün und sattem Gelb, die Wände in einem warmen gebrochenen Weiß gestrichen. Die Junior-Assistentin ihrer Mutter saß nicht hinter einem normalen Schreibtisch, sondern an einem niedrigen Tresen, auf dem übersichtlich sortiert Bastel- und anderes Arbeitsmaterial bereitlag.

Die schlanke, brünette Frau setzte gerade ein kompliziert gearbeitetes Schmuckkästchen zusammen.

»Wie viele davon hast du inzwischen schon hergestellt, Ginny?«

»Oh, dem Himmel sei Dank, du bist es, Ísa.« Ginny hörte auf, die bienenfleißige Kunsthandwerkerin zu mimen, und ließ sich in ihren Rollstuhl zurückfallen. »Ich schwöre bei Gott, wenn ich noch einen Satz dieser winzigen Fenster in ein Set dieser winzigen Türen einkleben muss, werde ich diese dummen Dinger irgendwann jemandem an den Kopf kleben.«

Ísa, die aufrichtig mit ihr fühlte, nickte. Sie hatte selbst mehrere Sommer in der Firma gearbeitet und anschließend nie wieder irgendetwas basteln wollen. Aber Crafty Corners florierte nicht zuletzt, weil die Leute an das Motto »Basteln stärkt den Familiensinn« glauben wollten. Jeder Mitarbeiter, der an seinem Schreibtisch mit der Kundschaft in Kontakt kommen konnte, war zu jeder Zeit verpflichtet, an einem Werkstück zu arbeiten oder ein halb fertiggestelltes in Sichtweite zu haben. Um den Anschein zu erwecken, als liebten sie die Kreationen des Unternehmens so sehr, dass sie nicht genug davon bekamen.

Die arme Ginny hatte den Schwarzen Peter gezogen – die Senior-Assistentin Annalisa durfte in einem anderen Raum sitzen und ein wesentlich normaleres Arbeitsumfeld genießen. Aber fairerweise muss erwähnt werden, dass Annalisa drei Jahre in der Bastelhölle verbracht hatte, bevor sie befördert und von der Front abgezogen wurde.

Das gesamte Konzept klang absurd, aber Ísa hatte immer wieder erlebt, dass es funktionierte. Investoren, Journalisten, alle möglichen eigentlich vernunftbegabten Menschen fielen auf die Illusion herein, ja, viele nahmen sich sogar die Zeit, beim Ankleben oder Bemalen eines Teiles zu helfen. Das war der Grund, warum die Firma, die Jacqueline Rain als mittellose Studentin gegründet hatte, inzwischen ein Multimillionen-Dollar-Konzern war, der in die ganze Welt exportierte und in Neuseeland sogar siebzehn florierende Läden hatte.

Neuseeland ist kein großes Land. Laut letzter Zählung hatte es noch immer weniger als fünf Millionen Einwohner. Und dennoch gab es siebzehn Crafty-Corners-Geschäfte. Die allesamt boomten und Wartelisten für ihre hochgelobten »Basteln und Kekse«-Abende führten, bei denen die neuesten und spannendsten Bastelgeheimnisse enthüllt wurden.

Dann waren da noch die achtundzwanzig Filialen im Nachbarland Australien.

Ísa hatte keine Ahnung, wie ihre Mutter das angestellt hatte. »Ist Jacqueline in ihrem Büro?«, fragte sie Ginny.

Die junge Frau deutete auf den Konferenzraum am Ende des Gangs. »Sie wartet schon.«

Ísa atmete tief durch, um sich zu beruhigen, dann straffte sie die Schultern und bereitete sich innerlich auf das Zusammentreffen mit dem Drachen vor. Trotzdem war sie wieder einmal nicht auf die Wirkung gefasst, die ihre Mutter auf sie hatte, als sie die Tür öffnete. Mit ihrem kastanienbraunen Haar, das sie zu einem Chignon gesteckt trug, und dem hellen Teint, den sie an Ísa weitergegeben hatte – auch wenn deren Haut geradezu gespenstisch blass, Jacquelines hingegen eher cremefarben war und dazu verlockte, mit dem Finger darüberzustreichen –, war Jacqueline Rain eine der schönsten Frauen, die Ísa je gesehen hatte.

Angesichts ihrer stattlichen Größe und ihres perfekten Körperbaus würde sie auch noch mit achtzig eine Augenweide sein.

»Hallo, Ísa.« Jacqueline hielt ihr die Wange hin.

Ísa hauchte gehorsam einen Kuss darauf, bevor sie sich neben sie an den Konferenztisch aus matt glänzendem Holz setzte. »Was hat dieses ›Vizepräsidentin‹-Schild auf meinem Stellplatz zu bedeuten?«

»Ich dachte, du hättest vielleicht gern einen Vorgeschmack auf die Zukunft, die du haben könntest.« Jacqueline nahm ihre türkisfarbene Lesebrille im Katzenaugen-Look ab. »Es will mir einfach nicht einleuchten, weshalb du es vorziehst, dich mit aufsässigen Teenagern herumzuplagen, anstatt für eines der Top-Unternehmen dieses Landes zu arbeiten.«

»Ich möchte nicht den ganzen Tag basteln, Mutter.«

»Du weißt genau, dass das nur schmückendes Beiwerk der Mitarbeiter an vorderster Front ist, Ísa. Hör auf, dich absichtlich dumm zu stellen.«

Bedauerlicherweise hatte ihre Mutter recht. Die familienfreundliche, kunsthandwerkliche Atmosphäre war nichts als Schönfärberei für die Öffentlichkeit. Hinter den Kulissen war Crafty Corners ein halsabschneiderisches Unternehmen. Und Jacqueline das Oberhaupt der Blutsauger.

»Wieso musste ich herkommen?«, fragte sie. »Du weißt, ich stimme immer für dich.« Nicht dass Ísa keine eigenen Ansichten gehabt hätte, aber Jacqueline war nun einmal brillant. Alles, was sie tat, war wohlüberlegt, und allein aus Trotz gegen sie zu votieren, dazu war Ísa nicht fähig. »Abgesehen davon bist du die Mehrheitsaktionärin. Wozu also das ganze Trara?«

»Die anderen Gesellschafter möchten wissen, was mit ihrem Geld passiert«, erklärte Jacqueline. »Nachdem deine Anteile dich zur Millionärin machen, würde ich erwarten, dass du der Firma etwas mehr Aufmerksamkeit schenkst.«

Ísa hätte am liebsten mit dem Kopf gegen die Tischkante geschlagen; vielleicht wäre ein Helm manchmal sehr sinnvoll. Sie hatte nur deshalb nicht versucht, ihre Anteile – für die Jacqueline vertragsgemäß ein Vorkaufsrecht hatte – abzustoßen, weil ihre Mutter sich sofort von ihr lossagen würde, wenn sie sich aus dem Unternehmen zurückzöge.

Das würde Ísa zwar nichts ausmachen. Aber wenn sie nicht mehr an Jacqueline herankäme und diese ihre Argumente nicht länger berücksichtigte, dann könnte sie nicht für Catie und für Harlow sprechen. Beide hätten nicht den Hauch einer Chance, wenn Ísa nicht ihre Interessen verträte. Nein, Jacqueline würde ihnen nicht den Geldhahn zudrehen, auf den vor allem Catie angewiesen war, aber ... die beiden würden einfach vergessen werden.

Und Ísa wusste, wie weh so etwas tat.

Sie würde Jacqueline nicht erlauben, diesen Schmerz noch einmal einem Kind zuzufügen.

Doch das hieß nicht, dass sie sich zurücklehnen und von dem Zug namens Jacqueline Rain überrollen ließ. »Du weißt, dass ich mich nicht zu deiner Nachfolgerin eigne«, sagte sie. »Abgesehen von den Sommern, in denen ich für dich gejobbt habe, besitze ich keinerlei Geschäftserfahrung.«

»Du spielst deine Fähigkeiten herunter.« Jacqueline lehnte sich in ihrem Stuhl zurück und hielt Ísas Blick mit ihren grünen Augen fest. »Du durchschaust und erfasst alles.«

Pech für Ísa, aber Jacqueline hatte auch damit recht.

Es war, als hätte sie schon im Mutterleib sämtliche Informationen aufgenommen, die mit Jacquelines Gekungel und Gemauschel einhergingen, wenn sie sich als Halsabschneiderin betätigte.

In dem vergeblichen Bemühen, nicht mit den Zähnen zu knirschen, griff sie nach der Tagesordnung für dieses Meeting. Sie hatte sie halb durchgesehen, als ihre Mutter fragte: »Was hast du denn angestellt?« Ihre perfekt manikürten Fingernägel strichen seitlich an Ísas Hals entlang. »Wenn ich es nicht besser wüsste, würde ich sagen, dass diese roten Flecken von Bartstoppeln stammen.«

Ganz ohne Absicht fuhr Ísas Hand an ihre Kehle.

Warum war ihr das bloß entgangen?

Weil es nicht zu deinen Gewohnheiten gehört, dich an heiße, halb nackte Gärtner ranzuschmeißen, antwortete Ísas Teufelin. *Eine echte Schande.*

Gott sei Dank hatte die scharfäugige Jacqueline sich bereits wieder ihrer Arbeit zugewandt, offenbar zog sie die Möglichkeit, dass ihre Tochter mit von Bartstoppeln zerkratzter Haut zu einer Vorstandssitzung erscheinen würde, nicht einmal in Betracht. Nicht, dass Ísa es ihr verdenken konnte.

So ungern sie es zugab, Cody hatte ihrem Selbstvertrauen einen gewaltigen Dämpfer versetzt. Er war der erste Junge gewesen, dem sie nicht nur ihr Herz, sondern auch ihren Körper geschenkt hatte. Und er hatte dafür gesorgt, dass sie sich deswegen schrecklich fühlte. Erfüllt von Zorn und fester Entschlossenheit hatte sie sich von der Kränkung erholt, trotzdem war sie erst zwei Jahre später wieder bereit gewesen, sich auf ein Date einzulassen.

Sie hatte sich mit einigen netten Typen getroffen, aber keiner von ihnen hatte ihre Welt aus den Angeln gehoben.

Aber, wie Manuel, Beau, Carl und all die anderen bestätigen konnten, war Ísa kein schüchternes Mauerblümchen mehr. Das Onlinedating mochte sie in den Wahnsinn treiben, doch niemand würde ihr jemals vorhalten können, dass sie sich nicht genügend anstrengte. Und ihre Mühe hätte sich gelohnt, wenn sie nur den Richtigen fände, den Mann, für den sie wichtiger war als geschäftliche Besprechungen oder Verhandlungen oder »zeitkritische« E-Mails.

Den einen Mann, für den sie Vorrang hätte.

Ísa kannte dieses Gefühl nicht.

Ich bin mit meiner Arbeit verheiratet. Sie ist eine ziemlich anspruchsvolle Partnerin, die andere Frauen auf Dauer nicht neben sich duldet.

Sie seufzte innerlich. Allem Anschein nach konnte sie sich nicht einmal dem richtig sexy Gärtner an den Hals werfen. Nein, sie musste sich einen aussuchen, der ganz in seinem Job aufging. Es war, als hätte sie ihren Radar auf die Sorte Menschen eingestellt, die die erwachsene Ísa auf dieselbe Weise ignorierten, wie ihre Eltern es mit dem Kind Ísa gemacht hatten. Es wäre besser, sie würde ihn nie wiedersehen. So wie ihr Körper für ihn entflammt war, traute sie sich in seiner Gegenwart selbst nicht über den Weg.

Weil dieser unpassende, blauäugige Mann nichts als Ärger bedeutete.

Ihre Zehen kribbelten in ihren Pumps. Ihr Unterleib zog sich zusammen. Und ihre Brüste schienen im BH anzuschwellen.

Und die Teufelin flüsterte: *Du musst ihn ja nicht gleich heiraten, Dummkopf. Möchtest du nicht irgendwann auf ein paar schmutzige Anekdoten zurückblicken, mit denen du deine Enkel schockieren kannst?*

7. KAPITEL

SAILOR DER ERBARMUNGSLOSE

Als Sailor Freitagnacht zu Bett ging, kreisten seine Gedanken um eine sinnliche, rothaarige Frau. War es da ein Wunder, dass sein Körper keine Ruhe fand?

Stöhnend schloss er die Faust um sein Glied und masturbierte. Dabei überlegte er sich, wie er seinen Rotschopf für die Qualen, die er ausstand, bestrafen könnte. Er stand nicht auf Schmerz, auf Peitschen oder Ketten, aber vielleicht würde er sie fesseln und scharfmachen, bis sie um Gnade flehte.

Aber er würde keine Gnade kennen.

Er würde sie oral verwöhnen und an der Grenze zum Höhepunkt halten, während er sein Festmahl genoss. Und er würde ihr gestehen, wie sehnsüchtig er an sie gedacht hatte, während er sich selbst befriedigte. Wie er sich vorstellte, mit einem einzigen Stoß tief in sie einzudringen, ihren engen, feuchten Schoß um seinen Schwanz zu spüren. Wie er sich ausmalte, sie nackt auszuziehen, ihre Brüste zu streicheln und mit seinem unrasierten Kinn über zarte, makellose Haut zu fahren.

Sein Körper erbebte; er bäumte sich auf.

Als er sich zurück aufs Bett fallen ließ, hatte der Orgasmus zwar seine sexuelle Anspannung gemildert, aber nicht den Rotschopf aus seinem Kopf vertrieben.

»Es wird ganz bestimmt keine Gnade geben.« Sein Brustkorb hob und senkte sich in unregelmäßigen Stößen. »Wenn du mir ins Netz gehst, meine Schöne, wird es nur noch um Vergeltung gehen.«

Um süße, genüsslich ausgekostete, erotische Vergeltung.

Sündhaftigkeit wird unterschätzt.

Nayna Sharma

8. KAPITEL

UNARTIGE TEUFELINNEN

Der Samstag stand viel zu schnell vor der Tür.

Ísa hatte die Nacht zuvor damit zugebracht, von verschlungenen Leibern auf dem Rücksitz eines gewissen Lieferwagens zu träumen; die Erinnerung an diesen Traum von einem Mann mit blauen Augen und sündhaftem Lächeln fesselte sie auch noch in ihren wachen Stunden und stahl ihr die Ruhe. Aber heute Abend würde sie ihn aus ihrem Gedächtnis verbannen. Sie war fest entschlossen, sich zu amüsieren, und die Behauptung ihres Unterbewusstseins zu widerlegen, indem sie sich nicht wie eine Großmutter benahm.

Das Schlimmste war allerdings, dass die Teufelin in Ísa recht hatte.

Es kam ihr vor, als wäre sie schon seit ihrem fünfzehnten Lebensjahr die Erwachsene in der Familie. Sicher, Jacqueline konnte ein Multimillionen-Dollar-Imperium leiten und gigantische Deals aushandeln, aber wenn es darum ging, ihre versprengte Familie zusammenzuhalten, war in erster Linie Ísa zuständig. Sie hatte am Tag von Caties Geburt begriffen, dass niemand diese Aufgabe übernehmen würde, wenn sie es nicht tat. Schon gar nicht Jacquelines vierter Ehemann, Caties Erzeuger.

Ísas Vater Stefán sah augenscheinlich keinen Grund, sich eines Kindes anzunehmen, das seine Ex-Frau mit einem anderen Mann bekommen hatte. Nicht, dass er sich viel um sein eigenes gekümmert hätte.

Ihr Handy summte.

Als sie den Anruf entgegennahm, erschien das attraktive Gesicht ihres Vaters auf dem Display, so als hätte sie ihn allein kraft ihrer Gedanken aus dem Nichts herbeigerufen. »Hallo, Dad.«

»Deine Mutter hat mir erzählt, dass du endlich mehr Interesse an ihrem Unternehmen zeigst«, sagte er – auf Isländisch –, als hätten sie erst gestern miteinander gesprochen und nicht das letzte Mal vor vier Monaten. »Das ist erfreulich. Sobald du dort Erfahrungen gesammelt hast, kannst du die Rolle der Vizepräsidentin in meiner Flotte übernehmen.«

Ísa massierte sich die Stirn. Das war genau der Grund, warum die Ehe ihrer Eltern nicht funktioniert hatte. Sie hatten enorme Achtung voreinander und waren bis heute befreundet, aber wenn es ums Geschäft ging, konnten sie einfach nicht aufhören, sich gegenseitig auszustechen.

Nicht einmal, wenn es ihre Tochter betraf.

Sie wechselte ebenfalls ins Isländische, das ihr Englisch noch immer färbte. »Wie geht es …« *Oh Gott, wie hieß seine aktuelle Frau gleich noch?* »… äh, Jenetta?« Sie konnte nur hoffen, dass er die Auslandsverbindung für die entstandene Pause verantwortlich machte.

»Ach, Jenetta und ich haben uns vor zwei Monaten getrennt, Liebes. Sie war bezaubernd, aber nicht gerade helle.«

Ísa zuckte vor Mitgefühl mit der sitzen gelassenen Jenetta zusammen. »Dann bist du ledig?«

»Ja, aber nicht für lange. Es ist mir gelungen, eine Blitzscheidung durchzudrücken – mit den Details verschone ich dich. Die Hochzeit wird in Neuseeland stattfinden. Und ich möchte, dass du eine der Brautjungfern bist.«

Jeder andere Mensch hätte vermutlich entgeistert reagiert. Nicht so Ísa, die ihn ein Leben lang kannte. »Wie heißt deine Verlobte?«

»Elizabeth Anne Victoria. Ein ausgesprochen britischer Name. Ihre Eltern sind Viscounts oder so was.« Ein verbales Achselzucken, das sich nur ein Mann erlauben konnte, der wie er zu den reichsten Europas gehörte und bereits mit einer Prinzessin sowie zwei Primaballerinen den Bund der Ehe geschlossen und wieder aufgelöst hatte. »Du bekommst noch eine schriftliche Einladung, aber hier ist schon mal das Datum.«

Ísa notierte es pflichtschuldig.

Stefán beendete das Telefonat kurz darauf, um den Anruf eines Geschäftspartners auf der anderen Leitung entgegenzunehmen. Als Ísa das Handy zur Seite legte, musste sie sich eingestehen, dass sie keine Ahnung hatte, wo ihr Vater sich derzeit aufhielt. Und sie hatte auch versäumt, ihm vorsichtig nähere Informationen über Elizabeth Anne Victoria zu entlocken – besonders, was das Alter seiner neuen Verlobten anbelangte. Morbide Neugier veranlasste sie, eine Frau mit diesem Namen, die die Tochter eines Viscounts war, zu googeln.

Es gab zwei Treffer.

Bei einem handelte es sich um eine achtzigjährige, verheiratete Matriarchin.

Beim zweiten um eine einundzwanzigjährige grazile Schönheit, die auf Instagram massenhaft Fotos in unterschiedlichen Bikinis postete, die sie entweder mit »motivierenden« Sprüchen über harte Arbeit und verwirklichte Träume versah oder mit albernen Statements zu ihrem letzten Urlaub auf irgendeiner sonnigen Insel, die so exklusiv war, dass man eine Privatjacht brauchte, um hin zu gelangen.

Ihren eigenen Worten nach wollte sie die erste Frau sein,

die ins Weltall flog. Ihr Ziel war es, »ein Vorbild für jüngere Frauen!« zu sein. Elizabeth Anne Victoria schien übersehen zu haben, dass schon eine ganze Reihe Frauen vor ihr im All gewesen waren. Um ihren Traum wahr werden zu lassen, spielte sie mit dem Gedanken, etwas anderes zu studieren als »den Sinn des Lebens durch ein Cocktailglas«.

»Eine echte Leuchte, Dad«, brummte Ísa. Sie fragte sich, ob die Tinte auf der Heiratsurkunde wohl Zeit haben würde zu trocknen, bis Stefán von diesem Mädchen gelangweilt wäre. So klug er auch war, traf er hinsichtlich seiner Ehepartnerinnen nie weise Entscheidungen. Das galt auch für Jacqueline. Er wählte entweder Barrakudas wie sie oder aber Frauen, die geistig schlichtweg nicht mit einem Mann mithalten konnten, der eine erfolglose Kreuzfahrtschiff-Flotte übernommen und in ein globales Imperium verwandelt hatte.

Ísa legte das Handy weg und betrachtete sich im Spiegel. Ihr Vater war im Begriff, die letzte Grenze zu überschreiten, indem er eine Frau ehelichte, die jünger war als seine Tochter. Das brachte das Fass zum Überlaufen. Ísa hatte die Nase gestrichen voll. »Ganz egal, was ich dafür tun muss, ich werde heute nicht nach Hause zurückkehren, ohne mich wenigstens einmal danebenbenommen zu haben!«, gelobte sie sich. Sie würde nicht mehr auf Nummer sicher gehen. Nicht heute Nacht.

Die Teufelin klatschte Beifall.

Entschlossen riss Ísa ihren Schrank auf. Er war angefüllt mit knielangen Tageskleidern, gut geschnittenen Oberteilen und Röcken, die ihrer Figur schmeichelten, dabei aber nicht zu eng waren, um sie in der Schule zu tragen. Nichts davon eignete sich für eine Party, auf der sie mindestens eine Sünde, womöglich auch zwei, zu begehen gedachte. Sie wollte verrucht, sexy und umwerfend aussehen, und nicht wie eine züchtige Highschool-Lehrerin.

»Jetzt gibt es kein Zurück mehr, Ísa.« Sie holte tief Luft, dann schob sie die Klamotten im Schrank zur Seite, um bis ganz nach hinten zu gelangen. Ihre Finger strichen über die Ränder von Pailletten. Mit angespanntem, flatterndem Magen zog sie den Bügel, auf dem das Kleid hing, hervor.

Was Catie sich wohl dabei gedacht hatte, als sie es Ísa vorletztes Jahr zum Geburtstag schenkte! Sie hatte Harlow überredet, sich an dem Geschenk zu beteiligen, und beide hatten ihr ganzes Geld zusammengelegt, um es sich leisten zu können.

Das Kleid war von einem lebhaften Königsblau, dazu über und über mit Pailletten besetzt.

Also durchaus eindrucksvoll, wenn man von der Länge des Kleidungsstücks absah. Es hatte keine Träger und reichte gerade mal bis zur Mitte ihrer Oberschenkel, wie sie bei dem einen Mal, als sie es angezogen hatte – zu Hause, anlässlich ihrer Geburtstagsparty mit Catie und Harlow –, feststellte. Sie konnte sich darin nicht vorbeugen, es sei denn, sie wollte jedem, der hinter ihr stand, die Farbe ihres Slips offenbaren.

Ihr Entschluss geriet ins Wanken, und sie war drauf und dran, das Kleid zurückzuhängen. Eine Frau mit einem Busen wie dem ihren dürfte eigentlich kein trägerloses Kleid tragen. Doch dann blieben ihr nur Jeans und T-Shirt.

Echt sexy. Echt wild. Echt rebellisch.

Verärgert über sich selbst, zog sie sich aus – BH inklusive – und zwängte sich in das Kleid. Der Reißverschluss an der Seite vereinfachte die Sache. Erst als sie ihn hochzog, merkte sie wieder, wie eng das Ding saß. Sie hatte sich schon beim letzten Mal wie eine Presswurst darin gefühlt, bis Catie sie darauf hinwies, dass der hautenge Sitz beabsichtigt war, um zu verhindern, dass ihre Brüste herausplumpsten.

»Und er soll deine Kurven betonen«, hatte ihre Schwester

seufzend hinzugefügt. »Ich wünschte, ich hätte welche, die ich herzeigen könnte, aber da das nicht der Fall ist, werde ich zumindest dafür sorgen, dass du deine nicht versteckst.«

Beide Geschwister hatten ihr versichert, dass sie in dem Kleid »megaheiß« aussehe.

Sie trat wieder vor den Spiegel und riskierte einen Blick. Das Kleid saß, als wäre es aufgemalt, so wie es in einer sanften Kurve ihren Rücken bis über ihr Hinterteil nachformte. Von vorne war es fast gleich geschnitten, nur dass die weiche Linie durch eine clevere Raffung um die Taille unterbrochen wurde, sodass es aussah, als hätte sie überhaupt keinen Bauch.

Es zauberte ihr ein zugegebenermaßen ziemlich aufreizendes Dekolleté, indem es ihre Brüste wie eine zweite Haut umschloss, während es sie gleichzeitig leicht nach oben drückte. Ísa nahm sich genauer in Augenschein … und lächelte. Sie musste sich eigentlich bei ihrer kleinen Schwester entschuldigen, denn dieses Kleid war perfekt für die Frau, die sie heute Nacht sein wollte.

Jetzt führte die Teufelin in Ísa das Kommando.

Sie löste ihre Haare und wollte schon nach dem Glätteisen greifen, als ihr bewusst wurde, wie verführerisch ihre wilden Locken wirkten, so als käme sie gerade aus dem Bett … oder vom Rücksitz des Lieferwagens ihres Gärtners.

Noch immer lächelnd, fächelte sie ihren hochroten Wangen Luft zu. Okay, wahrscheinlich würde sie die Flucht ergreifen, bevor sie tatsächlich etwas Ungehöriges tat, aber sie hätte zumindest einen Versuch unternommen. Und sollte er ihr noch einmal über den Weg laufen, würde sie nicht die Flucht ergreifen. Nein, sie würde seine Einladung, auf den Rücksitz zu klettern, annehmen, falls das Angebot noch stand.

Ihr wurde heiß zwischen den Schenkeln.

»Konzentrier dich, Ísa«, befahl sie sich. »Denk nicht mehr an den Gärtner. Bestimmt gibt es noch jede Menge andere Fische in diesem Meer der Sünde. Du gehst angeln.«

Sie holte ihr Make-up hervor und begann sich sorgfältig zu schminken.

Zwanzig Minuten später trat sie einen Schritt zurück und erblickte eine Fremde in einem aufreizenden Kleid, mit einer wilden Mähne roter Haare, die ihr offen über die Schultern fielen, und Lippen, so voll und sinnlich, dass sie zum Küssen einluden.

Zugegeben, ihre Hüften waren breiter, als es der Mode entsprach, und sie hatte eindeutig zu viele Kurven, aber an all das würde Ísa an diesem Abend keinen Gedanken verschwenden. Sie würde die Frau feiern, die sie war, und ihre innere Teufelin herauslassen. Und wenn sie sich genügend ins Zeug legte, würde sie den Mann mit den tiefblauen Augen, der sie berührt hatte, als wollte er sie häppchenweise verschlingen, vielleicht vergessen können.

Diese Augen …

Ísa furchte die Stirn, konnte das Gefühl einfach nicht abschütteln, dass sie sie schon früher gesehen hatte, obwohl das unmöglich war. Sie würde sich an dieses bildschöne Gesicht, diese sinnlichen Lippen, diesen perfekten Körperbau erinnern. Nein, sie war ihrem Gärtner vor diesem leidenschaftlichen Kuss, der sie bis in ihre Träume hinein verfolgte, nie begegnet.

Nayna stieß bei Ísas Anblick einen anerkennenden Pfiff aus. »So viel zum Thema Sex auf zwei Beinen!«, bemerkte sie, als Ísa auf den Beifahrersitz glitt. Ísa hatte vor dem Haus auf ihre Freundin gewartet, fest entschlossen, nicht zu kneifen und sich doch noch umzuziehen.

»Wow«, kommentierte Ísa Naynas Outfit. »Du siehst aus, als hättest du dich in schwarzes Klebeband gewickelt und entschieden, dass das ausreicht. Es ist absolut fantastisch.«

Das Kleid verfügte über schmale Träger, ähnelte Ísas jedoch insofern, als es ebenfalls nur bis zur Mitte der Schenkel reichte. Die Aussparungen in dem Stoff machten es ultrasexy. Da war eine an Naynas Rippen, eine an ihrer Hüfte und eine weitere an ihrem unteren Rücken. Die Stellen, wo nackte Haut hervorblitzte, waren winzig, aber gerade das machte sie so verdammt verlockend.

Doch einige der Aussparungen ließen erahnen …

Ísa machte große Augen. »Bist du da drunter etwa nackt?«

Ihre Freundin lächelte ausgesprochen unartig. »Schscht.« Sie kicherte, als Ísa schockiert nach Luft schnappte. »Meine Mutter darf davon nichts wissen, darum hatte ich es in einer Schachtel mit der Aufschrift ›Steuerdokumente‹ versteckt und meine Stilettos in meinem Auto deponiert. Als ich vorhin das Haus verließ, hatte ich einen weiten Mantel und vernünftige Schuhe an.«

Ísa konnte weder nachvollziehen, wieso sie bei ihren Eltern wohnte, noch, dass sie einer arrangierten Ehe zugestimmt hatte, aber Nayna wollte es nun einmal so. »Ich ziehe meinen Hut vor deiner Raffinesse.«

»Ist dir aufgefallen, wie es glitzert, wenn Licht darauf fällt?«

»Du siehst aus wie eine Göttin der Nacht.«

Naynas Gelächter erstarb abrupt. »Verflixt.« Sie zeigte auf den Halter, in dem ihr Handy steckte, um ihr als Navi zu dienen. »Kannst du es neu starten?« Aus unerfindlichen Gründen war das Display ausgegangen.

»Wie ist die Adresse?« Als Nayna sie ihr nannte, ließ Ísa das Handy Handy sein. »Ich kenne den Weg. Meine Mutter hat mich früher oft zu Partys in der Gegend mitgenommen.«

Zu Kennenlernpartys von Geschäftsleuten, um genau zu sein.

Um Ísa zu ihrer Nachfolgerin aufzubauen. Zu einem Mini-

Drachen. Auch wenn diese überhaupt kein Verlangen danach hatte, Feuer zu spucken und Hälse abzuschneiden.

»Du hast unseren Gastgeber bei der Arbeit kennengelernt, ja?«, fragte Ísa zwanzig Minuten später, als Nayna den Wagen auf halber Höhe der langen, schon jetzt mit Fahrzeugen verstopften Einfahrt zum Stehen brachte.

»Tatsächlich handelt es sich um ein Paar.« Nayna schaltete den Motor aus. »Die Sorte von machtvollem Gespann, die im Gesellschaftsteil auftaucht. Sie feiern heute ihre alljährliche Weihnachts-Schrägstrich-Hochzeitstagsparty.«

»Oje, und ich habe kein Geschenk dabei.«

Nayna griff nach hinten auf den Rücksitz und brachte ein hübsch eingewickeltes Päckchen zum Vorschein. »Ich hab was besorgt. Es ist ein Pärchengutschein für diese schicke Wellnessoase, wo wir mit Catie an ihrem dreizehnten Geburtstag waren.«

Sie stiegen aus und staksten auf ihren Bleistiftabsätzen, an die sie beide nicht gewöhnt waren, vorsichtig durch die laue Nacht die Einfahrt hinauf. Ísa musste sich beherrschen, nicht an ihrem Kleid herumzuzupfen. Sie konnte so fest daran ziehen, wie sie wollte, es wurde trotzdem nicht länger.

»Wir sind heute Abend Teufelinnen«, sagte sie zu Nayna und hakte sich bei ihr unter.

Etwas Verzagtes stand in Naynas Blick, als sie nickte. »Wilde, übermütige Teufelinnen«, bekräftigte sie. »Ganz bestimmt keine braven Mädchen, die tun, was ihre Eltern verlangen.«

Es drängte Ísa, dem nachzugehen, was sie in Naynas Miene, ihrer Stimme, wahrgenommen hatte, gleichzeitig spürte sie aber auch deren verzweifelten Wunsch, sich zu vergnügen. Dies war nicht der richtige Zeitpunkt, über ihre Entscheidungen und die Frage, ob sie wirklich mit ihnen leben konnte, zu sprechen.

»Ich fordere dich auf, heute Abend irgendeinen wildfremden Typen zu küssen«, sagte sie, anstatt in Naynas Herz und ihren Ängsten herumzustochern. »Einen muskelbepackten Adonis, an den du dich sonst nie heranwagen würdest.« In ihrem Job strotzte Nayna vor Selbstsicherheit, aber sie war nicht ohne Grund Ísas beste Freundin. Sie waren beide das genaue Gegenteil einer Femme fatale.

»Herausforderung angenommen«, antwortete Nayna entschieden. »Wir werden uns danach nie wieder begegnen, wen kümmert es also, ob er mich für eine Irre hält?«

Ísa beschloss, ein wachsames Auge auf ihre Freundin zu haben. Oder vielleicht lieber doch nicht. Nayna wirkte heute irgendwie geknickt, und es gab in ihrem Leben ohnehin zu viele Regeln. An diesem Abend galt es, gegen sie zu verstoßen. »Sag mir einfach Bescheid, falls du mit jemandem abziehst, damit ich mir keine Sorgen mache.«

»Dito.« Nayna atmete tief ein, als sie die offene Eingangstür erreichten. »Los, lass uns wilde Dinge tun.«

Die Party war schon in vollem Gang. Rechts von ihnen befand sich ein großräumiger Wohnbereich, der sich bis zu einer breiten Terrasse erstreckte, von der aus man zu dem blau schimmernden Pool gelangte, in dem sich bereits mehrere Schwimmer tummelten. Ein gigantischer Kronleuchter, der von der hohen Gewölbedecke herabhing, warf sein funkelndes Licht auf das ganze Geschehen.

Musik erfüllte den Raum, nicht zu laut, um sich zu unterhalten, aber laut genug, um das Tanzbein zu schwingen, sowie eine mit Sektgläsern bewaffnete Gruppe schöner Menschen in einer Ecke, die dank einer Discokugel zu einer illuminierten kleinen Tanzfläche wurde.

Als Ísa sich zaghaft einem Bereich näherte, wo andere attraktive Leute zusammenstanden und lachend plauderten, wurde sie plötzlich von Nervosität gepackt. Was zur Hölle tat sie hier? Sie entsprach optisch kein bisschen diesen dünnen Gestalten mit den glänzenden Wallemähnen und der perfekt gebräunten Haut. Wenn sie sich in die Sonne legte, würde sie in null Komma nichts verbrutzeln.

»Nayna!« Eine atemberaubende Brünette kam mit weit geöffneten Armen auf Nayna zu.

Diese ließ sich von ihr drücken, bevor sie ihr das Geschenk überreichte. »Ich möchte dir meine Freundin Ísa vorstellen.«

»Ich hoffe, ihr zwei habt Badekleidung mitgebracht«, sagte die Gastgeberin, nachdem sie Ísa zur Begrüßung umarmt hatte. »Obwohl …« Sie zwinkerte ihnen zu. »Wie es scheint, legt nicht jeder hier Wert darauf, sich zu verhüllen.«

Kurz darauf wurde sie von einer anderen Frau in Beschlag genommen, und Ísa schaute Nayna grinsend an, in ihren Augen eine stumme Frage. Ohne ein Wort steuerten sie Seite an Seite den Pool an.

Ísa spürte ein plötzliches Prickeln im Nacken wie von einer instinktiven Wahrnehmung.

Die eines heißen, blauäugigen Gärtners.

9. KAPITEL

VOODOOZAUBER

Mit klopfendem Herzen drehte sie sich um ... doch da waren nur dieselben strahlend schönen Menschen wie zuvor, darunter auch mehrere Männer, die ihre Augen nicht von ihr abwenden wollten. Sie ignorierte sie und hielt weiter nach der Ursache dieses Kribbelns Ausschau.

Nichts. Keine Spur von ihrem sexy Gärtner.

Die Enttäuschung drückte wie ein bleiernes Gewicht auf ihren Magen.

»Oh, mein Gott«, flüsterte Nayna ehrfurchtsvoll. »Ist der aus Fleisch und Blut?«

Ísas Blick folgte dem ihrer Freundin und landete auf einem hochgewachsenen, gut gebauten Mann mit gebräunter Haut, einem Dreitagebart und zerzausten schwarzen Haaren.

Er trug ein weißes T-Shirt, das seine Arm- und Brustmuskeln betonte, und ausgewaschene, legere Jeans, die anders als bei einigen der anwesenden Männer nicht so knapp saßen, dass sich sein Gemächte abzeichnete. Was Frauen nur umso neugieriger darauf machte, was darunter verborgen war.

Sein Selbstvertrauen sonderte sich in Wellen von ihm ab.

Obwohl ihre Hormone immer noch schmollten, weil ihnen eine weitere Kostprobe eines gewissen Gärtners verwehrt geblieben war, konnte Ísa unbedingt nachvollziehen, wieso Nayna ihn anziehend fand.

»Nichts wie ran«, raunte Ísa ihr zu. »Er ist dein Angriffsziel heute Abend.«

Auf den verständnislosen Blick ihrer Freundin hin fügte sie hinzu: »Ungezogene Teufelinnen, weißt du noch?«

»Aber von Demütigung war keine Rede.« Naynas sachliche Worte konnten ihre Enttäuschung nicht verhehlen. »Hast du die Frau gesehen, mit der er sich unterhält?«

Ísa sah zu dem attraktiven Unbekannten hinüber, als dessen Blick im selben Moment flüchtig über die Menge schweifte und ihre Freundin erfasste. Was diese jedoch nicht merkte, weil sie zu sehr damit beschäftigt war, sich zu vergewissern, dass ihr Kleid ihren Hintern bedeckte. Seine dunklen Augen taxierten Nayna, bis die vollbusige Schönheit mit dem rabenschwarzen Haar an seiner Seite seine Aufmerksamkeit einforderte, indem sie ihm die Hand auf den Unterarm legte.

Ísa lächelte. »Falls er nicht mit dieser Frau liiert ist – und mein Instinkt sagt mir, er ist es nicht –, glaube ich, dass du gute Chancen hast«, flüsterte sie ihrer Freundin zu. »Er hat dich gerade angestarrt.«

Nayna war unbeeindruckt. »Wahrscheinlich fragt er sich, was eine schräge Type wie ich inmitten all dieser unfassbar gut aussehenden Menschen zu suchen hat.« Bevor Ísa etwas erwidern konnte, packte Nayna sie am Arm und zog sie weiter. »Komm, lass uns wenigstens ein bisschen beim Nacktbaden zuschauen.«

Als sie am Pool ankamen, mussten sie zu ihrem Bedauern feststellen, dass sie voreilig auf wilde Ausschweifungen gehofft hatten. Die Leute schienen alle etwas anzuhaben. »Wir werden trotzdem nackt baden«, verkündete Nayna. »Sobald die Lichter aus und die anderen Gäste heimgegangen sind.«

Ísa zuckten vor Lachen die Schultern. »Bin dabei.«

Die Außenbeleuchtung verlieh Naynas glattem schwarzem Haar einen rötlichen Schimmer, als sie sich lächelnd umwandte und sich ein Glas vom Tablett eines Kellners nahm. »Möchtest du auch eins?« Als Ísa nickte, gab sie es an sie weiter und ergriff ein zweites, wobei ihre Hand mit der großen Hand eines Mannes zusammenstieß. »Oh, Entschuldi…«

Ísa beobachtete, wie ihre Freundin erstarrte, als sie sich ausgerechnet dem Hünen mit dem unrasierten Kinn, den sie vorhin angeschmachtet hatte, gegenübersah. Er lächelte. »Bitte schön«, sagte er und reichte ihr eine Champagnerflöte. »Ich bin Raj.«

Nayna sandte Ísa einen verzweifelten Blick zu, doch diese erinnerte sie nur mit hochgezogenen Augenbrauen an ihr »Ungezogene-Teufelinnen«-Motto, bevor sie sich zurückzog und in der Menge untertauchte. Allerdings entfernte sie sich nicht allzu weit, sondern blieb für den Fall, dass Nayna sie brauchte, in der Nähe. Im Übrigen hatte sie sowieso nichts anderes zu tun, denn im Gegensatz zu ihrer Freundin reizte es sie nicht, mit irgendeinem der anwesenden Männer die Regeln zu brechen.

Weil keiner von ihnen die blauen Augen ihres Gärtners hatte. Oder dessen sündhaftes Lächeln.

Da Ísa sich rückwärtsbewegte, war es wenig überraschend, dass sie mit jemandem zusammenstieß. Eine kalte Flüssigkeit ergoss sich über ihre nackte Schulter.

Fröstelnd drehte sie sich um, um sich zu entschuldigen, weil es ihr Fehler gewesen war. »Es tut mir leid. Ich habe nicht …«

Faszinierend blaue Augen versenkten sich in ihre.

Sailor war nur auf dieser Party erschienen, weil er es Raj versprochen hatte. Sein Freund war – genau wie er selbst – kein großer Partygänger, er investierte seine freie Zeit lieber in sein Geschäft, als sie mit fremden Menschen zu vergeuden. Aber die Gastgeber waren nicht nur Kunden von ihm, sondern inzwischen auch gute Freunde und hatten auf Rajs Kommen bestanden.

Sailor begleitete ihn, damit er nicht mit zu vielen Idioten würde quatschen müssen – wofür sein Freund noch weniger Geduld aufbrachte als Sailor –, aber Raj war sofort von Frauen umringt gewesen, kurz nachdem sich Sailor auf den Weg zur Bar auf der anderen Seite des Raums gemacht hatte, um sich ein Bier zu holen. Aber auch er selbst kam nicht ungeschoren davon. Offenbar hatte es sich herumgesprochen, dass er Landschaftsgärtner und Raj im Baugewerbe tätig war.

Worauf all diese stinkreichen Weiber anscheinend total abfuhren.

Sailor konnte sich nur mit Mühe beherrschen, sie nicht anzuknurren wie das animalische Wesen, das sie in ihm sahen. Er hatte nicht vor, sich als Erfüllungsgehilfe für die zügellosen Sexfantasien irgendeiner Frau herzugeben, schon gar nicht, wenn seine eigenen dabei erbärmlich unerfüllt blieben. Sollte er seinen niedlichen Rotschopf wiedersehen, würde er ein Hühnchen mit ihr rupfen. Sie musste ihn mit irgendeinem Voodoozauber belegt haben, dass er jede Frau, der er begegnete, automatisch mit ihr verglich. Und keine ihr das Wasser reichen konnte.

Es mangelte ihren Haaren an Leuchtkraft.

Ihre Kurven waren nicht verführerisch genug.

Ihre Lippen verlockten nicht zum Küssen.

Es erforderte einiges Geschick, aber schließlich schaffte er es, die reiche Erbin, die ihn anzubaggern versuchte, indem sie seine »herrlichen« Bizepse lobte, loszuwerden. Wieso fühlte er sich bei ihr wie ein Stück Fleisch, während er stolz wie ein Pfau herumstolziert wäre, hätte sein Rotschopf denselben Kommentar abgegeben?

Wahrscheinlich, weil in ihren Augen keine Berechnung gewesen war, als sie sich ihm an den Hals geworfen hatte. Sondern nur Verlangen. Unverhohlene, nackte, ungezügelte Begierde. Die Erinnerung daran hätte ihm um ein Haar eine Erektion beschert, als er sich den Weg zurück durch die Menge bahnte. Er machte eine leichte Seitwärtsbewegung, um festzustellen, ob es sich bei der Rothaarigen, die er aus den Augenwinkeln bemerkt hatte, um seinen Rotschopf handelte, als jemand mit dem Rücken gegen seinen Oberkörper prallte.

Instinktiv fasste er die Frau um die Taille, damit sie nicht hinfiel.

Sein erster Gedanke war, dass sie einen tollen Hintern hatte, sein zweiter, dass sie exakt die gleiche Haarfarbe hatte wie seine Angebetete, und sein dritter, dass ihn diese Frau mit ein bisschen Glück vielleicht von dem Voodoozauber erlösen könnte, mit dem ihn sein Rotschopf belegt hatte.

»Es tut mir leid«, sagte sie, als sie sich umwandte. »Ich habe nicht …«

Ihm entfuhr ein Keuchen. Er bemerkte den erschrockenen Ausdruck in ihren Augen, die Anspannung in ihrem Körper und verstärkte den Griff um ihre Taille, nur für den Fall, dass sie daran dachte, ein weiteres Mal zu türmen. Das Herz schlug ihm bis zum Hals, weil er seiner schwer fassbaren Beute nun endlich habhaft geworden war. Er beugte sich zu ihrem Ohr vor und raunte: »Ich habe deine Schulter mit Bier bekleckert. Lass mich das sauber machen.«

Er gab ihr keine Gelegenheit zu protestieren, sondern beugte sich noch ein wenig weiter vor und leckte die Biertropfen auf, die auf ihrer Schulter und ihrem Schlüsselbein gelandet waren. Ihre Brüste drückten gegen seinen Oberkörper, ihr warmer Atem strich über seinen Hals. Er durfte das eigentlich nicht tun, das wusste er, aber sein Rotschopf versuchte nicht, sich ihm zu entziehen. Ihr Atem ging immer schneller und flacher, während sein Mund ihre seidenweiche Haut liebkoste.

Als er den Kopf hob, sah er, dass ihre Pupillen erweitert waren, fast wie damals nach ihrem Kuss. »Ich heiße Sailor«, stellte er sich vor. »Und ich habe meinen Lieferwagen dabei.«

Sie schluckte sichtlich, dann legte sie ihm die Hand auf die Brust und leerte ihr Champagnerglas in einem Zug. »Ich kann meine Freundin nicht allein lassen.« Sie schaute über ihre Schulter nach hinten, während Sailors Kopf rotierte bei dem Versuch, die Bedeutung ihrer Worte zu erfassen.

Dann begriff er, und jede Zelle in ihm pulsierte voll Vorfreude.

Sie würde mit ihm mitkommen.

Er zwang sich, seine Gedanken zu sortieren und seinen Körper in Schach zu halten, der die Zügel an sich reißen wollte. Dabei folgte er ihrem Blick. »Die Frau in dem Kleid, das aussieht, als bestünde es aus Bandagen?« Es war sexy, konnte mit dem Outfit seines Rotschopfs, das wie aufgemalt wirkte, jedoch nicht mithalten.

Ganz zu schweigen von ihrer wilden Mähne und den vollen, sinnlichen Lippen.

Als sie nickte, sagte er: »Deine Freundin ist in guten Händen. Raj ist wahrscheinlich der ungefährlichste Mann in diesem Raum.«

Sie richtete die Augen wieder auf Sailor. »Nicht du?«

»Was dich betrifft, kleiner Feuerkopf«, murmelte er, »bin ich etwa so ungefährlich wie ein Vulkan.« Nachdem er ihr leeres Glas und sein fast noch volles Bier auf das Tablett eines Kellners, der gerade auf dem Weg zur Küche war, gestellt hatte, liebkoste er ihre betörende alabasterfarbene Haut, indem er mit der Hand über ihre Schulter und ihren Arm strich. »Verrate mir deinen Namen.«

In ihren Augen stand plötzlich ein entschlossenes Funkeln. »Ich möchte heute Nacht anonym sein.«

Flüssiges Feuer strömte durch seine Venen. »Um ein schlimmes Mädchen sein zu können?« Er würde ihr schon noch entlocken, wie sie hieß, wollte sich bis dahin aber nur zu gern auf ihr erotisches Spiel einlassen.

Sie nickte, woraufhin er sie so fest an sich drückte, dass ihr das Ausmaß seines Verlangens nicht entgehen konnte. »Schwebt dir irgendetwas Bestimmtes vor?« Er würde zu allem Ja sagen, solange es beinhaltete, dass er sie vernaschen konnte.

»Ich dachte an Nacktbaden.«

Das wilde Geschöpf in ihm bleckte die Zähne, während Sailor sich von ihr löste, nur um gleich darauf seine linke Hand mit ihrer rechten zu verschränken. »Der Pool ist ein bisschen zu öffentlich, meinst du nicht?« Um keinen Preis würde er den Anblick ihres Pin-up-Girl-würdigen Körpers mit irgendjemandem teilen. Sie war sein Rotschopf, und Sailor hatte, was sie betraf, eine ausgesprochen egoistische Ader. »Dieses Anwesen grenzt an einen Privatstrand.«

Die Gastgeber hatten darauf zwar nicht hingewiesen – wahrscheinlich um zu vermeiden, dass der feine Sand mit Bierflaschen und Champagnergläsern vollgemüllt wurde –, aber Raj wusste davon, weil er am Bau dieses Hauses mitgewirkt hatte. Er hatte Sailor kurz auf dem Grundstück herumgeführt, bevor sie sich auf der Party eingefunden hatten. »Betrachte es als Mutprobe.«

Mit funkelnden Augen hielt sie seinen Blick fest. »Ich muss meiner Freundin Bescheid sagen. Woher weiß ich, dass du dir deine Freizeit nicht als Serienmörder vertreibst?«

Beruhigt, weil sie offenbar nicht vorhatte wegzulaufen – nicht dass sie weit gekommen wäre –, ließ Sailor ihre Hand los. »Wie wäre es, wenn du ihr ein Foto von mir schickst?«, schlug er vor und widerstand der Versuchung, an ihrer Unterlippe zu knabbern und gleichzeitig die Hand unter ihrem verführerisch kurzen Kleid verschwinden zu lassen. »Nur für den Fall, dass ich dich abmurkse.«

»Hmm, gute Idee. Am Ende entpuppen sich immer die als Täter, die am harmlosesten aussehen«, bemerkte sie schnippisch und zog ihr Handy aus ihrer kleinen, glitzernden schwarzen Handtasche.

Sekunden später war die Nachricht verschickt und auch schon die Antwort eingetroffen.

»Fertig?« Als sie nickend ihr Telefon einsteckte, strich er mit dem Daumen über die Innenseite ihres Handgelenks und wurde mit einem kleinen Schauer belohnt.

Sein Körper reagierte erwartungsgemäß. »Willst du noch länger auf dieser Party bleiben, oder gehen wir nackt baden?«

10. KAPITEL

ÖFFENTLICHER NUDISMUS MIT EINEM BESTIMMTEN GÄRTNER (DAS MONDLICHT WAR SCHULD)

Ísa fragte sich, was bloß in sie gefahren war.

Der Wunsch, eine Teufelin zu sein!, rief sie sich ins Gedächtnis. Sich zur Abwechslung einmal zu amüsieren. Sich nicht mit achtundzwanzig wie eine Großmutter zu verhalten.

Trotzdem kam sie nicht gegen ihre Bedenken an, als Sailor sie durch eine Seitentür aus dem Haus führte, durch die man in einen kleinen, gepflegten Garten gelangte. »Ich muss meine Schuhe ausziehen«, flüsterte sie angesichts des Kieswegs, der sich durch das Grundstück schlängelte.

»Soll ich dich huckepack nehmen?« Ein verschmitztes Grinsen. »Ich verspreche dir auch, dass ich deine Schenkel in Ruhe lasse.«

Ísa überlief eine Gänsehaut, ihre Brustwarzen wurden hart. Sie fühlte sich heute Nacht derart tollkühn, dass sie sein Angebot nur deshalb nicht annahm, weil sie Angst hatte, ihr Kleid könnte bei diesem Manöver zerreißen. »Vielleicht, wenn wir nackt sind«, schlug die Teufelin in Ísa stattdessen vor.

Er beugte sich ächzend vornüber, als hätte sie ihm einen Magenschwinger verpasst.

Trotz des sexuellen Verlangens, das ihre Knochen in Pudding verwandelte, huschte ein Lächeln über ihre Lippen, als sie sich bückte und ihre Stilettos auszog.

Seine Hand fest um ihre geschlossen, wartete Sailor, bis sie sich wieder aufgerichtet hatte. Er nahm ihr die Schuhe ab und trug sie, während Ísa barfuß auf dem Rasen, der den Kiesweg säumte, neben ihm herlief. Er endete an einem verwitterten Holztor, das sich zu einem schmalen Pfad hinunter zum Strand öffnete, den Ísa zwar noch nicht sehen, dafür aber das Meeresrauschen jetzt deutlich hören konnte.

Sie machten sich auf den Weg nach unten, dabei schlug ihr Herz im Gleichtakt mit den Brandungswellen, während aus dem hell erleuchteten Haus hinter ihnen Musik schallte. Aber sie machte nicht kehrt und lief davon, sie blieb nicht stehen, um sich von dem Plan abzubringen, sie versuchte nicht, eine vernünftige Erwachsene zu sein. Stattdessen folgte sie ihrem blauäugigen Adonis den Trampelpfad hinunter zu dem menschenleeren Privatstrand.

Sie spürte die feinen Sandkörner unter ihren Füßen, die Brise, die vom Meer heranwehte, war frisch, aber nicht kalt.

»Das Wasser wird bestimmt eisig sein«, raunte sie seinem breiten Rücken zu.

»Keine Sorge, Rotschopf. Ich werde dich wärmen«, antwortete Sailor mit seiner tiefen Stimme. »Bleib hier stehen.« Er sprang auf den Strand hinunter, dann umfing er ihre Taille und schwang sie zu sich herunter, als wäre sie federleicht.

Ein warmes, behagliches Gefühl regte sich in Ísa. »Hier?«

Er schüttelte den Kopf. »Raj hat mir erzählt, dass es eine Art kleine Bucht gibt, die dadurch entstanden ist ... Sieh mal, da.«

Ísas Blick erfasste einen riesigen Baum, der ins Wasser gestürzt war und sich zwischen beidseitig vorspringenden Felsen verkeilt hatte, wodurch ein natürliches Becken mit ruhigem Wasser entstanden war. Wie es aussah, musste man nur ein paar nicht allzu scharfkantig oder rutschig wirkende Felsen bezwingen, um dorthin zu gelangen.

Natürlich würde sie diese Kletterpartie nackt absolvieren müssen.

Ísa schaute zum Mond hoch und stellte sich vor, wie er auf ihren schneeweißen Leib schien. Oje. »Kannst du die Augen zumachen, bis ich im Wasser bin?« Nicht einmal die Teufelin in ihr hatte Lust darauf, ihn mit ihrem im Dunkeln leuchtenden Körper zu blenden.

Er erwiderte ihren Blick. »Was bekomme ich dafür?«

Ísa zog die Stirn kraus. »Dass ich dich nicht auf der Stelle ins Wasser schubse.« Es war eine leere Drohung, da er Muskeln hatte und sie nicht.

Sailor rieb sich versonnen das Kinn. »Drei Zungenküsse. Das ist der Preis, und ich lasse nicht mit mir handeln.«

Ísa hätte sich am liebsten wieder in seine Arme geworfen. »Zwei«, bot sie im Gegenzug.

»Nix da. Drei, oder ich lasse meine Augen weit offen.« Er lehnte sich vor zu ihr und strich mit der Nase über ihre. »Und das würde ich wirklich sehr gern tun.«

Ísa verzehrte sich danach, ihn zu küssen und mit den Händen über seine athletische Brust zu streichen. »Drei«, flüsterte sie.

Ein übermütiges Grinsen. »Verdammt. Wusste ich's doch, dass ich fünf hätte fordern sollen.«

Sie lachte, weil er in ihr die Sehnsucht danach weckte, sich jung und sorglos zu fühlen, anstatt wie eine Frau, die vorzeitig gealtert war. Dann hauchte sie einen zärtlichen Kuss auf seine Lippen. »Keine Zunge, bis du dein Versprechen eingelöst hast.«

»Du bist ein harter Verhandlungspartner, Rotschopf.« Er zog sie zu einem höher gelegenen Teil des Strandes. »Hier können wir unsere Sachen lassen.«

Das Gelände wurde durch eine auffallende Felsformation

markiert, die sie nachher auch im Dunkeln leicht wiederfinden würden … wenngleich es ihr immer weniger dunkel vorkam, je näher das Nacktbaden rückte. Der Mond war gespenstisch groß. Und Sailor vertrödelte keine Zeit, sondern stellte ihre Stilettos in den Sand und zog sein T-Shirt aus.

Er warf es beiseite und schlüpfte aus seinen Schuhen.

Als er bemerkte, dass sie seinem Beispiel nicht folgte, hielt er inne. »Hast du deine Meinung geändert?«

Er sah aus, als hätte sie ihm soeben mitgeteilt, dass sie ihm seinen Hund wegnehmen werde. Auf so niedliche Weise enttäuscht, dass Ísa sich auf ihn stürzen und ihn küssen wollte, bis er keine Luft mehr bekam, weil er ihr das Gefühl gab, sie zu begehren, wie sie nie zuvor begehrt worden war. »Nein«, sagte sie und legte ihre Handtasche auf sein T-Shirt. »Ich bin nur nervös. Und viel gibt es bei mir eh nicht auszuziehen.«

»Das ist echt fies«, erwiderte er vorwurfsvoll. »Meinem armen, männlichen Hirn solche Gedanken einzupflanzen.« Er stopfte seine Socken in die Schuhe, dann öffnete er seinen Gürtel, stieg aus seiner Jeans und warf sie auf den wachsenden Kleiderberg.

Seine schwarzen Boxershorts verheimlichten nicht viel – schon gar nicht den Umriss seiner beachtlichen Erektion.

Ísa stockte der Atem, sie musste sich abwenden, um nicht hinzustarren. »Ich werde nicht gucken«, versprach sie.

Er lachte. »Mir macht das nichts. Ich mag es, wenn mein sexy Rotschopf mich betrachtet.«

Mein sexy Rotschopf.

Ísas Magen zog sich zusammen. Es gefiel ihr ungemein, so gesehen zu werden. Als ein sexy Rotschopf. Eine Frau, die eine Femme fatale sein konnte, wenn ihr danach zumute war. Die im Begriff war, mit einem relativ unbekannten Mann mit irrsinnig sündhaft blauen Augen nackt baden zu gehen.

Sie konnte sich nicht beherrschen, einen schnellen Blick über die Schulter zu werfen, und sah, dass er inzwischen völlig hüllenlos dastand und sich dem Meer zugewandt hatte. Oh Gott. Sie würde gleich mit einem Kerl ins Wasser hüpfen, der direkt einem weiblichen erotischen Traum entsprungen war, samt der faszinierenden Tattoos, die seinen linken Oberschenkel und sein rechtes Schulterblatt zierten.

»Beeil dich, Feuerkopf. Sonst komme ich dir zu Hilfe.«

Ísa biss sich auf die Unterlippe, weil sie sich nichts sehnlicher wünschte. Dann öffnete sie den Reißverschluss ihres Kleids, ehe sie der Mut verlassen konnte. In lächerlich kurzer Zeit hatte sie sich aus ihm herausgeschält. Anschließend riss sie sich ihren Slip geradezu vom Leib. »Okay, dann mal los«, sagte sie, nachdem sie sich direkt hinter Sailor gestellt hatte.

Er fasste nach hinten um sie herum und tat, als wollte er sie in den Po kneifen. »Kein Anfassen«, ermahnte sie ihn lachend und schob seine Hände weg, wenn auch nicht unsanft. Sie schauderte vor Aufregung. »Los jetzt, bevor ich die Nerven verliere.«

Er lachte, als hätte er nie etwas Witzigeres gehört. »Erst gestern hast du einem arglosen Fremden auf einem Parkplatz Avancen gemacht, und heute gehst du nackt baden, während in unmittelbarer Nähe eine Riesenparty steigt. Du hast Nerven aus Stahl, Rotschopf.«

Ein sexy Rotschopf mit Nerven aus Stahl.

Allmählich mochte sie Sailor richtig gern. Nicht nur seinen Körper. Sondern ihn selbst.

Er setzte sich in Bewegung, und sie strengte sich nach Kräften an, um mit ihm mitzuhalten. Sie wollte auf keinen Fall splitterfasernackt zurückbleiben, während seine Blöße sicher von dem nachtdunklen Wasser verborgen war.

»Sei auf den Felsen vorsichtig.« Sailor streckte den Arm nach hinten. »Hier, nimm meine Hand. Ich gucke auch nicht.«

Sie vertraute ihm, weil er bis jetzt Wort gehalten hatte, und ließ sich von ihm gefahrlos zu der Stelle navigieren, von der aus sie sich ins Wasser gleiten lassen konnten. Er tauchte zuerst ein und schwamm ein Stück vom Ufer weg.

Ísa stippte einen Zeh hinein. »Es ist eiskalt!«, entfuhr es ihr.

Sailor strich sich mit den Fingern durchs Haar, ihm schien die Temperatur nichts auszumachen. »Meine Selbstbeherrschung stößt langsam an ihre Grenzen. Gleich drehe ich mich um.«

Mit zusammengebissenen Zähnen setzte Ísa sich auf den Stein und rutschte mit einem Mal ins Wasser. »Oh Gott! Meine Eingeweide erfrieren!«

Er ließ dieses warme Lachen hören, das sie unweigerlich zum Lächeln brachte, und schwamm zu ihr zurück. Sie widersetzte sich nicht, als er sie an seinen Körper drückte. Sailor war warm und wunderschön, sie beide von Kälte und Dunkelheit und Meer umgeben.

Splitterfasernackt.

Etwas Hartes stupste gegen ihren Bauch. »Ist das dein Handy?«, fragte sie und drängte sich fester an ihn, anstatt auf Abstand zu gehen. »Ich hoffe, es steckt in einer wasserfesten Hülle.«

»Haha, sehr witzig.« Er streichelte ihren Rücken und umfing ihr Gesäß, als wäre es das Normalste auf der Welt. Seine Handflächen waren schwielig, seine Haut rau. Und das Geräusch, das aus seiner Kehle drang, kündete von schierem, männlichem Verlangen.

Ísa ging in Flammen auf, genauso wie es ihr vor der Schule passiert war.

Dann küsste er sie.

Unter tatkräftigem Einsatz seiner Zunge. Ísa schlang ihre Arme und Beine um ihn, ließ sich vom Meer und von Sailor tragen, während sie sich im Schein des Mondes küssten, ringsumher eingehüllt von den Schatten der Dunkelheit. Er war so stark, so kraftvoll, dass sie sich zum ersten Mal in ihrem Leben winzig fühlte.

»Ich liebe deine Lippen«, flüsterte sie.

Er schob die Finger in ihre Haare, deren Spitzen nass waren, weil sie nicht daran gedacht hatte, sie hochzubinden. »Auch du hast einen Mund, nach dem man süchtig werden könnte, Rotschopf.«

Sie küssten und liebkosten sich, rieben ihre Körper aneinander.

Ísas Knochen waren wie flüssige Lava, als plötzlich ein heller Schrei ertönte.

Erschrocken unterbrach sie den Kuss und schaute zu dem Pfad hinüber, der vom Haus zum Strand führte. Zwei Sekunden später kam eine Frau herabgestürmt, dicht gefolgt von einem Mann. Beide rissen sich ihre Kleider vom Leib und stürzten sich in die Fluten.

Dann gesellten sich drei weitere Personen zu ihnen.

»Verdammt.« Sailor klang, als knirschte er mit den Zähnen. »Bestimmt werden sie in dieses Becken einfallen, sobald einer von ihnen darauf aufmerksam wird.«

Ísa klammerte sich an ihm fest. »Ich bin nicht scharf auf eine Gruppen-Nacktbadeorgie.« Haut an Haut mit Sailor zu sein war etwas ganz anderes als körperlicher Kontakt mit Wildfremden.

Ein zarter Kuss auf ihren Hals. »Folge mir. Sie sind noch zu sehr mit sich selbst beschäftigt, um uns zu bemerken.«

Ísa schaute schamlos hin, als er sich mit angespannten Armmuskeln auf den Felsen hievte. Wasser rann über seine Flanken, und sie bekam einen guten Blick auf seinen tätowierten Oberschenkel. »Hierher, Rotschopf.«

Ísa lief puterrot an, andererseits hatte sie nicht vor, ganz allein im Wasser zu bleiben. Aber als sie sich neben ihn kauerte, nachdem er ihr herausgeholfen hatte, sah sie, dass seine Augen geschlossen waren. Während das Herz in ihrer Brust Purzelbäume schlug, beugte sie sich zu ihm vor und küsste ihn, bevor sie seinen Kopf in Richtung Strand drehte. »Lass uns verschwinden.«

Die im Meer herumtollenden Partygäste schienen sie nicht zu bemerken, als Sailor Ísa zügig zum Strand führte. Erst als sie dort ankamen, wurde ihr bewusst, dass sie bisher keinen Gedanken daran verschwendet hatte, dass sie nach dem Baden klatschnass sein würde.

»Hier.« Sailor warf sein T-Shirt über die Schulter hinter sich. »Benutz es als Handtuch.«

Ja, er war wundervoll. Und sie wollte ihn wiedersehen, um festzustellen, ob das zarte, hoffnungsvolle Band, das sich zwischen ihnen gebildet hatte, bei Tag besehen eine Chance hätte. Würde er einwilligen, wenn sie ihn um eine Fortsetzung dieses Abends bäte? Um ein richtiges Date?

Wieder lagen ihre Nerven blank, als sie sich zügig abtrocknete, erst in ihr Höschen und dann in ihr Kleid schlüpfte. Der Reißverschluss verhakte sich. »Sailor. Hilfe.«

»Ich mag es, meinen Namen aus deinem Mund zu hören, meine geheimnisvolle Rothaarige.« Er küsste sie auf die Taille, als er in die Hocke ging, um den Reißverschluss von dem Stückchen eingeklemmten Stoff zu befreien. »Ich möchte dich beißen. Das würde hübsche Male auf deiner Haut hinterlassen.«

»Vielleicht würde ich es dir erlauben«, sagte Ísa und grub die Zehen in den Sand. »Aber zuerst brauchen wir ein echtes Date.« Sie entwickelte Gefühle für ihn, gefährliche Empfindungen, die nichts mit der sexuellen Anziehungskraft zwischen ihnen zu tun hatten. »Wie wäre es mit einem spätabendlichen Eis?« Sie wollte nicht, dass diese magische, mondhelle Nacht endete.

»Ich habe eine bessere Idee. Was hältst du von einer Keks-Bar?« Blaue Augen verloren sich in ihren, als er sich aufrichtete, nachdem er ihr Kleid geschlossen hatte. »Du kannst mir deinen Namen verraten, während ich dich mit Schokoladenkeksen füttere.«

»Ja«, flüsterte sie, hin- und hergerissen von so viel Romantik.

»Jetzt gleich?«

»Ich muss mit meiner Freundin nach Hause fahren.« Es kam nicht infrage, dass sie Nayna in diesem unbekannten Stadtteil sich selbst überließ. »Gib mir deine Nummer. Ich rufe dich an, sobald ich daheim bin, dann können wir etwas ausmachen.«

Er speicherte seine Telefonnummer in ihrem Handy. Und anschließend nahm er ihr Gesicht zwischen beide Hände und küsste sie, bis sie ganz außer Atem war. »Ich werde warten.«

Als sie das obere Ende des Trampelpfads erreicht hatten, schrieb Ísa Nayna eine Nachricht. *Wo bist du?*

Ich verstecke mich im Auto.

Die Brauen so weit hochgezogen, dass sie fast mit ihrem Haaransatz eins waren, drehte Ísa sich zu Sailor um, der sich sein nasses T-Shirt mit der Lässigkeit eines Mannes, der sich seines nackten Oberkörpers nicht schämt, über die Schulter geworfen hatte.

»Ich muss jetzt los.« Ísas Finger kribbelten vor Verlangen, ihn zu berühren. »Ich melde mich in etwa einer halben Stunde. Vielleicht auch ein kleines bisschen später.« Sie musste herausfinden, was passiert war, weshalb Nayna sich versteckte.

Es folgte noch ein Kuss, so sinnlich, wie es ihrer Abmachung entsprach. »Also dann Kekse mit meinem sexy Rotschopf.«

Sein männlicher Duft hüllte sie ein, seine Lippen schmeckten nach dem Salz des Meeres. »Ich kann es nicht erwarten.«

Das Blut pulsierte in Ísas Adern, sie war trunken vor Glück.

Als sie sich schon umgewandt hatte und mit ihren Stilettos in der einen, ihrer Clutch in der anderen Hand an der inzwischen schemenhaften Grenze des Anwesens entlang in Richtung Auto hastete, musste Sailor erst noch in seine Schuhe schlüpfen. »Hey!«, rief er ihr nach. »Warte! Du solltest im Dunkeln nicht allein unterwegs sein!«

Ísa drehte sich um ... und die Gegenwart kollidierte mit der Vergangenheit.

Hey! Warte! Du solltest nachts nicht allein unterwegs sein!

Nein. Nein.

Ísa starrte ihn an. Diese unglaublich blauen Augen. Dieses schwarze Haar. Er hatte es damals kurz geschoren getragen. Sein Körper war dünner und weniger entwickelt gewesen, und er hatte ein heftiges Veilchen zur Schau gestellt. Aber er war es. Diese Stimme. Dieses Gesicht. Kein Wunder, dass sie das Gefühl hatte, ihn zu kennen. Sie kannte ihn.

Vom demütigendsten Abend ihres ganzen Lebens.

Den sie seit sieben Jahren aus ihrem Gedächtnis zu tilgen versuchte.

Ihr wurde übel.

II. KAPITEL

TRAU NIEMALS EINEM MANN,
DER DIR KEKSE ANBIETET

Ísa warf sich regelrecht auf den Beifahrersitz und rief: »Fahr los!«

Hastig richtete Nayna sich aus ihrer Kauerhaltung hinter dem Lenkrad auf und startete, ohne Fragen zu stellen, den Motor.

Sailor stand auf dem Rasen, über den Ísa soeben geflüchtet war, und beobachtete das Geschehen mit einem Stirnrunzeln, das Ísa sogar noch vom Auto aus sehen konnte. Sie hoffte inständig, dass er nicht näher kam. Ihr Herz klopfte wie verrückt, als der Wagen sich in Bewegung setzte und die Einfahrt hinunterrollte. Offenbar hatte Nayna ihn zwischenzeitlich gewendet, sodass er bereits in Fahrtrichtung gestanden hatte.

Sie passierten das Tor und bogen auf die Straße ein.

»Gott sei Dank!«, stießen sie gleichzeitig hervor.

Ísa warf Nayna einen Blick zu.

Diese erwiderte ihn kurz, bevor sie ihre Aufmerksamkeit wieder auf die Straße richtete. »Du zuerst.«

»Nein, du«, erwiderte Ísa, weil sie Zeit brauchte, um ihre Gedanken zu ordnen. »Wieso hast du dich versteckt?« Ihre Schultern verspannten sich vor Sorge und Ärger. »Hat dieser Raj sich irgendwelche Frechheiten herausgenommen?«

Die Hände fest um das Lenkrad geschlossen, stieß Nayna seufzend den Atem aus. »Am Anfang war alles super. Wir haben gequatscht und geflirtet. Aber dann ... na ja ...«

»Dein Lippenstift ist verschmiert.« Isa erwähnte bewusst nicht den Knutschfleck am Hals ihrer Freundin.

Wären sie und Sailor nicht von den anderen Nacktbadenden gestört worden, hätte Ísa jetzt womöglich auch einen.

Nayna gab ein leises Stöhnen von sich. »Ich werde mit zu dir kommen und die Spuren verwischen müssen, bevor ich nach Hause fahre. Mein Vater bleibt bestimmt auf, bis ich eintrudle.«

»Zeit, dass du endlich ausziehst.«

»Das werde ich, sobald ich heirate.« Nayna klang deprimiert.

»Die Vorstellung scheint dich nicht sehr glücklich zu machen.«

»Macht es dich glücklich, zu diesen Vorstandssitzungen zu gehen?«

»Das war ein Schlag unter die Gürtellinie«, murmelte Ísa mit einem finsteren Blick auf ihre Freundin, die sie viel zu gut kannte. »Dann habt Raj und du euch also davongeschlichen und geknutscht?« Wenigstens das war ein ermutigendes Zeichen.

»Wir haben rumgemacht wie hormongesteuerte Teenager«, bekannte Nayna mit geröteten Wangen. »In einer dunklen Ecke im Garten. Er hat mich an Stellen berührt, die vor ihm noch kein Mann angefasst hat.«

Das hörte sich ja extrem vielversprechend an. Leider war Naynas Gesichtsausdruck alles andere als euphorisch. »Was lief schief?«, fragte Ísa besorgt. »War er grob? Wollte er weiter gehen, als du es wolltest?«

»Nein. Nichts dergleichen.« Nayna schluckte. »Er fing an zu reden.«

»Was?«

»Ich werde eine arrangierte Ehe eingehen, Ísa. Das habe

ich meiner Familie versprochen. Mein Vater hat bereits Treffen mit potenziellen Heiratskandidaten vereinbart.« In einem ruhigen Abschnitt der Straße steuerte sie den Wagen auf den Randstreifen und schaltete den Motor aus. Von der rechten Seite her schlugen die Wellen des Ozeans ans Ufer, während die großen alten Bäume zu ihrer Linken ihre knorrigen Äste über das Auto wölbten. »Ich habe zwar ein Mitspracherecht, aber ich darf nur unter den Männern wählen, die sie bereits ausgesucht haben.«

Obwohl es Ísa schwerfiel, Naynas Entscheidung zu akzeptieren, wusste sie, warum sie diese gefällt hatte: Sie wollte das gebrochene Herz ihrer Familie heilen, indem sie ihr eigenes opferte. Von tiefem Mitgefühl für ihre beste Freundin ergriffen, fragte sie: »Das Gespräch mit Raj hat dich deine Meinung ändern lassen?«

»Ich wollte doch nur diesen einen leichtsinnigen Abend, ein einziges Mal die Frau sein, von der ich träume, wenn ich spätnachts wachliege, eine Frau, die sich keinen Deut darum schert, was man von ihr hält, und genau das tut, worauf sie Lust hat«, bekannte Nayna leise. »Raj hat sich perfekt in diese Fantasie eingefügt. Ein heißer Typ mit einem gestählten Körper, der schmutzige Dinge mit mir anstellen wollte. Aber dann fing er an zu reden, und was er sagte, wirkte intelligent.«

Ísa hörte einfach nur zu.

»Ich wollte ihn nicht kennenlernen.« Nayna war den Tränen nahe. »Nicht wissen, dass er mehr zu bieten hat als sein gutes Aussehen. Dass er Felsenklettern liebt und mit dem Gedanken spielt, eine Ausstellung über ägyptische Kunst zu besuchen. Er hat mich eingeladen mitzukommen.« Ihre Stimme zitterte. »Und ich …«

»Sag schon, Nayna.« Ísa fasste nach ihrer Hand. »Was ist passiert?«

»Ich befahl ihm, den Mund halten. Dass ich nur seinen Körper wolle und sonst nichts.«

Ísa fielen vor Erstaunen fast die Augen heraus. »Das hast du gesagt?«, ächzte sie. »Im Ernst?«

Nayna schlug die Hände vors Gesicht und nickte. »Dabei habe ich seine nackte Brust gestreichelt. Seine Reaktion war … Er hat es, vorsichtig ausgedrückt, nicht gut aufgenommen«, wisperte sie durch ihre Finger. »Er wurde schlagartig so kalt wie die Antarktis.«

Sie ließ die Hände sinken und stieß den Kopf gegen ihre Kopfstütze. »Als er sich umdrehte und den Abend verfluchte, schlüpfte ich aus meinen Schuhen und rannte davon.«

»Ist er dir gefolgt?«

»Keine Ahnung.« Nayna biss sich auf die Unterlippe und schlang die Arme um ihren Leib, als wollte sie den verwirrenden Tumult ihrer Gefühle in sich einschließen. »Die Musik war inzwischen ziemlich laut, sogar draußen im Garten, darum hat er wahrscheinlich erst gemerkt, dass ich weg war, als er sich wieder umdrehte.«

Ísa seufzte tief. »Sollen wir umkehren?«, fragte sie, obwohl es das Letzte war, das sie wollte. Aber Nayna zuliebe würde sie sich sogar diesem Albtraum stellen. »Damit du versuchen kannst, es ihm zu erklären?«

»Wie um alles in der Welt könnte ich ihm erklären, dass ich mich wie das letzte Miststück aufgeführt habe?« Ihre Stimme tremolierte. »Hi, Raj. Ich wollte nur deinen Körper und dich anschließend vergessen, weil ich vorhabe, im Lauf der nächsten zwölf Monate einen Mann zu heiraten, den ich nicht liebe und höchstwahrscheinlich auch nicht begehren werde.«

Sie schüttelte so heftig den Kopf, dass ihre seidigen Haare flogen und ein paar Strähnen an ihren feuchten Wangen kleben blieben. »Irgendwie glaube ich nicht, dass das gut ankäme.« Sie atmete schwer. »Bitte, sag mir, dass du mehr Glück hattest.« Ein flehentlicher Blick. »Wenigstens einer von uns muss ein ausschweifender Abend geglückt sein.«

»Eigentlich hast du es vor dem Eklat ganz schön krachen lassen«, befand Ísa. »War sein Oberkörper sexy?«

Nayna lachte unter Tränen. »Oh, mein Gott, Ísa. Ich hätte wirklich nie im Leben geglaubt, dass es so wundervoll sein kann, einfach nur ...« Sie öffnete und schloss die Finger, als knetete sie jemandes Brustmuskeln. »Und wie gut er roch ... ich wollte meine Nase an seinem Hals und meinen Körper an seinem reiben.«

Ísa nickte. »Genau das habe ich bei Sailor getan. Und zwar nackt.«

Nayna entfuhr ein Quieken, bevor sie Ísas Gesicht aufmerksam musterte. »Du siehst nicht gerade zufrieden und beglückt aus«, stellte sie verdrossen fest. »War er arschig?«

Ísa schüttelte den Kopf und rückte mit der Wahrheit heraus. »Ganz im Gegenteil. Ich wusste, dass es ein Fehler ist, aber ich konnte nicht anders, als seinem Charme zu erliegen.« Ihrerseits aufgewühlt, fuhr sie sich mit den Händen durch die Haare, ohne sich dessen bewusst zu sein.

»Was ist denn passiert?« Nayna runzelte die Stirn. »Ich habe gesehen, wie ihr zwei die Party verlassen habt. Er hat dich mit Blicken verschlungen.«

»Er war damals auch dabei ... an dem Abend mit dem Schleimbolzen.« Ísa drehte sich der Magen um, als sich die grauenhafte Erinnerung mit aller Macht wieder nach vorn drängte.

Naynas Augen weiteten sich. »Er ist ein Freund von Cody?«

»Ich schätze, ja.« Ísa ballte die Fäuste. »Immerhin war es Codys Party.« Nayna hatte damals nicht kommen können, weil ihre Eltern wesentlich strenger waren als Ísas. Als Teenager hatte Ísa sich oft gewünscht, Eltern zu haben, die es interessierte, was sie so trieb.

»Es stört dich, dass er die Szene an jenem Abend mitbekommen hat?«

»Meine feierliche Erniedrigung?« Mit brennenden Wangen sagte Ísa sich, dass es Schnee von gestern sei. »Wieso sollte es mich stören, dass ein Mann, mit dem ich Sex haben wollte, mitbekam, wie ich als Specktonne verunglimpft wurde?« Ihre Haut glühte, als stünde sie in Flammen.

»Danach zu urteilen, wie dein Gärtner dich ansah, teilte er diese Ansicht eindeutig nicht.« Nayna pikste sie mit dem Finger in die Schulter. »Wieso spielst du dann verrückt?«

»Das tue ich nicht.«

»Und ob.« Ihre Freundin schaute sie durchdringend an. »Klar, es spricht nicht für ihn, dass er sich am College mit dem falschen Kreis eingelassen hat, aber erinnerst du dich noch an den Tag auf der Highschool, als du Suzanne für ein nettes Mädchen hieltest? Wir alle machen Fehler.«

»Ich war neu!«, verteidigte Ísa sich. »Woher hätte ich wissen sollen, dass sich Hörner und ein Schwanz hinter ihrem strahlenden Lächeln und ihren glänzenden Haaren verbargen?«

»Wie auch immer.« Nayna tat Ísas peinlichen Lapsus mit einer wegwerfenden Handbewegung ab. »Zurück zu deinem sexy Gärtner. Was ist das Problem? Weshalb bist du so von der Rolle?«

Ísa wurde rot und musste schlucken. Dann gestand sie die Wahrheit. Sie benahm sich nämlich tatsächlich verrückt, und das nicht nur, weil Sailor den entsetzlichsten Moment ihres Lebens mitbekommen hatte – auch wenn das die Sache keinesfalls leichter machte. »Ich mag ihn so sehr, Nayna. Aber wenn er ein Kumpel von Cody war …« Ihre Augen begannen zu brennen. »Du weißt, mit welcher Sorte Jungs der Schleimbolzen befreundet war.« Ísa hatte sich in seiner Clique nie wohlgefühlt und war von ihr auf dem Campus wie der letzte Dreck behandelt worden, nachdem er ihr den Laufpass gegeben hatte.

»Hat dein Gärtner …«

Ísa schüttelte den Kopf. »Ich habe ihn nach der Party nie wiedergesehen, aber … wenn er sich damals mit solchen Leuten abgab, wie kann ich meinem Instinkt in Bezug auf ihn heute trauen? Woher weiß ich, dass er sich nicht immer noch mit Cody und Suzanne trifft?«

Nayna stieß einen Seufzer aus. »Okay, so weit kann ich dir folgen. Aber du hast den Kerl inzwischen bei mehreren Gelegenheiten erlebt. Scheint er in irgendeiner Weise vom selben Schlag zu sein wie der Schleimbolzen?«

»Genau das ist es ja. Cody hat sein wahres Ich zu Beginn unserer Beziehung auch nicht gezeigt.« Ísa hatte ihm geglaubt, was er sagte, hatte an ihn geglaubt. »Der Gedanke, dass sich meine Geschichte wiederholen könnte, macht mich krank. Ich kann das einfach nicht, Nayna.« Nicht einmal für einen Mann mit blauen Augen, der sie in eine Keksbar ausführen wollte und nackt mit ihr baden gegangen war.

Etwas später in dieser Nacht klappte sie ihren Laptop auf und durchsuchte die Fotos auf Codys Profilen in den sozialen Netzwerken. Seine Datenschutzeinstellungen waren lächerlich – sie konnte sich praktisch jedes Foto, das er gepostet hatte, ansehen. Sie ignorierte die Bilder von Suzanne, konzentrierte ihre Suche auf ein einziges Gesicht.

Und dann fand sie es: das Gesicht von Sailor.

Das Foto zeigte eine Gruppe Jungs in derart schlammbesudelter Rugby-Montur, dass die Farbe der Trikots nicht zu erkennen war. Auf dem Schnappschuss unterhielt Sailor sich gerade mit Cody, der genauso verschmutzt war wie er.

Mit zitternden Fingern lehnte Ísa sich zurück und starrte

auf den Monitor. Sie hatte gehofft, dass sie sich irrte und Nayna recht hatte, dass Sailors Freundschaft mit Cody nur während des Colleges bestanden hatte und in die Brüche gegangen war, sobald er gemerkt hatte, dass sein Kumpel ein gewaltiges Arschloch war. Aber dieses Foto war während der letzten Rugby-Saison entstanden.

Ihr heißer Gärtner war immer noch mit dem Schleimbolzen befreundet.

Sailor schlief in dieser Nacht fürchterlich schlecht. Er war noch vor elf von der Party nach Hause gekommen – dabei hatte er noch nicht einmal Raj mit viel Überredung loswerden müssen. Sein Freund war ultramies drauf gewesen und absolut nicht in Stimmung für ein geselliges Beisammensein mit irgendjemandem.

Raj war kein großer Redner, aber Sailor vermutete, dass es mit der hübschen Frau in dem aufreizenden Kleid zu tun hatte. Da sein Kumpel nicht gerade für sein hitziges Temperament berühmt war, hätte dessen heftige Reaktion Sailor zu einem anderen Zeitpunkt womöglich Kopfzerbrechen bereitet, aber gestern Abend war er von der Aussicht darauf, seine unbekannte Schöne wahrscheinlich schon binnen einer Stunde wiederzusehen, abgelenkt gewesen.

Er hatte sich wegen ihres abrupten Aufbruchs keine allzu großen Sorgen gemacht, sondern ihre Eile auf die Nachricht geschoben, die sie von ihrer Freundin bekommen hatte. Vermutlich ging es um irgendeinen kleinen Notfall. Schließlich hatte er in den Sekunden, bevor sie davongehetzt war, nichts Schlimmes getan, sondern sie lediglich gebeten, kurz zu warten, damit er sie zu ihrem Auto begleiten konnte.

Wie ein Gentleman. In der Hoffnung, einen letzten feurigen Kuss zu erhaschen.

Nachdem er Raj zu Hause abgesetzt hatte, wartete Sailor. Sein Magen war angespannt vor erwartungsvoller Erregung. Er wartete und wartete. Bis er endlich begriff, dass es keine Verabredung zum Keksessen geben würde. Sie hatte ihn verladen.

Der Rotschopf war ihm zum dritten Mal entwischt.

Und er kannte noch immer nicht ihren Namen.

Aufgebracht hatte er im Internet ein Paar pelzbesetzte Handschellen bestellt. Wenn ihm seine kurvenreiche kleine Schwindlerin das nächste Mal über den Weg lief, würde er sie so lange an irgendein unbewegliches Objekt – genauer gesagt an ihn selbst – ketten, bis er herausgefunden hatte, warum sie ihn immer wieder am ausgestreckten Arm verhungern ließ.

Kaum verwunderlich, dass er die ganze Nacht von seinem niedlichen scheinheiligen Rotschopf träumte und mit einer schmerzhaften Erektion aufwachte. Ob dieses hinterlistige Mädchen wohl ahnte, dass er nach dem Intermezzo an der Schule noch lange nicht fertig mit ihm war? Er würde in naher Zukunft ein weiteres Mal mit ihr zusammentreffen. Und besagte Handschellen dabeihaben. Und sobald er ihrer habhaft werden und sie nicht weglaufen konnte, würde er ihr sagen, was er von Frauen hielt, die einem Mann eine Nacht im siebten Himmel versprachen und ihm stattdessen nur Verdruss und Frustration bereiteten.

Bei der Erinnerung daran, wie weich sie sich angefühlt, wie lustvoll sie auf ihn reagiert hatte, stieß er ein leises Knurren aus, dann versuchte er sich einzureden, dass er dankbar sein müsse, weil sie ihn versetzt hatte. Sailor hatte einen Plan für sein Leben, und ein süßer, sexy Rotschopf hatte darin keinen Platz, weil er seinen Traum nur wahr machen konnte, wenn er sich voll und ganz auf sein übergeordnetes Ziel konzentrierte.

Weder sein Kopf noch sein Körper waren von seiner Argumentation überzeugt.

Missgelaunt stand er auf, duschte und machte sich fertig zur Arbeit. Es war Sonntag, doch das hieß nicht, dass er nichts zu tun gehabt hätte – er wollte ein paar Stunden auf ein kleineres Projekt verwenden, das er zwischen größere einschob. Und heute war ein guter Tag dafür. Das Wetter würde halten, und er hatte keine anderweitigen Verpflichtungen – und auch keinen verführerischen Rotschopf in seinem Bett, wie er gestern Abend noch gehofft hatte.

Er legte sich bei der Arbeit mächtig ins Zeug, schuftete wie ein Tier und war um sieben Uhr abends fertig – eine ganze Woche früher als geplant. Gabriel hatte ihn zu sich zum Abendessen eingeladen, zusammen mit ein paar Rugby-Freunden, aber Sailor sagte mit der Ausrede ab, dass er es nicht schaffe.

Er brauchte Zeit zum Nachdenken.

Was er auch tat, bis er erschöpft ins Bett fiel.

Am nächsten Morgen hatte sich Sailors Laune nicht nennenswert gebessert. Er nahm eine Dusche und rasierte sich sorgfältig, bevor er sich in den einzigen Anzug warf, den er besaß. Er hatte ihn vor ein paar Jahren gekauft und sich auf Gabes Rat hin für ein teures Exemplar anstatt für drei billige entschieden. Es war sein Sonntagsstaat, in dem er üblicherweise bei seinem Kreditmanager und der Bank vorstellig wurde. Heute trug er ihn, um sich mit seinem ersten potenziellen Großkunden zu treffen.

Er kombinierte zu dem dunkelgrauen Anzug ein blaues Hemd, das seiner Mutter zufolge, die es ihm zu seinem letzten Geburtstag geschenkt hatte, seine »Augen prachtvoll zur Geltung« brachte. Anschließend vergewisserte er sich, dass seine Haare ordentlich frisiert und seine Schuhe auf Hochglanz poliert waren. Als er sich kurz im Spiegel musterte, konnte er für einen Moment fast danach greifen, nach dem Ziel, das ihn antrieb, dem Bedürfnis, sich selbst zu beweisen, das an ihm nagte und erst Ruhe geben würde, wenn er es erreicht hatte.

Und der Welt gezeigt, dass er das genaue Gegenteil von dem Mann war, dessen Gesicht dem seinen so sehr ähnelte.

»Leg dich weiter ins Zeug, Sailor«, sagte er zu seinem Spiegelbild. »Keine Ausflüchte. Keine Ablenkungen.«

Besonders nicht in Gestalt eines Rotschopfs, der ihm schon seit sieben Jahren im Kopf herumspukte.

Verdrossen schenkte er sich einen Kaffee ein und dachte an die Handschellen, während er vier Scheiben Toast verdrückte und danach zu seinem Termin um halb neun in der Stadt aufbrach. An den meisten Tagen hatte er um diese Uhrzeit schon mindestens eine Stunde Arbeit hinter sich gebracht, aber er wollte nicht riskieren, zu spät – oder nachlässig gekleidet – zu diesem Meeting zu erscheinen. Er hatte seine Hausaufgaben gemacht, daher wusste er, dass die Geschäftsführerin, mit der er sich treffen würde, stets wie aus dem Ei gepellt aussah, was auch für ihre Mitarbeiter galt.

Dass das äußere Erscheinungsbild viel galt, war Sailor natürlich bewusst.

Was das betraf, wirkte sein ramponierter Lieferwagen, mit Säcken voll Erde auf der Ladefläche, absolut fehl am Platz inmitten der glänzenden BMW- und Mercedes-Limousinen auf dem Parkplatz des in Aucklands Hauptgeschäftsviertel gelegenen Firmengebäudes. Dagegen konnte – und wollte – er nichts unternehmen. Sailor war Landschaftsgärtner und stolz darauf, und diese Firma war auf der Suche nach einem Mann wie ihm.

Auch wenn sie es noch nicht wusste.

»Gib alles, Sailor«, ermahnte er sich, bevor er sich seine umfangreiche Präsentationsmappe unter den Arm klemmte und durch die Vordertür der Hauptniederlassung von Crafty Corners spazierte.

12. KAPITEL

GEKÖPFTE TEDDYS UND
EIN SKEPTISCHER DRACHE

Hätte Sailor sich nicht vorher über die Firma kundig gemacht, wäre er beim Anblick der zwei Mitarbeiter am Empfang, die einen flauschigen braunen Teddy zusammennähten, womöglich stutzig geworden. Aber so lächelte er nur und sagte: »Ich habe in zehn Minuten einen Termin bei Jacqueline Rain.«

»Mr Bishop?« Auf sein Nicken hin legte der polynesische Rezeptionist, der eine graue Hose und dazu ein blassrosa Hemd samt Manschettenknöpfen mit dem verspielten Logo von Crafty Corners trug, den Kopf des Bären zur Seite und stand auf. »Bitte, folgen Sie mir. Jacqueline bat darum, dass Sie unverzüglich zu ihr geführt werden.«

Überrascht von dem zuvorkommenden Empfang – vielleicht hätte er den Ruf, den Jacqueline Rain in der Branche genoss, nicht für bare Münze nehmen sollen – tat Sailor wie ihm geheißen. Unterdessen brachte die Kollegin des Mannes – eine braun gebrannte Blondine in einem himmelblauen Kleid – ihre rot lackierten Fingernägel zum Einsatz, indem sie ziemlich rabiat Füllmaterial in den Kopf des armen Teddys stopfte.

Basteln war ohne Zweifel ein gewalttätigeres Hobby, als er gedacht hatte.

Nach zwei Schritten gelangte er zu der Erkenntnis, dass Jacqueline ihn sehr wahrscheinlich nur deshalb so früh empfing, um ihn loszuwerden, bevor ihr Arbeitstag richtig begann. Sailor hatte sich die Zunge fusselig reden müssen, damit sie ihm überhaupt eine Audienz gewährte – ganz zu schweigen von den zwei Vorzimmerdamen, die er erst hatte davon überzeugen müssen, ihn zu ihr durchzustellen.

Sailor würde nicht zulassen, dass sein ganzer Einsatz für die Katz gewesen war.

Er folgte dem Mitarbeiter nach links und eine Treppe hinauf, die zum Zwischengeschoss führte. »Hier entlang«, sagte der Mann lächelnd und geleitete Sailor durch einen kleineren, aber ebenso farbenfrohen Empfangsbereich, wo eine brünette Frau, die in einem schnittigen schwarzen Rollstuhl saß, mit der Zusammensetzung eines herzförmigen Schmuckkästchens beschäftigt war.

Sie hob den Blick und schenkte ihm ein Lächeln, dessen Strahlkraft es locker mit dem ihrer Bastelarbeit aufnehmen konnte. »Sie müssen Mr Bishop sein.« Sie rollte hinter dem Tresen hervor. »Ab hier übernehme ich, James. Danke.«

Er trat den Rückzug an. »Bis später, Ginny. Dein Schmuckkästchen sieht fabelhaft aus.«

Sailor musste an sich halten, um nicht in Lachen auszubrechen. Wie viele Schmuckkästchen und anderes Bastelwerk mussten diese armen Leute wohl in einer Arbeitswoche herstellen? Und was wurde anschließend daraus?

»Wenn Sie bitte mitkommen wollen, Mr Bishop.« Ginnys Aufforderung wurde von einem wohlwollenden Blick aus tiefbraunen Augen begleitet.

Sailor behielt seine neutrale Miene bei. Nicht nur, weil er von einer schönen Schwindlerin besessen war, die ihn zum Narren hielt, sondern auch, weil er für sein Vorstellungsgespräch einen klaren Kopf brauchte. Dieses Treffen mit Jacqueline Rain konnte der Verwirklichung seines Unternehmenskonzepts gewaltig auf die Sprünge helfen, und er hatte nicht vor, es zu vermasseln.

Mit gestrafften Schultern und voller Kampfgeist folgte er Ginny zum Büro ihrer Chefin. Ein Viertel des Weges führte durch einen riesigen, offen gestalteten Raum mit verstreuten Sitzgruppen um Tische, auf denen verschiedenes Material zum Basteln einlud, und zwanglosen, durch Topfpflanzen abgegrenzten Besprechungsbereichen.

Sowie sie an eine Tür gelangt waren, deren Rauchglasscheibe nur vage erahnen ließ, was sich dahinter befand, hielt Ginny ihren Mitarbeiterausweis vor den Scanner. Die Tür glitt mit einem leisen Fauchen zur Seite und gab den Blick frei auf ein nüchternes, schmuckloses Büro, bei dem es sich um den Arbeitsplatz einer Chefsekretärin zu handeln schien.

Hier gab es kein Bastelzeug, kein Pink oder Limonengrün. Der Teppich war in einem eleganten Grau gehalten, die Wände in einem beruhigenden Mattweiß. Das große, expressionistische Gemälde an einer der Wände war der einzige, wenn auch dezente, Farbklecks. Das Mobiliar bestand ausschließlich aus einem breiten, mit einer prachtvollen echten weißen Orchidee geschmückten Schreibtisch und dem ergonomischen Designerstuhl dahinter.

Es war niemand zu sehen, aber der angeschaltete Computer und die Tasse Kaffee daneben wiesen darauf hin, dass sich die Sekretärin nur für einen Moment entfernt hatte. Annalisa Rhymes, so hieß sie. Sailor hatte vor seinem Telefonat mit Jacqueline zuerst sie am Apparat gehabt.

Und jetzt war er da, der Augenblick der Wahrheit.

Gib alles!

Ginny klopfte an die angelehnte Tür hinter dem Schreibtisch der Chefsekretärin, bevor sie den Kopf in das Zimmer steckte. »Ms Rain? Mr Bishop ist hier.«

Offenbar wurden ihre Worte mit einem Nicken quittiert, denn sie öffnete die Tür ganz. »Bitte, treten Sie ein.«

»Vielen Dank.« Sailor war sich durchaus bewusst, dass Ginny die Tür offen ließ, als nicht sehr subtilen Hinweis darauf, dass seine Zeit mit Jacqueline begrenzt war, während er sich dem massiven Eichenholzschreibtisch näherte, hinter dem eine eindrucksvolle Frau mit rotbraunen Haaren saß. Er kannte ein Foto von ihr, aber als er sie nun persönlich sah, fühlte er sich unvermittelt an seinen niedlichen, scheinheiligen Rotschopf erinnert. Es lag nicht nur an der Haarfarbe, sondern ebenso an der Gesichtsform und ihrer starken Präsenz.

Halb rechnete er damit, dass sie ihre Macht demonstrierte, indem sie sitzen blieb, aber dafür besaß Jacqueline Rain zu viel Klasse. Sie erhob sich und streckte ihm ihre schlanken, aber keineswegs zarten Finger hin. »Mr Bishop.«

Er schüttelte ihr die Hand, dabei zwang er sich, seine Gedanken von seinen vergnüglichen Erinnerungen loszureißen, damit sie seine Chancen nicht zerstörten. »Danke, dass Sie mich empfangen. Ich bin mir bewusst, dass Sie viel beschäftigt sind, darum werde ich mich kurzfassen.«

Jacqueline hob ihre perfekt geschwungenen Brauen und nahm wieder Platz, während sie ihm bedeutete, sich auf den Stuhl auf der anderen Seite des antiken, äußerst kostbaren Schreibtischs zu setzen. »Ich höre.«

Offenbar war es ihm erfolgreich gelungen, eine Abfuhr abzuwenden, aber er musste ihr Interesse wachhalten. Jacqueline Rain hatte nicht so viele Jahre in diesem Geschäft überlebt, weil sie lange fackelte, bis sie eine Entscidung traf. Sailor hatte maximal drei Minuten, bevor sie ihm das Wort abschneiden würde. Er musste das Beste daraus machen.

So wie er das Beste aus dem Nacktbaden mit einem bestimmten Rotschopf gemacht hatte.

Er versetzte seinem ungezogenen Gehirn eine mentale Backpfeife und öffnete seine Präsentationsmappe, ohne jedoch sofort die Entwürfe vorzulegen, die er mit uralter Software auf seinem gleichermaßen veralteten Laptop gestaltet hatte. Immerhin funktionierte er noch, und sollte er diesen Auftrag bekommen, würde er sich ein neueres Modell leisten.

»Ich weiß, dass Crafty Corners dabei ist, einen neuen Markt zu erschließen«, setzte er an. »Frisches, biologisches, komplett von Hand hergestelltes Fast Food samt einer flexiblen Speisekarte.«

Als er in den Wirtschaftsseiten einen Bericht darüber gelesen hatte, kam ihm das Konzept zunächst seltsam vor, doch je mehr er sich in das Thema vertiefte, desto stärker war ihm angesichts der Demografie der Gegenden, in denen die Restaurants entstehen sollten, die Genialität des Vorhabens bewusst geworden.

»Das ist wohl kaum ein Geheimnis«, wies Jacqueline ihn auf ihre kühle Art, für die sie berüchtigt war, hin. »Offen gestanden erkenne ich nicht, was das mit einer Landschaftsbaufirma zu tun hat, Mr Bishop. Ihre ursprünglichen Verkaufsargumente waren überzeugend genug, dass ich diesem Treffen zugestimmt habe, jedoch leuchtet mir nicht ein, wieso wir unser Budget für Gartenpflege auf dieses Projekt ausdehnen sollten.«

Sailor zuckte nicht mit der Wimper und machte auch keinen Rückzieher.

»Auf dem Weg zu Ihrem Büro bemerkte ich, dass einige Ihrer Mitarbeiter kunsthandwerkliche Gegenstände herstellen. Was sehr wahrscheinlich dem Zweck dient, Ihr ›Basteln stärkt den Familiensinn‹-Motto zu unterstreichen.«

Jacqueline lehnte sich in ihrem schwarzen Lederchefsessel zurück. »Fahren Sie fort.«

»Aber sehen Sie sich die Standorte für Ihre ersten drei Bio-

Fast-Food-Restaurants an.« Er breitete die Bilder vor ihr aus, die er aus dem Internet ausgedruckt hatte. »Hier befindet sich jeweils der Parkplatz vor dem Gebäude.« Er tippte auf das erste Bild, anschließend auf die anderen beiden.

Jacquelines Blick wurde noch frostiger. »Ich denke, ich weiß, wie ein Parkplatz aussieht.«

»Dasselbe gilt für Ihre Kunden.« Sailor war von einer starken Frau aufgezogen worden und wusste sich zu behaupten. »Aber dieses besondere Klientel wird zehn Dollar für ein Schnapsglas voll Weizengrassaft hinblättern. Und dreißig für einen Tofu-Burger auf biologischem, frisch gebackenem Roggenbrötchen.«

Er ließ sich nicht davon irritieren, dass Jacqueline nach ihrem Handy griff und durch die Seiten wischte. Sailor wusste, dass das, was er sagte, Hand und Fuß hatte. Und dass Jacqueline das Treffen längst für beendet erklärt hätte, wenn sie beabsichtigte, ihn abblitzen zu lassen.

»Es besteht die hohe Wahrscheinlichkeit, dass mindestens ein Viertel davon Elektroautos fahren wird, die eine Ladestation benötigen«, fuhr er fort. »Wir sprechen hier von Menschen, die den Gesamteindruck der Gaststätte bewerten, um festzustellen, ob er mit ihrer Weltanschauung übereinstimmt und ob sie gern dabei gesehen würden, wie sie bei Bio-Fast einkehren beziehungsweise Essen von dort mitnehmen. Sie haben den finanziellen Background, um sich frei zu entscheiden.«

Jacqueline legte das Handy weg und lehnte sich vor, indem sie ihre verschränkten Arme auf dem Schreibtisch aufstützte. »Jetzt haben Sie meine volle Aufmerksamkeit, Mr Bishop.«

Sailor machte nicht den Fehler, sich einzubilden, der Deal wäre auch nur halbwegs unter Dach und Fach. »Die visuelle Wahrnehmung ist das, worauf es ankommt«, erläuterte er. »Die Geschäfte von Crafty Corners werden durch ihre Produkte an sich gestalterisch in Szene gesetzt.« Vor jeder Filiale fand sich ein ganzes Sammelsurium überdimensionierter kunsthandwerklicher Objekte, die den Blick auf sich zogen. »Die Bio-Fast-Kette braucht das gleiche maßgeschneiderte Konzept. Alles muss den Eindruck von Gesundheit, Ökologie und Verpflichtung unserer Erde gegenüber erwecken.«

Er zog eine Zeichnung hervor. »Dies ist ein erster Entwurf«, sagte er. »Stellenweise begrünte Parkplätze, darunter zwei mit Ladestationen. Die gesamte Fläche eingerahmt von grünen Wänden aus lebenden Pflanzen. Falls das Budget es erlaubt, könnte hier ein Wasserspiel sein.« Er zeigte auf die dafür vorgesehene Stelle. »Außerdem ein Sitzbereich im Freien, damit den Kunden das Gefühl vermittelt wird, für ihre dreißig Dollar nicht nur einen Tofu-Burger, sondern zusätzlich die Eintrittskarte zu einem kleinen Flecken paradiesischer Natur mitten in der Stadt erworben zu haben.«

»Zeigen Sie mir mehr«, forderte Jacqueline ihn auf.

Versonnen lächelnd lehnte Sailor sich in seinem Stuhl zurück. »Erst wenn wir zu einer Einigung gelangen.« Er legte einen stahlharten Ton in seine Stimme. »Ich werde Ihnen nicht alle meine Ideen verraten, ohne im Gegenzug etwas dafür zu bekommen.« Jacqueline Rain war eine knallharte Geschäftsfrau, die Sailor bewunderte, aber keinesfalls unterschätzen durfte.

Sie kniff ihre grünen Augen zusammen. »Wahlweise könnte ich Sie auf der Stelle hinauswerfen und einen wesentlich größeren Anbieter engagieren. Ich bin sicher, dieser würde auf der Grundlage des Gesamtkonzepts mit fabelhaften Vorschlägen aufwarten.«

Sailor zuckte mit den Achseln. »Kann schon sein, aber wollen Sie wirklich eine etablierte Firma beauftragen, anstatt mich anzuheuern und es den Medien als Zeichen Ihres Engagements für Kleinunternehmer zu verkaufen – so wie im Fall der

Familienbetriebe, von denen Sie Ihre Biowaren zu beziehen gedenken? Abgesehen davon würde Ihnen ein größeres Unternehmen wahrscheinlich das Dreifache berechnen.«

Wieder zog sie die Brauen hoch. »Während Sie für einen Spottpreis arbeiten würden?«

»Das nun auch wieder nicht.« Sailor kannte seinen Marktwert, daher wusste er, wie weit er maximal gehen konnte. »Aber ich bin bereit, einen wesentlich günstigeren Preis anzubieten als eine renommierte Firma, weil meine Arbeit, sollten Sie mir den Zuschlag geben, die Optik Ihrer Bio-Fastfood-Kette prägen wird.« Die Eröffnungen würden in Wirtschafts- und Feinschmeckermagazinen ohne Zweifel große Beachtung finden. »Dafür verzichte ich gern auf eine größere Gewinnspanne.«

Ein Lächeln umspielte Jacquelines Lippen. »Ich mag Sie.« Sie klopfte mit ihren manikürten und lackierten Fingernägeln auf die Eichenholztischplatte. »Das erste Restaurant eröffnet in zwei Monaten. Wenn Sie das rechtzeitig hinbekommen und gute Arbeit leisten, reden wir über die anderen zwei.«

Sailor schnappte nicht nach dem Köder. »Alle drei, oder wir kommen nicht ins Geschäft«, antwortete er. »Da ich nur sehr wenig Profit machen werde, brauche ich wenigstens diese drei, um meine Mitarbeiter bezahlen zu können.« Er hatte derzeit überhaupt keine Mitarbeiter – abgesehen von seinen Brüdern, die ihm zum Nulltarif halfen –, aber das brauchte Jacqueline nicht zu wissen.

»Ich benötige eine Kostenkalkulation.« Jacquelines Tonfall verriet, dass dieser Punkt nicht verhandelbar war.

Sailor holte ein Papier aus seiner Mappe und schob es ihr über den Schreibtisch hinweg zu.

Jacqueline überflog es. »Und Sie bekommen das ganz sicher mit diesem Budget hin?«

»Ich könnte noch bessere Arbeit leisten, wenn Sie mir mehr

Geld für Pflanzen bewilligten«, räumte er ganz ehrlich ein. »Es kommt darauf an, wie hochwertig das Ergebnis sein soll. Mein Angebot ist attraktiv, aber nicht aufwendig. Wenn Sie ein exklusiveres Ambiente wollen, um Ihre angestrebte Zielgruppe wirklich anzusprechen, werden Sie mehr veranschlagen müssen.« Er ging einige Details durch, damit sie eine Vorstellung davon bekam.

Jacqueline machte mehrere Anmerkungen auf seinem Kostenvoranschlag, bevor sie ihn ihm zurückgab.

Sailor sah, dass sie sein Budget für Materialien zwar erhöht, seine Gewinnspanne dafür jedoch halbiert hatte. Er schüttelte den Kopf. »Hören Sie, ich brauche diesen Auftrag, aber es ergibt keinen Sinn, wenn ich mich dabei ruiniere.«

Sie schaute ihn abschätzend an, bildete sich ein Urteil.

Plötzlich glitt ein listiges Lächeln über ihr Gesicht … und er fühlte sich abermals an seine rothaarige Ausreißerin erinnert. Während er noch seine Gedanken unter Kontrolle zu bringen versuchte, griff sie wieder nach dem Kostenvoranschlag und setzte die ursprüngliche Gewinnmarge ein. »Einverstanden«, sagte sie. »Sie bekommen die drei Restaurants.«

Aber Sailor wollte sich nicht zu früh freuen. »Wir sollten das vertraglich regeln.«

Jacqueline lachte auf und betätigte die Gegensprechanlage. »Ich mag Sie wirklich«, bekräftigte sie, bevor sie Annalisa anwies, aus den vorhandenen Vertragsvorlagen das entsprechende Formular herauszusuchen. »Fügen Sie die Änderungen ein, die ich Ihnen gleich durchgeben werde. Und ich brauche in zehn Minuten jemanden von der Finanzabteilung hier.«

Während sie die Einzelheiten durchging – die Sailor später genau unter die Lupe nehmen würde, nahm er das Büro in Augenschein, um sich ein besseres Bild von seiner Auftraggeberin zu machen.

Die Wand hinter ihr und die zu ihrer Linken hatten den persönlichsten Charakter. Dort hingen gerahmte Auszeichnungen, die ihr Unternehmen gewonnen hatte, sowie mehrere Fotos von berühmten Personen, inklusive des derzeitigen Staatsoberhaupts. Aber was seine Aufmerksamkeit erregte und sein Herz aus dem Takt brachte, war eine kleine Gruppe von Fotos in der Mitte. Auf einem war eine Frau mit alabasterheller Haut und unverwechselbaren, leuchtend roten Haaren zu sehen.

»Ihre Familie?«, fragte er Jacqueline, sobald sie das Gespräch mit ihrer Sekretärin beendet hatte. Er bemühte sich um einen gelassenen Tonfall, obwohl in seinem Magen glühende Funken aufstoben.

Jacqueline folgte seinem Blick und nickte. »Ja. Und jetzt lassen Sie uns bestimmte Details ausarbeiten.«

Als Sailor ihr Büro fünfundvierzig Minuten später verließ, hielt er einen unterzeichneten Vertrag in der Hand. Zudem hatte Jacqueline ihre Finanzabteilung instruiert, seine Rechnungen sofort nach Eingang zu begleichen. Wobei Bio-Fast seine Ausgaben selbstverständlich sehr genau kontrollieren würde.

»Sie bekommen einen eigenen Ansprechpartner«, hatte Jacqueline hinzugefügt. »Er hat die Befugnis, Ihnen weitere finanzielle Mittel zur Verfügung zu stellen.« Kurzes Schweigen. »Da Sie ein neuer Auftragnehmer für uns sind, werden wir Sie genau überprüfen.«

»Verstanden.«

Berauscht von seinem Erfolg strukturierte Sailor im Kopf bereits seinen Terminkalender um, weil er noch heute mit dem Projekt beginnen wollte. Doch unterschwellig dachte er an pelzbesetzte Handschellen.

Er lächelte voller Befriedigung.

Sein Rotschopf bildete sich ein, ihn küssen und fast verführen und dann einfach stehen lassen zu können. Aber jetzt wusste er, wie er sie aufspüren konnte. Apropos … er zog sein Handy heraus und gab »Jacqueline Rain« und »Tochter« in die Suchmaschine ein.

Sie spuckte ein Foto von irgendeiner Abendveranstaltung aus, auf dem das Gesicht seiner rothaarigen Flamme neben dem ihrer Mutter zu sehen war. Es war untertitelt mit: »Jacqueline Rain mit ihrer ältesten Tochter Ísalind.«

Ísalind.

Sein Lächeln verstärkte sich. Er steckte das Handy weg und überlegte sich auf dem Weg zur Treppe seinen nächsten Schachzug hinsichtlich seines schwer fassbaren Rotschopfes. Natürlich durfte er dabei nicht vergessen, dass sie gleichzeitig die Tochter seiner neuen Chefin war und er es sich lieber aus dem Kopf schlagen sollte, sich mit ihr einzulassen.

Doch da lachte ihm das Schicksal.

13. KAPITEL

SPITZE PUMPS UND
PELZBESETZTE HANDSCHELLEN

Ísa konnte nicht fassen, was ihre Mutter getan hatte.

Sie platzte vor Wut und schaffte es kaum, James und Lana Hallo zu sagen. Sie kannte sie natürlich, so wie jeden, der bei Crafty Corners arbeitete, schließlich wies das Unternehmen eine der geringsten Fluktuationsraten in der gesamten Branche auf. Aus diesem Grund – und weil sie nichts mit Jacquelines neuestem Schachzug zu tun hatten – bemühte sie sich, höflich zu sein, obwohl sie am liebsten gegen den Schreibtisch getreten hätte.

Der heutige Tag war die Kirsche auf der abscheulichen Torte, die für ihren Samstagabend stand. Wieder und wieder hatte sie ihn vor ihrem inneren Auge Revue passieren lassen, während sie auf Sailors Telefonnummer starrte. Sie geriet tausendmal in Versuchung, ihn anzurufen und wegen seiner Geschmacksverirrung in Sachen Freundeskreis anzubrüllen.

Wie sollte sie ihren Schutzschild bei einem Mann senken, der Cody mochte?

Der Zeuge dessen gewesen war, was der Schleimbolzen ihr angetan hatte, und ihn trotzdem noch als seinen Kumpel betrachtete?

Das brachte sie am allermeisten auf.

Doch in diesem Moment richtete sich ihr Zorn nicht gegen Sailor.

»Es ist jemand bei ihr.« James, dem ihre Stimmung nicht entgangen war und der offenbar ahnte, zu wem sie wollte, versperrte ihr den Weg.

Er war kein großer Mann, und Ísa hätte es bestimmt mit ihm aufnehmen können, aber James konnte nichts dafür, es war ihre Mutter, die es verdiente, dass Ísas rasender Zorn sich über ihr entlud.

»Niemand von uns«, fügte James mit verschmitzter Miene hinzu. »Sondern ein potenzieller Auftragnehmer, zumindest denkt Ginny das. Ein echter Hingucker mit hammermäßig blauen Augen.«

Ísa konnte tolle Männer derzeit nicht ausstehen. Erst recht keine blauäugigen.

Sie ballte die Fäuste und presste sie gegen den Baumwollstoff ihres geblümten Sommerkleids. »Ich werde oben warten«, stieß sie zwischen zusammengebissenen Zähnen hervor und musste sich beherrschen, um nicht mit ihnen zu knirschen. »Ich brauche nicht lange, um loszuwerden, was ich zu sagen habe.«

Und bevor James sie noch länger aufhalten konnte, in der Hoffnung, dass sie sich abregte – was Ísa auf gar keinen Fall wollte –, rannte sie die Treppe hoch und zerlegte ihre Mutter im Geist, als sie unversehens mit einem hünenhaften Mann zusammenprallte, der einen dunkelgrauen Anzug und ein leuchtend blaues Hemd trug.

»Bitte, entschuldigen Sie«, sagte sie … bevor sie seinen verführerischen männlichen Duft auffing und ihr Blick auf unvergleichlich blaue Augen traf.

»Hallo, kleine Ausreißerin.«

Ihr Herz geriet ins Stottern, sie wurde stockstarr. Sie war so sehr davon überzeugt zu halluzinieren, dass sie ihm mit dem

Finger in die Brust pikste. »Du bist real«, stellte sie fassungslos fest.

Ein wildes Funkeln stand in seinen Augen, als er ihr Handgelenk mit stählernem Griff umfing. »Genauso real wie in dem Moment, als du mich nackt im Wasser umschlungen hast.« Er roch heute nach Seife und nach Aftershave, doch darunter haftete ihm dieser unverkennbare warme, erdige Duft an.

Sie errötete, ihre Lippen öffneten sich leicht, und …

Ein Stück entfernt klingelte ein Aufzug.

Ísas wild kreisende Gedanken kamen abrupt zum Stillstand, und neuer Ärger flammte in ihr auf. »Was tust du hier?« Sie schlug einen möglichst unterkühlten Tonfall an, ignorierte das heiße Kribbeln in ihrem Unterleib. Zum Glück war dieser Teil des Treppenhauses durch eine Wand vor Blicken geschützt. Zwei Stufen höher oder tiefer, und jeder hätte sie sehen können.

»Ich hatte einen Termin bei deiner Mutter«, antwortete die über eins achtzig große Personifizierung von Ísas fehlgeleiteten Instinkten. »Wegen eines Landschaftsbauauftrags.« Er zupfte an ihrem Handgelenk. »Aber wir beide haben etwas anderes zu bereden, Miss Ich-ruf-dich-an-wenn-ich-zu-Hause-bin.« Er hatte tatsächlich den Nerv, so zu tun, als wäre sie diejenige, die im Unrecht war.

Ísa gab dem Bedürfnis nach und trat ihm mit der Spitze ihres Pumps ans Schienbein.

Er zuckte zusammen und zog eine finstere Miene. »Ich habe extra für dich Handschellen gekauft. Allem Anschein nach muss ich auch noch Fußfesseln besorgen.« Ehe sie wusste, wie ihr geschah, hatte er sie gegen die Wand gedrängt.

Sie sah ihn aus schmalen Augen an, zu zornig, um sich darum zu scheren, ob jemand das Treppenhaus betrat. »Wie geht es Cody?«

Sein Blick wurde hart. »Cody hat sich an jenem Abend wie ein Arschloch aufgeführt«, sagte er und bewies damit, dass er sich haargenau an den hässlichen Vorfall erinnerte. »Weil er nun mal eines ist. Jemand muss ihm eine Lektion erteilen.«

»Natürlich.« Ísa konnte sich nur mit Mühe davon abhalten, ihn auch noch an das andere Scheinbein zu treten. »Tu bloß nicht so, als wärt ihr zwei nicht gute Kumpels.«

»Ich war damals ein sechzehnjähriger Teenie, der es geschafft hatte, zu einer Collegeparty eingeladen zu werden, Rotschopf.« Er presste sich an sie, als stünden ihr ihre Gewaltfantasien ins Gesicht geschrieben. »Cody war einfach nur jemand, den ich flüchtig kannte.«

Moment mal, was? Sechzehn?

»Wie alt bist du?« Ihre Kehle war staubtrocken.

Ein spitzbübisches Lächeln. »Jünger als du. Verglichen mit mir bist du eine reife Frau. Lass mich dein Toyboy sein.«

Bei Gott, sie würde ihn erwürgen. Jetzt neckte er sie auch noch, als wäre alles in bester Ordnung. »Ich soll dir ernsthaft abnehmen, dass ihr nicht mehr befreundet seid? Tja, ich habe ein Foto von euch beiden bei einem Rugbymatch gesehen.«

Er sah sie ungerührt an. »Wir spielen für unterschiedliche Vereine. Wahrscheinlich habe ich mich für das faire Spiel bedankt. Das heißt nicht, dass ich den Kerl leiden kann. Meine Eltern haben mich nun mal zu einem höflichen Menschen erzogen.«

Ísa war nicht gewillt, ihre Wut verrauchen zu lassen. »Ja, das leuchtet ein«, sagte sie in einem Tonfall, der ihn der Lüge bezichtigte. »Darum hast du besagten Abend bei unserer ersten Begegnung nicht erwähnt.«

Gewitterwolken verdüsterten sein Gesicht. »Ich habe dich nicht sofort wiedererkannt«, sagte er mit unheilvoller Stimme. »Im Übrigen ...« Er nahm sein Kinn zwischen Daumen und Zeigefinger und tat nachdenklich. »… bin ich der festen Überzeugung, dass ich ganz und gar unschuldig meiner Arbeit nachging, als eine gewisse rothaarige Frau beschloss, ihre Gelüste an mir zu stillen. Sich gegenseitig vorzustellen, daran schien sie ebenso wenig interessiert zu sein wie an einer Unterhaltung.«

Er ließ nicht zu, dass sie den intensiven Blickkontakt abbrach.

»Du bist nicht unschuldig deiner Arbeit nachgegangen«, widersprach Ísa verbissen, weil er soeben ihren Schutzschild niedergerissen hatte. »Vielmehr hast du einen Striptease hingelegt!«

Sailor legte die Stirn an ihre und strich mit dem Daumen über die empfindliche Haut an der Innenseite ihres Handgelenks. »Soll das heißen, ich habe dich in die Falle gelockt, indem ich mein T-Shirt auszog? Dass du dem Anblick meiner Männlichkeit wehrlos ausgeliefert warst? Falls das so ist …« Ein bedächtiges Lächeln. »… nehme ich die Schuld auf mich.«

Er roch viel zu gut, und sie verlor den Überblick, warum sie dermaßen zornig auf ihn gewesen war. »Hast du wirklich keinen Kontakt mehr zu Cody?«, entschlüpfte es ihr.

»Ich mag Typen wie ihn nicht.« Aus seinen Worten sprach unverhohlener Abscheu. »Aber ich kann ihm nicht ganz aus dem Weg gehen, weil er in derselben Rugbyliga spielt wie ich.«

Es überraschte sie nicht, dass dieser vor Kraft strotzende Mann einen Sport ausübte, der mit heftigen Angriffen und rasanten Sprints einherging.

Dieser kraftstrotzende, dreiundzwanzigjährige Junge!

Ísa stand weder auf Milchbubis, noch hatte sie vor, in die Fußstapfen ihres Vaters zu treten und sich immer wieder neu und mit zunehmend jüngeren Partnern zu verbinden. »Ich muss jetzt gehen. Sei so nett, und lass mich durch, damit ich Jacqueline noch erwische, bevor sie ihren nächsten Termin hat.«

Er rührte sich keinen Millimeter, sein Körper war wie eine warme, muskulöse Wand, die sie verspottete. »Das war's also? Du hast mich benutzt, und jetzt bin ich ausrangiert?«

»Du hast dich nicht gerade beschwert.« Und er benahm sich auch nicht seinem Alter entsprechend. Niemand, der fünf Jahre jünger war als Ísa, durfte so viel Selbstbewusstsein haben.

»Ich hatte Blumen erwartet, oder wenigstens einen Abschiedskuss«, antwortete er ungerührt.

Sie kam zu dem Schluss, dass er den Tritt verdient hatte, auch wenn er nicht der Kumpanei mit dem Schleimbolzen schuldig war, und versetzte ihm einen Stoß gegen die Brust. »Ich kaufe dir an der Tankstelle rosarote Nelken. Und jetzt lass mich vorbei, du begriffsstutziger Rugby-Nerd. Ich muss mit Jacqueline sprechen.«

Mit einem leisen Lachen trat er schließlich zurück und ließ ihr Handgelenk los, nachdem er es noch ein letztes Mal neckend gestreichelt hatte. »Um mich zu beleidigen, musst du dir schon etwas Besseres einfallen lassen. Aber keine Sorge, ich habe einen ganzen Katalog für dich, aus dem du auswählen kannst.«

»Wir werden uns nicht wiedersehen«, sagte sie mit Nachdruck und überhörte den lauten Protest ihrer Teufelin. »Ich lasse mich nicht mit Kindern ein.«

»Oh, ich bin schon eine ganze Weile keins mehr.« Dieses Mal klang keine Verspieltheit in seiner Stimme mit, sondern nur dieses enorme Selbstvertrauen, das sie schon vorher bemerkt hatte.

Ísa legte die Hand auf das Treppengeländer. »Ich muss los.« Gesagt, getan.

»Hey«, rief er ihr in gedämpftem Ton nach, damit nur sie es hörte. »Vergiss meinen Namen nicht. Er lautet Sailor. Nur für den Fall, dass du ihn wissen möchtest, wenn ich das nächste Mal mein Shirt ausziehe und dich das Bedürfnis überkommt, über mich herzufallen.« Sein Lächeln besagte, dass sie noch nicht fertig miteinander waren. »Bis bald, meine Schöne.«

Ísa musste am obersten Treppenabsatz stehen bleiben und sich in Erinnerung rufen, warum sie hergekommen war. Gleich darauf flammte der Zorn erneut in ihr auf. Sie klammerte sich daran fest, weil sie sich emotional einfach nicht imstande sah, mit Sailor umzugehen, und stürmte davon, um den Drachen zur Rede zu stellen.

Es fachte ihre Wut nur noch weiter an, dass sie vor der Sicherheitstür, die zum Allerheiligsten führte, notgedrungen haltmachen musste, weil die dumme Schlüsselkarte irgendwo in ihrer Umhängetasche vergraben war.

Wo steckte dieses verdammte –

Endlich ertasteten ihre Finger das kühle, harte Plastik. Sie fischte die Karte heraus und zog sie über den Scanner.

Annalisa saß an ihrem Schreibtisch und unterhielt sich mit Ginny.

Sie warf einen Blick auf Ísa und sagte: »Ich kann dir zehn Minuten verschaffen.« Dann wandte sie sich an ihre Kollegin. »Bist du damit einverstanden?«

Ginny nickte. »Ja. Ich besorge ihrem nächsten Gesprächspartner einen trendigen Kaffee und lasse ihn zum Zeitvertreib irgendeinen Bastelsatz zusammenkleben.«

»Danke, ihr zwei.« Ohne anzuklopfen, stolzierte Ísa in Jacquelines Büro und schloss die Tür hinter sich.

Zwar würden Ginny und Annalisa kein Wort über das, was sie womöglich hörten, verlauten lassen, aber hier ging es um eine Familienangelegenheit, und die beiden Sekretärinnen sollten nicht ins Kreuzfeuer zwischen dem Drachen und ihrer Tochter geraten, von der Jacqueline erwartete, ihr skrupelloses Ebenbild zu sein.

Ihre Mutter blickte auf. Sie trug eine langärmelige dunkelgrüne Bluse, die ihren Oberkörper wie flüssige Seide umgab, und sah so hinreißend aus wie immer. Ísa konnte den Rest ihres Outfits nicht sehen, aber sie tippte auf einen figurbetonten schwarzen Bleistiftrock und farblich entsprechende hochhackige Schuhe.

»Ah, Ísa.« Ihre Augen leuchteten auf. »Ich habe mich schon gefragt, wann du hier auftauchen und die wehrhafte Walküre geben wirst.«

»Ich wusste es!« Ísa konnte regelrecht fühlen, wie ihr der Dampf aus den Ohren quoll. »Du hast das geplant!« Sie verstand einfach nicht, welches Motiv Jacqueline zu ihrer hinterhältigen Handlung getrieben hatte. Zwar war sie mitnichten eine Löwenmutter, aber sie neigte auch nicht zu Grausamkeit. »Wie konntest du Harlow das antun?«

»Du kennst den Grund.« Jacqueline lehnte sich in ihrem Chefsessel zurück und trommelte mit ihrem schwarz-goldenen Montblanc-Füller auf den Schreibtisch. »Ich wollte verhindern, dass der Junge auf falsche Ideen kommt.«

»Der Junge ist dein Stiefsohn.« Und zufälligerweise hielt er Jacqueline außerdem für den wunderbarsten Menschen auf dem ganzen Planeten.

Der ansonsten überaus kluge Harlow war in Bezug auf Jacqueline Rain mit Blindheit geschlagen.

Die Situation wurde dadurch verschärft, dass seine leiblichen Eltern sich beide wiederverheiratet hatten. Sein Vater zum dritten, seine Mutter zum zweiten Mal. Sie hatten mit ihren Ehepartnern neue Familien gegründet und zauberhafte Kinder unter fünf Jahren. Harlow war dabei ins Hintertreffen geraten, man hatte ihn einfach vergessen und sich selbst überlassen, wenn es um die emotionale Unterstützung ging, die eigentlich von Eltern zu erwarten war.

»Hör mir zu«, sagte Jacqueline mit Nachdruck. »Harlow ist ein hochintelligenter junger Mann, darin stimme ich mit dir überein. Und er liegt mir mehr am Herzen als viele andere Menschen auf dieser Welt, deshalb kümmere ich mich ungeachtet meiner Scheidung von seinem Vater weiterhin um ihn. Aber er besitzt weder meinen noch Stefáns Killerinstinkt. Wohingegen du ihn von uns beiden geerbt hast.«

Ein erfreutes Lächeln glitt über ihr Gesicht. »Dein Vater und ich mögen als Paar nicht funktioniert haben, aber mit dir ist uns ein Meisterwerk gelungen. Du wirst ein noch größeres Imperium aufbauen als jeder von uns.«

Ísa warf die Hände in die Luft. »Ich habe keinen Killerinstinkt! Weder deinen noch seinen! Nicht im Entferntesten!« Außerdem hatte sie null Interesse daran, ein Imperium zu gründen.

Aber hier ging es nicht um ihre Wünsche oder Bedürfnisse.

Sie stützte sich mit den Händen auf den antiken Schreibtisch und durchbohrte Jacqueline mit Blicken. »Du weißt genau, dass Harlow fest entschlossen ist, in der Geschäftswelt Fuß zu fassen – es ist das Einzige, worüber er im Zusammenhang mit seiner Zukunft spricht.«

Ísas Stiefbruder gehörte zwar erst seit zwei Jahren offiziell zu Jacquelines Familie, doch diese Zeit hatte gewaltige Auswirkungen auf seine Psyche gehabt. »Und er bewundert dich mehr als jeden anderen Erwachsenen in seinem Umfeld.« Harlow brachte Jacqueline geradezu kultische Verehrung entgegen. »Er will genauso sein wie du.«

»Harlow ist erst siebzehn.« Jacqueline legte den Füller weg, dann stand sie auf und lehnte sich mit der Hüfte gegen den

Schreibtisch, was Ísa dazu nötigte, ein Stück abzurücken, um mehr Distanz herzustellen.

Sie konnte in diesem Moment nicht dafür garantieren, dass sie ihrer Mutter nicht an die Gurgel gehen würde.

»Und offen gestanden sehe ich dieses Potenzial bei ihm nicht«, fuhr Jacqueline fort. »Der Junge hat ein großes Talent dafür, Roboter zu bauen und sie zu programmieren, aber die Leitung eines Unternehmens erfordert vollkommen andere Qualitäten.«

»Er kann es lernen.« Ísa hielt ihre Mutter von einer Antwort ab, indem sie ihr die Handflächen gebieterisch entgegenstreckte.

Jacquelines Augen wurden schmal ... dann hoben sich ihre Mundwinkel zu einem Lächeln. »Siehst du? Das ist der Killerinstinkt.«

Es juckte Ísa in den Fingern, sie um Jacquelines schwanengleichen Hals zu schließen. »Eine Tatsache kannst du nicht bestreiten«, sagte sie, anstatt ihren Mordgelüsten nachzugeben. »Er hat sich das Praktikum auf anständige und ehrliche Weise verdient.«

Dieses Sommerpraktikum bei Crafty Corners war unter Highschoolschülern heiß begehrt. Ihr Halbbruder hatte sich unter einem Pseudonym darum bemüht und das Bewerbungsgespräch telefonisch geführt, damit niemand ihm eine Vorzugsbehandlung unterstellen konnte. »Du selbst hast ihn als Besten ausgewählt.« Nur um ihre Entscheidung rückgängig zu machen, sobald sie seine wahre Identität entdeckt hatte.

Der einzige Lichtblick war, dass bisher noch keine Bekanntgabe erfolgt war. Noch hatte Jacqueline seine Hoffnungen nicht zerstört.

»Ich werde wohl noch mal mit Ginny sprechen müssen«, bemerkte ihre Mutter einen Tick zu beiläufig.

»Wozu?« Von einer bösen Vorahnung erfüllt, verschränkte Ísa die Arme. »Du hast ihr gesagt, dass sie mir ebenso sehr vertrauen kann wie dir.«

Jacquelines Lächeln wurde das eines Drachen, es ließ sämtliche Zähne sehen. »Nimm den Posten der Vizepräsidentin an, dann untersteht das Praktikantenprogramm dir allein. Bis dahin treffe ich die Entscheidungen, und ich habe nicht die Absicht, Harlow die Stelle zu geben.«

Schach und Matt.

14. KAPITEL

STRAFBARE HANDLUNGEN …
UND EIN WOHLVERDIENTER KINNHAKEN

Ísa begriff, dass sie meisterhaft manipuliert worden war.

Jacqueline hatte das Ganze von langer Hand geplant. Aber wenn sie in ihrer Rolle als Mutter eines richtig gemacht hatte, dann, dass sie ihre Tochter nicht zu einem Schwächling erzogen hatte. »Mich in eine skrupellose Geschäftsfrau ummodeln zu wollen wird dir lediglich die schlimmste Migräne aller Zeiten bescheren«, antwortete Ísa darauf, ohne sich von der Stelle zu rühren. »Ich habe weder den Verstand dafür noch das mindeste Verlangen danach.«

»Den Verstand hast du sehr wohl«, widersprach Jacqueline. »Dafür habe ich gesorgt. Und was das Verlangen betrifft, wissen wir beide, dass du nur Lehrerin geworden bist, um gegen meinen Mangel an mütterlicher Hingabe zu rebellieren.«

Ísa rollte mit den Augen. »So leid es mir tut, dir das sagen zu müssen, Mutter, aber die Welt dreht sich nicht ausschließlich um dich.«

»Das ist Ansichtssache«, gab Jacqueline gleichmütig zurück. »Jedenfalls hast du zum momentanen Zeitpunkt genau zwei Optionen. Akzeptiere die Position der Vizepräsidentin, und gib Harlow den Praktikumsplatz, oder lass es bleiben.«

»Bist du wirklich so tief gesunken, dass du mich erpresst, indem du deinen Stiefsohn als Druckmittel benutzt?«

Wieder blitzte das drachenhafte Lächeln auf. »Es ist keine Erpressung, meine Liebe. Immerhin werde ich dir deine Dienste mit einer ziemlich hohen Summe vergüten.«

Erstaunt stellte Ísa fest, dass Jacquelines Kaltblütigkeit sie immer noch aus der Fassung bringen konnte. »Und du denkst, ich sei wie du? Glaubst du, dass ich so etwas meinem Kind antun würde?« Ísa würde es vielmehr mit solch leidenschaftlicher Inbrunst lieben, dass sie aufpassen müsste, es nicht zu übertreiben. Genau das war ihr Problem. Sie hatte schon immer zu tief und zu aufrichtig geliebt, sobald sie jemanden in ihr Herz gelassen hatte.

»Du ähnelst mir sogar sehr, Ísalind.« Jacquelines Lächeln war belustigt. »Gesteh es dir ruhig ein. Aber da du darüber hinaus auch meinen Starrsinn geerbt hast und nichts zugeben würdest, das mir einen psychologischen Vorteil verschaffen könnte, werde ich es dir beweisen.« Sie setzte sich gerade auf. »Ich möchte, dass du einsiehst, wozu du imstande bist, was du aus kindischem Trotz mit Füßen trittst.«

Ísa versuchte, wie ein Drache zu denken – oder wie ein Mann mit betörend blauen Augen und grenzenlosem Selbstbewusstsein. »Hast du keine Angst, dass ich dich von innen heraus sabotieren könnte?«

»Dieses von mir aufgebaute Unternehmen ist ein Familienerbe«, antwortete Jacqueline ungerührt und ging auf Ísa zu. »Du würdest niemals etwas tun, das ihm schaden könnte.«

Bedauerlicherweise hatte sie damit recht. Ísa war ihrer Familie gegenüber viel zu loyal eingestellt, als dass sie die Firma aus Gehässigkeit zugrunde richten würde. Ganz zu schweigen davon, dass sie Harlows großer Traum war und eines Tages dazu beitragen konnte, dass auch Caties Traum sich erfüllte. »Du hast erfahrenere Leute an deiner Seite.«

»Die allesamt wissen, dass es sich um ein Familienunternehmen handelt, und von denen die meisten dich während deiner Teenagerzeit in die Abläufe eingewiesen haben. Ihnen allen war immer klar, dass du irgendwann Vizepräsidentin werden würdest.«

Auch das entsprach leider der Wahrheit. Ísa war von Kindesbeinen an darauf getrimmt worden, die Nachfolge ihrer Mutter anzutreten.

»Also haben wir eine Abmachung?« Jacqueline streckte ihr die Hand hin. »Ich gebe dem Jungen eine Chance. Im Gegenzug nimmst du den Posten an und wirst ihm nach bestem Können gerecht.«

»Nur für diesen Sommer.«

Jacqueline schüttelte den Kopf. »Nein.«

»Das ist mein Angebot. Nimm es an, oder lass es sein.« Ísa war sich sicher, dass Harlow sich während dieser Zeit ausreichend beweisen würde, und was Caties Bedürfnisse anbelangte, so würde Jacqueline sie uneingeschränkt erfüllen. Das war das Besondere an ihrer Mutter – sie konnte gelegentlich ein eiskaltes Biest sein, andererseits hatte sie nach Caties Entlassung aus dem Krankenhaus das Regelwerk für den gesamten Betrieb neu verfasst.

Die meisten Firmen versprachen viel, ließen in finanzieller Hinsicht ihren Worten jedoch nur selten Taten folgen. Crafty Corners hingegen würde sich niemals in einem Gebäude niederlassen – oder auch nur eine externe Veranstaltung darin abhalten –, das nicht für alle frei zugänglich war. Diese eine Veränderung zeitigte weitreichende Folgen, wie zum Beispiel, dass Mitarbeiter von internen Beförderungen nicht ausgeschlossen waren, weil sie aufgrund einer körperlichen Beeinträchtigung nicht zu wichtigen Besprechungen oder Networking-Anlässen erscheinen konnten.

Die Mitarbeiter durften außerdem behindertengerecht modifizierte Firmenfahrzeuge in Anspruch nehmen, darunter mehrere, die speziell umgerüstet waren für einzelne Personen, die die vorhandenen Fahrzeuge nicht handhaben konnten. Es war nicht ungewöhnlich, an Orten wie den Aufzügen in Brailleschrift verfasste Texte neben gedruckten vorzufinden, und von der gesamten Belegschaft bis hin zu den Führungskräften wurde erwartet, dass sie die Zeichensprache erlernte.

Und das war nur die Spitze des Eisbergs.

Jacquelines Anweisung lautete, dass ihr jedweder eingeschränkte Zugang auf der Stelle gemeldet werden müsse, damit das Problem umgehend beseitigt werden konnte.

Das alles war allgemein bekannt. Was hingegen nur eine Handvoll Menschen wusste, war, dass Jacqueline ein Programm unterstützte, das es Kindern und Teenagern, die Monate, wenn nicht gar Jahre verloren hatten, in denen sie um ihr Leben kämpften, ermöglichte, wieder an ihre Schul- oder Berufsausbildung anzuknüpfen.

Vielleicht war es alldem geschuldet, dass Ísa die Verbindung zwischen ihnen nicht lösen konnte. Weil sich der Drache entgegen allem Anschein ganz tief im Innern noch immer einen Anflug von Menschlichkeit bewahrt hatte. Jetzt funkelten die Augen besagten Drachen vor unverhohlenem Stolz, so als hätten Ísas Aufmüpfigkeit und mangelnde Kooperation ihm den Tag versüßt.

»Na schön. Dann eben nur für den Sommer.«

Es war offensichtlich, dass Jacqueline glaubte, Ísa sei bis dahin so fest in dem Unternehmen verwurzelt, dass sie gar nicht mehr den Wunsch verspürte, es zu verlassen. Was ein Beweis dafür war, wie schlecht ihre Mutter sie kannte. Weil Ísa eher Nägelkauen zu ihrem Freizeitvergnügen wählen würde.

»Ich habe bereits zugesagt, an der Schule Abendkurse zu geben. Die werde ich nicht absagen. Ich habe es versprochen.«

»Wenn du dich erinnerst, war ich es, die dir beigebracht hat, dass man sein Wort halten muss.« Jacqueline, die nach ihrer erfolgreichen Erpressung eindeutig noch immer in Hochstimmung war, stützte die Hände in die Hüften. »Wie viel Zeit wirst du dafür brauchen?« Ísa sagte es ihr, woraufhin Jacqueline nickte. »In Ordnung. Ich lasse Annalisa den Vertrag bringen.«

Es überraschte Ísa absolut nicht, dass er bereits aufgesetzt war. Jacqueline war sich sicher gewesen, dass sie gewinnen würde. Sie gewann immer. Es sei denn, der Ausgang interessierte sie nicht. Dann zog sie sich kampflos zurück. Wie schon Caties Vater festgestellt hatte, als er mit einem Sorgerechtsstreit gedroht hatte.

Jacqueline hatte die Drohung genutzt, um Clive das alleinige Sorgerecht zu überschreiben.

Nach vierzig Minuten, in denen Ísa den Vertrag gelesen und unterzeichnet hatte, nachdem sie eine Reihe von Änderungen durchgesetzt hatte – von denen jede einzelne Jacqueline bemüßigte, wie eine stolze Löwin zu lächeln –, konnte sie sich nicht länger beherrschen.

»Wer war der Mann, der mir auf dem Weg zu dir entgegenkam?«, fragte sie so beiläufig, wie sie konnte, während ihr Herz wummerte und sie die Schenkel zusammenpresste.

»Dir sind seine blauen Augen aufgefallen, hm?«, mutmaßte Jacqueline, während sie den Vertrag durchsah, um sich zu vergewissern, dass Ísa überall unterschrieben hatte, wo es erforderlich war.

Wie es schien, traute der Drache seiner Brut mit dem Killerinstinkt durchaus zu, sich aus einer Abmachung herauszuwinden, wenn sie nicht wasserdicht war.

»Du hast einen guten Geschmack«, fügte sie hinzu. »Amüsier dich, aber lass dich durch ihn nicht von deiner Arbeit ablenken. Und fang um Himmels willen nicht an, dir einzubilden, dass du dich in den hübschen Knaben verliebt hast. Nicht dass du noch den gleichen Fehler begehst wie ich bei Clive und ihn heiratest. Schlaf mit ihm, und vergiss ihn wieder.«

»Mutter!« Damit ging Jacqueline selbst für ihre Verhältnisse einen Schritt zu weit.

Nicht die Spur beschämt, packte ihre Mutter den Vertrag beiseite. »Sailor Bishop ist ein Landschaftsgärtner, der seit heute bei uns unter Vertrag steht. Er hat ein paar ausgezeichnete Ideen. Solltest du tatsächlich mit ihm im Bett landen, warte, bis er mit dem Auftrag fertig ist, bevor du ihn abservierst. Dieser Fehler ist mir einmal bei einem anderen Dienstleister unterlaufen – er ist bei der Arbeit immer wieder in Tränen ausgebrochen und konnte mir noch nicht einmal einen knappen Bericht über die Fortschritte liefern.«

Ísa fragte sich, ob Nayna jemals eine solche Unterhaltung mit ihrer Mutter geführt hatte. »Vielleicht sollten wir lieber über meine Pflichten als Vizepräsidentin sprechen«, schlug sie vor. Das Thema Sailor Bishop wartete mit zu vielen Fallstricken auf.

»Dazu wollte ich gerade kommen. Ich möchte, dass du dich ab sofort um das Bio-Fast-Projekt kümmerst.« Jacqueline suchte die entsprechenden Ordner heraus.

Und Ísa gelangte zu dem Schluss, dass es auch etwas Gutes hatte, via Erpressung in die Rolle der Vizepräsidentin gezwungen zu werden: Bei ihrem Arbeitspensum würde sie nicht die Zeit finden, der Versuchung zu erliegen, Sailor Bishop wiederzusehen und zu Ende zu bringen, was sie angefangen hatten.

Sailor konnte nicht aufhören, an seinen Rotschopf zu denken … und an das Aufflackern von Schmerz in ihrem Gesicht, bevor sie ihren Zorn an ihm ausgelassen hatte. Die grausame und geplante Demütigung durch Cody hatte sie furchtbar tief verletzt. So sehr, dass die Erinnerung daran sie bis heute verfolgte.

Seine Schultermuskeln spannten sich an, als er die Schaufel tiefer in die Erde stieß. »Arschloch.«

Sailor betrachtete den Kerl tatsächlich in keiner Weise als seinen Freund. Allein die Vorstellung, für den Kumpel von jemandem gehalten zu werden, der fähig war zu tun, was Cody getan hatte, war ihm ein Graus. Wenn er jemals eine Frau auf eine solche Weise herabwürdigte, würden seine Eltern ihm das Fell über die Ohren ziehen – und er würde ihnen sogar dabei behilflich sein.

Aber allem Anschein nach war Cody ungeschoren davongekommen.

Sailor hatte jedenfalls nie gehört, dass irgendwer ihn sich deswegen zur Brust genommen hätte. Er hatte mit dem Gedanken gespielt, das persönlich zu übernehmen, damals aber seinen eigenen Weg noch nicht gefunden und nicht riskieren wollen, wegen eines tätlichen Angriffs festgenommen zu werden. Noch nicht einmal für ein wunderschönes rothaariges Mädchen, dessen Tränen ihn in seinen Träumen heimsuchten.

Nur war sie jetzt keine rätselhafte Unbekannte mehr.

Sie war Ísalind, sein prachtvoller, leidenschaftlicher Rotschopf, mit Haut wie Alabaster und einem Herzen, das noch immer die Narben aus jener Nacht trug. Narben, die ihrer Beziehung fast ein Ende gesetzt hätten, noch ehe sie begonnen hatte.

Aus diesem Grund schnappte er sich sein Handy, obwohl er hundert andere Dinge zu tun hatte, und machte jemanden ausfindig, der Codys Nummer hatte. Cody war verständlicherweise überrascht, von Sailor zu hören, trotzdem erklärte er sich erstaunlich schnell bereit, sich nach der Arbeit auf einen Drink mit ihm zu treffen.

Sailor steckte noch immer in seinen schmutzigen Kaki-shorts, seinem hellbraunen T-Shirt mit dem Aufdruck »Bishop Landschaftsgestaltung« und in seinen erdverkrusteten Stiefeln, als Cody auf den kleinen Parkplatz hinter der Bar, die sie als Treffpunkt ausgemacht hatten, einbog und seinen glänzenden weißen Audi auf dem Stellplatz neben Sailors ramponiertem Lieferwagen parkte.

Sailor wusste von seinem Bruder Jake, der ein Autofreak war, dass es sich bei der Limousine um das allerneueste Modell handelte. Obwohl Jake sich hauptsächlich für Muscle-Cars begeisterte, hielt er sich auch über alle möglichen anderen Wagen auf dem Laufenden und ließ in Gespräche gern Details einfließen. Außerdem hatte er bei seinem letzten Besuch in Sailors Wohnung mehrere Fachzeitschriften dagelassen.

Folglich war Sailor bekannt, dass Codys Schlitten annähernd hunderttausend Riesen kostete.

Er wäre beeindruckt gewesen, hätte er nicht gewusst, dass Cody den Audi nur dem Vermögen von Suzannes Eltern verdankte. Sailor interessierte sich nicht für Codys Leben, aber einer seiner Teamkollegen verkehrte mit der Familie und hatte im Lauf der Jahre immer mal wieder etwas über sie erzählt. Offenbar ging Cody zwar einer Tätigkeit nach – als Finanzberater, was immer damit gemeint war –, allerdings in der Firma von Suzannes Eltern. Soweit Sailor bekannt war, hatte er beruflich nie auf eigenen Füßen gestanden.

Cody stieg aus und lächelte ihm zu. Er trug Anzug und Krawatte und bestach optisch nicht nur durch sein volles braunes, akkurat geschnittenes Haar, sondern auch durch eine Kieferpartie, die einem Model zur Ehre gereicht hätte. »Hallo, Sailor. Hat mich echt gefreut, mal wieder was von dir zu hören.«

Seine Begrüßung fiel ein bisschen zu enthusiastisch aus angesichts der Tatsache, dass sie jemandem galt, dem Cody sonst nur dann begegnete, wenn ihre Rugbyteams gegeneinander antraten.

»Du wirst es nicht glauben«, fuhr Cody fort, bevor Sailor etwas erwidern konnte, »aber ich hatte schon seit einer ganzen Weile keine Gelegenheit mehr, mit einem der Jungs auszugehen. Meine Verlobte – ja, Suzanne und ich haben uns kürzlich verlobt – mag es lieber, wenn ich zu Hause bin.«

Sailor fragte sich, wie lang die Leine genau war, die Suzanne ihm ließ. So, wie Cody an seiner Krawatte zerrte, sah es aus, als trüge er sich mit Fluchtgedanken. Sailor nahm nicht an, dass er sehr weit kommen würde, bis er sich des Luxuswagens, der Luxusjacht und des Luxushauses erinnerte. »Ich würde gern behaupten, dass ich mich freue, dich wiederzusehen, Schumer, aber das wäre gelogen.«

Cody entgleisten die Gesichtszüge, und er schien erst jetzt zu bemerken, dass auf dem Parkplatz keine weiteren Autos standen. »He, hat die Bar etwa gar nicht geöffnet?« Er wirkte nun leicht beklommen.

»Sie macht erst in einer Stunde auf.« Darum hatte Sailor sich jetzt mit ihm treffen wollen.

Cody wich einen Schritt zurück. »Hör zu, Sailor …« Er hob abwehrend beide Hände. »Was immer du gehört hast, ich habe es nicht getan. Ich habe seit Monaten nicht einmal an dich gedacht, schon nicht mehr seit dem letzten Spiel.«

Bei welchem Sailors Mannschaft Codys eine vernichtende Niederlage beigebracht hatte. Und Sailor es womöglich ein bisschen zu sehr genossen hatte, Cody mit dem Gesicht voran in den schlammigen Boden zu rammen.

Ihm machten die Spiele, bei denen Cody mit von der Partie war, immer am meisten Spaß. Erst in dieser Sekunde wurde ihm der Grund dafür klar. Auf dem Rugbyplatz konnte man nicht wegen tätlichen Übergriffs verhaftet werden. Schließlich gehörte brutales Rempeln zum Spiel, blaue Flecken waren Ehrensache.

»Erinnerst du dich an Ísa?«, fragte er. »Damals am College?«

Cody blinzelte verdattert ... dann schoss ihm das Blut in die Wangen. »Ja.« Er ließ den Kopf hängen und starrte auf den mit Ölflecken übersäten Parkplatz. »Sie war süß. Und sie hat mir im Gegensatz zu Suzanne nie die Hölle heißgemacht.«

»Und warum hast du dich dann ihr gegenüber wie ein Arschloch aufgeführt?«

Einen langen Augenblick herrschte Schweigen, bevor Cody seufzte. »Weil Suzanne versprochen hatte, mit mir auszugehen, wenn ich diese Dinge zu ihr sage.«

»Willst du mich auf den Arm nehmen?« Sailor ballte die Fäuste. »Du schiebst es auf deine Verlobte?«

»Ich wollte sowieso mit Ísa Schluss machen, als Suzanne ... als sie mir sagte, dass sie auf mich steht. Aber sie hatte einen ziemlichen Zorn auf Ísa.«

Weil Ísa innen wie außen wunderschön war. Und damit wurde dieser eifersüchtige Kleingeist Suzanne nicht fertig. »Und du hast bei diesem Plan, Ísa zu verletzen, mitgespielt? Dem Mädchen wehzutun, das du eigentlich hättest lieben sollen? Was für ein Scheißtyp bist du eigentlich?«

Cody schaute hoch und runzelte verdutzt die Stirn. »Ich wusste nicht, dass sie deine Schwester ist.«

Da war für Sailor der Punkt erreicht, an dem sich jedes weitere Wort erübrigte. Er sagte nur noch: »Das ist für Ísa.«

Und drosch Cody die Faust ins Gesicht.

15. KAPITEL

ÍSA DER BARRAKUDA

Sein Kiefer war wie aus Glas. Der Typ krümmte sich wimmernd auf dem Asphalt zusammen.

Blut sickerte aus seinen Nasenlöchern, sein Sakko war am Ellbogen zerrissen und sein Haar nicht mehr tipptopp frisiert, als Cody sich aufsetzte und sein Kinn mit der Hand umfing. »Was zum Teufel?« Er kniff seine Nase zu und legte den Kopf in den Nacken. »Du hast mich geschlagen«, näselte er weinerlich.

Sailor entspannte die Finger, dann ballte er wieder die Fäuste. »Willst du behaupten, du hättest es nicht verdient?«

Cody wurde blass und schluckte sichtlich, als sein Blick auf Sailors Hände fiel. »Großer Gott. Doch, ja, ich habe es verdient.« Seltsamerweise klang es aufrichtig.

Sailor beobachtete, wie er sich mit dem Rücken gegen seine Nobelkarosse lehnte und in seinem Jackett herumkramte. Schließlich zog er ein zusammengeknülltes Papiertaschentuch hervor, riss es entzwei und stopfte es sich in die Nasenlöcher, die jetzt aussahen, als würden Pilze aus ihnen wuchern.

»Ich habe an dem bewussten Abend eine falsche Entscheidung getroffen, Sailor.« Er stöhnte erbarmungswürdig. »Ich denke seit Monaten an Ísa. Schon seit ich dieses Foto von ihr auf Trevors Homepage sah. Sie besuchte zusammen mit ihrer Mutter eine Theatervorstellung, die Trevors Cousine organisiert hatte.«

Sailor hatte keinen blassen Schimmer, wer Trevor war, und es interessierte ihn auch nicht. »Das fällt dir zu spät ein«, sagte er. »Ich kann mir nicht vorstellen, dass sie dir eine zweite Chance geben würde. Und wenn du mit einer ganzen Wagenladung Schokolade und Diamanten bei ihr auftauchtest.« Allein der Gedanke, dass Cody Ísa zu nahe kommen könnte, brachte ihn von Neuem auf hundertachtzig.

Indem er tief durchatmete, bezwang er den Drang, Cody einen weiteren Fausthieb zu versetzen – es wäre unsportlich gewesen bei einem solch jämmerlichen Gegner. »Und was ist mit deiner Hochzeit?«, fragte er. »Du bist mit deiner Reue ziemlich in Verzug, meinst du nicht?«

Cody nickte niedergeschlagen, die Schnipsel in seiner Nase waren jetzt nicht mehr weiß, sondern rötlich verfärbt. »Suzanne hat die ganze Planung übernommen. Von mir wird nur erwartet, dass ich pünktlich an dem Tag erscheine.« Er stieß einen zittrigen Seufzer aus und betastete wieder sein Kinn. »Und soll ich dir noch was sagen? Suzannes Familie ist gar nicht so reich wie Ísas.«

Sailor betrachtete seine zerschrammten Fingerknöchel und erwog ernsthaft, Cody die Nase zu zertrümmern, unsportlich hin oder her. Er beherrschte sich nur, weil ihm klar war, dass er sich für jemanden, der ein neues Geschäft aus der Taufe heben wollte, das neben Bankkrediten auch das Vertrauen von Auftraggebern wie Jacqueline Rain erforderte, eine große Dummheit geleistet hatte.

Trotzdem bereute er es nicht.

»Falls du Anzeige erstatten willst, hier ist mein Handy«, sagte er. »Du kannst gern die Bullen rufen.« Codys eigenes war ihm bei seinem Sturz aus der Tasche gefallen und das Display dabei zersplittert, als hätte jemand mit dem Hammer daraufgehauen.

»Ich will nicht, dass jemand erfährt, wieso du mich niedergeschlagen hast.« Codys Blick war flehentlich. »Verrate es keinem, okay? Ich denk mir irgendeine Geschichte aus, um mein lädiertes Gesicht zu erklären.«

»Mir soll's recht sein.« Unvermindert wütend auf ihn, wandte Sailor sich ab und stieg in seinen Lieferwagen, bevor er der Versuchung nachgeben konnte, die pilzartige Wucherung tiefer in Codys Nase zu stopfen.

Endlich wieder auf den Beinen, rief Cody ihm nach: »Ist sie jetzt deine Schwester oder nicht?«

Sailor musste daran denken, wie Ísas Lippen sich auf seinen angefühlt hatten, dachte an ihre Schenkel, die sinnlich seinen Körper umschlangen, an ihren Duft, der ihm die Sinne vernebelte. »Nein, Ísa ist nicht meine Schwester … trotzdem gehört sie zu mir.« Er wartete nicht auf eine Antwort, sondern bretterte mit quietschenden Reifen vom Parkplatz.

Auf Sailor wartete viel Arbeit, er musste sich an den Auftrag machen, den er an Land gezogen hatte.

Die Hände um das Lenkrad geschlossen, warf er ein weiteres Mal einen Blick auf seine wunden Fingerknöchel. Nein, es tat ihm nicht leid. Niemand durfte sich Ísa gegenüber so verhalten, wie Cody es getan hatte.

Ísa schaffte es, ihren ersten Tag als Vizepräsidentin durchzustehen, ohne Jacqueline zu meucheln. Sie würde das ihrer Mutter gegenüber niemals zugeben, aber es herrschte eine angenehme Atmosphäre in der Firma, die Mitarbeiter waren gut drauf und richtig glücklich darüber, Teil der Mannschaft zu sein. Ísas Aufgabengebiet an sich war komplex, aber wie sie zu ihrem eigenen Entsetzen feststellen musste, begriff sie jedes noch so kleine Detail auf Anhieb. Und weil sie eine miserable Lügnerin war, konnte sie noch nicht einmal zum Schein dumme Fragen stellen. Aus lauter Verzweiflung versuchte sie, im Schneckentempo zu arbeiten, um Jacqueline auf die Palme zu bringen, aber ihr Kopf weigerte sich, dabei mitzuspielen.

Es war, als hätte Jacqueline ihr noch im Mutterleib eine Gehirnwäsche verpasst.

Frustriert über ihre Befähigung für einen Job, den sie verabscheute, nutzte sie absichtlich jede Pause, die ihr vertraglich zustand, und verbrachte sie damit, an ihren Gedichten zu arbeiten, die gleichzeitig ihr Ventil waren und ihr die geistige Gesundheit bewahrten. Diese Unterbrechungen entschleunigten den Tag ein wenig, wenn auch nicht genug.

Mit einem strahlenden Lächeln auf dem Gesicht tauchte Jacqueline nach dem Mittagessen in Ísas Büro auf. »Ich wusste, dass du dich perfekt für diesen Posten eignest. Sieh doch nur, wie gut du dich einfügst.«

Sobald sie wieder verschwunden war, schlug Ísa ihre Stirn gegen den Schreibtisch.

Sie musste einen Weg finden, das hier zu sabotieren, ohne wortbrüchig zu werden, andernfalls würde ihre Mutter sie bis in alle Ewigkeit erpressen. Aber sie konnte Catie und Harlow nicht im Stich lassen. Ihr Bruder würde es vermutlich überleben – ihm würde das Herz in tausend Stücke brechen, aber er war ein kluger Junge. Obwohl er emotional tief verletzt wäre, würde er sich wieder fangen und am Ende vielleicht sogar eine Konkurrenzfirma zu Jacquelines gründen.

Catie hingegen ... sie brauchte ihre Mutter auf eine Weise, die sie niemals zugeben würde. Und falls Jacqueline sich zur Strafe von Ísa abwendete, würde diese nicht länger dafür Sorge tragen können, dass Jacqueline ihrem dreizehnjährigen Nesthäkchen wenigstens ein Mindestmaß an Aufmerksamkeit schenkte. Denn Clive würde sie gewiss nicht dazu bringen – es war ihm nicht einmal während seiner Ehe mit Jacqueline gelungen, sie zu überreden, Zeit mit ihrem Kind zu verbringen.

Es war die halbwüchsige Ísa gewesen, die Freiräume für Catie im Terminkalender ihrer Mutter geschaffen hatte.

Als Gegenleistung hatte sie, ohne aufzumucken, zugestimmt, sich mit den Grundlagen der Firma vertraut zu machen.

»Klopf, klopf.«

Sie schaute hoch und entdeckte Ginny in ihrer offen stehenden Tür, die einen großen Latte macchiato auf dem Tablett balancierte, das sie zur Stabilisierung an den Armlehnen ihres Rollstuhls befestigt hatte. »Anscheinend kannst du Gedanken lesen«, bemerkte Ísa, während Ginny auf ihren Schreibtisch zurollte und den Becher daraufstellte. »Du bist mir heute eine Riesenunterstützung.«

»Es ist viel interessanter, für dich zu arbeiten als für Jacqueline«, bekannte die brünette Juniorassistentin. »Ich musste den ganzen Tag nicht eine einzige dumme Bastelei anfertigen.«

»Gewöhn dich nicht zu sehr daran«, warnte Ísa sie, bevor sie sich mit einem Schluck Kaffee stärkte. »Ich habe nicht das Verlangen, für immer in der Crafty-Corners-Hölle festzusitzen.«

Ginny machte ein langes Gesicht. »Ach, komm schon, Ísa«, beschwor sie sie. »Du bist wirklich gut in dem Job. Ich habe ein paar Aufgaben für den Kerl erledigt, den deine Mutter vorübergehend auf diesen Posten gesetzt hatte, und er war wie ein Handwagen, wohingegen du eine Rakete bist. Du hast den nötigen Instinkt.«

Das war das Letzte, was Ísa hören wollte.

»Oh«, murmelte Ginny, »fast hätte ich es vergessen. Es ist ein Päckchen für dich angekommen.« Sie griff in eine Tasche an der Rückenlehne ihres Rollstuhls und holte es hervor.

»Danke, Gin.« Ísa legte die schmucklose braune Schachtel auf die Seite und dachte nicht mehr an sie, sondern widmete sich bis um sieben Uhr abends wieder ihrer Arbeit. Ginny hatte bereits Feierabend gemacht, und auch Ísa war im Begriff zu gehen, als ihr Blick auf das Päckchen fiel.

In der Annahme, dass es entweder eine Aufmerksamkeit von einem Kunden oder ein Muster von einem hoffnungsvollen Bastelmaterial-Hersteller war, öffnete sie es flugs. »Autsch!«

Etwas hatte sie in den Finger gestochen. Instinktiv presste sie ihn an die Lippen, aber da war kein Blut, noch nicht einmal eine winzige Wunde. Behutsamer als zuvor machte sie die Deckelklappen auf und betrachtete den Inhalt. Unsicher, was es damit auf sich hatte, holte sie ein Bastelmesser und schnitt die Schachtel entzwei, um an das Objekt im Inneren zu gelangen, ohne sich noch einmal zu stechen.

Sobald sie sie mit chirurgischer Präzision zerlegt hatte, entfernte sie die Verpackungschips und nahm den dunkelgrünen, mit gemeinen Stacheln bewehrten Kaktus heraus. Er war in einem hübschen Terracottatopf eingepflanzt … auf dem in weißer Farbe geschrieben stand: *Scharfe, spitze Dinge machen mir keine Angst.*

Daneben war ein kleiner, spitz zulaufender Pumps gezeichnet.

Ísa presste die Lippen zusammen, um sich ein Lächeln zu verkneifen.

Sie stellte den Kaktus beiseite und suchte in den Überresten des Päckchens nach einem Hinweis, wer es wohl geschickt hatte, fand jedoch keinen. Die äußere Verpackung half ihr ebenso wenig auf die Sprünge. Es war kein Absender angegeben. Aber Ísa konnte es sich auch so denken. Wer, außer einem Gärtner, würde eine Kampfansage mittels einer Pflanze machen?

Ihre Mundwinkel zuckten, sie kam nicht dagegen an.

Ísa trug den Kaktus vorsichtig zu ihrem Auto und fuhr nach Hause. Anstatt den Aufzug zu nehmen, schleppte sie sich die

Treppe hoch, dabei zermarterte sie sich das Gehirn nach einer passenden Retourkutsche.

»Nein, Ísa«, rief sie sich zur Räson. »Du wirst dich nicht auf dieses Spiel einlassen. Er ist zu jung, und du hast andere Pläne.« Nämlich, einen Mann zu finden, der bereit war, sesshaft zu werden und die Art von Familie zu gründen, die ihr immer gefehlt hatte.

Ein stabiles Zuhause, in dem sie Catie und Harlow eine Zuflucht bieten konnte. Sie brauchte starke Arme, auf die sie sich verlassen konnte, einen Mann, der so fest im Leben stand wie eine Eiche und in dessen Herzen Ísa die Hauptrolle spielte, statt nur eine Statistin zu sein.

Sie konnte diesen Traum fast mit Händen greifen, so sehr verzehrte sie sich danach.

Ein Dreiundzwanzigjähriger mit betörend blauen Augen würde nicht auf derselben Wellenlänge sein wie sie. Er hatte gerade erst begonnen, flügge zu werden, sich die Hörner abzustoßen. Sogar Ísas Teufelin war sich dessen bewusst. Was sie allerdings nicht daran hinderte, ihr sündhafte Ideen ins Ohr zu flüstern und sie dazu anzuspornen, Jacquelines Rat zu befolgen und sich mit dem Gärtner zu verlustieren.

Nackt.

Inklusive Handschellen und Fußfesseln.

Ísas Zehen kribbelten … bevor sie von Selbstvorwürfen attackiert wurde. Was war bloß in sie gefahren, dass sie auch nur darüber nachdachte, einen Mann für ihre unmoralischen Zwecke zu missbrauchen. Dazu noch einen, der jünger war als sie … na schön, er war sexuell sicherlich nicht unerfahren, doch das war nicht der springende Punkt! Sie benahm sich exakt so, wie man es von Jacqueline Rains und Stefán Óskarssons Sprössling erwarten würde.

Wie ein Barrakuda.

Vielleicht war sie am Ende nichts weiter als ein rücksichtsloser unternehmerischer Roboter, erschaffen von zwei anderen rücksichtslosen unternehmerischen Robotern, und es wurde Zeit, dass sie nicht länger gegen die Vorsehung ankämpfte. Wenn es die Gene waren, die Isa bestimmten, würden die ihren schwarze Zahlen schreiben.

Ein schwer erträglicher Gedanke. Nicht einmal der entzückende kleine Kaktus konnte ihre Stimmung aufhellen, als sie ihn zusammen mit ihrer Tasche auf den Küchentresen stellte. Vielleicht sollte sie weglaufen und sich einem Zirkus anschließen, ging es ihr gerade durch den Sinn, als Nayna anrief.

»Kann ich vorbeikommen?«, fragte sie. »Ich habe keine Lust, zum Abendessen heimzufahren. Meine Eltern sind ganz aus dem Häuschen, wegen des nächsten Kennenlerntreffens, das sie gerade zu vereinbaren versuchen.«

»Du bist mir immer willkommen, das weißt du doch«, antwortete Ísa. »Ich bin selbst eben erst zur Tür rein und wollte gerade mit dem Kochen anfangen. Es gibt gegrilltes Hühnchen und Hüftgold in Form von Kartoffelpüree.«

»Dann besorge ich noch diesen gemischten Bohnensalat von unserem Lieblingsimbiss.« Nayna klang schon etwas fröhlicher. »Wir sehen uns in einer halben Stunde.«

Jetzt, da ihre Freundin und Vertraute auf dem Weg zu ihr war, fühlte Ísa sich schlagartig besser. Sie tauschte ihre Arbeitskluft gegen Shorts und ein Spaghettiträgertop, das sie nur zu Hause trug, weil sie nicht riskieren wollte, unbescholtene Fremde mit ihrer schneeweißen Haut zu erschrecken. Aber Nayna hatte sie schon im Badeanzug gesehen, während des Schwimmunterrichts an der Schule, den sie beide gleichermaßen gehasst hatten.

Sie band ihr Haar zu einem kecken Pferdeschwanz zusam-

men, schob das Hühnchen in den Ofen und setzte die Kartof-
feln auf, dann nahm sie sich einen Moment Zeit, um ihr Handy zu checken. Lächelnd stellte sie fest, dass sie eine Nachricht
von einer Freundin bekommen hatte, mit der sie sich drei- oder
viermal im Jahr traf.

Sie und Michelle, alias Micki, hatten an der Uni viele gemeinsame Kurse besucht, und obwohl sich ihr Leben in unterschiedliche Richtungen entwickelt hatte – ihre Freundin
war verheiratet und hatte ein Kind –, gab es bei jedem Kaf-
feeklatsch immer noch so viel zu erzählen, dass beide auf ihre
Kosten kamen. In der Annahme, dass Michelle sich mit ihr
verabreden wollte, klickte Ísa auf die Nachricht. Aber Micki
hatte etwas viel Interessanteres für sie in petto. *Oh, mein Gott,
Ísa! Schau dir dieses Foto von Cody an! Das dürfte dir den Tag ver-
süßen!*

Das angehängte Bild zeigte den Schleimbolzen, wie er die
Augen zusammenkniff, als hätte er Schmerzen. Sein Kiefer war
grün und blau verfärbt, er schien gebrochen zu sein. Seine Nase
hatte auch schon einmal besser ausgesehen, und um sein Auge
erblühte ein Veilchen.

Mit staunendem Blick scrollte Ísa nach unten zu dem
Screenshot, den Michelle von dem Text unter dem Foto gemacht und mitgeschickt hatte. Allem Anschein nach hatte Suzanne das Bild gepostet. Und sie schäumte vor Wut.

*Seht nur, was irgend so ein Penner meinem wundervollen Ver-
lobten angetan hat! Cody hat nichts weiter verbrochen, als eine
Frau gegen einen Handtaschendieb zu verteidigen! Er ist mein
Held, auch wenn er sich weigert, zur Polizei zu gehen, weil er nicht
ihre Zeit verschwenden möchte. Und diese Frau, deretwegen er verletzt wurde, ist ebenfalls weggerannt! Dieses Miststück! Das hat
man davon, wenn man anderen Menschen hilft! Codys Kiefer ist
gebrochen und unsere Hochzeit ruiniert!*

Ísa blinzelte, dann las sie die Zeilen ein zweites Mal. Cody war beherzt dem Opfer eines Raubüberfalls zu Hilfe geeilt? Das stank nach einer faustdicken Lüge.

Umgehend schrieb sie zurück. »Ist das wirklich wahr, Micki?«

Ihre Freundin musste noch immer online sein, denn ihre Antwort erfolgte prompt. *Absolut. Ich treibe mich auf Suzannes Freundesliste herum, nur um über sie tratschen zu können. Ich kenne keine Scham mehr, seit sie sich mit sechzehn als falsche Freundin entpuppt und mir den Freund ausgespannt hat. Sie glaubt, dass ich ihr verziehen habe – haha! Micki vergibt weder noch vergisst sie.*

Jedenfalls habe ich von einem gemeinsamen Bekannten gehört, dass Cody tatsächlich aussieht, als hätte er sich zwei Runden mit einem Profiboxer geliefert und den Kürzeren gezogen. Sein Kiefer ist bedauerlicherweise nicht gebrochen. Auch wenn die Dramaqueen etwas anderes behauptet. Aber seine Visage wird immer noch grün und blau sein, wenn er heiratet, was bedeutet, dass Suzanne beim Anblick ihrer Hochzeitsfotos den Rest ihres Lebens eine Grimasse ziehen wird. Und das entzückt mein böses Herz.

Ísa schickte ihr eine Reihe grinsender Smileys.

Anschließend legte sie das Handy weg und dachte an einen humorvollen Mann mit unerschütterlichem Selbstbewusstsein, der gebrummt hatte, dass jemand Cody eine Lektion erteilen sollte. Könnte es sein … Ihr Herzschlag beschleunigte sich. Nein, ausgeschlossen. Sie war doch nur eine Lehrerin, die ihn auf einem Parkplatz bedrängt und anschließend in einer verschwiegenen kleinen Bucht nackt mit ihm gebadet hatte.

Sailor Bishop hätte keinen Grund gehabt, sich ihretwegen mit dem Schleimbolzen zu prügeln. Cody war vermutlich nur aufs Gesicht gefallen und hatte sich diese heldenhafte Geschichte ausgedacht, um die Blutergüsse zu erklären, damit Suzanne ihm nicht die Schuld an den ruinierten Hochzeitsfotos geben konnte.

Ísas Finger schlossen sich um ihr Handy.

Sie hatte Sailors Nummer.

16. KAPITEL

DER KRIEG DER KAKTEEN
(INKLUSIVE DES KURZAUFTRITTS
EINES PARASITEN)

Ein Klopfen an ihrer Tür verriet Ísa, dass Nayna ihren Zugangscode benutzt hatte, um ins Haus zu gelangen.

Ísa wertete das als einen Wink des Schicksals und legte ihr Handy weg, um zu öffnen. Sie brannte darauf, ihrer Freundin von Codys demoliertem Gesicht zu erzählen. Bis sie den Ausdruck in Naynas Augen sah.

»Hey«, sagte sie und zog sie in ihre Arme. »Was ist denn passiert?«

Nayna schnitt eine Grimasse, als sie sich voneinander lösten. »Manchmal habe ich es so satt, eine gehorsame Tochter zu sein«, murmelte sie und schloss die Tür hinter sich. »Lass mich dir beim Essenverteilen helfen, danach erzähle ich dir die unendlich traurige Geschichte meines Lebens.«

Sie brauchten nicht lange, um alles anzurichten.

Anschließend setzten sie sich mit ihren Tellern aufs Sofa vor den Fernseher, wo gerade ihre Lieblingssoap lief.

Mitten in der Folge begann Nayna zu erzählen. »Es geht um Madhuri.« Ihre ältere Schwester.

»Hat sie wieder etwas Rebellisches getan?« Ísa wusste über den Riesenskandal in Naynas Familie Bescheid – die älteste Tochter der Sharmas war mit knapp neunzehn mit einem Jungen vom College durchgebrannt. Nayna war damals erst vierzehn gewesen.

Nayna, die sich gerade einen Berg Kartoffelpüree in den Mund geschaufelt hatte, schüttelte den Kopf. »Sie ist der Hauptgrund, warum meine Eltern so streng zu mir sind. Aber heute Morgen saß sie in der Küche und plauderte mit ihnen, während ich meiner Mutter bei den Frühstücksvorbereitungen half.«

»Deine Schwester ist doch schon seit ein paar Jahren wieder in der Familie willkommen.« Ísa genehmigte sich einen großen Löffel Bohnensalat und seufzte genüsslich, woraufhin ihre Freundin zustimmend nickte.

»Ist mir egal, welche komischen Kräuter und Gewürze sie da reintun«, sagte sie. »Sie werden mir meinen Bohnensalat noch aus den kalten Händen reißen müssen, wenn ich einmal tot bin.«

Ísa schluckte den köstlichen, süß-salzigen Bissen in ihrem Mund. »Jedenfalls dachte ich, du freust dich, dass sie wieder da ist.« Die familiäre Entfremdung hatte sechs lange Jahre angehalten, in denen Nayna ihre große Schwester schrecklich vermisst hatte. Ihre Eltern hatten sich sogar dann noch geweigert, mit Madhuri zu sprechen, als ihre Beziehung vier Jahre nach ihrer Flucht in die Brüche gegangen war.

»Ich freue mich ja.« Naynas Miene wurde bekümmert. »Aber heute habe ich das erste Mal richtig begriffen, wie sehr mein Vater sie liebt.« In ihren Augen standen Tränen, ihre Stimme war belegt. »Sie war schon immer sein Liebling – diejenige, die ihn zum Lachen bringen und dazu überreden konnte, uns noch ein paar Süßigkeiten extra zu geben oder bis spät fernsehen zu lassen. Sie war die wilde, temperamentvolle Tochter, lebensfroh und schillernd. Das ist mit ein Grund, warum auch ich sie von klein auf angebetet habe.«

Insgeheim hatte Ísa Madhuri immer für eine Knalltüte mit übersteigertem Geltungsbedürfnis gehalten, aber wahrscheinlich setzte jeder bei irgendetwas Scheuklappen auf. In Naynas Fall war es eben zufällig ihre Schwester.

Eine Träne lief über Naynas Wange, während sie an einem Hühnerschenkel knabberte. »Heute habe ich erkannt, dass sie trotz allem immer noch sein Liebling ist. Das macht mir nichts aus, wirklich nicht. Es ist nur so ... ich selbst bekomme meinen Vater nicht einmal dazu, mich in den Arm zu nehmen und ›gut gemacht‹ zu sagen.«

Schluchzend biss sie noch ein Stück ab. »Ich strenge mich so sehr an, eine perfekte Tochter zu sein, Ísa, aber heute ist mir klar geworden, dass das absolut nichts bringt.« Sie gestikulierte wild mit der Hähnchenkeule. »Ich werde nie gesittet genug sein, die Regeln nie wirklich perfekt befolgen, nie sehen, wie die Augen meines Vaters vor Stolz aufleuchten. Es bringt mich halb um, nur ja nie aus der Reihe zu tanzen, dabei macht es verflucht noch mal nicht den geringsten Unterschied, ob ich es tue oder nicht!«

In all den Jahren, die sie sich kannten, hatte Ísa ihre beste Freundin höchstens fünfmal fluchen hören. Da Nayna im gleichen Maß zornig und traurig war, unterließ Ísa es, sie zu umarmen. Stattdessen sagte sie: »Ich weiß, du sprichst nicht gern darüber, aber du hast nicht zuletzt deinen Eltern zuliebe einer arrangierten Ehe zugestimmt. Kommen dir mittlerweile Zweifel?«

Nayna legte das Hühnerbein weg. »Es geht dabei nicht nur um meinen Vater. Sondern auch um meine Großmutter. Ich möchte sie glücklich machen. Sie hat nie die große Hochzeit erlebt, die sie sich immer für ihre Enkelinnen erträumt hat. Das möchte ich ihr schenken.«

Ísa zog die Stirn in Falten. »Deine Großmutter liebt dich

bedingungslos, du Dummchen.« Sie hatte auch Ísa schon in ihre warmen Arme geschlossen. Der Eindruck, den Naynas Großmutter dabei hinterlassen hatte, war der von besonderen Geweben und Düften – der weiche Stoff ihres weißen Saris, der ihre Alltagskleidung war, der Hauch von Weihrauch, der ihr nach ihrem Morgengebet anhaftete, das exklusive Parfum, das Nayna ihr jedes Jahr zum Geburtstag schenkte.

»Sie hat in ihrem Leben viel Schmerz und Verlust erlebt«, hielt Nayna dagegen. »Ich möchte ihr diesen einen strahlend hellen Moment gönnen.«

»Glaubst du ernsthaft, sie würde sich darüber freuen, wenn sie wüsste, wie unglücklich du bist?«

Nayna starrte auf ihren leeren Teller. »Ich hätte außer dem Salat auch noch Eiscreme besorgen sollen.«

»Oh, bitte«, seufzte Ísa. »Als würde mir je das Eis ausgehen. Lies das hier in der Zwischenzeit.« Sie öffnete Michelles Nachricht und gab Nayna das Handy. »Danach fühlst du dich besser.«

Nayna lachte hellauf vor Entzücken, als Ísa mit einem Zwei-Liter-Behälter Schokoladeneis mit Marshmallows und zwei Löffeln zurückkam. »Falls du jemals herausfindest, wer das Codys Gesicht – und Suzannes elitärer Hochzeit – angetan hat, solltest du dem Mann zumindest einen Blowjob anbieten. Das wäre nur höflich.«

Ísa schoss von einer Sekunde zur anderen die Röte in die Wangen.

Was Nayna natürlich nicht entging. »Du weißt, wer es ist!«, rief sie vorwurfsvoll. »Verrat es mir!«

»Ich bin mir nicht sicher.« Ísa stellte den Eisbehälter auf Naynas Schoß.

Ihre Freundin reagierte nicht auf die Kälte, stattdessen wackelte sie vielsagend mit den Augenbrauen. »Ist es jemand, dem du bereitwillig eine sexuelle Gefälligkeit anbieten würdest?«

Ísas Atmung wurde flach, ihr Gesicht noch heißer, und Nayna grinste von einem Ohr zum anderen. »Er war es, nicht wahr? Der sexy Gärtner. Mit dem du bei der Party nackt ins Meer gehüpft bist. So, wie er dich ansah, wusste ich gleich, dass er kein mieser Kerl ist! Oh, mein Gott! Er hat deine Ehre gerächt!«

»Ich sag es dir, wenn ich es weiß.« Ísa zeigte mit dem Löffel auf ihre feixende Freundin. »Und ich dachte, du seist deprimiert.«

»Es hat mich wiederbelebt zu erfahren, dass Schleimbolzen Schumer seine wohlverdiente Strafe bekommen hat.« Sie öffnete den Behälter, stellte ihn zwischen sich und Ísa und genehmigte sich einen Löffel.

»Mal im Ernst, Ísa«, sagte sie anschließend. »Wenn dein blauäugiger Adonis Cody deinetwegen eine Abreibung verpasst hat, ist er vielleicht der Richtige für dich.«

Ísa naschte ebenfalls von dem Eis. »Er ist erst dreiundzwanzig.« Und er war definitiv nicht die Art Partner, nach dem Ísa suchte. Selbst wenn er durch ihre Träume geisterte. Und sie noch immer das Bild vor Augen hatte, wie er in dem Treppenhaus stand und eine Reife ausstrahlte, die sein Alter Lügen strafte. Und sie noch immer hörte, wie er »Rotschopf« in ihr Ohr flüsterte und ihr in Aussicht stellte, sie mit Handschellen zu fesseln.

Als Sailor es abends um acht endlich nach Hause geschafft hatte, wärmte er sich ein Tiefkühlgericht in der Mikrowelle auf und nutzte die Zeit bis zum Essen, sich zu duschen. Anschließend schlüpfte er in ein Paar bequeme Shorts und setzte sich mit seiner Mahlzeit an den Küchentisch – wo er den Großteil seiner Büroarbeit erledigte –, um den Plänen für Bio-Fast den letzten Feinschliff zu verleihen.

Jacquelines Sekretärin hatte ihn benachrichtigt, dass ein Repräsentant der Firma sich morgen um drei am Standort des ersten Restaurants mit ihm treffen werde, um die Details durchzusprechen. Einen Namen hatte sie in der E-Mail nicht erwähnt, sondern nur, dass sie die letzten Einzelheiten am nächsten Tag durchgeben werde, sobald dieses neue Projekt in jedermanns Zeitplan eingegliedert wäre. Zog er Jacquelines ambitionierte Persönlichkeit in Betracht, musste er davon ausgehen, dass dieser Repräsentant ebenso intelligent und kompetent war und zweifellos jede Menge Fragen stellen würde.

Sailor wollte auf jede dieser Fragen eine Antwort parat haben.

Sobald er hiermit fertig war, musste er sich mit seiner Steuererklärung befassen. Wenn man keine Mitarbeiter hatte, blieb einem nun mal nichts anderes übrig, als alles selbst zu machen. Was ihm nicht viel Muße für Freizeitaktivitäten ließ. Während der Saison spielte er Rugby, ansonsten joggte er, aber das war es dann auch schon. Allerdings hatte er sich heute vorgenommen, »Flirten mit einem niedlichen Rotschopf« seinem Terminkalender hinzuzufügen.

In ihrer Gegenwart fühlte er sich auf eine Weise jung, wie er es schon seit seinem fünfzehnten Lebensjahr, als er sich das Ziel gesetzt hatte, das ihn tagtäglich antrieb, nicht mehr kannte. Ísa hatte ihm vor Augen geführt, dass er einen Teil von sich vor langer Zeit auf Eis gelegt hatte – aber an ihr war nichts Kaltes und auch nie gewesen. Sie hatte sein Herz schon an jenem Abend, als er sie das erst Mal sah, im Sturm erobert.

Man müsste ein ausgemachter Schwachkopf sein, um sich eine Frau wie sie entgehen zu lassen.

Und Sailor war kein Schwachkopf.

Dafür aber zum Äußersten entschlossen.

Der Kaktus war nur die erste Stufe des Plans, mit dem er seinen Rotschopf in seinen Kosmos zu locken gedachte.

Nachdem Ísa am nächsten Morgen ihren Wagen auf dem Parkplatz von Crafty Corners abgestellt hatte, lief sie ausgerechnet dem Menschen in die Arme, auf den sie überhaupt keinen Wert legte. Sie hatte nicht gut geschlafen, war von Träumen geplagt worden, in denen ein Mann mit betörend blauen Augen ihren Körper erregte, ohne ihm Erlösung zu schenken. Sie brauchte einen großen Becher schwarzen Kaffee. Was sie stattdessen bekam, war eine unheimliche Begegnung der dritten Art.

»Hallo, Trevor«, sagte sie verkrampft lächelnd und versuchte, schnell an ihm vorbeizukommen.

»Hey.« Seine Finger schlossen sich um ihre Oberarme. »Geht man so mit seinem Stiefbruder um?«

Nicht willens, sich den unerwünschten Körperkontakt gefallen zu lassen, trat Ísa bewusst einen Schritt zurück. Sollte er sie noch einmal anfassen, würde sie den Kniff anwenden, den sie im Selbstverteidigungskurs gelernt hatte, und ihm schmerzhaft den kleinen Finger verdrehen. »Ich bin nicht der Meinung, dass erwachsene Kinder automatisch zu Geschwistern werden, nur weil ihre Eltern heiraten.« Es war nicht das erste Mal, dass sie ihn darauf hinwies.

Trevor lachte, dabei blitzten seine perfekten weißen Zähne in seinem perfekten kantigen Gesicht auf, das von einem perfekten, fachmännisch vom Friseur verwuschelten Schopf blonder Haare gekrönt wurde. Er war das personifizierte Modekatalog-Model. Es war gruselig. »Bist du zufällig gerade auf dem Weg zu Jacqueline?«, fragte er. »Ich hatte darauf gehofft, mal kurz mit ihr sprechen zu können.«

»Ich weiß nicht, ob sie schon da ist«, fertigte Ísa ihn ab. Es interessierte sie nicht, was Trevor mit Jacqueline bereden wollte, allerdings hatte sie so eine Ahnung. Er schielte schon nach einer Führungsposition bei Crafty Corners, seit seinem Vater Oliver das Glück vergönnt gewesen war, Jacqueline zu heiraten.

Während Oliver Jones ein eher unscheinbarer Professor war, der es seltsamerweise geschafft hatte, Jacqueline auf eine Weise zu »zähmen«, wie es keiner ihrer früheren Ehemänner vermocht hatte, war Trevor ein gewiefter Schmarotzer, der nur darauf aus war, sich die Taschen zu füllen. Er hatte schnell erkannt, dass es nur vorteilhaft für ihn sein konnte, bei Jacqueline einen Stein im Brett zu haben.

Unglückseligerweise waren attraktive, charmante Männer ihr Schwachpunkt.

Außer, wenn es ums Geschäft ging, versteht sich. Da ließ Jacqueline sich von nichts ablenken. Nicht einmal von einem »hübschen Knaben«.

Bis dahin war Trevor der Drahtseilakt zwischen dem Charmeur, dessen Gesellschaft Jacqueline genoss, und dem berechnenden Schlitzohr, das sich durch Schmeicheleien einen Platz in ihrem Firmenimperium sichern wollte, hervorragend gelungen. Isa fragte sich, wie lange das noch so bleiben würde. Jacqueline mochte eine Schwäche für charmante Männer haben, aber sie verfügte auch über einen messerscharfen Verstand. Früher oder später würde sie begreifen, dass Trevor nur danach trachtete, ein Stück vom Kuchen abzubekommen.

Womöglich wäre Jacqueline davon sogar beeindruckt gewesen, hätte Trevor ihre Standards erfüllt. Aber sie hatte ihn noch nicht einmal als jemanden, den sie einstellen würde, auf dem Schirm. Er mochte ein guter Anwalt sein, aber er war kein Hai, der die Konkurrenz lächelnd in Stücke reißen konnte. Und Jacquelines Rechtsabteilung setzte sich ausnahmslos aus Haien zusammen – was gelegentlich zu interessanten Bürointrigen führte. Doch wenn es darauf ankam, hielten sie alle zusammen.

Sie würden Trevor verschlingen und seine Überreste ausspucken, ohne auch nur ihre Arbeit zu unterbrechen.

»Wie ich höre, hat Jacqueline dich zur amtierenden Vizepräsidentin ernannt.« Trevor bedachte sie mit einem Megawattstrahlen. »Ich gratuliere.«

Ísa rückte den Trageriemen ihrer Umhängetasche zurecht und lächelte ebenso verkniffen wie zuvor, in der Hoffnung, dass er die Botschaft verstehen würde. »Nur für diesen Sommer«, antwortete sie. »Bestimmt findet sie in dieser Zeit jemand auf Dauer für den Posten.«

»Sei nicht so bescheiden, Ísalind.« Trevors Lachen klang dumpf. »Wir wissen doch alle, dass du ein Genie bist. Du hast den Killerinstinkt deiner Mutter.«

Worauf zur Hölle zielte er eigentlich ab? »Äh, danke«, murmelte sie. »Ich muss jetzt gehen. Auf mich wartet viel Arbeit.« Sie musste heute einen Abendkurs geben und war nur deshalb schon so früh hergekommen. Nicht, um Überstunden für Jacqueline zu machen, aber sie hatte auch nicht vor zu kneifen, was ihren Teil der erpresserischen Abmachung betraf.

Trevor ging neben ihr her. »Lass dich von mir nicht aufhalten. Mir ist klar, wie wichtig du für Jacqueline bist. Sie betrachtet dich als ihre Nachfolgerin, weißt du.«

Das war kaum ein Staatsgeheimnis.

»Aber solltest du je Hilfe brauchen«, fuhr er in vor Leutseligkeit triefendem Ton fort, »kannst du immer auf mich zählen. Mit erst achtundzwanzig zur Vizepräsidentin berufen zu werden, bringt mit Sicherheit enorm viel Stress mit sich. Ich habe das juristische Know-how, um dir jederzeit beratend zur Seite stehen zu können.«

Er konnte von Glück sagen, dass niemand aus dem internen Team von Haien der Firma sein Angebot mitbekam – Ísa hätte ihm keine großen Überlebenschancen ausgerechnet. »Danke«, sagte sie, nachdem sie beschlossen hatte, ihm einfach mal zu glauben. Es war immerhin möglich, dass er wirklich nur hilfsbereit und nett sein wollte. Vielleicht war es unfair von ihr, ihn als niederträchtigen Schuft abzutun, nur weil er alle Kriterien dafür erfüllte.

Vermutlich sollte sie sich schämen, weil sie ihn insgeheim Trevor der Parasit nannte. Aber so wie Efeu über Bäume kroch, bis sie darunter erstickten, hatte Trevor es sich zum Ziel gesetzt, Jacqueline und Crafty Corners ganz zu vereinnahmen.

Er legte Ísa die Hand auf den unteren Rücken.

Sie rammte ihm mit solcher Kraft den Ellbogen in die Seite, dass ihm ein Keuchen entfuhr. »Du solltest eine Frau nicht erschrecken«, sagte sie ruhig, anstatt sich zu entschuldigen, weil sie nun einmal die Tochter Jacqueline Rains war, die ihr beigebracht hatte, sich niemals bei einem Mann zu entschuldigen, der in ihre persönliche Zone einzudringen versuchte.

Von Zeit zu Zeit – wenn ihr keine Meetings oder Konferenzen oder Networking-Anlässe in die Quere kamen – war Jacqueline eine tolle Mutter gewesen.

Noch immer leicht außer Atem hob Trevor die Hände in die Höhe. »Tut mir leid. War mein Fehler.« Mit seinem Lächeln hätte er Werbung für Zahnpasta machen können. »Ich wollte dir gerade vorschlagen, dass wir mal zusammen zu Abend essen. Obwohl mein Vater mit deiner Mutter verheiratet ist, habe ich das Gefühl, dich überhaupt nicht zu kennen. Was hältst du davon, Stiefschwesterchen?« Dem letzten Wort haftete ein leicht inzestuöser Beiklang an.

Igitt.

»Ich bin sicher, wir lernen uns im Lauf des Sommers besser kennen«, sagte sie, anstatt auf seine Einladung einzugehen. »Meine Mutter findet, dass wir öfter mal ein Familienessen veranstalten sollten.« In Wahrheit war das Ísas Idee gewesen, auch wenn sie dabei nicht an Trevor gedacht hatte. Sie wollte lediglich, dass Jacqueline ihren anderen beiden Kindern mehr Aufmerksamkeit zuteilwerden ließ.

Catie, ihrer leiblichen Tochter.

Harlow, dem Sohn, der zwar nicht ihr eigener war, in dessen Leben sie jedoch zu einem entscheidenden Zeitpunkt geplatzt war.

Als Trevor etwas entgegnen wollte, kam Ísa ihm zuvor. »Ich muss jetzt rauf ins Büro und mich an die Arbeit machen. Ich wünsche dir einen schönen Tag und viel Glück dabei, Jacqueline zu erwischen.« Sie achtete bewusst darauf, dass die Tür hinter ihr ins Schloss fiel, nachdem sie das Gebäude betreten hatte.

Aufgrund der frühen Uhrzeit war noch niemand da, der ihn hätte einlassen können.

Und, na ja, wegen eines vorübergehenden Gehörverlusts hörte sie sein Klopfen nicht.

Ísas Teufelin grinste.

In ihrem Büro angekommen, machte sie sich unverzüglich ans Werk. Etwa eineinviertel Stunden später stand sie auf, um nachzusehen, ob Ginny schon da war, weil sie einige Berichte von ihr benötigte.

Ginnys Computer war an, aber Ísa konnte sie nirgendwo entdecken.

Sie machte einen Abstecher zum Aufenthaltsraum, um sich einen Kaffee zu holen, und zog sich wieder in ihr Büro zurück, als sie die kleine Topfpflanze auf ihrem Schreibtisch sah. Sie blinzelte verdutzt und warf einen Blick über ihre Schulter, als Ginny gerade vom Kopiergerät zurückkam.

»Weißt du, wo diese Pflanze herkommt?«, fragte sie ihre Assistentin mit wild klopfendem Herzen.

»Sie wurde offenbar von diesem stattlichen Landschaftsgärtner mit den blauen Augen am Empfang abgegeben. Scheint, als wolle er sich bei der Chefin lieb Kind machen.« Mit einem schalkhaften Ausdruck im Gesicht fügte sie hinzu: »James sagt, dass er Kakishorts und ein sandfarbenes T-Shirt anhatte. Außerdem hat er ein Tattoo am Oberschenkel erwähnt.« Sie tat, als wollte sie in ihrem Rollstuhl versinken. »Ich wünschte, ich hätte ihn gesehen. Solch ein Augenschmaus als Start in den Tag.«

Ísa murmelte irgendeine vage Antwort, bevor sie sich mit sengend heißen Wangen in ihrem Büro verschanzte. Und in der Erinnerung daran schwelgte, wie sie den erwachsenen Sailor das erste Mal gesehen hatte. Auch da hatte er seine Arbeitsshorts getragen – ein hinreißender, verschwitzter Mann, der einfach zum Anbeißen war.

Ísa überlief ein Schauer, als sie an ihren Schreibtisch zurückkehrte. Auch bei dieser Topfpflanze handelte es sich um einen kleinen Kaktus, diesmal um einen mit runden, von einem dünnen »Flaum« Dornen bedeckten Areolen, aus denen winzige gelbe Blüten sprossen. Er war zauberhaft.

Aber was sie viel mehr interessierte, war die beigefügte Nachricht.

17. KAPITEL

OPERATION »SCHNAPP DEN ROTSCHOPF« –
STUFE EINS

Ísa stellte ihren Becher ab und zog den winzigen Umschlag heraus, der in der Erde steckte. Er war handgefertigt ... Und zwar äußerst dilettantisch.

Man hätte meinen können, Sailor wäre in seinem ganzen Leben noch nie in der Nähe eines Crafty-Corners-Ladens gewesen.

Erwartungsvoll öffnete sie den Miniaturumschlag, der von jeder Menge Klebstoff und Tesafilm zusammengehalten wurde, und zog einen mehrfach gefalteten Zettel heraus. Darauf stand in ordentlicher, geschwungener Handschrift: *Ich besitze Handschuhe, die vor Stacheln schützen. Nur zu deiner Info.*

Ísa konnte sich ein Lächeln nicht verkneifen.

Trotz der Tatsache, dass Sailor Bishop sie mit seinem Charme und Sexappeal von ihren Zielen ablenkte und drohte, ihre sorgfältig ausgearbeitete Planung zunichtezumachen.

Und wieso verschwendete sie überhaupt einen Gedanken daran?

Sie musste ihren Job erledigen, eine ihr erpresserisch aufgezwungene Rolle erfüllen, einen übermütigen Mann mit blauen Augen vergessen.

Es überraschte Sailor nicht, dass er nichts von seinem Rotschopf hörte. Von Miss Ísalind Rain. Ein Name, so einzigartig, exotisch und hübsch wie sie selbst. Nun, sie konnte so stur sein, wie sie wollte. Was das betraf, hätte Sailor es sogar mit einem Maulesel aufgenommen.

Und er war immer noch bei Stufe eins.

»Dieses Mal entwischst du mir nicht«, murmelte er, während er einen Sack Erde hochhievte … und sich dabei vorstellte, wie er Ísa hochhob und sie so intensiv küsste, dass es Sex gleichkam. In seiner Vision war sie herrlich, köstlich nackt – und genau darauf zielte die Operation *Schnapp den Rotschopf* ab.

Er ließ seine Fantasie gerade auf Höchststufe laufen, als sein Handy den Eingang einer Nachricht meldete. Sie war von Jacquelines Sekretärin und bestätigte sein heutiges Treffen mit einem Repräsentanten der Firma, genauer gesagt der Vizepräsidentin.

Der Name neben dem Titel ließ ihn blinzeln … dann pfiff er fröhlich durch die Zähne. Sein Tag war gerade ganz erheblich besser geworden.

Ísa schaffte es, den Kaktus die nächsten paar Stunden zu vergessen – na schön, das war gelogen, sie vergaß ihn nicht eine Sekunde, konnte ihn aber wenigstens ausblenden, bis sie ihre Arbeit erledigt hatte. Zwei Stunden nach dem Mittagessen läutete ihr Handy, der Klingelton die Melodie eines Rocksongs aus den Achtzigern.

»Hallo, Käferchen«, sagte Ísa lächelnd. »Was treibst du so?«

»Uns ist das Geld ausgegangen«, berichtete ihre dreizehnjährige Schwester. »Dad hat mein Sparbuch gefunden. Er ist wie einer dieser Spürhunde am Flughafen.«

Ísa fand, dass sie diese hart arbeitenden Hunde damit in Misskredit brachte. »Hat er es geplündert?«

»Ja. Gerade hat das Elektrizitätswerk angerufen. Sie werden uns den Strom abstellen, wenn wir die Rechnung nicht bis nächste Woche zahlen.«

In Ísa drängte alles danach, nach Hamilton zu fahren und Clive ins Gesicht zu schlagen. Wie konnte er seiner eigenen Tochter so etwas antun? Und wieso ließ Jacqueline es zu? Sie hätte um das Sorgerecht für Catie kämpfen müssen – Clive konnte gelegentlich ein hingebungsvoller Vater sein, aber die restliche Zeit war er ein inkompetenter Dünnbrettbohrer. Allerdings war Jacquelines Zurückhaltung nur mäßig überraschend, da sie ja auch nicht um das Sorgerecht für ihre erstgeborene Tochter Ísa gekämpft hatte, die Tochter mit dem »Killerinstinkt«.

»Mach dir keine Sorgen, Catie«, sagte Ísa, ohne sich ihren Ärger anmerken zu lassen. »Wie viel brauchst du, um die fälligen Rechnungen zu begleichen?« Sie schrieb den Betrag auf einen Notizzettel.

Er war nicht allzu dramatisch.

Den echten Schaden hatte Caties Bankkonto erlitten. »Hat er auch das Geld genommen, das ich dir gegeben habe, damit du ins Kino und zur Maniküre gehen und dir sonst was Unsinniges leisten kannst?« Sie fand, dass eigentlich kein Teenie die ganzen Sommerferien zu Hause verbringen durfte. Ísa hatte Catie sehr nachdrücklich darum gebeten, das Geld vor allem zu ihrem Vergnügen auszugeben.

»Ja«, bestätigte ihre Schwester. »Keine Ahnung, warum die Bank ihm das gestattet hat. Außer mir dürftest eigentlich nur du über das Konto verfügen.«

»Ich werde persönlich mit der Bank sprechen.« Zwar hatte diese bereits genaue Anweisungen von Ísa erhalten, aber Clive war nun einmal Caties Erziehungsberechtiger. Er hatte die Dokumente, die das belegten, und er machte bestmöglichen Gebrauch davon. »Fürs Erste werde ich dir die Summe, die du benötigst – inklusive Taschengeld – auf Marthas Konto überweisen.« Caties Betreuerin, eine ehemalige Krankenschwester, lebte mit im Haus und war absolut vertrauenswürdig. »Versteck das Bargeld, das sie dir gibt, in deiner Unterwäschenschublade.« Nicht einmal Clive würde so tief sinken, die Wäsche seiner dreizehnjährigen Tochter zu durchsuchen.

»Du hast doch selbst nicht so viel Geld«, wandte Catie ein.

»Ich bin Millionärin«, sagte Ísa trocken und strich mit den Fingerspitzen über den flauschigen runden Kaktus, den Sailor ihr verehrt hatte. »Zerbrich dir darüber nicht den Kopf, Käferchen. Ich werde den Betrag von meinem Dividendenkonto abheben.« Ísa rührte das Einkommen aus ihren Crafty-Corners-Anteilen niemals für ihre eigenen Bedürfnisse an. Es ging ihr dabei ums Prinzip – sie würde Jacquelines Geld nicht angreifen, wenn sie schon nicht in ihrer Firma arbeiten wollte; aber sie hatte keine Skrupel, es für Catie zu verwenden.

Ihre Schwester fing so plötzlich an zu weinen, als hätte sie die Tränen bisher nur mit Mühe zurückgehalten. »Es tut mir so leid, Ísa. Bestimmt bist du enttäuscht von mir.«

Ísa brach schier das Herz, dass ihre sonst so quirlige kleine Schwester derart niedergeschlagen war. »Du musst dich für überhaupt nichts entschuldigen«, sagte sie mit Nachdruck in der Stimme. »Falls es dich tröstet – wir haben alle unsere schwachen Momente. Ich, zum Beispiel, sitze gerade im Büro der Vizepräsidentin und warte darauf, dass der Drache auftaucht und mir Feuer ins Gesicht speit.«

Ein ersticktes Lachen. »Dann genießt du es, ein hohes Tier zu sein?«

»Über alle Maßen.« Ihr ironischer Ton brachte Catie wieder zum Lachen, und dieses Mal klang es nicht mehr ganz so bekümmert, sondern eher typisch nach ihr.

»Bleib stark, okay?«, ermahnte Ísa sie. »Und geh regelmäßig zur Physiotherapie, um dein Gleichgewicht zu trainieren. Sollte noch einmal etwas passieren, versuch nicht, es vor mir zu verheimlichen. Ich bin immer für dich da.« Wie hätte sie sich gewünscht, dass jemand für sie da gewesen wäre, als sie in Caties Alter war.

Catie stieß hörbar den Atem aus. »Ich habe dir gerade einen Kuss geschickt, Issie. Du bist mir der liebste Mensch auf der ganzen Welt. Aber sag das ja nicht Harlow – ich glaube nämlich, dass er manchmal ein bisschen eifersüchtig ist. Und drück ihn für mich. Er freut sich so sehr über dieses Praktikum.«

Sie verabschiedeten sich, und Ísa legte lächelnd das Handy weg, dann blickte sie hoch und entdeckte ihren Bruder in der Tür. »Harlow!« Sie stand auf und eilte zu ihrem schlaksigen, hochgeschossenen Bruder, um ihn zu umarmen. »Wie läuft es an deinem ersten Tag hier?«

»Fantastisch!« Seine dunklen, schräg gestellten Augen blitzten aufgeregt hinter seiner Drahtgestellbrille, sein schwarzes Haar war glatt gegelt und ordentlich geschnitten. Catie, deren Gesicht noch die weichen, runden Proportionen eines Kindes aufwies, beneidete ihn um seine scharf geschnittenen Wangenknochen, aus denen er selbst sich überhaupt nichts machte.

»Und, wo haben sie dich eingesetzt?«, fragte sie den Bruder, den sie erst kennengelernt hatte, als sie dreiundzwanzig und Harlow zwölf war.

»In der Poststelle.« Er verdrehte die Augen. »Angeblich fangen alle Praktikanten dort an. Hier ist übrigens deine Post – Ginny hat mir erlaubt, sie dir ausnahmsweise selbst zu bringen.«

Ísa nahm sie lachend entgegen und drückte ihm einen Kuss auf die Wange – wenngleich er sich erst mit einem Blick vergewisserte, dass niemand es sah, bevor er den Kopf beugte, damit sie an ihn heranreichte. Anschließend gab sie ihm mit einer Geste das Zeichen, seine Runde fortzusetzen, bevor sie ihre Geschäftspost durchsah. Es war nichts Wichtiges dabei.

Sie überflog gerade die Einladung zu einem Tag der offenen Tür in einer anderen Firma, als der Kalender in ihrem Handy sie an einen Termin erinnerte. *Meeting bei Bio-Fast #1.* Das Treffen sollte in dreißig Minuten stattfinden, und genauso lange würde sie dorthin brauchen.

Sie verstaute ihren Laptop und ihr Notizbuch in ihrer Umhängetasche und verließ ihr Büro. »Ginny, weißt du, worum es bei diesem Bio-Fast-Meeting geht?«

»Oje, ich hatte ganz vergessen, es dir zu sagen. Du triffst dich mit jemandem, den deine Mutter angeheuert hat ... ich bin nicht ganz sicher, aber ich meine, es ist der Raumausstatter. Annalisa hat sich darum gekümmert, um mir unter die Arme zu greifen.« Ginny biss sich auf die Unterlippe. »Entschuldige, aber ich war schrecklich durcheinander, als Jacqueline mich zur Assistentin der Vizepräsidentin beförderte, und sie hat mich mit einem Wust an Informationen überschüttet ...«

»Ist schon gut.« Ísa wusste aus eigener Erfahrung, wie sehr Jacqueline einen überfordern konnte. »Ich habe mir sämtliche Unterlagen angesehen – ich schaffe das schon.« Mit Sicherheit hatte ihre Mutter jemanden engagiert, der wusste, worauf es bei der Innengestaltung des Restaurants ankam. Und falls nicht, würde Ísa, die eine genaue Vorstellung davon hatte, wie alles aussehen sollte, ihn in die entsprechende Richtung navigieren. »Was steht heute sonst noch bei mir an?«

Ginny sah kurz nach. »Ich habe hier eine Notiz, dass du dienstagabends Kurse gibst, darum habe ich nach halb vier keine Termine mehr für dich eingetragen.«

»Ausgezeichnet.« Ísa warf einen Blick auf die Uhr. »Ich werde nach dem Meeting nicht zurück ins Büro kommen, aber du hast ja meine Nummer, falls irgendetwas anliegt.«

»Okay, Boss.« Ginny strahlte. »Du machst dich wirklich super als Vizepräsidentin!«, rief sie ihr nach, als Ísa den Flur hinuntereilte.

Ísa winkte ihr zu. Es spielte keine Rolle, ob sie ihre Arbeit gut machte – sie mochte sie kein bisschen. Im Gegensatz zur Lyrik von William Butler Yeats, Percy Bysshe Shelley und Elizabeth Barrett Browning oder auch den Werken moderner, innovativer Poeten wie Nikita Gill. Und dass sie die Freude an deren Werken mit jungen Menschen teilen wollte. Für sie war die Position der Vizepräsidentin nur ein Job, dazu noch einer, den man ihr mittels Erpressung aufgenötigt hatte.

»Nur für diesen Sommer«, rief sie sich leise in Erinnerung, als sie die farbenfrohe Umgebung von Crafty Corners verließ und in ihren Wagen stieg.

Sie ging im Kopf noch einmal die Konzeptpläne für die Bio-Fast-Kette durch, bevor sie auf den Parkplatz des ersten Restaurants einbog. Ihre Augen weiteten sich, ihr Mund wurde trocken, ihr Herz schlug wie ein Presslufthammer.

»Oh, Ginny«, stöhnte sie, als sie ihr Auto neben Sailors Lieferwagen parkte. »Es ist nicht der Raumausstatter, sondern der Landschaftsgärtner.«

Dann entdeckte sie ihn am Rand des Parkplatzes, wo er in der Hocke sitzend irgendetwas vermaß. Wie er da so kauerte, war es schier unmöglich, seine kräftigen Schenkel nicht anzustarren. Sie konnte auch einen Teil der kunstvoll tätowierten Linien und Kreise an seinem linken Oberschenkel sehen. Es juckte sie in den Fingern darüberzustreichen … am liebsten mit der Zunge, wenn sie ganz ehrlich war.

Nein, Ísa, schalt sie sich. *Es gibt sehr, sehr viele Gründe, warum er absolut der Falsche für dich ist.*

Selbst wenn sie so dumm gewesen wäre, sie alle außer Acht zu lassen, war da ein Aspekt, über den sie nicht hinwegsehen konnte: Sailor schien ein Charmeur zu sein, und Ísa wusste aus erster Hand, was passierte, wenn man sich mit so jemandem einließ. Es nahm für die Frau nie ein gutes Ende.

Nicht einmal Jacqueline hatte es geschafft, ihren Lieblingscharmeur – Ísas Vater – zu halten.

Nicht ohne Grund war sie heute glücklich mit einem zwölf Jahre älteren Professor verheiratet, der selbst dann keinen Charme versprühen konnte, wenn sein Leben davon abhing. Zwischen beiden herrschte eine Harmonie, um die Ísa sie beneidete.

Derweil Stefán weiterhin Frauen bezirzte und sich eine junge Braut nach der anderen angelte.

Das waren sehr eindrückliche Lektionen.

Aber während du auf den Mann fürs Leben wartest, flüsterte die Teufelin, und das nicht zum ersten Mal, *könntest du dich zwischenzeitlich doch mit Sailor Bishop auf dem Rücksitz seines Lieferwagens amüsieren.*

Ísa befahl ihr, die Klappe zu halten und das Thema fallen zu lassen, bevor sie aus dem Auto stieg. Ihre Umhängetasche schlug ihr gegen die Hüfte, als sie quer über den Parkplatz auf Sailor zuhielt. Er sah auf und lächelte sie an.

Ein bewundernder Blick aus glutvollen blauen Augen.

»Dann bist du also unser Landschaftsgärtner?«, begrüßte sie ihn. Sie verschränkte die Arme vor der Brust und durchstöberte ihr Hirn verzweifelt nach irgendeinem herablassenden Spruch, um ihn an einer weiteren Charmeoffensive zu hindern. Denn was diesen Mann betraf, traute Ísa ihrer Selbstbeherrschung kein bisschen. »Das ist ja mal eine Überraschung.«

Seine Miene verdüsterte sich. »Ich muss mit niemandem schlafen, um einen Auftrag an Land zu ziehen, Rotschopf.« Ein bedächtiges Grinsen. »Aber es schmeichelt mir, dass du denkst, ich könnte meinen Körper einsetzen, um die Karriereleiter zu erklimmen.«

Bevor Ísa das Blut in die Wangen schießen konnte, sagte sie: »Bringen wir es hinter uns. Wie sieht dein Konzept aus?« Jacqueline hatte es ihr bei der Übergabe der Ordner in groben Zügen umrissen, doch das war auch alles gewesen.

»Die Pläne sind in meinem Wagen.« Er wies mit einem Kopfnicken dorthin und stand auf. »Hast du das Geschenk bekommen, das ich am Empfang für dich abgegeben habe?«

Ísa wollte gerade antworten, als ihr Blick auf seine Fingerknöchel fiel. Sie waren gerötet und zerschrammt. So als hätte er sie jemandem an den Kiefer gerammt. »Du hast Cody geschlagen«, flüsterte sie perplex.

Sie hatte es geahnt, aber nicht richtig glauben können.

Sailor hob seine breiten Schultern. »Ja, hab ich.«

»Warum?«

»Weil er es verdient hatte.« Er fasste sie unter dem Kinn und strich mit dem Daumen über ihre Lippen, in seinen Augen lag ein stahlharter Blick, den sie nicht entschlüsseln konnte. »Ich hätte es schon an jenem Abend tun sollen, aber ich bin nicht in die Lagerhalle zurückgekehrt, nachdem ich dir nach draußen gefolgt war.«

Als wäre das Erklärung genug. Als wäre es das Normalste auf der Welt, dass ein Mann einem anderen eine Abreibung verpasste, weil dieser eine Frau tief verletzt hatte.

Sein Lächeln lag wie Sonnenstrahlen auf ihrer Haut, als er ihr so nah kam, dass die Wärme seines Körpers sie umfing. »Willst du meine Knöchel mit Küssen heilen?«

Da war er wieder, dieser Furcht einflößende, wundervolle Charme.

Verführerisch wie geschmolzene Schokolade und andere sündhafte Dinge.

18. KAPITEL

VERLOCKUNG & ABLENKUNG

Sein Rotschopf funkelte ihn an.

Sailor wusste, dass er die Vizepräsidentin der Firma, der er den größten Auftrag seiner bisherigenLaufbahn verdankte, lieber nicht provozieren sollte, aber er konnte sich nicht beherrschen.

»Ist das deine Vorstellung von professionellem Verhalten?«, fragte sie in eisigem Ton. Eine Sekunde lang hätte er ihn ihr fast abgekauft, bis er bemerkte, dass ihre Ohrenspitzen leicht gerötet waren.

Das faszinierte ihn, und er geriet in Versuchung, an ihnen zu knabbern, um festzustellen, wie empfindlich sie waren. Dazu war er nicht gekommen, als er Ísa nackt im Meer in seinen Armen gehalten hatte. Tatsächlich gab es noch vieles, das er mit seiner neunmalklugen rothaarigen Flamme anstellen wollte, die so leicht errötete und ihn ansah, als wollte sie ihn mit Haut und Haaren verschlingen – nachdem sie ihm die Kleider vom Leib gerissen und ihn überall berührt hatte.

Sailor würde sich ihr nur zu gern als Opfer zur Verfügung stellen.

Auch um den Preis, dass sie und ihre Kurven ihn von der Arbeit ablenkten.

Denn sie brachte nicht nur sein Blut in Wallung, sie versüßte seinen Tag durch ihre bloße Existenz. Wann immer er mit ihr zusammen war, fühlte er sich einfach … glücklicher. Dafür lohnte es sich zu kämpfen. Es war die Sticheleien wert, die zerschundenen Knöchel, das superfrühe Aufstehen am Morgen, um Zeit herauszuschinden, die er mit ihr verbringen konnte.

»Ich bitte vielmals um Entschuldigung, Ms Rain. Von jetzt an werde ich mich ganz und gar professionell benehmen.«

Ihre Augen flackerten argwöhnisch.

Sailor grinste in sich hinein, als er seine Sachen aus dem Wagen holte und den detaillierten Plan auf der Motorhaube ausbreitete. Er fixierte den oberen und den unteren Rand mithilfe seines Handys und eines Maßbands, dann hielt er mit einer Hand den einen Seitenrand fest, Ísa mit der ihren den anderen.

»Das ist meine Vision«, setzte er an.

»Warte eine Sekunde«, unterbrach sie ihn. »Du willst den vorhandenen Parkplatz aufreißen? Davon hat meine Mutter nichts erwähnt.«

»Das ist die Basis für alles andere.« Sailor reichte ihr den Entwurf, den er für Jacqueline angefertigt hatte. »Es gibt keine Möglichkeit, das Erscheinungsbild zu erschaffen, das Ms Rain Senior für Bio-Fast vorschwebt, ohne …«

»Ich trage jetzt die Verantwortung für dieses Projekt«, fiel sie ihm ins Wort. »Darum musst du *mich* von deiner Idee überzeugen.« Sie bedachte ihn mit einem Blick aus zusammengekniffenen Augen. »Und *ich* habe keine Schwäche für hübsche, charmante Männer.«

Dieses Mal war Sailors finstere Miene echt. »Das ist ein bisschen sexistisch, findest du nicht?«

»Wie meinst du das?«

»Du ignorierst meine Fähigkeiten und reduzierst mich auf meine Optik?« Ein Teil von ihm war entzückt darüber, dass sie ihn attraktiv fand, aber der knallharte Geschäftsmann in ihm reagierte erbost und irritiert. Er wollte von Ísa als kluger, würdiger Gegner gesehen werden, und sonst nichts.

»Jetzt weißt du, wie es vielen Frauen an ihrem Arbeitsplatz ergeht«, lautete ihre bissige Antwort. »Entschuldige, das hätte ich nicht sagen sollen. Erst recht nicht, nachdem ich dich selbst um ein professionelles Verhalten gebeten hatte.«

»Dann findest du mich also nicht hübsch und charmant?«

Ihre Augen wurden noch schmaler. »Lass uns über deinen Plan sprechen.« Es war ein Befehl.

Überrascht – und zugleich angetörnt – von ihrer unnachgiebigen Seite begann Sailor, ihr die Feinheiten seines Vorhabens darzulegen. »Der alles entscheidende Punkt ist es, eine bestimmte Atmosphäre zu schaffen, die der Kunde wahrnimmt, sobald er auf den Parkplatz fährt.«

Er überschlug sich vor Begeisterung, während er ihr seine Vision erläuterte. »Wir sprechen hier von gesunder Ökokost, und dank des Gemüsegartens, den ich hier anlegen würde …« Er tippte auf den Plan. »… können sich die Gäste mit eigenen Augen ein Bild davon machen, woher ihr Essen kommt. Natürlich dient er hauptsächlich zur Schau, weil ihr dort nicht genügend anbauen werdet, aber zumindest einen Teil könntet ihr von dort beziehen.«

Ísa unterbrach ihn nicht, darum fuhr Sailor fort. »Es gibt den Leuten ein gutes Gefühl, wenn sie nachhaltige Produkte kaufen, und für die von euch angepeilte Zielgruppe gilt das ganz besonders. Ganz zu schweigen von der Entlastung für die Umwelt, die es mit sich bringt, wenn der Salat vom Garten direkt in der Küche und auf dem Teller landet. Ihr könnt diesen Aspekt in eurer Werbung und bei der Kundenakquise hervorheben. Ich wette, der Garten wird auch in den sozialen Medien viel Aufmerksamkeit erregen.«

Ísa wirkte fasziniert. »Könnten wir ihn erweitern?«, fragte sie. »Unsere Restaurants werden Fast Food anbieten, allerdings nicht in großem Umfang. Unsere Preise sind im oberen Segment angesiedelt, und das bedeutet, wir müssen geringere Mengen abgeben, um Profit zu machen. Das Ziel ist, einen überschaubaren, aber treuen Kundenstamm aufzubauen.«

Sailor begriff, worauf sie hinauswollte. »Du möchtest, dass der Garten groß genug ist, um den überwiegenden Teil des Bedarfs für das Restaurant zu decken?«

Ísa senkte zustimmend den Kopf. »Selbst wenn es pro Saison nur einzelne Beigaben sind. Sodass wir zum Beispiel sagen könnten, diesen Monat kommen sämtliche Tomaten im Salat aus den Bio-Fast-Gärten.«

Sailor nickte versonnen, es war eine Wohltat, mit einem Auftraggeber zu tun zu haben, der zur Teamarbeit bereit war. Dass es sich dabei ausgerechnet um die Frau handelte, die lange verdrängte Sehnsüchte in ihm zum Leben erweckte, war nur das Sahnehäubchen. »Ich muss die Pläne noch mal überarbeiten, aber ich denke, das wäre machbar.«

Er zog einen Bleistift aus seiner Tasche und nahm ein paar Änderungen an der Skizze vor. »Allerdings brauchtest du dann einen festangestellten Gärtner, der sich um die Pflege kümmert. Wie es der Zufall will, kenne ich da jemanden mit einem erstklassigen Tarif.« Zugegeben, er bevorzugte es, gestalterisch tätig zu sein, aber er war sich auch für die Gartenpflege nicht zu schade – Hauptsache, es bedeutete klingende Münze für seinen großen Traum.

Ísa bedachte ihn mit einem typischen Rain-Blick. »Lassen Sie uns fürs Erste dieses Projekt realisieren und feststellen, wie gut Sie sind, Mr Bishop.«

Sailor wollte sie küssen, bis sie keine Luft mehr bekam. Er verschob das Vergnügen auf später und zwang sich zur Konzentration. »Allerdings verlieren wir diesen kleinen Sitzbereich hier, wenn wir den Garten vergrößern.«

»Nicht zwangsläufig.« Ísa studierte den Plan. »Wie wäre es, wenn wir ihn so konzipierten, dass die Gäste ihn während ihres Aufenthalts nutzen können? Sie könnten dort sitzen. Oder sogar Unkraut jäten, falls sie Lust dazu haben.«

»Du denkst an eine Art Gemeinschaftsgarten?« Sailor holte Luft, dabei fing er Ísas Duft auf. »Das könnte funktionieren, solange das Personal ein Auge darauf hat. Aber wer soll das während der Schließzeiten des Restaurants übernehmen?«

Er schaute stirnrunzelnd auf die Skizze, während Ísas Geruch ihn wie unsichtbare Ranken einhüllte. »In diesem Entwurf sind ausschließlich natürliche Umfriedungen in Form von Hecken vorgesehen, und ich denke noch immer, dass das der richtige Ansatz ist. Aber wenn dir ein richtiger Gemüsegarten vorschwebt, müssen wir ihn so anlegen, dass er nachts geschützt ist, damit sich niemand hineinschleicht und sich mit deinen Erzeugnissen davonmacht.«

Er tippte mit dem Bleistift auf den Plan, bevor er ein Gittersystem um den Garten skizzierte, das nicht nur hübsch aussehen, sondern auch Licht hineinlassen und trotzdem als Schutz dienen würde. »Eine Seite sollte zum Öffnen sein, damit die Gäste tagsüber hineingelangen können«, sinnierte er. »Den Rest könnten wir mit Kletterpflanzen beranken. Vorzugsweise zum Verzehr geeigneten, wie zum Beispiel Bohnen. Oder werdet ihr essbare Blüten in euren Gerichten verwenden?«

Ísa war jetzt so nah, dass ihre Hüfte seinen Schenkel berührte. »Nein, ich denke nicht. Aber das ist doch schon mal ein Anfang. Ich werde mit dem Koch sprechen, der die endgültige Speisekarte festlegt. Wir sind sehr flexibel, weil wir ohnehin planen, eine Reihe von Produkten nur saisonal anzubieten.«

Sailor nahm weitere Änderungen an dem Entwurf vor, während Ísa ihm mit leuchtenden Augen Frage um Frage stellte und dabei immer mehr auf Tuchfühlung ging. Sie schien es nicht zu bemerken, und er würde den Teufel tun, sie darauf aufmerksam zu machen. Obwohl sie ihn einen hübschen Mann genannt hatte, bestand kein Zweifel, dass sie ihn und seine Arbeit absolut für voll nahm.

Und ihr Verstand dem ihrer Mutter durchaus ebenbürtig war.

Er verspürte das überwältigende Bedürfnis, über ihren Rücken und ihren Po zu streicheln. Ihn zu drücken, weil diese prachtvolle Kehrseite nichts Geringeres verdiente. Anschließend würde er sich bücken und sich küssend entlang ihrer Wirbelsäule nach oben arbeiten, bis zu ihren Ohren, die so entzückend erröten konnten.

In diesem Moment traf ihn aus heiterem Himmel eine Erkenntnis, die er bei seinem Bemühen um Ísa nicht bedacht hatte: Sie war reich.

Vermögenstechnisch konnte er ihr nicht annähernd das Wasser reichen.

Selbst wenn sein Geschäft so anliefe, wie er sich das vorstellte und erhoffte, würde er die nächsten zwei bis drei Jahre nicht wirklich viel verdienen. Und mit Crafty Corners könnte er sich niemals messen, solange es ihm nicht gelang, seinen größten Lebenstraum wahr zu machen.

Seine Finger krampften sich um den Bleistift.

So unerträglich der Gedanke auch war, würde sein Rotschopf mit hoher Wahrscheinlichkeit nie etwas anderes in ihm sehen als einen vergnüglichen Zeitvertreib. Frauen, die so betucht, intelligent und sexy waren wie Ísa, suchten eine ernsthafte Partnerschaft in der Regel in ihren eigenen gesellschaftlichen und finanziellen Kreisen.

Obwohl es in seinem Leben keinen Platz für eine Beziehung gab und er froh sein sollte, wenn er nicht länger abgelenkt würde, war seine Stimmung plötzlich auf dem Nullpunkt. Er rollte den Plan zusammen. »In Anbetracht dieser Änderungen muss ich die Kosten noch einmal neu kalkulieren«, sagte er. »Allerdings glaube ich nicht, dass es einen großen Unterschied ausmacht, da der Sitzbereich wegen des erweiterten Gartens wegfallen wird.«

Dabei sah er sie nicht an, denn im Augenblick war sein Verlangen alles andere als zivilisiert oder professionell – er verspürte sogar den Drang, an ihr zu knabbern –, sondern konzentrierte sich wieder ganz auf das Geschäftliche. »Wie viel Spielraum habe ich, um trotz der Änderungen loszulegen? Ich hätte ein paar Pflanzen in Aussicht, die ich im Moment um einiges günstiger bekommen könnte als sonst, aber ich müsste schnell handeln.«

»Kauf sie«, sagte Ísa. »Aber schick mir noch heute Abend die aktualisierte Kalkulation, damit ich die Erbsenzähler bei Laune halten kann.«

Sie klang ganz wie die Vizepräsidentin, die sie war, bevor sie einen Schritt vom Wagen wegtrat und ihn prüfend anschaute. In ihrem Blick lag etwas Weiches, Sanftes, das sein Bedürfnis, sie zu küssen, nur weiter schürte. »Ist alles in Ordnung?«

Sailor nickte. Wenn er gute Arbeit leistete, wäre es durchaus denkbar, dass Magazine und andere Printmedien landesweit darüber berichteten. Ísas Gemüsegartenkonzept war genial, erst recht im Zusammenhang mit Fast Food – und könnte den Grundstein für seine berufliche Zukunft legen.

Er musste sich ganz einfach professionell verhalten. Auch wenn er sich gerade erst von einem Schlag erholte, den er nicht hatte kommen sehen. Der Altersunterschied, ihre Sturheit, selbst die Tatsache, dass sie inzwischen die Vizepräsidentin von

Crafty Corners war – mit alldem hätte er umgehen können. Aber das gewaltige Vermögen, das ihr zur Verfügung stand, katapultierte sie schlichtweg aus seinem Orbit.

Trotzdem wollte er sich immer noch auf dem Rücksitz seines Lieferwagens mit ihr verlustieren.

Auch wenn Ísalind Rain, Tochter von Jacqueline Rain und Erbin eines Multimillionen-Dollar-Vermögens ihm am Ende das Herz brechen würde.

Als Ísa auf den Parkplatz der Schule einbog, um ihren Abendkurs zu geben, rätselte sie immer noch daran herum, was Sailor am Ende ihrer Besprechung die Laune verhagelt haben mochte. Aber sosehr sie sich auch anstrengte, sie fand einfach keine Erklärung dafür. Gerade noch hatte er sie mit den Augen angeflirtet und seinen muskulösen Körper an ihren geschmiegt, als er urplötzlich seltsam distanziert und förmlich geworden war.

Jemand klopfte an ihr Fenster. Sie zuckte zusammen. »Oh, Diana.« Ísa stieg aus. »Entschuldige, ich habe vor mich hin geträumt.«

»Macht nichts«, zwitscherte ihre Kollegin. Sie war Mitte dreißig und hatte ein rundes Gesicht, das von schwarzen Korkenzieherlocken eingerahmt wurde. »Komm, lass uns zusammen reingehen. Ich möchte dir von dem unglaublichen Violinkonzert berichten, das ich gestern Abend besucht habe.«

Lächelnd hängte Ísa sich ihre Tasche über die Schulter und schloss sich der geselligen Musiklehrerin an. Sie musste wieder einen klaren Kopf bekommen für das, was ihr am Herzen lag, nämlich zu unterrichten, Kinder und Erwachsene.

Der Vorteil bei Erwachsenen war ihre völlige Hingabe. Im Gegensatz zu den Teenagern murrten sie nicht.

Tatsächlich waren sie mit einem solchen Enthusiasmus bei der Sache und hatten so viel zu erörtern, dass sie die Unterrichtsstunde überziehen musste. Was bedeutete, dass sie die letzte Lehrkraft war, die die Schule verließ. Aber es war Sommer und die Zeit im ganzen Land entsprechend umgestellt, sodass es noch immer taghell war. Vor dem Portal standen einige ihrer Schüler herum und diskutierten hitzig die wahre Bedeutung eines Gedichts von Coleridge.

Ísa lächelte leise in sich hinein, weil sie niemals darauf kommen würden. Coleridge hatte ein Liebesverhältnis mit Opium gehabt, und durch diese Droge war sein Werk maßgeblich beeinflusst worden. Aber er hatte unglaublich eindringliche Bilder geschaffen, in die sich Ísa nur zu gern versenkte. Es stimmte sie überglücklich, ihre Zöglinge voller Leidenschaft über eins seiner Gedichte debattieren zu hören. Sie liebte nichts mehr, als die Freude am geschriebenen Wort mit anderen zu teilen.

Erst nachdem sie zugesperrt hatte, entdeckte sie den vertrauten Lieferwagen auf der anderen Seite des Parkplatzes. Ísa konnte sich nicht erklären, warum sie es tat, aber nachdem sie sich von ihren Schülern verabschiedet hatte, steuerte sie in seine Richtung. Dann sah sie Sailor in einiger Entfernung, sein Oberkörper war nackt und verschwitzt, ein wahr gewordener erotischer Traum.

Seufzend ermahnte Ísa sich, damit aufzuhören. Er war nun einmal nicht der Richtige für sie. Aber ihre Füße bewegten sich wie von selbst weiter, bis sie am Rand der Rasenfläche stand, wo er gerade seiner Arbeit nachging. Er hatte sie nicht gesehen. Sie konnte immer noch umkehren. Doch stattdessen legte sie auch noch das letzte Stück zurück.

Viel zu spät bemerkte sie, dass er nicht allein war. Ein schlaksiger Teenager, der hinter ein paar hohen Flachspflanzen verborgen gewesen war, ging ihm zur Hand und stieß gerade seinen Spaten in das Erdreich. Seine Gesichtszüge wiesen eine frappierende Ähnlichkeit mit Sailors Zügen auf, wenngleich sich dessen eher goldener Hautton von dem warmen hellbraunen Teint des Jungen unterschied.

Der Teenie sagte lachend etwas zu Sailor, als dieser hochschaute und sein Blick auf Ísa fiel. Seine Lippen verzogen sich zu einem Lächeln, und seine blauen Augen leuchteten glutvoll, bevor er seine Reaktion offenbar bewusst unterdrückte. Eine Reaktion, die viel dazu beitrug, das unbehagliche Gefühl abzuschwächen, das Ísa seit ihrer letzten Begegnung verspürt hatte.

Sein Lächeln erstarb, als er auf sie zukam. »Hallo, Ms Rain.« Spuren von Erde hafteten an seiner verschwitzten Brust, und er kniff die Augen gegen das Sonnenlicht zusammen, während er sich mit dem Unterarm über die Stirn wischte. »Nicht gerade der Ort, an dem man erwarten würde, eine Vizepräsidentin anzutreffen.«

»Ich arbeite auch an dieser Schule. Und mein Name ist Ísa«, sagte sie mit fester Stimme, während ein Kribbeln ihre Haut überlief und sie Mühe hatte zu atmen. »Hör auf, mich zu ärgern. Ich erwarte nicht von dir, dass du mich auf einmal siezt, das weißt du genau.«

Die betörend blauen Augen glitzerten. »Dein Wunsch ist mir Befehl, Ísa. Du bist der Boss.«

Sie gelangte zu dem Schluss, dass er sie absichtlich provozierte. Was immer sein verändertes Verhalten heraufbeschworen hatte, die Wirkung hielt auch jetzt noch an. »Irgendetwas stimmt definitiv nicht – und ich werde nicht gehen, bis du mir sagst, was es ist.« Sie verschränkte die Arme, rührte sich nicht von der Stelle.

»Du solltest nicht mit den Gefühlen einfacher Gärtner spielen, Rotschopf.«

»Ich bezweifle, dass du in irgendeiner Hinsicht einfach bist.« Seine Verspieltheit war zurück. Aber unter der Oberfläche verbarg sich ein hochintelligenter Mann, dessen Leidenschaft und Zielstrebigkeit Ísa auf eine Weise ansprachen, die ihr Unbehagen einflößte.

Weil eine Frau bei einem Mann von solchem Ehrgeiz niemals Priorität haben würde. Folglich auch Ísa nicht. Sie verdrängte diesen deprimierenden Gedanken. »Wann hattest du denn zum letzten Mal Gefühle für eine Frau?«

Er lachte leise, bevor er sich umdrehte und den Teenager zu sich heranwinkte. »Jake, ich möchte dir Ísa Rain vorstellen. Ísa, das ist mein Bruder Jake.«

Ísa streckte ihm die Hand hin. »Hallo, Jake.«

Der Junge ergriff sie und lächelte. »Hi«, sagte er, dann schaute er wieder Sailor an. »Soll ich auch noch den Rest umgraben, Sail?«

Als dieser nickte, machte Jake sich wieder ans Werk. »Ich musste eine billige Hilfskraft anheuern.« In Sailors Stimme klang eine gewisse Schärfe mit. »Mehr kann ich mir zurzeit nicht leisten.«

Ísa begriff, dass er vermutlich weiterarbeiten wollte. »Entschuldige, ich halte dich auf.«

Aber Sailor ging nicht darauf ein. »Du bist die hübscheste Ablenkung, die ein Mann sich erträumen könnte.«

Ablenkung.

Ísa hatte dieses Wort schon viele Male in ihrem Leben gehört. Ihre Mutter wie auch ihr Vater hatten sie oft ermahnt, sie nicht abzulenken, bevor sie sich wieder wichtigeren Aufgaben zuwandten. »Als Kind habe ich einmal absichtlich eine teure Vase zerbrochen«, sprudelte es aus ihr heraus. »Meine Eltern waren damals noch verheiratet. Ich wollte nur sehen, wie sie reagieren würden.«

»Meine Eltern hätten mir Hausarrest gegeben und mein Taschengeld einbehalten, um mich zu lehren, dass man seine Wut nicht an fremdem Eigentum auslassen darf.« Sailors Grinsen verriet ihr, dass er aus Erfahrung sprach. »Ich nehme an, deine haben ähnlich reagiert?«

»Nein.« Dabei hatte Ísa sich verzweifelt gewünscht, dass sie genau das tun, sich auf exakt diese Weise damit auseinandersetzen würden. »Die Haushälterin hat die Scherben aufgefegt, und mir wurde befohlen, auf mein Zimmer zu gehen und zu spielen.« Weil sie dort keine Ablenkung sein würde. »Ich wurde niemals bestraft.« Weder ihre Mutter noch ihr Vater hatten je die Zeit gehabt, sich um etwas derart Unwichtiges zu kümmern. »Ich konnte mich glücklich schätzen, oder?«

Eine steile Falte erschien zwischen Sailors Augenbrauen, und er war im Begriff zu antworten, als ein Klingelton ihm einen Strich durch die Rechnung machte.

19. KAPITEL

KÄSEKUCHEN UND EIN HALB NACKTER GÄRTNER
(IN UNMITTELBARER NÄHE)

»Das ist meine kleine Schwester«, seufzte Ísa erleichtert. Sie verstand selbst nicht, wieso sie sich dazu hatte hinreißen lassen, Sailor eine ihrer größten Schwachstellen einzugestehen … als könnte er ihre Gefühle nachvollziehen. »Ich gehe lieber dran.«

Sailor runzelte immer noch die Stirn, als sie das Handy an ihr Ohr hob und sich auf den Rückweg zu ihrem Auto machte. »Catie? Ist alles in Ordnung? Hast du das Geld erhalten?«

»Ja, und ich habe sämtliche Rechnungen bezahlt«, sagte ihre Schwester. »Aber Dad war nicht mehr zu Hause, seit er mein Bankkonto leer geräumt hat.«

Das löste bei Ísa noch keine Panik aus. »Ist Martha bei dir?«

»Du weißt doch, dass sie mich niemals im Stich lassen würde.« Die aufgesetzt fröhliche Antwort konnte ihre Besorgnis nicht kaschieren. »Es ist nur … Kannst du versuchen herauszufinden, wo Dad steckt? Damit ich weiß, dass es ihm gut geht?«

Ísa rieb sich die Stelle über ihrem Herzen, das mit ihrer kleinen Schwester mitlitt. Catie hörte nicht auf, Clive zu lieben, wie oft er sie auch enttäuschte. Ísa dachte häufig, dass das, was er Catie antat, noch schlimmer war als das, was sie selbst mit Jacqueline und Stefán durchgemacht hatte. Wenn man ignoriert wurde, ging das zumindest mit einer Verlässlichkeit einher, die jede Hoffnung gleich ganz im Keim erstickte. Clive hingegen schenkte Catie gerade so viel Aufmerksamkeit, dass sie sich weiter an die Erwartung klammerte, beim nächsten Mal werde er sich mehr wie ein Vater und weniger wie ein verzogenes Kind benehmen.

»Aber natürlich«, antwortete Ísa auf Caties vorsichtige Frage. »Ich ruf dich nachher zurück.«

»Danke, Issie.«

Sie beendete das Gespräch und setzte sich in ihren Wagen, wo sie ihre Liste mit Clives Freunden durchging – sie hatte die Namen und Telefonnummern im Lauf der Jahre für genau eine solche Situation gesammelt. Nach einer halben Stunde hatte sie ihn in einem Casino in Sydney, Australien, aufgespürt.

Er hatte das Land verlassen, ohne seine Tochter zu informieren?

Das markierte selbst für Clive einen neuen Tiefpunkt.

Als sie ihn an der Strippe hatte, entschuldigte er sich tausendfach, was nichts zu bedeuten hatte, wie sie wusste. Clive stammte aus der Phase, in der Jacqueline sich mit hübschen Knaben geschmückt hatte.

»Auf Martha ist absolut Verlass.« Seine Stimme triefte vor Wärme und Jovialität. »Ich vertraue ihr total. Andernfalls hätte ich mein kleines Mädchen doch nicht in ihrer Obhut gelassen.«

»Ruf sie an«, befahl Ísa in einem Ton, der dem Feuer speienden Drachen Jacqueline alle Ehre gemacht hätte. »Falls du es nicht tust, zeige ich dich wegen Kindeswohlgefährdung an, das schwöre ich. Denk nur, was das für deinen Kreditrahmen hieße.« Denn das schien das Einzige zu sein, das Clive interessierte.

»Sicher, klar doch, das mach ich. Kein Grund, giftig zu werden, Ísa. Ich rufe sie gleich an.«

»Ich werde es in fünf Minuten überprüfen.«

Sie wartete in ihrem Wagen, bis diese Frist abgelaufen wäre, als jemand an die Scheibe pochte. Sie zuckte zum zweiten Mal an diesem Tag zusammen, bevor sie sah, dass es Sailor war, der entweder vor Sorge oder Ärger die Stirn runzelte.

Ísa brachte momentan nicht die mentale oder emotionale Energie auf, sich mit ihm zu befassen. Ohne es zu beabsichtigen, drang er zu tief in ihr Innerstes ein und brachte ihre Träume in Gefahr. Gleichzeitig war er bekanntermaßen stur wie ein Maulesel, darum starrte er mit zunehmend angespanntem Kiefer weiter durch das Fenster, bis sie es schließlich herunterließ. »Ich muss mich um eine Familienangelegenheit kümmern«, erklärte sie, ehe er fragen konnte, wieso sie sich immer noch auf dem Parkplatz befand, obwohl es inzwischen schon dämmerte.

»Ist alles erledigt?«, erkundigte er sich. »Weil ich dich nicht allein hier zurücklassen werde.«

In ihr löste sich ein Knoten, den sie nicht benennen konnte. Ísa war es nicht gewohnt, dass jemand auf sie aufpasste. Allein der Gedanke war absurd. Sie hatte schon auf andere aufgepasst, noch ehe sie einen Führerschein besaß. Aber Sailor erweckte den Eindruck, dass er nicht nachgeben würde, bevor sie es täte.

Auf einmal hatte sie nicht mehr das Gefühl, nur eine Ablenkung für ihn zu sein. Sondern vielleicht eher ein Ärgernis … wenn auch eins, das ihm wichtig genug war, um seine Pläne zu ändern. »Wer hat dich denn zu meinem Leibwächter ernannt?«, schleuderte sie ihm kühl entgegen.

So wie seinerzeit die Vase durchs Zimmer.

Er stieß ein Knurren aus. »Mein Lieferwagen wird sich keinen Millimeter fortbewegen, ehe du nicht von diesem Parkplatz verschwunden bist, Rotschopf. Darum spar dir jeden Versuch, mich zu vertreiben.«

Ísa erwiderte seinen finsteren Blick, während sich dieses

warme Flattern in ihrem Bauch verstärkte. Er würde wirklich bleiben. Obwohl er sichtlich müde war nach einem langen Tag harter körperlicher Arbeit. »Ich hab's gleich.« Noch während sie das sagte, klingelte ihr Handy.

Es war Catie, überglücklich, weil ihr Vater sich gemeldet hatte. »Danke, Issie«, sagte sie und lachte vergnügt. »Ich wusste, dass du das deichselst.«

Ísa freute sich für ihre Schwester, zugleich fragte sie sich besorgt, wie oft sie noch würde einspringen müssen, bis Catie alt genug wäre, um auszuziehen und ein unabhängiges Leben zu führen, ohne ihren Vater, diesen charmanten Nichtsnutz. Sie sagte ihr noch ein paar aufmunternde Worte und beendete dann das Gespräch.

»Alles erledigt«, sagte sie zu Sailor, während ihre weiche, verletzliche Seite erschreckend an die Oberfläche drängte. »Du kannst jetzt guten Gewissens nach Hause fahren.«

Aber er ging immer noch nicht.

Stattdessen streckte er die Hand durchs Fenster und rieb ihre Stirn, als wollte er eine Zornesfalte wegstreichen.

Ísa bemühte sich vergeblich, sein Verhalten allein der erotischen Spannung, die zwischen ihnen pulsierte, zuzuschreiben. Da war zu viel Zärtlichkeit in seiner Frage gewesen, in seiner Berührung. »Ich wollte mir auf dem Weg nach Hause irgendwo etwas zu essen holen«, sagte sie, erfüllt von einer Furcht, wie sie sie nie gekannt hatte.

Wie sollte sie verhindern, dass sie sich in ihn verliebte, wenn er sich weiter so benahm? In diesen Dreiundzwanzigjährigen mit seinen hochfliegenden Träumen und dem dazugehörigen Ehrgeiz? In einen Mann, der wahrscheinlich die nächsten zehn Jahre noch nicht bereit wäre, sesshaft zu werden, wohingegen Ísa sich nie etwas anderes ersehnt hatte als ein richtiges Zuhause.

Sie konnte keine zehn Jahre warten. Das würde sie kaputt-machen.

Und sie könnte auch niemals mit einem Mann zusammen sein, für den seine Arbeit das Wichtigste war.

Sie würde jetzt sofort den Motor anlassen und schleunigst das Weite suchen.

Sailor strich so liebevoll mit den Fingerknöcheln über ihre Wange, dass sie ganz regungslos wurde, als hätte er ihr seine viel gepriesenen Handschellen angelegt. Dann schaute er kurz zu seinem Wagen hinüber. »Ich muss Jake heimbringen. Da-nach wollte ich nach Hause fahren, ein Fischsteak auf den Grill werfen und die Kostenkalkulation überarbeiten.«

Ísa hob den Kopf und suchte seinen Blick.

Was ein Fehler war.

Weil sein Lächeln seine blauen Augen zum Leuchten brachte. »Wahlweise könnte ich auch zwei daraus machen, da-für hilfst du mir bei dem Kostenplan.« Er streichelte sie wieder. »Es würde eine Menge Zeit sparen, wenn meine Chefin dabei ist und mir direkt sagt, welche Ausgaben sie sowieso nicht ab-segnen wird.«

Ísa wusste, dass sie sich nicht darauf einlassen sollte, weil es sich am Ende als schrecklicher Fehler entpuppen würde. Aber kein Mann hatte sie je auf diese Weise angestrahlt, so als wäre sie das Beste, was ihm je passiert war. Als wäre sie seine Version von Schokoladeneis mit Marshmallows. Obwohl sie wusste, dass es nur eine Illusion und Sailor Bishop vermutlich nicht mehr als ein Frauenbetörer war, sagte sie: »Das klingt verlockend.«

Vielleicht musste sie erst diesen schrecklichen Fehler be-gehen, bevor sie ihre Lektion lernte.

»Hier ist meine Adresse.« Sailor gab sie in ihr Handy ein. »Treffen wir uns dort in vierzig Minuten?«

Als Ísa nickte, richtete er sich auf und klopfte auf das Autodach. »Fahr vorsichtig, Rotschopf. Wir folgen dir noch ein kurzes Stück.«

Bei dem Gedanken, dass Sailor auf sie aufpasste, regte sich wieder dieses merkwürdige Kribbeln in ihrem Bauch.

Ísa wusste nicht, was sie davon halten, wie sie damit umgehen sollte.

Also fuhr sie los und winkte Sailor noch kurz zu, als sie sich an der Straße in verschiedene Richtungen aufmachten. Da es keinen Sinn gehabt hätte, erst noch nach Hause zu fahren, beschloss sie, an einem Supermarkt zu halten, von dem sie wusste, dass er bis um zehn geöffnet hatte. Sailor kümmerte sich um das Abendessen, da war es nur recht und billig, dass sie den Nachtisch besorgte.

Nachdem sie das hell erleuchtete Geschäft betreten hatte, dessen breite Gänge um diese Uhrzeit so gut wie ausgestorben waren, blieb sie schließlich ratlos und unsicher vor den Tiefkühlschränken stehen. Nie hatte sie sich mehr gefreut, den heiteren Bollywood-Song zu hören, mit dem ihr Handy sich in diesem Augenblick meldete.

»Gott, bin ich froh, dass du anrufst, Nayna!«

Ein älterer Mann mit borstigem grauem Haar, der vor der Eisabteilung stand, warf ihr einen strengen Blick zu. Als würde sich der Supermarkt mit Einbruch der Dunkelheit in eine Bibliothek verwandeln.

Ísa ignorierte ihn und sah sich mit dem Handy am Ohr das Käsekuchen-Sortiment an. »Wieso hört es sich an, als würdest du hyperventilieren?«

»Meine Eltern haben eine weitere Verabredung für mich getroffen – er kommt heute Abend vorbei!«, jammerte Nayna. »Ich habe mir die ganze Sache mit der arrangierten Ehe anders überlegt, aber ich hatte noch keine Gelegenheit, es ihnen zu sagen. Ich bin gerade erst heimgekommen, und ich kann mich nicht vor der Begegnung drücken, ohne dass sie das Gesicht verlieren. Darum verstecke ich mich im Badezimmer!«

»Er kommt heute?« Es war schon halb neun vorbei.

»Ja, in zehn Minuten! Er arbeitet auch bis spät.« Nayna klang mittlerweile, als atmete sie in eine Papiertüte. »Mein Vater hat mich im Büro angerufen und mir gesagt, dass ich spätestens um halb neun zu Hause sein solle, weil sie eine Überraschung für mich hätten. Aber das ist keine Überraschung! Das ist ein Albtraum!«

Ísa dachte nicht mehr an Käsekuchen, sondern drehte sich um und marschierte zum anderen Ende des Gangs mit den Kühlwaren. »Beruhig dich, nur keine Panik.« Ihre Gedanken ratterten. »Tu einfach genau dasselbe wie bei den fünf früheren Kandidaten. Sag deinen Eltern, dass ihr keine Gemeinsamkeiten habt und du dir nicht vorstellen kannst, dass eine Ehe mit ihm funktionieren würde.«

»Die anderen fünf waren Pappnasen.« Sie atmete wieder in die Tüte. »Meine Familie mochte sie auch nicht. Aber was, wenn dieser Typ kein Idiot ist und meine Eltern und meine Großmutter ihn toll finden?« Naynas Ton wurde zunehmend erregter. »Was, wenn ich am Ende gegen meinen Willen in einer Ehe gefangen bin?«

»Hör zu«, sagte Ísa zu ihrer Freundin, die normalerweise der vernünftigste, ruhigste Mensch war, den sie kannte. »Es ist dein Leben. Deine Familie kann dich nicht zwingen, vor den Altar zu treten.«

»Aber ich liebe sie, Ísa«, bekannte sie mit weicher Stimme. »Komme, was da wolle. Ich kann nicht Madhuri nacheifern und riskieren, dass sie mich verstoßen.«

Ísa wusste um die komplizierten Verknüpfungen von Familie und Liebe und sah ein, dass es manchmal unmöglich war, seine Fesseln zu lösen, selbst wenn sie einem nicht guttaten. »Wie wäre es …« Ísa schnippte mit den Fingern. »Behaupte einfach, dass du während eures Gesprächs unter vier Augen festgestellt hast, dass er nicht das hellste Licht im Hafen ist.«

Sie schämte sich ein bisschen, weil sie diese Intrige gegen irgendeinen armen, hart arbeitenden Mann spann, aber Nayna war ihr wichtiger. »Wie ich deine Eltern kenne, hat er mindestens einen Hochschulabschluss, darum solltest du vielleicht andeuten, dass da bestimmt nicht alles mit rechten Dingen zuging. Wahlweise, dass er deinem Eindruck nach nur mit knapper Not bestanden hat.«

»Oh Gott, du bist ein Genie, Ísa!« Es raschelte, als sie die Papiertüte zusammenknüllte. »Meine Eltern freuen sich schon jetzt auf Enkelkinder mit Doktortiteln. Ein unterdurchschnittlich intelligenter Schwiegersohn würde ihren Ansprüchen niemals genügen.«

Ísa stand inzwischen wieder vor den Käsekuchen. »Dann mach dich mal bereit.«

»Dafür brauche ich nicht lange. Immerhin habe ich nicht vor auszugehen.« Naynas Tonfall wurde heiterer. »Ich denke, ich werde dieses blassrosa Kleid anziehen, in dem ich aussehe wie ein Gespenst mit brauner Haut. Was treibst du gerade?«

»Ich versuche, mich zwischen Käsekuchen mit Boysenbeeren und Käsekuchen mit Maracuja zu entscheiden.«

»Du willst ohne mich Käsekuchen essen?«, fragte sie vorwurfsvoll.

»In Wahrheit bin ich drauf und dran, einen furchtbaren Fehler zu begehen«, gestand Ísa. »Ich werde mit Sailor in seiner Wohnung zu Abend essen.«

»Tu das, Ísa«, beschwor Nayna sie leise, aber nachdrücklich. »Ich bin mein ganzes Leben auf Nummer sicher gegangen, und jetzt habe ich das Gefühl, dass ich zerbreche, wenn ich nicht endlich lerne, auf eigenen Füßen zu stehen. Lass es darauf ankommen. Mach diesen Fehler. Selbst wenn es wehtut … Wenigstens wirst du dann gelebt haben, anstatt von deiner Furcht getrieben zu werden.«

Das war des Pudels Kern: Furcht.

Vor Zurückweisung.

Vor Schmerz.

Vor Verlust.

Als Ísa kurz darauf exakt zur verabredeten Zeit auf der Straße vor Sailors Wohnung parkte, konnte sie noch immer nicht fassen, dass sie es wirklich tun würde.

Er stieg gerade aus seinem Lieferwagen, der ebenfalls am Straßenrand stand. Offenbar wohnte er in einem dieser umgebauten Stadthäuser, die nicht über eine Garage verfügten. Die meisten Menschen, die in dieser Gegend lebten, kümmerte das vermutlich nicht, weil sie in der Innenstadt arbeiteten und keinen fahrbaren Untersatz brauchten, aber in Sailors Fall …

»Machst du dir keine Sorgen um deinen Wagen?«, fragte sie, nachdem sie ausgestiegen war. »Auf der Ladefläche liegt noch die ganze Ausrüstung.«

Er deutete auf eine altmodische, frei stehende Garage mit Spitzdach, von der sie angenommen hatte, dass sie zum Nachbargrundstück gehörte. »Ich habe sie zusätzlich gemietet«, erklärte er. »Aber sie ist ziemlich alt, deswegen hat sie kein elektrisches Tor. Ich muss es per Hand öffnen, bevor ich meine Kiste reinfahren kann.«

Er lief rasch hinüber und machte das Tor auf. »Sorry, dass du warten musst«, sagte er, als er zurück war. »Es dauert nur eine Minute.«

»Das stört mich nicht«, versicherte Ísa.

Er schenkte ihr ein Lächeln, das ungeachtet der Angst, die sie verspürte, Schmetterlinge in ihrem Bauch aufstieben ließ, bevor er den Lieferwagen gekonnt rückwärts in die Garage fuhr und das Tor absperrte.

Sekunden später war er zurück, und sie hätte sich am liebsten an seinen kraftvollen Körper geschmiegt.

»Lass mich das tragen.« Er nahm ihre Einkaufstüte in die eine Hand, in der anderen hielt er einen Beutel, der mit Salat und allem Anschein nach Gurken gefüllt war. »Aus dem Garten meiner Mutter«, erklärte er, als er ihren Blick bemerkte. »Sie würde mich einen Kopf kürzer machen, wenn sie mich dabei erwischte, dass ich Grünzeug kaufe.« Er nahm beide Tüten in eine Hand, dann stieg er die drei Stufen zur Eingangstür hoch und gab einen Tastencode ein, um sie zu öffnen.

»Dieses Haus ist in vier Wohnungen unterteilt«, erklärte er, nachdem er ihr nach drinnen gefolgt war, dabei legte er für einen kurzen Moment die Hand auf ihren unteren Rücken, und ihr stockte der Atem. »Die Einheiten sind ehrlich gesagt ein bisschen klein, aber das hat wiederum den Vorteil, dass wir vier für diese Gegend eine günstige Miete zahlen.«

Sein Griff hatte etwas gefährlich Besitzergreifendes an sich, als er seine warme, schwielige Hand mit ihrer verschränkte und sie die Treppe hochstiegen. »Die beiden Kerle im Erdgeschoss arbeiten in wechselnder Schicht für eine Fluggesellschaft, darum sehe ich sie in manchen Monaten, in anderen sind sie Phantome. Ich teile mir den ersten Stock mit einem Typen, der einen Job in der Stadt hat und dessen Zeitplan sich kaum mit meinem überschneidet, weil ich von der Morgen- bis zur Abenddämmerung arbeite, während er sowohl später anfängt als auch aufhört.«

»Nur Männer?«, fragte sie. »War das Absicht?« Ein kindischer Teil von ihr führte ein kleines Freudentänzchen auf, weil ihr die Vorstellung, dass Sailor Tür an Tür mit einer anderen Frau schlief, gar nicht geschmeckt hätte.

Jawohl, sie steckte mächtig in der Patsche.

»Nein.« Sailor sperrte seine Wohnungstür mit einem herkömmlichen Schlüssel auf. »Hat sich einfach so ergeben. Willkommen in meiner bescheidenen Behausung.«

Ísa trat gespannt ein. Als sie sah, dass er seine Stiefel an der Tür auszog, schlüpfte auch sie aus ihren Pumps. Sailor quittierte das mit einem Grinsen. »Du hast niedliche Zehen, Rotschopf. Aber mach dir wegen deiner Schuhe keine Gedanken. Ich ziehe meine Stiefel nur deshalb aus, weil sie am Ende des Tages ziemlich schmutzig sind.«

»Kein Problem.« Ísa konnte es nicht erwarten, jeden Winkel seines privaten Reichs zu erforschen. »Ich mag das Gefühl von Teppich unter meinen Füßen.« Dieser Teppich führte in ein kleines Wohnzimmer mit einem winzigen Balkon und einer Küchenzeile an der linken Wand, die durch einen Tresen vom Rest des Raums abgetrennt war. Rechter Hand befand sich ein Flur mit drei Türen.

Ísa vermutete, dass sich dahinter sein Schlafzimmer, das Bad und möglicherweise ein Schrank befanden.

Ísas Teufelin drängte sie im Flüsterton, auf Erkundung zu gehen. Mit oder ohne Klamotten.

Ísa war dankbar für die kühle Luft, die hereinströmte, nachdem Sailor die Einkäufe auf dem Tresen abgestellt und die Balkontür geöffnet hatte.

»Es ist kein Luxus«, sagte er. »Im Gegensatz zu dem, was du sonst vermutlich gewöhnt bist. Aber für mich ist es ausreichend.«

Und da fiel bei Ísa der Groschen.

20. KAPITEL

GESUNDHEITSMEMO: NACKT ZU SCHLAFEN
HAT VIELE VORTEILE

»Ich selbst bin gar nicht reich«, sagte Ísa geradeheraus.

Während Cody sie umworben hatte, um an Jaquelines Vermögen zu kommen, schien genau das Sailor Unbehagen zu bereiten. »Es ist das Geld meiner Eltern, nicht meins.« Ísa hielt seinen Blick fest. »Ich wohne nur aus einem Grund in einem Luxusappartement, das ich mir im Übrigen nicht aus eigener Tasche leisten könnte: Um Platz für meine Geschwister zu haben, wenn sie bei mir übernachten.« Das war nicht ganz die Wahrheit, aber nahe dran.

Harlow und Catie hätten sich ohne Weiteres mit der Couch oder einer Matratze auf dem Fußboden begnügt. Und als Kind hatte Catie mehr als eine Nacht eng an ihre große Schwester gekuschelt verbracht. So winzig und zart sie auch gewesen war, hatte sie oft das ganze Bett vereinnahmt und Ísa an den Rand verbannt. Aber mittlerweile war sie dreizehn, und ihr Leben hatte sich grundlegend verändert. Es gab Dinge, die sie nicht für ihr Selbstbewusstsein brauchte, sondern um sich ihre Fröhlichkeit zu bewahren.

Jacqueline und Ísa hatten an einem Strang gezogen, damit die Wohnung ihren Bedürfnissen gerecht wurde.

»Verstehst du?«, fragte sie den blauäugigen Mann vor sich. »Es ist mir wichtig, meinen eigenen Weg zu gehen. Lehrer verdienen nicht sehr viel.« Erst recht nicht solche, die sich während einer aufstrebenden Karriere ein ganzes Jahr freistellen ließen.

Ísa bereute ihre Entscheidung kein bisschen.

»Ja, Rotschopf, ich verstehe.« Sailor zog sie zu sich heran und legte das Kinn auf ihren Kopf, als wäre sie ein kleines Mädchen. Sie grummelte, und er musste grinsen. »Ich brauche eine Dusche, ich bin ganz schmutzig. Warum setzt du dich nicht vor den Fernseher, während ich mir den Tag vom Körper wasche?«

Sofort schoss ihr ein Trommelfeuer von Bildern durch den Kopf, von einem halb nackten, feucht glänzenden Sailor, über dessen Brust – und mehr – Seifenschaum rann. Ísa ballte die Fäuste. »Wie wäre es, wenn ich stattdessen den Salat mache?«

»Ich habe dich nicht zu mir eingeladen, damit du schuftest.« Er funkelte sie an, ein Ausbund an Sexappeal, was sein dunkler Bartschatten noch unterstrich. »Sondern, weil du aussahst, als könntest du ein paar Streicheleinheiten vertragen.«

Eine eigenartige Empfindung stieg in ihr auf. »Ich verspreche, dass ich mich nicht übernehmen werde.« Verlegen unterbrach sie den Augenkontakt. »Die schwere Küchenarbeit überlasse ich dir.«

»Ich habe das Gefühl, dass du dich über mich lustig machst«, brummte Sailor. »Aber weil du so süß bist, lasse ich es dir durchgehen.« Er zog an ihrem Haar. »Die Küche ist winzig, aber bestimmt findest du alles, was du brauchst.«

Ísa sah ihm hinterher, als er den kurzen Flur hinunterging. Selbst seine Kehrseite bot einen prachtvollen Anblick, was einfach unfair war. Man sah ihm an, dass er Tag für Tag körperliche Arbeit verrichtete, aber es war nicht nur seine äußere Erscheinung, die sie anzog. Denn inzwischen hatte sie auch einen Blick auf seine Leidenschaft und seinen Ehrgeiz erhascht, auf die raubeinige Zuneigung, die er seinem Bruder entgegenbrachte, und ahnte, wie es wäre, die Frau an Sailors Seite zu sein.

Vorausgesetzt natürlich, er wäre bereit für eine Beziehung.

Was nicht so bald der Fall sein würde.

Ich bin mit meiner Arbeit verheiratet. Sie ist eine ziemlich anspruchsvolle Partnerin, die andere Frauen nicht auf Dauer neben sich duldet.

Mit diesem frustrierenden Gedanken schnappte sie sich den frischen Salatkopf und wusch die Reste der Gartenerde von den knackigen grünen Blättern. Ob Sailor seine Naturverbundenheit wohl von seiner Mutter geerbt hatte? Aber das ging sie nichts an, sagte sie sich.

Weil diese Sache zwischen ihnen keine Zukunft hatte. Früher oder später würde Sailor Bishop seine Wahl treffen – und sie würde nicht auf Ísa fallen. Er hatte große Träume, brannte für seine Arbeit, wofür Ísa ihn einfach bewundern musste, auch wenn sie wusste, dass dieses Feuer ihr am Ende nur Schmerz zufügen würde. Mit dreiundzwanzig schon derart willensstark und zielstrebig zu sein sagte viel über den Mann aus, der er später einmal sein würde.

Lass es darauf ankommen. Mach diesen Fehler. Selbst wenn es wehtut ... Wenigstens wirst du dann gelebt haben, anstatt von deiner Furcht getrieben zu werden.

Die Erinnerung an Naynas Rat traf sie bis ins Mark.

Im Flur wurde eine Tür geöffnet und wieder geschlossen. Sekunden später vernahm sie das Rauschen von Wasser. Ungeachtet ihrer trüben Gedanken sah sie wieder den nackten, nassen Sailor vor ihrem geistigen Auge, seine hervortretenden Muskeln, als er sein Gesicht dem Wasserstrahl entgegenhob und seine Haare nach hinten strich, während er sich den Schweiß eines langen, harten Arbeitstags in der Sommersonne vom Körper wusch.

Stöhnend versuchte sie, die Vision aus ihrem Kopf zu vertreiben. Leider verweigerte dieser die Zusammenarbeit, die sinnlichen Bilder waren einfach zu wundervoll, um sie loszulassen. Also marterte sie sich weiter, indem sie dem Geräusch der Dusche lauschte und sich auf nichts anderes konzentrierte als auf diesen Moment. Die Zukunft wäre morgen immer noch da.

Genau wie Sailors Träume.

Und ihre eigenen.

Die gegensätzlicher nicht hätten sein können.

Sailor beeilte sich im Bad, er wollte so schnell wie möglich zurück zu Ísa und herausfinden, was sie belastete. Ihr Gesicht war voller Kummer gewesen, als sie vor der Schule in ihrem Auto saß, das Funkeln war aus ihren Augen verschwunden, ihre Stirn von Sorgenfalten durchzogen. Das Bedürfnis, sie in die Arme zu schließen, war derart übermächtig, dass er ihm irgendwann mit Sicherheit nachgeben würde.

Er trocknete sich ab und zog die Klamotten an, die er extra mit ins Bad genommen hatte. Normalerweise spazierte er nach dem Duschen nackt ins Schlafzimmer – nachdem er dort vorsorglich die Jalousien geschlossen hatte, um seinen Nachbarn keinen Schock zu versetzen.

Für einen Moment dachte er daran, Ísa zu necken, und sich einfach nur ein Handtuch um die Hüften zu wickeln – sie schien seinen Körper durchaus appetitlich zu finden, und er mochte es, wenn sie ihn mit den Augen auffraß –, doch sein Gefühl sagte ihm, dass dies nicht der richtige Zeitpunkt dafür war. Darum zog er sich ein Paar ausgeblichene, bequeme Jeans und ein verwaschenes weißes T-Shirt über.

Er fuhr sich noch rasch mit den Fingern durch das Haar, bevor er barfuß in die Küche ging. Auf dem Tresen stand eine sorgsam abgedeckte Salatschüssel. Der Vorteil an seiner Zweizimmerwohnung war, dass er nicht lange suchen musste, bis er Ísa auf dem Balkon gefunden hatte.

Die Stille der Nacht umgab sie, als er hinter sie trat und, anstatt einen Kuss auf ihren Nacken zu drücken, wie er es gern getan hätte, gen Süden zeigte. »Wenn du die Augen zusammenkneifst und ganz genau hinsiehst, kannst du dort hinten das Meer erkennen.« Er legte locker die Arme um sie, erschlich sich eine Umarmung, während sie abgelenkt war.

Ísa lachte auf. »Was ist mit dem Berg, der die Sicht behindert?«

»Korinthenkackerin.« Er inhalierte ihren Duft und beschloss, seine Chefin heißzumachen, obwohl er sich dabei nur die Finger verbrennen würde.

Sailor verstärkte den Druck seiner Arme gerade so viel, dass sie es merkte, dann senkte er den Kopf und presste nun doch die Lippen auf ihren Nacken. Ihr Erschauern entzückte ihn. Darum ließ er Kuss auf Kuss folgen, bis sein Rotschopf sich hingebungsvoll an ihn schmiegte. »Ich könnte deine Haut den ganzen Tag liebkosen«, schnurrte er, bevor er sich wieder aufrichtete.

Oh ja, er hatte die feste Absicht, sie zu verführen.

Aber zuerst würde er sie umsorgen, ihr die Streicheleinheiten geben, die sie so dringend brauchte. Und eine ordentliche Mahlzeit. »Lass uns das Essen in Angriff nehmen – du sollst schließlich nicht hungern«, sagte er. »Dem Rest von dir widme ich mich später.« Wieder überlief sie ein Zittern.

Ein kleines, selbstgefälliges Lächeln glitt über seine Züge, bevor er sie freigab, um den Grill auf seinem Balkon anzuheizen. Anschließend ging er nach drinnen, wickelte ein paar Süßkartoffeln in Alufolie und legte sie auf die heißeste Stelle des Rosts, wo die Flammen an ihnen leckten, um sie zu garen, bevor er sich dem Fisch zuwandte.

Ísa folgte ihm in die Küche und schaute zu, wie er ihn würzte.

»Das Rezept ist von einem meiner Brüder«, bemerkte er. »Von dem, den du heute kennengelernt hast. Er kocht für sein Leben gern, und er steht auf Muscle-Cars. Darum will er später mal ein Mustang fahrender Küchenchef werden, falls ihm nicht der Sprung in eine Profi-Rugbymannschaft gelingt.« Noch eine zweite Leidenschaft in der Hinterhand zu haben, konnte in der risikoreichen Welt des Sports nie schaden. »Unser Nesthäkchen Danny glaubt immer noch, Kochen sei Frauensache.«

Ísa stützte die Ellbogen auf dem Tresen auf und bettete ihr Gesicht, das durch die Schmuserei auf dem Balkon von einem Hauch Röte überzogen war, in beide Hände. »Der Rest von euch denkt nicht so?«

»Ha! Unsere Mutter hat gründlich dafür gesorgt, dass wir nicht mit dieser Einstellung aufwachsen – sogar Danny lässt seinen Spruch nur los, wenn sie außer Hörweite ist.« Auch sein vierzehnjähriger Bruder, der gerade auf der Schwelle zum Teenager stand, würde sich das noch früh genug abgewöhnen.

»Gabe und ich, wir sind keine großen Köche, aber wir verhungern auch nicht. Wobei ich gestehen muss, dass meine Mutter mich hin und wieder bekocht, wenn sie meint, dass ich nicht genug auf mich achtgebe. Sie würde das auch für Gabe tun, nur dass die Ernährungsberater seines Rugbyteams seine Kost ganz genau festlegen.« Nicht dass das seinen ältesten Bruder und engsten Freund davon abgehalten hätte, jeden Sonntag mit der Familie zu essen.

Ísas Miene haftete etwas Weiches, Verletzliches an, als sie sich mit den Armen auf dem Tresen abstützte. »Weißt du, ich kann mir das gar nicht vorstellen.« Da war sie wieder, diese unterschwellige Traurigkeit.

Sailor schickte seine Bedenken zum Teufel. Er beugte sich vor zu ihr und hauchte ihr einen Kuss auf die Nasenspitze, bevor er den Fisch mit ein wenig Küchengewürz bestreute, das Jake ihm dagelassen hatte mit der strikten Anweisung, es nicht zu übertreiben. »Was kannst du dir nicht vorstellen?«, fragte er seinen Rotschopf, der ihn anstarrte, als wäre er ein Alien … wenn auch einer, den sie mochte. Was immerhin schon mal ein Anfang war. »Wie ich und meine Brüder kochen?«

»Das meine ich nicht.« Ihr Haar leuchtete wie Feuer, als sie den Kopf schüttelte. »Sondern von einer Mutter umsorgt zu werden, obwohl man schon zu Hause ausgezogen ist. Friert sie das Essen für dich ein?«, fragte sie schließlich voller Staunen, als sprächen sie über eine magische Entdeckung.

Ísas Faszination überraschte Sailor. »Ja, auch wenn es ein bisschen peinlich ist, das zuzugeben. Sie weiß, dass ich rund um die Uhr eingespannt bin, um meine Firma in Gang zu bringen, darum kocht sie hin und wieder eine größere Menge und zweigt ein paar Portionen ab, die ich anschließend nur noch aufwärmen muss.« Angesichts ihres anhaltenden Interesses gestand er auch den Rest. »Und mein Vater bringt mir regelmäßig frische Lebensmittel, damit ich nicht auf Konserven zurückgreifen muss.«

Sailor hatte immer gewusst, dass er sich glücklich schätzen durfte, eine solch eng verbundene Familie zu haben, aber erst jetzt, als er Ísas wehmütigen Gesichtsausdruck bemerkte, begriff er, was für ein Glückspilz er tatsächlich war. »Ich schätze, Jacqueline hat sich nicht oft an den Herd gestellt.« Er küsste sie wieder auf die Nasenspitze. »Und dein Vater?«

Jetzt lächelte sie, als fasste sie Zutrauen zu dem Nasen küssenden Alien.

»Mein Dad ist im Grunde genommen die charmante, männliche Version meiner Mutter«, sagte sie trocken. »Als ich klein war, haben sie beide so viele Stunden in ihren Büros verbracht, dass ich anfing, mein Kindermädchen Mommy und den Koch Daddy zu nennen. Woraufhin Jacqueline und Stefán sich genötigt sahen, auf zeitlich begrenzte Arbeitsverträge umzustellen, um meiner Verwirrung gegenzusteuern.«

Ísa rollte mit den Augen, als sie das erzählte, so als wäre es nichts weiter als eine amüsante Anekdote, aber Sailor konnte nichts Komisches daran finden, wenn ein Kind von seinen Eltern so wenig beachtet wurde, dass es Familienanschluss bei deren Angestellten suchte. Wie zum Teufel hatten Jacqueline und Stefán Ísa das antun können? Nur um dem Ganzen dann noch die Krone aufzusetzen, indem sie diesen Bezugspersonen kündigten, um sich selbst als Eltern fühlen zu können.

Es war unverzeihlich.

Sailors Kiefermuskeln mahlten. Er hoffte, dass sie zumindest Großeltern gehabt hatte, die sie mit Liebe überschüttet und nach Strich und Faden verwöhnt hatten. Er wollte sie gerade danach fragen, als ihr Handy läutete.

Der Klingelton war die Titelmusik von *Star Trek*.

»Es ist mein Bruder Harlow«, sagte sie voll unverhohlener Zuneigung.

Sailor bemühte sich, das Gespräch nicht zu belauschen, aber er konnte seine Wohnung nun mal nicht größer machen, als sie war. Darum bekam er praktisch jedes Wort mit, obwohl Ísa auf den Balkon hinausgetreten war, um zu telefonieren.

»Hallo, Harlow«, begrüßte sie ihn beschwingt.

Sie verstummte für ein oder zwei Minuten, bevor sie mit Nachdruck in der Stimme sagte: »Du hast dir die Stelle ehrlich verdient. Ich habe mit Ginny gesprochen, daher weiß ich, dass die Personalabteilung keine Ahnung hatte, wer du in Wahrheit warst, bis sie dir den Job offiziell angeboten haben und du deine Identität enthüllt hast.«

Erneutes Schweigen, und dann: »Natürlich bin ich mir sicher. Habe ich dich je belogen?« Sie lauschte wieder. »Nein«, antwortete sie auf Harlows Entgegnung. »Mutter hätte es dir nicht weggenommen. Du weißt, dass sie es schätzt, wenn jemand Eigeninitiative zeigt.«

Zufällig sah Sailor in diesem Augenblick zu ihr hinüber und bemerkte, dass sie hinter ihrem Rücken die Finger kreuzte.

Als sie das Gespräch schließlich beendet hatte und wieder nach drinnen kam, hatte er den Fisch fertig vorbereitet. »Gibt es ein Problem?«

Sie presste die Lippen aufeinander und stemmte die Hände in die Hüften. »Harlow hat ein Praktikum bei Crafty Corners ergattert, indem er sich unter einem Pseudonym bewarb, damit niemand ihm eine Vorzugsbehandlung unterstellen konnte. Trotzdem hat ein abgelehnter Bewerber von seiner Schule einen hässlichen Post im Internet abgesetzt.« Ihre Augen schossen Blitze vor Empörung.

Es beeindruckte Sailor, dass ihr Bruder diesen Schritt unternommen hatte, damit der Wettbewerb fair ablief. »Wieso hast du dann die Finger hinter dem Rücken gekreuzt?«

Ihre Wangen liefen zartrosa an. Sie verschränkte die Arme und sagte: »Das solltest du nicht sehen.«

Er wollte sie in kleinen Häppchen verschlingen. »Los, raus mit der Sprache.«

»Es ist eine interne Angelegenheit.«

Sailor kombinierte das, was er von dem Telefonat mitbekommen hatte, mit dem, was er über Ísas Familie wusste. »Lässt Jacqueline den harten Hund raushängen?«

Sein Rotschopf bedachte ihn mit einem scharfen Blick. »Hör auf, deine telepathischen Kräfte bei mir anzuwenden.«

Sailor grinste, er fühlte sich gerade so jung wie selten. »Wie alt ist dein Bruder?«

»Siebzehn.« Sein Grinsen machte Ísa argwöhnisch. »Eigentlich sind wir Stiefgeschwister. Meine Mutter hat seinen Vater geheiratet, als Harlow zwölf war.«

Bei seiner Recherche über Jacqueline hatte er sich nur wenig mit den Einzelheiten ihres Privatlebens befasst, sondern sich vielmehr in erster Linie auf ihre Geschäftspolitik konzentriert. Doch aus dem Wenigen, das er wusste, folgerte er, dass die Ehe, von der Ísa sprach, nicht lange gehalten haben konnte. Trotzdem sah sie Harlow als ihren Bruder an.

Das sagte eine Menge über seinen Rotschopf mit den hübschen Kurven aus.

Als sie gerade weitersprechen wollte, meldete sich erneut ihr Handy, dieses Mal mit einem Standard-Klingelton. Ísa warf einen Blick auf das Display. »Das ist Oliver, der aktuelle Gatte meiner Mutter«, erklärte sie verdutzt.

Sie nahm das Gespräch in Sailors Beisein entgegen. »Hallo, Oliver.« Pause. »Was? Du weißt doch, dass ich nicht besonders viel Einfluss auf sie habe.« Sie lauschte mehrere Sekunden. »Oje, das tut mir leid. Okay, ich werde es versuchen. Aber ich kann dir nichts versprechen.«

Sie legte auf und stieß einen Seufzer aus. »Ich muss noch mal telefonieren. Macht es irgendeinen Unterschied, wenn ich mich auf den Balkon verziehe?«

»Nein. Möchtest du in mein Schlafzimmer gehen? Allerdings ist das Bett noch zerwühlt von letzter Nacht.« Er provozierte sie bewusst. »Weil ich von einem sexy Rotschopf geträumt habe.«

Obwohl sie wieder rot wurde, überraschte sie ihn, indem sie konterte: »Dann sieht es vermutlich so aus wie meins. Ich musste mitten in der Nacht meinen Pyjama ausziehen, weil mir zu heiß wurde. Nackt zu schlafen bringt zweifellos einige Vorteile mit sich.«

»Oh, das ist mir bewusst, Rotschopf.« Sailor ließ sich jede Silbe auf der Zunge zergehen. »Darum besitze ich gar keinen Pyjama.«

Ihr stockte der Atem, ihre Pupillen weiteten sich.

Und Sailors Körper lechzte nach ausgiebigen, erotischen Streicheleinheiten.

21. KAPITEL

EIN RITTER IN GÄRTNERMONTUR

Die Finger um den Rand des Tresens gekrallt, zählte Sailor bis hundert, um seine Erektion unter Kontrolle zu bekommen, während ihm gegenüber sein durchtriebenes Objekt der Begierde telefonierte. Wie er zu seinem Entzücken feststellte, klang Ísas Stimme atemlos, und die Ader an ihrem Hals klopfte heftig.

»Hör zu, Mom«, sagte sie gerade. »Oliver hat zur Feier eures Hochzeitstags ein Abendessen vorbereitet und dabei sogar eingeplant, dass du wie üblich spät heimkommen wirst. Du weißt, dass das eine große Sache für ihn ist. Fahr nach Hause.« Es entstand eine lange Pause, dann fragte sie: »Soll ich den Scheidungskuchen jetzt gleich bestellen? Möchtest du lieber Schokoladen- oder roten Samtkuchen?«

Als sie das Gespräch kurz darauf ohne ein weiteres Wort beendete, mutmaßte Sailor, dass Jacqueline eingelenkt hatte und mit ihrem Ehemann zu Abend essen würde. »Kommt so etwas häufig vor?«, fragte er, als er zum Grill ging, um den Fisch daraufzulegen.

»Nein, das war etwas ganz Neues.« Ísa lehnte in der Balkontür, und es schien ihm, als hätte diese vertraute Atmosphäre schon immer zwischen ihnen bestanden.

Als würde er sie in- und auswendig kennen.

Aber Sailor war nicht dumm. Diese Sache zwischen ihnen

war etwas Besonderes. Er würde alles daransetzen, um seinen Rotschopf davon zu überzeugen, sich auf ihn einzulassen. Selbst wenn er sich männlicher List und seines Körpers bedienen müsste, um sie auf andere Gedanken zu bringen, wann immer sie sich Gründe dafür einfallen ließe, warum sie nicht zusammenpassten.

»Der arme Oliver.« Sie schüttelte mit dem Kopf. »Es ist wie die Ehe zwischen einem liebesbedürftigen Welpen und einem Barrakuda.«

Bevor Sailor antworten konnte, klingelte ihr Handy zum dritten Mal.

Ein Ausdruck von Sorge glitt über Ísas Züge. »Meine Schwester schreibt normalerweise eine Nachricht, außer wenn es Probleme gibt.« Sie hob das Handy an ihr Ohr. »Käferchen?« Ihre Schultern verspannten sich. »Catie, was ist denn los, Schatz? Ist es …« Ísa verstummte. »Ja, ich kümmere mich sofort darum.«

Sie legte auf und fuhr sich mit der Hand durchs Haar, als sie an den Tresen zurückkam und ein weiteres Mal telefonierte. Danach rief sie ihre Schwester zurück. »Deinem Vater geht es gut, Kleines. Offenbar hat er sein Handy auf stumm geschaltet. Der Hotelportier hat mir bestätigt, dass Clive im Casino ist.«

Anschließend verzog sie sich nach draußen und setzte sich auf den einzigen Stuhl auf seinem briefmarkengroßen Balkon. »Bitte, entschuldige«, sagte sie und legte den Arm um die Rückenlehne. »Catie hat gehört, dass ein Neuseeländer im Alter ihres Vaters in dem Hotel, in dem er wohnt, überfallen wurde, und ist in Panik geraten.«

Doch anstatt Jacqueline anzurufen, hatte das Mädchen ihre Schwester um Hilfe gebeten. Ísa hatte das Problem aus der Welt geschafft, und jetzt saß sie hier und plauderte mit ihm, als wären die letzten fünfzehn Minuten nichts Außergewöhnliches, als hätte sie nicht eben erst, ohne mit der Wimper zu zucken, drei emotionale Feuer gelöscht.

Sailor war gleichzeitig stolz auf seinen Rotschopf und verärgert über die anderen Erwachsenen in ihrer Familie, die offenkundig keinen Beitrag leisteten, um Ísa zu entlasten. Seinem bisherigen Eindruck nach war sie die Hauptbezugsperson für ihre Geschwister. »Ist er auch dein Vater?«

»Nein. Meine Eltern waren bei Caties Geburt längst getrennt. Ihr Vater ist ein redegewandter Idiot namens Clive. Er schaltet einfach sein Handy aus, wenn er nicht gestört werden will. Bei Gott, ich würde ihm einen Mikrochip verpassen, wenn ich könnte.«

»Erinnere mich daran, mich niemals bei dir unbeliebt zu machen.« Sailor stützte die Hände auf den Armlehnen ihres Stuhls auf. »Du bist süß, aber grausam.«

»Grr«, knurrte sie mit belustigt blitzenden Augen und bebenden Schultern.

Sailor stahl ihr einen Kuss, bevor er kurz nach drinnen verschwand und mit einem knallpinken Cocktail in der Hand zurückkam. Er hatte sogar ein Papierschirmchen aufgetrieben, um ihn zu dekorieren.

»Hier«, sagte er. »Ist nichts Ausgefallenes, sondern nur ein Himbeer-Daiquiri. Hab ich immer im Eisfach, für den Fall, dass meine Mutter zu Besuch kommt.«

Und so ging es weiter. Er fuhr fort, Dinge zu tun, die sie glücklich machten.

Mit dem Gefühl, immer tiefer in einen gefährlichen Strudel zu geraten, nahm Ísa den Drink entgegen und nippte zaghaft daran. Er war kalt und süß-säuerlich, die Aromen lösten eine Geschmacksexplosion auf ihrer Zunge aus. Sie wollte ihm sagen, dass er köstlich war und sie völlig hin und weg über die

Art und Weise, wie er ihr die versprochenen Streicheleinheiten schenkte, aber das war gar nicht nötig.

»Ich liebe Himbeer-Daiquiries«, seufzte sie, was Sailor, der am Grill stand und vorsichtig den Fisch wendete, mit einem Grinsen quittierte.

Er sah so gut aus in seinen bequemen Freizeitklamotten vor der Kulisse der Nacht. Und es war ein herrliches Gefühl, einfach nur hier zu sitzen und sich zusammen mit ihm nach einem langen Arbeitstag zu entspannen. Gleichzeitig war es ein zwiespältiger Moment, weil ihre Träume mit der Realität kollidierten.

Halte diesen Augenblick fest, beschwor sie sich im Stillen. *Fürchte dich nicht vor dem unausweichlichen Liebeskummer.*

»Ich schmecke heraus, dass nicht viel Alkohol drin ist«, bemerkte sie, als sie spürte, wie ihr die Kehle eng wurde. »Zum Glück, weil ich nämlich nicht viel vertrage.«

Ein tiefes Lachen. »Wie gern ich dich ganz betrunken und anbetungswürdig erleben würde.«

»Der Abend ist ja noch jung.« Ísa nahm das Cocktailschirmchen und hielt es wie einen Sonnenschirm über ihren Kopf. Sie fühlte sich wie ein junger, alberner Teenie.

Sailor lächelte in sich hinein, und dann redeten sie über alles Mögliche, bis das Essen fertig war.

Sie erfuhr, dass sein ältester Bruder Gabriel Bishop war, eine grauäugige Naturgewalt und der meistbewunderte Rugbyspieler des Landes. Auch seine beiden jüngeren Brüder strebten eine professionelle Rugbykarriere an.

»Ich bin das schwarze Schaf«, bekannte er mit einem reuelosen Grinsen. »Ich spiele nur zum Spaß. Meine Eltern haben schon damit gedroht, mich zu enterben.«

Fasziniert von diesem neuen Einblick in seine eng verbundene Familie löcherte Ísa ihn mit weiteren Fragen, während sie beim Essen saßen. Er fragte sie seinerseits aus. Die Zeit verging wie im Flug, und ehe sie es sich versah, waren ihre Teller leer.

»Ich hole den Nachtisch«, verkündete Sailor.

Doch anstelle des Käsekuchens, den sie besorgt hatte, stellte er ein zauberhaft dekoriertes Miniküchlein vor sie hin, dessen Glasur mit Glitter bestäubt war. »Nicht weit von meinem Elternhaus ist eine Konditorei. Ich habe das hier im Schaufenster gesehen und sofort an dich gedacht.«

Ísa konnte sich nicht länger beherrschen.

Sie packte ihn an seinem T-Shirt und zog ihn zu ihrem Mund herunter.

Er schmeckte nach purer Sünde und Versuchung, dazu bestimmt, eine Frau zum schlimmsten Fehler ihres Lebens zu verleiten. Es war Ísa egal. Sie legte die Hand auf seinen Nacken und ergötzte sich an seinem kraftvollen Körper, während er die Finger in ihrem Haar vergrub, den Kopf neigte und mit der Zunge über ihre strich.

Ihre Brustwarzen richteten sich auf, und sie verspürte den überwältigenden Drang, sich die Kleider vom Leib zu reißen und ihre höchst empfindsamen Brüste aus ihrem Spitzen-BH zu befreien. Damit er sie mit seinen großen, geschickten Händen umfangen und sie sie an seinen muskulösen Oberkörper pressen konnte.

Als er den Kuss unterbrach und vor ihrem Stuhl in die Hocke ging, biss sie sich auf ihre geschwollene Unterlippe. Seine Augen beobachteten sie aufmerksam, seine Brust hob und senkte sich so heftig wie ihre eigene. »Wir müssen ein paar Grundregeln festlegen.«

Ísa blinzelte. »Was?«

»Ich bin nicht dein Angestellter, auch wenn ich für deine Firma arbeite.« Er legte ihr den Finger auf den Mund, als sie etwas sagen wollte. »Die erste Regel lautet, dass es nur Sailor und Ísa gibt, wenn wir intim miteinander sind. Keinen Auftragnehmer und auch keine Vizepräsidentin.«

Ísa war zu weit gegangen, um noch einen Rückzieher zu machen. »Einverstanden.« Dann meldete sich ihre Teufelin zu Wort. »Wo sind die Handschellen?«

Ein tiefes Luftholen, ein gefährliches Lächeln.

Sailor richtete sich auf und reichte ihr die Hand. »Komm mit in meine Höhle, mein unschuldiger, rothaariger Wildfang. Ich verspreche auch, dass ich dich nur ein klein wenig beißen werde.«

Ihre Brüste spannten, ihre Haut fühlte sich an, als stünde sie unter Strom, und Ísa war drauf und dran, alles auf eine Karte zu setzen, als ein Klingelton, den sie an diesem Abend schon einmal gehört hatte, ihre erotische Fantasie, in der sie Sailors Gnade ausgeliefert war, schlagartig dahinschwinden ließ.

»Das ist kein gutes Zeichen.« Sie hastete zu ihrer Tasche und kramte ihr Telefon heraus. »Catie wird erschreckend gut mit all den Problemen, die sie am Hals hat, fertig. Wenn sie jetzt also noch einmal anruft …« Sie presste das Handy an ihr Ohr. »Catie?«

Ihr gefror das Blut in den Adern, als sie die Stimme am anderen Ende vernahm. »Martha? Wieso benutzen Sie Caties Handy?« Sie fing an zu zittern, während die ehemalige Krankenschwester antwortete. »Wohin wurde sie gebracht?« Sie prägte sich die Adresse ein. »Ich bin schon auf dem Weg.«

Mit einem Herz, so schwer wie ein Zementblock, sah sie Sailor an. »Ich muss gehen. Meine Schwester hatte einen Unfall.«

Mit sorgenvollem Blick packte Sailor sie an beiden Armen. »Ist es sehr schlimm?«

»Martha – ihre Betreuerin – sagt, dass es ihr so weit gut geht, aber ich muss mich selbst davon überzeugen.« Sie löste sich aus seinem Griff und schnappte sich ihre Tasche. »Catie hasst Krankenhäuser.« Da war sie nicht die Einzige; allein schon der antiseptische Geruch reichte, um Ísa zurück in einen Albtraum zu katapultieren.

Sie zwang sich, Sailor in die Augen zu schauen. »Mir ist klar, dass du dir den Abend vermutlich anders vorgestellt hast. Es tut mir aufrichtig leid.« Sie hatte so viele Gründe aufgelistet, warum sie nicht gut zueinanderpassten, und dabei trotzdem einen übersehen: ihre familiären Verpflichtungen.

Welcher dreiundzwanzigjährige Jungspund würde mit einer Frau zusammen sein wollen, die für zwei Teenager praktisch die Elternrolle übernahm und immer auf Abruf für sie da war? Ísa würde es niemals bereuen, dass sie Catie und Harlow die solide Basis bot, nach der sie selbst immer gesucht hatte, trotzdem stellte sie entsetzt fest, dass sie den Tränen nahe war bei der Vorstellung, dies könnte für Sailor und sie das Aus bedeuten. Dass sie ihn nie wiedersehen, nie mehr küssen und nie diesen schrecklichen Fehler begehen würde.

Er runzelte die Stirn. »Glaub nur ja nicht, dass du den Handschellen entrinnen kannst, Rotschopf. Der Termin wurde nur verschoben.«

Gott, er war einfach wundervoll. »Ich rufe dich an. Versprochen. Und dieses Mal halte ich mich daran.«

Aber Sailor schüttelte den Kopf. »Das erübrigt sich. Weil ich nämlich mitkommen werde. Ich hole nur schnell meine Schlüssel, dann fahre ich dich zum Krankenhaus. Ich weiß, mein Lieferwagen sieht ein bisschen ramponiert aus, aber er läuft wie ein gut geöltes Uhrwerk.«

Ísa wünschte sich sehnlichst, sie könnte sein Angebot annehmen, aber das war ausgeschlossen. »Nein, du verstehst mich nicht. Catie lebt in Hamilton.«

Sailor trommelte mit den Fingern auf den Tisch. »Wo liegt das Problem? Mit der frisch asphaltierten Autobahn und dem geringen Verkehrsaufkommen um diese Uhrzeit schaffen wir es in eindreiviertel Stunden dorthin.«

»Vielleicht muss ich über Nacht bleiben. Auf dich wartet hier Arbeit.«

»Du bist meine Chefin«, erinnerte er sie und gab ihr einen dieser zärtlichen Küsse auf die Nase, bei denen sie immer wieder den Boden unter den Füßen verlor. »Du wirst mir wohl nicht gleich eine Abmahnung schicken.«

Als sie wieder zu einem Einwand ansetzte, schüttelte er den Kopf. »Ich würde es mir nie verzeihen, wenn dir unterwegs etwas zustößt, Ísa. Du bist viel zu nervös, um selbst zu fahren.«

Da ihre Hände tatsächlich zitterten, blieb ihr nichts anderes übrig, als zu nicken. »Ich danke dir.«

»Das musst du nicht. Deine Zeit in pelzbesetzten Handschellen wird sich einfach entsprechend verlängern.«

Mit dieser sündhaften Drohung ergriff Sailor sein Portemonnaie und den Schlüsselbund, dann schlüpfte er in ein Paar alte Sneakers. Fünf Minuten später waren sie auf dem Weg nach Hamilton.

»Nun sag schon«, ergriff Sailor das Wort, als sie aus der Stadt heraus waren. »Was ist passiert?« Er ging nicht automatisch von einem Verkehrsunfall aus. Bei drei Brüdern kannte er die ganze Bandbreite. Sie waren von Leitern oder Skateboards gefallen und im Zweikampf auf dem Rugbyfeld verletzt worden. »Ich hab mal einen Zahn eingebüßt, als Gabriel mir einen kleinen Kürbis ins Gesicht geworfen hat.«

Ísa, die besorgt und angespannt neben ihm saß, wandte ihm überrascht den Kopf zu. »Hattet ihr gestritten?« Die Missbilligung in ihrer Frage war nicht zu überhören.

»Nein, wir haben ›Weich dem Kürbis aus‹ gespielt. Es war ein Riesenspaß, bis ich einen Zahn verlor und wir beide Hausarrest bekamen.«

»Wie alt warst du da?«

»Zu alt für solchen Blödsinn.« Sie hatten bei dem Spiel beide so heftig lachen müssen, dass die meisten Kürbisse völlig unkontrolliert durch die Gegend flogen. »Einmal hat Gabe einen in den Magen gekriegt. Dass er eine gebrochene Rippe hatte, wurde erst nach der Sache mit dem Zahn festgestellt.«

»Auweia. Und deine armen Eltern mussten sich mit vier von eurer Sorte rumschlagen?«

»Nein, immer nur zwei auf einmal«, verteidigte er seine jüngeren Brüder. »Bis Danny und Jake damit anfingen, waren Gabe und ich zu alt für diesen Unfug. Mehr oder weniger.«

Ein schneller Seitenblick zu ihr zeigte ihm, dass ihre Mundwinkel zuckten, aber die nächsten zehn Minuten, in denen sie bei leiser Rockmusik aus dem Radio die Autobahn entlangrollten, sprach sie kein Wort.

»Catie ist gestürzt«, sagte sie schließlich. »Und natürlich ist mir klar, dass ich überreagiere. Ich weiß das, aber ich kann es nicht ändern.« Sie stieß zitternd den Atem aus. »Als Catie geboren wurde«, fuhr sie fort, »war ich überglücklich. Sie war für mich das zauberhafteste kleine Geschöpf auf der ganzen Welt. Ich liebte sie vom ersten Augenblick an und wollte sie vor jedem Leid beschützen – aber ich konnte es nicht. Catie kam mit einem Herzfehler zur Welt. Nichts Dramatisches. Er konnte chirurgisch behoben werden.«

»Aber?«

Sailor sah aus dem Augenwinkel, wie Ísa die Hand auf ihre Brust presste. »Nach dem Eingriff hat sich die Operationsnaht entzündet, es drohte eine Sepsis. Doch sie hat sie durchgestanden und ist genesen.«

»Ein tapferes Mädchen.«

»Ja, das ist sie«, bestätigte sie voller Stolz. »Trotz all der Schmerzen und der Spritzen war sie so ein fröhliches Baby. Sie hat jedes Mal gelächelt und gegluckst, wenn sie mich sah.«

Sailor merkte, dass Ísa nun selbst lächeln musste.

»Wir haben stundenlang gekuschelt. Und als sie sich wegen der vielen Schläuche in ihrem Körper nicht bewegen durfte, habe ich mich zu ihr gesetzt und mit ihren winzigen Fingern und Zehen gespielt, bis sie in wildes Kichern ausgebrochen ist und mich damit angesteckt hat.«

Daran, mit welcher Gelassenheit Ísa von Caties Krankenhausaufenthalt in ihrer frühesten Kindheit erzählte, erkannte Sailor, dass dieser Lebensabschnitt nicht die Ursache für ihre Panik war. »Was verschweigst du mir, Rotschopf?«

Ísa schluckte hörbar. »Man sollte meinen, dass nach all den gesundheitlichen Problemen, die sie als Baby hatte, ihre Pechsträhne eigentlich hätte vorbei sein müssen. Aber vor zwei Jahren, sie war gerade elf geworden, wartete Catie an einer Fußgängerampel, dass sie auf Grün umschaltete, als ein Lieferauto von der Straße abkam und zur Seite schleuderte … genau dahin wo Catie stand.«

»Großer Gott.« Sailor wurde flau im Magen. »Und sie wurde schlimm verletzt?«

»Sehr schlimm. Aber sie hatte noch Glück im Unglück. Kein Hirnschaden und kein sensorischer Verlust, und die Ärzte konnten die meisten ihrer Gliedmaßen retten.«

Die meisten.

Sailor presste den Kiefer zusammen, aufgebracht über das Schicksal eines dreizehnjährigen Mädchens, das er nie kennengelernt hatte. »Welche konnten sie nicht retten?«

»Beide Unterschenkel. Vor dem Unfall war sie Läuferin und träumte davon, irgendwann an den Olympischen Spielen teilzunehmen. Sie war das schnellste Mädchen ihrer Schule und wurde bereits für ein Trainingscamp in Erwägung gezogen. Man wäre in einer Million Jahre nicht darauf gekommen, dass sie als Baby einen Herzfehler gehabt hatte.«

Verdammt, was musste eine solche Amputation für ein sportliches – oder auch für ein unsportliches – Kind bedeuten ... ohne Unterschenkel aus der Narkose aufzuwachen. »Wie hat sie es verkraftet?«

»Besser als ich.« Ísas Lachen klang zittrig. »Nachdem sich der erste Schock gelegt hatte, sagte sie zu mir: ›Kannst du meine Hausaufgaben machen, während ich mir neue Beine wachsen lasse, Issie? Ich will nicht das Mädchen sein, das seine Hausaufgaben nicht abgibt, nur weil man ihr die Beine abgeschnitten hat.‹« Ísa schüttelte den Kopf. »Den Galgenhumor hat sie von ihrem Vater.«

»Und von ihrer Schwester den Mumm.« Catie musste von irgendjemandem gelernt haben, nicht aufzugeben, und Sailors Einschätzung nach war es nicht Jacqueline, die ihr diese Widerstandsfähigkeit vermittelt hatte. Weil man im Leben eines Kindes präsent sein musste, um ihm etwas vermitteln zu können.

»Catie ist immer noch fest entschlossen, an den Olympischen Spielen teilzunehmen«, fuhr Ísa lächelnd fort. »Sie hat sich damals nicht davon abbringen lassen, so schnell wie möglich das Bett zu verlassen und zu lernen, auf Prothesen zu laufen. Und eines muss ich Clive zugutehalten – auch wenn er meistens die Unzuverlässigkeit in Person ist, im Krankenhaus ist er Catie keine Sekunde von der Seite gewichen.«

»Und deine Mutter?«

»Sie kann mit Krankheit nicht gut umgehen«, antwortete sie sanft. »Aber bis Catie entlassen wurde, hatte Jacqueline Clives Haus renovieren lassen, damit alles vorhanden war, was Catie benötigte, inklusive eines Fitnessraums, in dem sie mithilfe eines privaten Physiotherapeuten an ihrer Wiederherstellung arbeiten konnte. Meine Mutter ist bisweilen eine komplizierte Frau.«

Die sich darauf verlässt, dass Ísa ihre emotionalen Defizite ausgleicht, dachte Sailor grimmig. Aber wenn Ísa diejenige war, die Catie und Harlow die Liebe und Aufmerksamkeit schenkte, die sie brauchten, um zu gedeihen, wer zur Hölle hatte diese Aufgabe bei Ísa übernommen, als sie in deren Alter gewesen war?

22. KAPITEL

ACH, DU SCHRECK!
NUR EIN EINZIGES GÄSTEZIMMER

Ísa ahnte nichts von dem stillen Zorn, den er um des Mädchens willen, das sie einmal gewesen war, empfand. »Du solltest Catie auf diesen Prothesen sehen – sie hat sie voll im Griff.«

»Lass mich raten«, sagte Sailor, der so eine Ahnung hatte, wieso eine athletische Dreizehnjährige, die geübt darin war, auf Prothesen zu laufen, auf einmal so heftig stürzte, dass sie ins Krankenhaus musste. »Sie hatte einen Wachstumsschub?«

»Ganz genau. Man kann ihr praktisch beim Wachsen zusehen!« Ísa warf die Hände in die Luft. »Für Catie ist das sehr belastend, weil ihre Prothesen immer wieder neu angepasst oder ausgetauscht werden müssen, sobald sie sich an sie gewöhnt hat.«

»Es ist hart für einen Sportler, wenn der Körper nicht kooperiert.« Sailor war in einer Familie von Rugbyspielern aufgewachsen, daher wusste er, welchen Frust das mit sich bringen konnte.

»Das kannst du laut sagen.« Ísa merkte, wie eine Anspannung von ihr abfiel, derer sie sich bis dahin gar nicht bewusst gewesen war. Es kam häufig vor, dass wohlmeinende Menschen Caties Traum von einer Profikarriere als Läuferin bagatellisierten und ihr einzureden versuchten, dass es sinnvoller sei, einen Beruf zu erlernen, dem sie »gewachsen« sei, um später ein eigenständiges Leben zu führen.

Ganz unabhängig davon, dass Catie talentiert genug war, um dieses Ziel auch als Läuferin zu erreichen, machte der Gedanke, irgendjemand könnte versuchen, ihrer Schwester Grenzen aufzuzeigen, Ísa fuchsteufelswild. So als hätte Catie, anders als der Rest der Weltbevölkerung, keine großen Träume, denen sie nachjagte.

»Es ist, als wollte man den Wind einfangen. Du solltest sie mal in Aktion sehen, Sailor.«

»Waren neue Prothesen, an die sie nicht gewöhnt ist, schuld an ihrem Sturz, oder ist sie einfach so hingefallen?«

Ísa staunte über seine Intuition, bis ihr wieder einfiel, dass sein Bruder einer der Spitzensportler dieses Landes war. Er verstand, dass Leistungsfähigkeit nicht zwingend mit dem Körper zu tun hatte. »Ich vermute, sie hat aus lauter Sorgen um ihren Vater einfach nicht aufgepasst.«

Sie dachte kurz nach. »Ich werde Clive erwürgen müssen. So einfach ist das.«

»Ist das der Grund, warum sie nicht bei dir lebt? Weil sie sich um ihren Vater sorgt?«

»Das, und sie liebt den Penner nun mal.« Ísa fuhr sich mit der Hand durchs Haar. »Als ich ihr den Vorschlag machte, dass ich nach Hamilton ziehen und mich an einer der Schulen dort bewerben könnte, hat sie es rundheraus abgelehnt. Sie befürchtet, dass sie sich dann zu sehr von mir abhängig machen – und ich mich wie eine Glucke benehmen würde.«

Es folgte ein amüsierter Seitenblick. »Wie sie darauf bloß kommt?«

»Ach, halt den Mund.« Sie knuffte ihn leicht in den Arm, fühlte sich eigenartig wohl in der Gesellschaft dieses Mannes, den sie erst seit Kurzem kannte – und um einiges ruhiger als zu Fahrtbeginn. »Sie ist erst dreizehn, trotzdem hat sie diesen überbordenden Drang nach Unabhängigkeit.«

»Klingt, als wäre sie ein taffes Mädchen.« Sailors dunkle Stimme hüllte sie ein. »Der Apfel fällt eben nicht weit vom Stamm.« Man hörte ihm an, dass er nicht von Jacqueline sprach.

Seine Worte waren wie eine Umarmung.

Eigentlich hatte Sailor vor dem Zimmer warten wollen, während Ísa ihre Schwester besuchte, aber für den Teenie mit dem kastanienbraunen Haar kam das überhaupt nicht infrage.

»Wer ist das, Ísa?«, fragte sie und verrenkte sich den Hals, um Sailor genauer zu betrachten. »He, Sie da!«

Sailor konnte sich ein Lächeln nicht verkneifen, als er eintrat. »He, du.«

»Das ist Sailor.« Ísas Ohrspitzen röteten sich. »Ein … Freund.«

»Es freut mich, dich kennenzulernen, Catie.« Er blieb neben Ísa stehen. »Ich war dagegen, dass deine Schwester die weite Strecke allein fährt. Sie hat sich ziemlich viele Sorgen um dich gemacht.«

Catie verdrehte die Augen. »Martha hat dir doch gesagt, dass du nicht herkommen musst.« Ihren Worten zum Trotz waren ihre Finger fest mit Ísas verflochten. »Es war nur ein dummer Sturz. Ich bin die Einfahrt hoch- und runtergelaufen, um meine Muskeln zu dehnen, dabei hab ich auf mein Handy geguckt und … wums.« Sie zog eine Grimasse; ihre arme Nase war ganz aufgeschürft, ihre Oberlippe geplatzt. »Die Ärzte sagen, dass ich keine schlimmen Verletzungen habe. Nur ein paar Blutergüsse, und das bedeutet, dass ich mich beim nächsten Training etwas schonen muss.«

»Dann halte dich auch daran«, ermahnte Ísa sie und drückte

ihr einen Kuss auf die Stirn. »Die Frage, ob ich herkomme, hat sich überhaupt nicht gestellt. Ich werde mir immer Sorgen um dich machen, Käferchen.«

Catie schmiegte sich schnell an sie, suchte ihre Berührung, und Sailor erkannte, wie wichtig es für das junge Mädchen war, Ísa jetzt bei sich zu haben, von ihr in den Arm genommen zu werden. Jacqueline mochte sie zur Welt gebracht haben und dieser Clive sich ihr Vater nennen, aber Ísa war ihr Fels in der Brandung. Sailors Rotschopf wusste, wie man Liebe schenkte.

Sein Herz wurde von brennender Sehnsucht erfasst.

Ohne sich von Ísa zu lösen, richtete Catie ihre dunkelbraunen Augen auf Sailor und sagte: »Ihr zwei seid also Freunde?« Sie wackelte mit den Brauen, in ihren Wangen erschienen Grübchen. »Welche Art Freunde?«

»*Catie*.«

Sailor verschränkte grinsend die Arme vor der Brust. »Die Art, die zusammen eine Autofahrt unternehmen kann, ohne wegen der Musik in Streit zu geraten«, erklärte er und erntete ein entzücktes Lächeln. »Hat schon jemand gesagt, wann wir dich hier rausholen können?«

Just in diesem Augenblick kam eine mollige, dunkelhaarige ältere Frau in das Zimmer hereingehastet. Ihre Gesichtszüge wiesen auf eine chinesisch-samoanische Abstammung hin. Sie erinnerte ihn an eine seiner jüngeren Cousinen väterlicherseits, deren Mutter – seine mittlere Tante – mit einem Ingenieur aus Shanghai verheiratet war, den sie im Zuge eines Sprachaustauschprogramms kennengelernt hatte.

»Ach, Ísa, Sie sind hier.« Ein Lächeln erhellte ihr Gesicht. »Ich war nur kurz weg, um unserer Kleinen einen Muffin zu holen. Das Café hat geschlossen, darum bin ich zum nächsten Supermarkt gefahren.«

»Vielen Dank, dass Sie sich so um sie kümmern, Martha.«
Ísa umarmte sie herzlich. »Und dafür, dass Sie mich angerufen
haben. Wissen Sie, ob die Ärzte schon erlauben, dass Catie
nach Hause geht?«

»Aber ja.« Martha reichte Catie eine braune Papiertüte. »Sie
muss nur noch eine halbe Stunde zur Beobachtung hierbleiben,
danach kann sie gehen.«

»Das ist ja großartig.« Ísa strich ihrer Schwester die offenen
Haare nach hinten.

Catie schmiegte sich abermals an Ísa, während sie einen riesigen Orangenmuffin mit Schokosplittern mümmelte. Als sie
Sailors interessierten Blick bemerkte, hielt sie ihm das Gebäck
hin: »Möchtest du was davon?«

Er zuckte die Achseln und brach ein Stück davon ab. »Danke.« Kein vernunftbegabtes Mitglied der Bishop-Esera-Sippe
würde je auf den Gedanken kommen, nur einen einzigen Muffin zu kaufen. Das würde in einem Blutbad enden.

Caties Lächeln haftete etwas leicht Durchtriebenes an, als
sie ihn in ganz unschuldigem Ton fragte: »Wirst du über Nacht
bleiben? Es gibt nämlich nur ein einziges Gästezimmer.«

»Bestimmt habt ihr ein Sofa«, antwortete Sailor bierernst.

Caties Stirnrunzeln erinnerte ihn so sehr an Ísa, dass er sich
in Acht nehmen musste, um sich von dem Mädchen nicht um
den kleinen Finger wickeln zu lassen. »In Liebesfilmen läuft
das aber nicht so.«

»Iss deinen Muffin, Käferchen.« Ísa gab ihr einen Nasenstü-
ber, vermutlich ein liebevolles Andenken an Caties Kindheit.
»Martha und ich kümmern uns unterdessen um deine Entlas-
sungspapiere.«

Die beiden Frauen verließen das Zimmer, und Sailor blieb
allein mit Catie zurück. Sie teilte auch noch den Rest ihres
Riesenmuffins mit ihm, während sie ihn mit Fragen bombar-

dierte. Durch ihr Verhör fand sie heraus, dass er in das Bio-Fast-Projekt involviert und Ísa offiziell seine Chefin war.

»Das gibt's nicht.« Sie pfiff durch die Zähne. »Wie funktioniert das? Ich meine, wenn die Freundin der Boss ist?«

»Wir sind kein Paar.« Sailor merkte, dass ihm dieser Satz überhaupt nicht gefiel. »Aber selbst wenn wir eines wären, wäre ich Manns genug, damit klarzukommen. Nur Waschlappen haben Angst vor starken Frauen.«

Catie hielt ihm die Handfläche hin, und er klatschte ab. »Danke, dass du meine Schwester chauffiert hast. Sie macht sich ständig Sorgen um mich.«

»Stört dich das?«

Sie zuckte nach klassischer Teenager-Manier die Achseln. »Es ist eigentlich nicht ihr Job, oder? Ich habe das Gefühl, dass ich immer nur sie anrufe, wenn irgendetwas ist, und nie meinen Vater.« Ihre Mundwinkel gingen nach unten. »Martha hat ihn nicht mal an die Strippe bekommen, nachdem ich gestürzt war.«

Jacqueline erwähnte sie mit keinem Wort.

Obwohl der liebe Clive nicht viel besser zu sein schien als ihre stets abwesende Mutter, war er trotz allem Caties Vater. Manche Dinge waren in Stein gemeißelt, und eine dieser unumstößlichen Tatsachen verändern zu wollen führte zwangsläufig zu Schädelbrummen und Seelenqualen.

Sailor konnte ein Lied davon singen.

»Deine Schwester hat mir erzählt, dass du Athletin bist.« Er wechselte bewusst das Thema, bevor ihm noch etwas Unangebrachtes herausrutschen konnte. »In meiner Familie gibt es davon auch ein paar.«

Catie reagierte nun zum ersten Mal etwas skeptisch. »Welche Disziplin?«

»Rugby.«

Sie kniff die Augen zusammen, dann riss sie sie plötzlich auf. »Ich werd nicht mehr! Kein Wunder, dass du mir bekannt vorkommst!« Sie knuffte ihn in den Bauch. »Dein Bruder ist der Bischof. Gib's zu!«

Sailor grinste. »Das stimmt. Bist du ein Fan von ihm?«

»Willst du mich auf den Arm nehmen? Er ist der Beste! Hast du gesehen, wie er diesen Gegenspieler letzte Woche fertiggemacht hat? Er hat ihn einfach umgenietet. Zack, Bischof, hau ihn weg!«

Sailor, stets bereit, über Rugby zu reden, erörterte das Spiel mit ihr, dann wies er mit einer Kopfbewegung auf die Prothesen, die an einem Stuhl auf der anderen Seite des Betts lehnten. »Sind das deine künstlichen Beine?« Die Metallgliedmaßen waren schmal und funktional, ohne fleischfarbene Verschalung.

»Ja. Meine letzten hatten einen echt coolen Silikonüberzug – mit Drachen darauf und Zeug, das in die Luft fliegt –, aber dann bin ich wieder gewachsen. Solange ich das noch tue, hat es keinen Sinn, Wert auf die Optik zu legen. Oh Mann!« Sie ließ sich dramatisch ins Kissen fallen. »Es ist ultranervig, sich neue Prothesen anpassen zu lassen. Weil es ewig dauert, bis sie richtig sitzen.«

Obwohl sie im Bett lag, war für Sailor erkennbar, dass sie Ísa schon jetzt überragte. Auf ihren Prothesen war sie bestimmt eins siebzig bis eins zweiundsiebzig groß. Er lachte leise. »Mein jüngster Bruder hat das umgekehrte Problem. Er ist vierzehn und wartet immer noch auf seinen Wachstumsschub.« Catie war größer als Danny.

»Oje.« Sie schnitt eine Grimasse. »Das muss echt nervig sein.«

»Danny ist, was das betrifft, ziemlich gelassen.« Er musterte noch einmal die Laufhilfen, die für flüssige Bewegungen ausgelegt zu sein schienen. »Verwendest du zum Sprinten Karbonfederfüße? Die wollte ich immer schon mal aus der Nähe sehen.«

Caties Augen leuchteten auf. »Noch benutze ich klassische Laufprothesen. Meine Mutter hat versprochen, dass sie mir diese speziellen Karbonprothesen spendiert, sobald ich ausgewachsen bin. Die sind nämlich irre teuer.« Catie wippte in ihrem Bett auf und ab. »Es macht mich verrückt, bis dahin warten zu müssen, aber sie hat recht. Es wäre reine Geldverschwendung, solange ich immer noch in die Höhe schieße. Und ich würde ausflippen, wenn ich ein Paar hätte, das perfekt passt, nur damit ich dann noch ein Stück wachse und das Gleichgewicht nicht mehr halten kann.«

Sie unterhielten sich gerade über die Besonderheiten unterschiedlicher Laufprothesen, als Ísa und Martha zurückkamen. Sailor, den es immer noch schmerzte, dass er gezwungen gewesen war, seine Beziehung zu Ísa zu leugnen, strich ihr eine Haarsträhne hinters Ohr. Als Catie das mit einem Kichern quittierte, stellte Ísa sich auf die Zehenspitzen und hauchte ihm einen Kuss auf die Lippen.

Sein Magen zog sich zusammen, sein Herz wurde Wachs in ihren Händen.

Als sie kurz nach ein Uhr morgens gerade das Haus betreten wollten, in dem Catie mit ihrem Vater und ihrer Betreuerin Martha lebte, ging auf deren Handy eine Nachricht ein.

»Das ist meine Tochter, die mit mir plaudern möchte«, sagte Martha. »Ich hatte ihr geschrieben, dass ich noch auf bin.«

»Tina hat einen Säugling, der sie nachts wachhält«, erklärte Catie. »Aber Martha passt nur in Ausnahmefällen auf ihn auf, weil sie findet, dass Tina selbst die Verantwortung für ihr Kind übernehmen sollte. Schließlich ist Martha keine Babysitterin, und sie hat ihre Tochter ganz allein großgezogen, nicht wahr?«

Die letzten Worte sagte sie in einer fast perfekten Imitation von Marthas Stimme.

Martha drückte Catie einen Kuss auf die Wange. »Du bist ein Frechdachs.«

»Stimmt gar nicht. Sieh nur, wie mein Heiligenschein glänzt.«

Die offenkundige Zuneigung zwischen den beiden entlockte Sailor ein Lächeln, als er Ísa und Catie ins Haus folgte, während Martha entschied, ihr Telefonat draußen in der lauen Sommernacht zu führen.

Das Innere des Hauses bestach durch offen gestaltete Räume und jede Menge Glas, durch das Licht hereinfluten konnte, aber es gab – wie Catie im Krankenhaus so eifrig betont hatte – tatsächlich nur ein Gästezimmer. Und die Couch ähnelte einem mittelalterlichen Folterinstrument.

»Herrje.« Ísa nahm sie einen Moment in Augenschein, dann schaute sie Sailor an. »Ich werde auf der Couch schlafen.«

Sailor stemmte die Hände in die Hüften und schüttelte den Kopf. »Das kommt nicht infrage, Rotschopf. Nicht einmal du hättest auf dem Ding Platz.«

Nun musterten sie beide das architektonische Ungetüm mit den geschwungenen Armlehnen. Es wirkte nicht nur höllisch unbequem, sondern war kaum breit genug, dass zwei Erwachsene darauf nebeneinandersitzen konnten. Nicht einmal eine zierliche Person hätte sich auf ihm ausstrecken können.

»Catie!«, rief Ísa. »Was ist mit dem Sofa passiert?« Sie hatte ihre Schwester schon zu Bett gebracht, sie zugedeckt und noch geherzt und geküsst.

»Dad hat es verkauft! Er sagte, es entspräche nicht seinen stilistischen Ansprüchen.«

Ísa verschränkte die Arme und trommelte mit dem Fuß auf den Teppich. »Ich habe dieses Sofa gekauft«, grummelte sie.

»Tatsächlich habe ich fast das ganze Haus eingerichtet. Weil ich Clive kein Geld anvertrauen kann. Apropos – woher hatte er denn das Geld für dieses Monstrum? Ein derart unpraktisches Möbelstück muss schrecklich teuer gewesen sein.«

Sie warf einen Blick zu Caties Zimmer hinüber, bevor sie mit gedämpfter Stimme hinzufügte: »Vermutlich hat er es am Spieltisch gewonnen. Von Zeit zu Zeit landet Clive einen Volltreffer, und das ermutigt ihn weiterzuspielen.«

Sailor streichelte ihr über den Rücken. Für ihn wäre es undenkbar, sein Kind allein zu lassen – das hatte er nicht einmal übers Herz gebracht, als er früher auf seine kleinen Brüder aufpassen musste –, um sich im Casino zu amüsieren, aber er wusste, dass es solche Männer gab. Gabe und er hatten ihr ganzes Leben lang darum gekämpft zu beweisen, dass sie von einem anderen Schlag waren und mehr dem Mann ähnelten, der sie aufgezogen hatte, als ihrem Erzeuger.

Während Gabe seine längst besiegt hatte, heulten Sailors Dämonen noch immer.

»Komm mit«, sagte er. »Lass uns das Gästezimmer begutachten.«

Sie gingen an Marthas Zimmer vorbei, gleich daneben lag das von Clive.

Ísa warf einen Blick hinein, dann hob sie abwehrend die Hände und wich einen Schritt zurück. »Ich hätte ein komisches Gefühl, wenn ich da drinnen schlafen würde. Er ist immerhin mein Stiefvater. Mein ehemaliger Stiefvater.«

»Das kann ich nachvollziehen«, antwortete Sailor. »Und mich reizt es nicht, im Bett von irgendeinem Fremden zu nächtigen. Der überdies noch ein Faible für schwarze Satinbettwäsche hat.« Er kratzte sich das Kinn. »Ich möchte wetten, dass sie sich rutschig anfühlt.«

»Darüber will ich nicht nachdenken.«

Gemeinsam öffneten sie die Tür des letzten Zimmers. Es war sauber und ordentlich und wartete mit einem breiten Doppelbett und weißer Baumwollbettwäsche auf. »Es ist groß genug für uns beide«, befand Sailor.

Ísa sah ihn unter ihren Wimpern hervor an. Ein Hauch von Rosa überzog ihre bezaubernden Ohren.

Sailors Körper begann zu pulsieren, als er sich zu ihr beugte und flüsterte: »Wir könnten an unser trautes Zusammensein im Meer anknüpfen.« Seine Hand strich über ihr wohlgeformtes Hinterteil. »Um deinem Gedächtnis auf die Sprünge zu helfen: Es ging damit einher, dass ich einen sinnlichen nackten Rotschopf in meinen Armen hielt.«

23. KAPITEL

KNISTERNDE EKSTASE

»Eine Beziehung zwischen uns würde niemals funktionieren«, platzte Ísa heraus, erschrocken darüber, wie schnell sie für diesen hinreißenden, zielstrebigen Gärtner entflammt war. Wie er mit Catie umging – genauso hatte sie es sich immer von dem Mann ihrer Träume vorgestellt. Ungezwungen, herzlich, wunderbar.

Catie hatte schon jetzt halb ihr Herz an ihn verloren.

Genau wie Ísa.

»Wieso nicht?« Er blickte finster. »Ist es immer noch wegen des Altersunterschieds?«

»Du bist dreiundzwanzig. Ich dagegen bin bereit, eine Familie zu gründen, mir mit jemandem ein gemeinsames Leben aufzubauen.«

Er hob ihr Kinn an und strich mit der Nasenspitze über ihre. »Ach ja? Und wer ist dieser perfekte Kerl, für den du mich in die Wüste schicken willst?« Es klang wie ein Knurren.

Ísa funkelte ihn an. »Ich habe ihn noch nicht getroffen.«

»Dann servierst du mich wegen eines Phantoms ab?«

»Du willst mich nicht verstehen«, fauchte sie. »Wie soll ich ihn finden, wenn ich mit dir zusammen bin?«

Ein Schulterzucken. »Was kümmert's mich? Ich werde dir sicher nicht dabei helfen, mich für ein Fantasiegebilde in den Wind zu schießen.«

»Du machst mich wahnsinnig.« Sie griff mit den Fäusten in sein Haar und küsste ihn, gab ihren Ängsten, ihren Bedürfnissen, ihren Sorgen ein Ventil.

Er umfing ihre Hüfte mit seinen warmen, kraftvollen Händen und drückte sie an seinen Körper, während sich ihre Zungen duellierten.

Ihr Herz pochte wie verrückt, als sie die Lippen von seinen löste.

»Möchtest du meinen Vorschlag hören?«, fragte er.

»Nein.« Sie verschränkte die Arme über der Brust und zog die Stirn in Falten.

»Schade.« Er küsste sie wieder auf die Nase, und die sachte Liebkosung ließ ihren Schutzschild in winzige Splitter zerbröseln. »Hör auf, wegzulaufen und dich zu verstecken. Lass es uns wenigstens miteinander versuchen.«

In seiner Miene war keine Heiterkeit mehr, sondern nur zärtliche Leidenschaft. »Ich bin kein Dichter, Ísa. Ich verstehe mich nicht auf blumige Worte. Trotzdem weiß ich mit Bestimmtheit, dass das mit uns etwas Besonderes ist. Es lohnt sich, darum zu kämpfen.«

Ísa hatte noch nie einen Kampf gescheut. Doch aus diesem könnte sie mit blutendem, gebrochenem Herzen hervorgehen. Ungeachtet dessen ließ dieses ketzerische Herz nicht zu, dass sie sich von ihm abwandte, weil ihre Gefühle ihr Innerstes wie eine gleißend helle Sternschnuppe erleuchteten. Ihre Stimme klang heiser, als sie flüsterte: »Was sagtest du vorhin über einen sinnlichen nackten Rotschopf?«

Ein sündhaftes Lächeln glitt über sein Gesicht. »Du bist die erotischste Frau, der ich je begegnet bin. Ich liebe deine Wahnsinnskurven und deine Alabasterhaut.«

Und so kam es, dass Ísa sich im Bad bettfertig machte, während Sailor im angrenzenden Gästezimmer dasselbe tat. Die

Teufelin in ihr zischte ihr zu, sich vor seinen Augen zu entkleiden, aber Ísa hatte ihre Grenzen.

Sie hatte Sailor versprochen, dass sie das mit dem Nacktsein hinbekommen würden.

Er hatte sie geküsst, bis ihr ganz schummrig war, und gesagt: »Ich freue mich schon darauf, dich auszupacken.«

Sie presste die Schenkel zusammen, während sie in das übergroße T-Shirt schlüpfte, das sie sich von ihrer grinsenden Schwester geborgt hatte. Der weiche Stoff reichte über ihren Slip hinweg bis zu den Schenkeln.

Dann war sie bereit.

Sich auspacken zu lassen.

Als sie aus dem Bad kam, pfefferte Sailor gerade seine Jeans auf den Stuhl, auf dem schon sein T-Shirt lag. Er hatte nur noch weiße Boxershorts an. Bei seinem Anblick hätte sie fast aufgestöhnt. Diese ausgeprägten Muskeln, die golden getönte Haut, sein knackiger Hintern, der sie verlockte hineinzubeißen. Nachdem sie sein Tattoo mit der Zunge nachgezeichnet hatte.

Gott, was war bloß in sie gefahren? Derlei Gedanken passten nicht zu Ísa Rain.

Außer es ging um Sailor Bishop.

Er wandte sich zu ihr um und stieß einen anerkennenden Pfiff aus. »Rotschopf, an dir sieht sogar dieses brave T-Shirt unanständig aus.«

Seine Bemerkung hätte ihr womöglich Rätsel aufgegeben, hätte seine Erektion, die sich begierig unter seinen Boxershorts abzeichnete, ihr nicht unverblümt vor Augen geführt, wie er zu ihr stand.

Sie holte tief Luft.

Und er begann, sich an sie heranzupirschen.

Ísa konnte nicht anders, sie taumelte nach hinten, bis sie mit dem Rücken gegen die Wand stieß.

Sailor baute sich vor ihr auf und stützte die Hände neben ihrem Kopf auf, sodass sie zwischen seinen Armen gefangen war. Sein Lächeln war das eines hungrigen Wolfs. »Dieses Mal entwischst du mir nicht.«

Die Warnung bewirkte, dass sich jedes Härchen an ihrem Körper erwartungsvoll aufrichtete und ihre Nippel hart wurden.

»Zu schade, dass ich vergessen habe, die Handschellen mitzubringen.« Er biss sanft in ihre Unterlippe. »Das heben wir uns für nächstes Mal auf.«

Ihr Atem ging stoßweise, ihre Finger suchten vergeblich Halt an der Wand. Ihre Haut glühte, ihr Puls raste. Am liebsten hätte sie ihn auf das Bett gestoßen und ihm mit den Zähnen seine Shorts ausgezogen. Aber wenn ihre Mutter sie eines gelehrt hatte, dann, sich der Konsequenzen des eigenen Handelns stets bewusst zu sein.

Sie schluckte, um ihre trockene Kehle zu befeuchten, bevor sie fragte: »Hast du Kondome dabei?«

Sailor erstarrte. Stöhnend senkte er den Kopf. »Gerade hasse ich mich«, sagte er. »Und mein Schwanz hasst mich noch viel mehr.« Er zögerte. »Vielleicht hat dein ehemaliger Stief …«

»*Nein.*« Ísa erschauerte. »Wir werden nicht in seinem Nachttisch nachsehen. Das wäre …« Es schüttelte sie wieder. »Nein, das geht nicht.«

»Okay. Was bedeutet …«

Ísa war zum Heulen zumute. »Ich hasse uns beide«, murmelte sie und krallte frustriert die Nägel in die Wand.

Sailor sah auf, in seinen Augen ein schelmisches Glitzern. »Wann hast du das letzte Mal rumgemacht wie ein Teenager?«

Noch nicht einmal, als ich ein Teenager war. Sie war wegen ihrer Figur und ihrer hellen Haut zu befangen gewesen. »Ist das dein Vorschlag?« Ihr Schritt war schon jetzt feucht, dabei hatten sie kaum angefangen.

»Meine Shorts bleibt, wo sie ist.« Die pulsierende Hitze, die sein Körper abstrahlte, war wie eine sinnliche Liebkosung, die sie dazu verlockte, ihn überall zu berühren. »Bei dir kann alles weg.«

Endlich schaltete sich ihr Gehirn wieder ein, und Ísa stemmte die Hände in die Hüften. »Das wäre nicht fair.«

»Wer sagt, dass ich beabsichtige, fair zu sein?« Ein Knurren stieg in seiner Kehle auf, als er sie so nah zu sich heranzog, dass ihre aufgerichteten Brustspitzen über seine Haut strichen. »Was ich vorhabe, ist, dir einen derart heftigen Orgasmus zu bescheren, dass du nicht genug davon bekommen willst.« Er umfing ihre Handgelenke und presste sie über ihrem Kopf an die Wand, bevor er sich ihrer Lippen bemächtigte.

Bebend grub sie die Fingernägel in ihre Handflächen.

Sailors maskuliner Duft hüllte sie ein, ihm haftete eine leicht erdige Note an, so als hätte der Geruch des Bodens, den er so sehr liebte, jede Zelle von ihm durchdrungen. Als er ihre beiden Handgelenke mit einer Hand fixierte, um mit der anderen ihren Schenkel zu streicheln, und gleichzeitig ihren Hals mit Küssen bedeckte, blieb ihr die Luft weg.

»Atme«, befahl er, und erst da merkte sie, dass sie die Luft angehalten hatte.

Ihre Lungen füllten sich so gierig mit Sauerstoff, dass es fast wehtat, dann nahm sie noch einen Atemzug und noch einen, dabei inhalierte sie Sailors unverfälschten, erdig-herben, verführerischen Duft. »Lass meine Arme los.« Sie hungerte danach, ihn zu berühren.

»Nein«, knurrte er an ihrer Kehle.

»Nein?« Ísa kam nicht ganz mit. »So läuft das aber nicht.«

»Ich habe das Regelwerk weggeworfen«, konterte der eigensinnige Mann, der gerade die Finger unter den Bund ihres Höschens schob.

Sie keuchte und zog einen Schmollmund. »Ich will dich aber auch anfassen.«

Er küsste sie, dann zwickte er mit den Zähnen in ihre Unterlippe, als wollte er sie für ihre Aufsässigkeit bestrafen. Nur dass seine Züchtigung ihr Blut in Honig verwandelte, als er gleichzeitig ihre Brust umfasste und sie sanft knetete. Ísa hatte ihren BH ausgezogen, weil sie es hasste, darin zu schlafen, aber jetzt dämmerte ihr, dass das ein taktischer Fehler gewesen war.

Ihr heiseres Stöhnen klang eher nach einer Pornodarstellerin als nach der vernünftigen Ísa Rain. Zum Glück lag nebenan nicht das Zimmer von Martha.

Sailors Lächeln wurde sehr, sehr verrucht. »Aha.« Noch immer liebkoste er ihre Brust.

Sie stöhnte wieder, hatte Mühe, sich zu artikulieren. »Hör auf … mich abzulenken.« Unter der liebevollen Zuwendung, die er ihren Brüsten angedeihen ließ, schienen sie anzuschwellen. »Wir … äh … führen gerade ein Gespräch.«

Dieser Mann, der sie den letzten Nerv kostete, lachte leise, dann küsste er sie wieder. Dieses Mal strich er mit seiner Zunge an ihrer entlang, während er im selben gemächlichen Rhythmus mit dem Daumen über ihren Nippel rieb, bis er so hart und empfindlich war, dass sie glaubte, sterben zu müssen.

»*Sailor*.« Es klang wie ein Befehl.

»Was willst du, Rotschopf?«, raunte er an ihren Lippen.

»Berühr mich.«

Sailor drückte ihre Brust, bevor sein Mund wieder über ihre Kehle strich. »Das tue ich doch.« Seine andere Hand verstärkte den Griff um ihre Handgelenke.

»Du weißt, was ich meine.«

»Ich bin kein Gedankenleser«, sagte er mit einem verschmitzten Funkeln in seinen Augen. »Und gerade interessiere ich mich sehr für diesen hübschen Hals.« Er biss hinein, jedoch nicht sanft.

Ísa trat nach ihm.

Aber da sie barfuß war und er sich fest an sie presste, verfehlte die Aktion ihre Wirkung. »Du bist ein schrecklicher Kerl.«

»Gib zu, dass du mich magst.« Er saugte an der Haut über ihrem Puls. »Sag etwas Schmutziges zu mir, Ísa. Dann bekommst du alles, was du möchtest.«

»Berühr mich … an meiner nackten Haut.« Ihre Blicke trafen sich, als er hochsah, und das Feuer in seinen blauen Augen versengte sie.

Ísa hatte sich noch nie so begehrt gefühlt. »Ich liebe es, deine Hände zu spüren«, gestand sie in einem Ansturm erotischen Selbstvertrauens. »Die Schwielen, die deine Berührung so intensiv machen.«

»Ja, das gefällt mir«, schnurrte er rau und ließ seine Hand zum Saum ihres T-Shirts wandern. Kurz strichen seine Knöchel aufreizend über ihren Schenkel, bevor er die Finger weiter nach oben bewegte. »Siehst du«, murmelte er. »Wer nett bittet, wird belohnt.«

Ísas Haut war vor Erregung gerötet, ihr Puls flatterte.

Er beugte sich vor und ergriff erneut Besitz von ihrem Mund, indem er ihn mit kleinen, sachten Küssen neckte, bis sie sich ihm entgegenbog. Dann strich er mit der Daumenkuppe am Saum ihres Höschens entlang.

Ísa konnte ihr Stöhnen nicht unterdrücken.

»Schsch, wir wollen doch nicht, dass Catie und Martha dich hören«, ermahnte er sie mit einem Lächeln.

Sie ließ sich davon anstecken, während sie mit dem Kopf schüttelte. »Ich glaube nicht, dass ich still sein kann, wenn du mich weiter so heißmachst«, bekannte sie offen, damit er aufhörte, ehe sie noch das ganze Haus aufweckte.

Aber sie befahl ihm nicht, aufzuhören.

Und freiwillig tat er es nicht.

»Dann werde ich dir deinen süßen Mund wohl mit Küssen verschließen müssen, während ich furchtbar köstliche, schmutzige Dinge mit dir anstelle.« Mit diesem aufreizenden Versprechen fuhr er mit den Fingern über den seidenweichen Stoff ihres Slips.

Ísa rang verzweifelt nach Luft, aber sie brachte nur noch eine hektische Schnappatmung zustande, die sie ganz benommen machte.

Ihr Bauch spannte sich an, als Sailor im Schritt ihres Slips innehielt. Doch dann schob er seine Hand weiter nach oben anstatt nach unten. Um ein enttäuschtes Wimmern zu unterdrücken, biss Ísa sich auf die Unterlippe.

Sailor sah es und schüttelte den Kopf. »Tu das nicht«, sagte er. »Wir wollen doch keine Wunden in deinem hübschen Gesicht.«

»Lass meine Handgelenke los, du Dämon, sonst beiße ich stattdessen dich.« Sie wusste selbst nicht, woher diese Worte kamen, aber sie bewirkten, dass Sailor grinste und den Oberkörper noch aufreizender an ihren Brustspitzen rieb.

Es war köstliche Wonne, gepaart mit köstlicher Pein.

Er legte die Hand auf ihren unteren Rücken, schob sie ohne Vorwarnung in ihren Slip und packte ihren Po.

»Beißen kannst du mich später, Rotschopf«, sagte er, während Welle um Welle einer schwelgerischen Lust sie überspülte. »Heute spiele ich mit dir. Als Strafe dafür, dass du mir davongelaufen bist.« Ein finsterer Blick. »Nicht einmal. Nicht zweimal. Sondern gleich dreimal.«

»Ich werde dich genauso schlimm quälen«, warnte sie ihn,

während sie innerlich vor Entzücken ganz außer sich geriet bei der wundervollen Erkenntnis, dass er sie nie aufgegeben hatte. Sie war ihm so wichtig, dass er weiterhin versucht hatte, sie zu erobern.

»Ich werde keine Gnade kennen«, fügte sie in heiserem Flüsterton hinzu.

»Du wirst Handschellen in Männergröße besorgen müssen, um mich in Schach zu halten.« Ein heißer, feuchter Kuss, während er ihre weiche Pobacke knetete. »Sonst lasse ich auf keinen Fall die Hände von diesem herrlichen Körper.«

Ísa hatte mehr als ausreichend Liebesromane gelesen, darunter auch dermaßen pikante Geschichten, dass sie knallrot geworden war und sich Luft zufächeln musste, aber aus Fesselspiel-Fantasien hatte sie sich nie etwas gemacht, bis ihr blauäugiger Dämon Handschellen zur Sprache brachte. Die Vorstellung, Sailor ihrer Gnade ausgeliefert zu wissen und sich genüsslich Zeit dabei lassen zu können, seinen Körper zu entdecken, seine jedem Werbefilm würdigen Bauchmuskeln zu küssen, die Hände über seine heiße, seidige Haut gleiten zu lassen, ihn auf lustvolle Weise zu quälen … Ja, Ísa war dabei.

»Ich werde mich vergewissern, dass es starke, robuste Handschellen sind«, drohte sie. »Und ich werde auch das Seil nicht vergessen, um deine Fußknöchel zu fesseln.«

Er schob die Hand tiefer, bis seine Fingerspitzen auf schamlose Weise eine Körperstelle berührten, die derart empfindlich war, dass Ísa sich an der Wand aufbäumte. »Ja, das ist mein Rotschopf«, sagte er voller Stolz und mit vor Erregung rauer Stimme. Seine Erektion drängte fordernd gegen ihren Unterleib, seine Liebkosungen schenkten ihr körperliche Wonne, und sein Mund verschlang ihren mit solcher Begierde, dass es einem Vorspiel gleichkam.

Ihre Knochen wurden puddingweich, die Stelle zwischen ihren Schenkeln feucht, und für einen Sekundenbruchteil fragte sie sich, was sie morgen unter ihren Kleidern anziehen sollte, weil ihr Höschen nicht mehr zu gebrauchen sein würde. Dann nahm Sailor die Hand aus ihrem Slip und umfing wieder ihre Brust, dieses Mal Haut an Haut.

Sie zuckte zusammen und hätte vermutlich einen kleinen Schrei ausgestoßen, wenn nicht sein Mund ihren verschlossen hätte und seine Zunge mit ihrer verschmolzen wäre, während seine Hand mit unverhohlener Besitzgier ihre Brust streichelte und sein Daumen erneut begann, ihre Nippel zu martern.

Sie drängte sich ihm fordernd entgegen, und er fuhr lächelnd fort, sie weiter qualvoll zu reizen und dabei durchtriebene Detailgenauigkeit an den Tag zu legen. Erst die eine Brust, dann die andere, bevor er sich wieder der Innenseite ihrer Schenkel zuwandte, ohne auch nur in die Nähe der Stelle zu kommen, wo sie seine Berührung am nötigsten brauchte.

Sie entzog ihm ihren Mund und sagte: »Fass mich noch mal an.«

Seine Augen glitzerten, seine Jochbeine waren gerötet. »Wo denn?« Auch sein Atem ging unregelmäßig.

Es löste etwas bei ihr aus zu sehen, welche Wirkung sie auf ihn hatte. Auf diesen großen, bildschönen Mann, der praktisch jede Frau hätte haben können. Aber er begehrte nur Ísa. Und ihre Teufelin wollte ihm als Gegenleistung die schmutzigen kleinen Worte schenken, um die er sie gebeten hatte und die ihn so scharfmachten.

Sie fühlte sich jung und wild und verspielt, als sie sagte: »Sailor, Schatz, würdest du so lieb sein, meine Muschi anzufassen?«

Dieses Mal war er es, den ein Schauer überlief. »Da du mich so süß darum bittest, Rotschopf ...« Noch ein kleiner Kuss. »... bin ich dir gern zu Diensten.«

Ísa rang verzweifelt um ihre Selbstkontrolle, als er ihr Höschen zur Seite schob, bevor er mit einem Finger in sie eindrang und seine raue Daumenkuppe auf ihre Klitoris presste.

Ísa hatte weder die Hoffnung noch das Verlangen, sich zurückzuhalten. Sie kam in dem Moment, als er sie berührte.

Doch anstatt innezuhalten, als ihr Schoß sich verkrampfte, bewegte Sailor seinen Finger gemächlich weiter vor und zurück, wobei er sacht den Daumen um ihre überempfindliche Klitoris kreisen ließ, bis Ísas Atmung sich beruhigte. Dann fing er von Neuem an, sie mit reibenden Liebkosungen zu stimulieren, während er einen zweiten Finger in sie hineingleiten ließ.

Und dann immer härter, schneller und tiefer zustieß.

Ísa war schon zu Ohren gekommen, dass Frauen beim Sex angeblich mehrmals kommen konnten, aber sie hatte es nie wirklich geglaubt. Bis sie jetzt in einem Rausch der Sinne den Beweis bekam, als Sailor sie das zweite Mal zum Höhepunkt brachte.

Sie lag matt und zufrieden und ganz und gar sein in seinen Armen, als er sich küssend den Weg zu ihrem Ohr bahnte und flüsterte: »Noch ein letztes Mal, Rotschopf.«

Ísa konnte nicht mehr, aber sie brachte die Worte nicht heraus, und als er sie abermals küsste und streichelte, bis ihr Körper zu zucken anfing, kam sie zu dem Schluss, dass Sailor Bishop doch kein Dämon war. Er war ein Zauberer, der genau wusste, welche Magie er anwenden musste, um einer Frau ein atemberaubendes Erlebnis zu bescheren, das sie niemals vergessen würde.

24. KAPITEL

MORGENLICHT DURCHDRINGT DAS DUNKEL

Sailor fand, dass er in Sachen Selbstquälerei erstklassige Arbeit geleistet hatte.

Als Ísa nach ihrem dritten Orgasmus ermattet und mit weichen Knien vor ihm stand – oh ja, er war stolz auf sich –, nahm er die Hand aus ihrem Slip, dann hob er sie auf seine Arme und trug sie zum Bett. Als er sie darauflegte, befreite er sie »versehentlich« von ihrem T-Shirt.

Na, na.

Er warf es beiseite, stützte die Hände in die Hüften und betrachtete ihren Körper.

Zarte Röte überzog ihre Haut, ihre verführerischen Kurven.

Ihre Augen waren halb geschlossen, als ihr Blick über seinen Körper glitt und dann auf seinem harten Schwanz verweilte. Sailor erwartete nichts, trotzdem regte sich eine Hoffnung in ihm – er war immerhin ein Mann, und Ísa brachte ihn auf eine nie gekannte Weise auf Touren.

Sein Rotschopf ahnte nicht, dass sie nur mit den Fingern schnippen müsste, und er würde der Aufforderung ohne Zögern nachkommen.

Sie setzte sich auf und sah ihn unter gesenkten Lidern an. Ihr Kopf befand sich auf exakt der richtigen Höhe, um ungezogene Dinge mit ihm anzustellen, aber das war heute vermutlich kein Thema.

»Oh, verdammt!«

Ísa hatte die Hand ausgestreckt und strich mit einem Finger über seine Erektion.

Er biss die Zähne zusammen, stieß den Atem aus und ging auf Abstand. »Ich fürchte, dass ich ebenfalls zu viel Lärm machen würde«, sagte er frustriert. Sailor konnte es nicht fassen, dass er ihr Angebot ablehnte, obwohl all seine Gehirnzellen in seiner Erektion versammelt waren. Er musste den Verstand verloren haben. »Kann ich stattdessen einen Schuldschein haben?«

Ísa lächelte einladend. »Das sieht nicht bequem aus.« Sie stützte sich auf Hände und Knie und krabbelte zum Bettrand. »Du kannst doch so nicht schlafen.«

Er musste all seine Willenskraft aufbieten, um sich zu beherrschen. »Ich würde nur mit dir zu laut sein«, stieß er zwischen zusammengebissenen Zähnen hervor. »Aber ich kann das allein regeln, ohne das ganze Haus zu wecken.«

Sailor wollte sich schon ins Bad zurückziehen, als Ísa ihn aufhielt. »Bleib«, forderte sie ihn heiser auf, und da war es um seine ohnehin dürftige Selbstkontrolle fast ganz geschehen.

Er hob den Kopf und bemerkte, dass ihr Blick unverwandt auf seinem Unterleib lag.

»Zeig es mir«, bat sie. »Zeig mir, wie ich dich berühren soll.«

Sailor konnte kaum noch an sich halten, allerdings wäre er ein Idiot epischen Ausmaßes, würde er diese Gelegenheit nicht beim Schopf packen. Die Vorstellung, dass Ísa ihn dabei beobachtete …

Er stieg aus seinen Boxershorts und warf sie zu seinen restlichen Kleidern.

Ísa entfuhr ein leises Keuchen, und sie streckte die Hand nach ihm aus, aber Sailor schüttelte den Kopf und blieb auf Abstand.

»Anfassen gilt nicht«, sagte er. »Wir sollten deiner Schwester diese Art von Sexualkundeunterricht ersparen.«

»Nur ganz kurz«, feilschte sein Rotschopf. »Beiß in deinen Arm, um deine Laute zu dämpfen.«

Sailors Verstand setzte aus.

Er trat ans Bett und presste den Unterarm auf seinen Mund, während er die andere Hand sanft auf Ísas Hinterkopf legte. Es schien sie nicht zu stören, und dann …

Ein lautes Stöhnen stieg in seiner Kehle hoch, als ihre heißen Lippen sich um seine geschwollene Spitze schlossen.

Nach wenigen Sekunden zog sich Sailor zurück. »Nein.« Sein Atem ging stoßweise. »Ich wäre sogar geknebelt noch viel zu laut.«

Das Funkeln in Ísas Augen verriet ihm, dass er ihr gerade eine neue Idee eingegeben hatte.

Sein Schwanz zuckte.

Er umfing ihn mit seiner Faust, um sich selbst Erleichterung zu verschaffen, bevor seine Eier noch blau anlaufen und absterben würden. »Manchmal mag ich es langsam«, erklärte er und führte ihr vor, was er meinte. »Ich denke dann an einen gewissen sexy Rotschopf, daran, wie deine hübschen weißen Schenkel meinen Kopf umklammern, während ich dich lecke und dabei so wie jetzt auf und ab streiche.«

Ihr seine Fantasie zu beschreiben war nicht gerade dazu angetan, die Kontrolle zu behalten, aber er wollte sehen, wie sie reagierte. Ihre Wangen waren gerötet, ihre Atemzüge flach, ihre dunkelrosa Nippel steif.

»Aber heute fehlt mir dafür die Geduld«, fuhr er fort. »Ich brauche es hart und schnell und ohne Finesse.« Seine Hand bewegte sich im Gleichtakt mit seinen Worten vor und zurück, dann wurde sein Rhythmus unregelmäßig, er warf den Kopf in den Nacken und stieß noch ein letztes Mal in seine Faust.

Er hatte sich schon seit geraumer Weile nicht mehr selbst befriedigt, und gewöhnlich fiel es ihm leichter unter der Dusche, aber als er die Augen öffnete und feststellte, dass Ísa ihn mit Blicken verschlang, bereute er es kein bisschen.

Er warf ihr einen Handkuss zu, der ihr Gesicht aufleuchten ließ, bevor er sich ins Bad verzog, um sich zu säubern. Überraschenderweise kam ihm Ísa – die sich ihr T-Shirt wieder übergezogen hatte – entgegen, als er heraustrat.

Er streichelte ihre Wange. »Ist alles okay, Rotschopf?«

Ihr Blick wanderte über seinen nackten Körper, und ihre Ohrenspitzen liefen rot an. Dieses Mal widerstand Sailor der Versuchung nicht. Er beugte sich vor und knabberte sacht an einem Ohr.

Ísa fuhr zusammen und legte die Hand auf seine Brust. »Was machst du da?«

»Das wollte ich immer schon mal.« Und er würde es von nun an öfter tun, weil es einfach zu reizvoll war. »Musst du ins Bad?«

Ihre Ohren wurden noch röter, falls das überhaupt möglich war. »Ja«, bestätigte sie, bevor sie durch die Tür schlüpfte und sie hinter sich schloss.

Sailor runzelte die Stirn … dann ging ihm ein Licht auf.

Er grinste, als sie wieder herauskam, konnte es sich nicht verkneifen, seinen bezaubernden Rotschopf zu ärgern. »Bist du etwa nackt unter deinem T-Shirt?«

Sie blitzte ihn an. »Ich musste mein Höschen auswaschen. Deinetwegen.«

Sailor verbeugte sich. »Gern geschehen.« Er stieg wieder in seine Boxershorts, weil er seinem Schwanz nicht über den Weg traute, wenn er nackt neben Ísa schlief. Morgen würde er auf Unterwäsche verzichten.

Trotzdem war es ein hübscher Gedanke, dass Ísa unter ihrem T-Shirt nichts anhatte.

Er schlug die Decke zurück. »Rein mit dir. Ich verspreche, dass ich dich nur ein klitzekleines bisschen belästigen werde.«

»Hauptsache du vergisst nicht, leise zu sein«, konterte sie frech und glitt unter die Bettdecke.

Lächelnd knipste er das Licht aus und legte sich zu ihr, indem er sie fest an seine Brust drückte und den Schenkel zwischen ihre Beine schob. Er hatte einen langen Tag hinter sich, ausgefüllt mit jeder Menge schwerer Arbeit und gekrönt von einem heftigen Orgasmus, der seinen Körper mit Endorphinen überflutet und seine Gliedmaßen erschöpft hatte.

Was dazu führte, dass er schon nach wenigen Minuten in einen tiefen, traumlosen Schlaf sank, anstatt seine Drohung wahr zu machen und seinen Rotschopf auf lustvolle Weise zu ärgern.

Ísa spürte, wie Sailor wegdämmerte. Er musste völlig ausgelaugt sein nach diesem anstrengenden Tag – vielmehr den Tagen, die hinter ihm lagen. Sie hatte am Beispiel ihrer Eltern gesehen, wie viel aufreibenden Einsatz es erforderte, eine Firma zu gründen und auf Erfolgskurs zu bringen.

Sie verspürte Angst bei dem Gedanken, dass Sailor denselben gnadenlosen Weg beschreiten wollte.

Weil sie sich hoch und heilig gelobt hatte, sich niemals in einen Mann zu verlieben, der ein Unternehmen leitete. Sie hatte nämlich nicht vor, ihre einsame Kindheit als Erwachsene wieder aufleben zu lassen.

Mit mehr oder weniger wildfremden Menschen zu Abend zu essen, wahlweise ganz allein wie als Teenager, der kein Kindermädchen mehr brauchte, war ihre persönliche Vorstellung von Höllenqualen. Dass sie diese Zeit heil überstanden hatte, verdankte sie in erster Linie Naynas Familie, die sie praktisch adoptiert hatte. Daher wusste sie um das komplizierte Kräftespiel bei den Sharmas, um die Verflechtung von unverbrüchlicher Liebe mit strikten Regeln, die ihre beste Freundin mental zu zerbrechen drohten.

Nach Caties Geburt hatte Ísa dafür gesorgt, dass ihre kleine Schwester nie die Einsamkeit erfahren musste, unter der sie gelitten hatte, auch wenn Jacqueline sich nach Caties Entlassung aus dem Krankenhaus wieder so rargemacht hatte wie eh und je. Clive konnte durchaus ein liebevoller, zugewandter Vater sein, wenn er sich nicht spontan wegen eines Autorennens nach Los Angeles oder zu irgendeinem anderen hirnrissigen Vergnügen aufmachte. Bei Jacquelines und Clives Scheidung war Catie drei, Ísa achtzehn gewesen. Ísa war die einzige Konstante im Leben ihrer Schwester.

Sie würde immer für sie da sein. Genau wie für Harlow.

Aber ihre Geschwister konnten diese Leere in Ísa nicht füllen, die in ihrer eigenen Kindheit entstanden war. Die beiden waren Teenies. Ísa sehnte sich verzweifelt nach einer durch und durch erwachsenen Beziehung – nach einem Mann, der sie nicht fortwährend auf den zweiten Platz verwies, weil es Wichtigeres für ihn gab als sie. Sie brauchte jemanden, der bis auf den Grund ihrer Seele sah.

Der ihre Bedürfnisse nicht ignorierte.

Das hier ist keine Liebe, redete sie sich ein. *Die Orgasmen haben dir den Kopf vernebelt.*

Ísa musste darauf vertrauen, es war der einzige Weg, um diese Beziehung fortzusetzen. Denn früher oder später würde Sailor Bishop an einen Scheidepunkt gelangen und wählen müssen, ob er sich mit voller Kraft auf seine beruflichen Ziele konzentrieren oder ein Leben führen wollte, das mehr Stabilität bot und ihm die nötige Zeit ließ, um eine Frau zu lieben und eine Familie zu gründen.

Angesichts seines Ehrgeizes und seiner Ambitionen gab

Ísa sich keinen Illusionen darüber hin, welche Wahl er treffen würde.

Ich bin mit meiner Arbeit verheiratet. Sie ist eine ziemlich anspruchsvolle Partnerin, die andere Frauen nicht auf Dauer neben sich duldet.

Sobald dieser Zeitpunkt gekommen war, musste Ísa darauf vorbereitet sein, Abschied zu nehmen. Sie durfte nicht riskieren, durch ihre Gefühle an ihn gebunden zu sein, während ihre Seele vor Einsamkeit verdorrte. Mit enger Kehle flüsterte sie: »Bitte, brich mir nicht das Herz, Sailor.« Dabei wusste sie, dass das unvermeidbar war.

Sie frühstückten zeitig am nächsten Morgen. Obwohl sie spät schlafen gegangen waren, war Sailor wie üblich um fünf aufgewacht. Normalerweise ging er anschließend joggen. Man sollte meinen, dass er sich von diesem Hobby angesichts seines kräftezehrenden Jobs verabschiedet hätte, aber er mochte diesen Frühsport. Heute jedoch hätte er, selbst wenn er seine Sportsachen dabeigehabt hätte, keine Lust gehabt, aus dem Bett zu steigen.

Ísa wurde wach, als er sich regte und sie auf den Hals küsste. Sie war eine angenehme Schlafgenossin, sie strampelte nicht, sondern hatte die ganze Nacht still an seinen Körper gekuschelt verbracht.

»Du bist sehr anschmiegsam«, bemerkte er mit einem weiteren Kuss.

Wieder überzog ein rosa Schimmer ihre Ohrspitzen. »Ich hatte immer breite Hüften.«

Sailor kratzte sich am Kopf. Wie kam sie jetzt auf Hüften?

Er beschloss, das Thema fallen zu lassen, und zog ihren weichen, wohlgeformten Körper noch fester an sich. »Also, was wollen wir heute unternehmen?«

Ísa drehte sich auf den Rücken. »Lass uns erst mal sehen, wie es Catie geht.« Ihre Augen waren vor Sorge ganz dunkel. »Ich weiß, sie hat letzte Nacht darauf gepocht, dass wir gleich heute Morgen heimfahren, aber sie könnte anderer Meinung sein, wenn sie mit Schmerzen aufwacht und sich nicht rühren kann.«

Sailor nickte. Es war ein unvorstellbarer Gedanke, dass seine jüngeren Brüder sich selbst überlassen blieben, wenn sie sich verletzt hätten.

»Falls sie doch möchte, dass ich hierbleibe«, fuhr Ísa fort, »kehrst du trotzdem nach Auckland zurück.«

Er zog die Stirn kraus. »Ich gehe nirgendwohin, solange du Unterstützung brauchst.« Der Gedanke, seinen Rotschopf hier alleinzulassen, ging ihm gegen den Strich.

Ein sanfter Ausdruck huschte über ihr Gesicht, bevor sie die Finger auf seine Lippen legte. »Ich danke dir«, sagte sie mit einem Lächeln von solcher Strahlkraft, dass es ihm vorkam, als sähe er die Sonne gleich hier in ihrem zerwühlten Bett aufgehen. »Aber auf dich wartet viel Arbeit. Du stehst wegen des Bio-Fast-Projekts extrem unter Zeitdruck. Abgesehen davon gibt es hier nichts, wobei ich Hilfe brauche.«

Verärgert, weil sie recht hatte, biss er sie in den Daumen. »Wie kommst du nach Hause?«

»Ich kann mir einen Leihwagen nehmen.« Sie schnippte mit den Fingern. »Nein, ich werde mir Clives Auto borgen. Es steht sowieso nur in der Garage rum. Und er fliegt immer via Auckland; er kann es bei mir abholen.«

»Okay«, grummelte Sailor. »Ich schätze, das ist eine gute Idee.«

Sie umfing sein Gesicht mit beiden Händen und küsste ihn mit ungestümer Zuneigung. »Danke, dass du dich um mich sorgst.«

Er verdrehte die Augen. »Ebenso gut könntest du mir dafür danken, dass ich atme.« Sie war sein; natürlich sorgte er sich um sie und die Menschen, die ihr wichtig waren. »Da wir jetzt beide wach sind, wie wäre es, wenn wir uns ein kleines Frühstück genehmigten?«

Wie auf ein Stichwort hin knurrte sein Magen.

Ísa lachte auf. »Bist du ein Frühaufsteher?«

Sailor, der fand, dass sie viel besser war als ein Wecker, streichelte ihren warmen Schenkel. »Das war ich schon immer. Als ich noch zur Schule ging, habe ich meiner Mutter morgens geholfen, das Mittagessen für Gabe und mich vorzubereiten. Und später dann auch das für Jake und Danny.« Er hatte diese Zeit mit seiner Mutter, bevor der Rest der Familie wach wurde, genossen.

Sailor setzte diese Tradition fort, wenn er bei seinen Eltern übernachtete, nachdem sie sich ein spätes Spiel auf ihrem Großbildfernseher angeschaut hatten.

Dann begab er sich frühmorgens in die Küche, wo seine Mutter in der Gewissheit, dass er jeden Moment auftauchen würde, schon dabei war, ihm einen Kaffee aufzubrühen. Für gewöhnlich nötigte er sie anschließend, sich hinzusetzen, während er das traditionelle Frühstück zubereitete, das solche Fernsehnächte abrundete.

Alison Esera hatte in ihrem Leben mehr als genug gearbeitet. Im Gegensatz zu Sailor und Gabe hatten Jake und Danny die harten Zeiten nicht miterlebt, darum gaben sie ihrer Mutter häufiger Widerworte als ihre älteren Brüder. Zwar nicht sehr oft und nie auf respektlose Weise – das entsprach nicht der Erziehung, die ihnen ihr Vater Joseph und auch Gabe und Sailor hatten angedeihen lassen –, aber von ihren älteren Söhnen kannte Alison diese kindliche Rebellion nicht.

Es machte sie glücklich, dass Danny und Jake unbeschwert

groß wurden, gleichzeitig war sie immer noch bekümmert wegen der Verletzungen, die Sailor und Gabriel in jungen Jahren erlitten hatten. Manchmal ertappte Sailor sie dabei, wie sie ihn mit einem Ausdruck von Sorge, Liebe und Hoffnung in ihren grauen Augen beobachtete. Dann nahm er sie in die Arme, um ihr zu versichern, dass er mit den Narben, die die Vergangenheit hinterlassen hatte, leben konnte.

Ísa griff nach seinem Kinn und hob es an, als sie ihn prüfend musterte. »Wo warst du gerade mit deinen Gedanken?« Sie hatte sich zu ihm herumgedreht, während er geistesabwesend gewesen war.

Daran gewöhnt, seine Geheimnisse vor der Frau, mit der er gerade das Bett teilte, zu verbergen, wollte Sailor schon den Kopf schütteln und das Thema wechseln ... als ihm zwei Dinge klar wurden.

Ísa war weit mehr als eine Bettgefährtin. Sie war die seine.

Und Sailor war unter der Oberfläche ein besitzergreifender Sturkopf.

Abgesehen davon wollte er, dass sie erfuhr, wer er war, und begriff, dass er wesentlich reifer war, als sein Lebensalter vermuten ließ. »Mir war gerade eingefallen, wie ich meiner Mutter früher morgens beim Kochen half«, sagte er. »Das zählt zu meinen liebsten Kindheitserinnerungen.«

Ísas Augen leuchteten auf. »Wann hast du damit angefangen?« Aus ihr sprach so viel Neugierde, so viel tiefe Sehnsucht.

25. KAPITEL

FALSCHE FREUNDE UND FETTIGE HAARE

Ihre Eltern hatten sie im Stich und gleichzeitig nie von der Leine gelassen, dachte er aufgebracht. »Daran erinnere ich mich nicht.« Von einem wilden Beschützerinstinkt übermannt, drückte er sie noch fester an sich. »Meine Mutter behauptet immer, ich hätte nie länger als bis fünf geschlafen.«

»Es klingt, als hättest du eine glückliche Kindheit gehabt.«

»Das stimmt.« Er hatte nicht so viel begriffen wie Gabriel, dafür war er zu jung gewesen, sondern nur gewusst, dass er ein sicheres, von Wärme und Liebe erfülltes Zuhause hatte.

Der Ausdruck in Ísas Gesicht veränderte sich. »Woher rühren dann jetzt diese traurigen Augen?«

Er fuhr mit den Fingern durch ihre prächtige Mähne. »Es gab einen Bruch in meinem Leben, als ich fünf war.« Sailor sprach sonst nie darüber, er erinnerte sich nicht gern daran, an die verzweifelte Hoffnung, die er als kleiner Junge genährt hatte, aber er schuldete es Ísa, nachdem sie ihm von ihrer Familie erzählt hatte. »Der Mann, der Gabriel und mich gezeugt hat, ist abgehauen. Er ist eines Tages einfach gegangen und nie zurückgekommen. Zuvor hat er sämtliche Konten abgeräumt.«

Ísas Zorn war mit Händen zu greifen. »Wie konnte er das seinen eigenen Kindern antun?«

»Er ist nun mal ein Arschloch.« Jemand, in dessen Fußstapfen Sailor nicht einmal dann treten würde, wenn man ihm eine

Pistole an den Kopf hielte. »Brian hat immer große Pläne geschmiedet und sie nie umgesetzt.« Daran erinnerte Sailor sich noch gut. »Darum ist Joseph der Einzige, den ich als meinen Vater anerkenne.«

Er merkte, wie sich seine Mundwinkel hoben. »Er und meine Mutter lernten sich ein Jahr, nachdem das Arschloch weg war, kennen, und meinem Dad zufolge hat sie ihm anfangs die kalte Schulter gezeigt. Jedes Mal wenn er sie um ein Rendezvous bat, ließ sie ihn abblitzen, weil sie angeblich zu beschäftigt sei, sie die Toilette putzen müsse.« Ein Lachen ließ Sailors Schultern erzittern. »Also ist er eines Tages mit einer Klobürste bei ihr aufgetaucht und hat gesagt, dass er von jetzt an jede Woche ihre verdammte Toilette für sie putzen werde, wenn sie dann mit ihm ausginge.«

Ísa kicherte. »Es muss schwer für sie gewesen sein, wieder Vertrauen zu einem Mann zu fassen. Besonders bei zwei kleinen Kindern.«

»Ja, aber mein Dad … Er versteht zu lieben, und zwar ohne Einschränkung.« Sailor inhalierte Ísas warmen Duft und erzählte ihr den Rest. »Meine Mutter brauchte Monate, ehe sie ihm genügend vertraute, um ihn Gabe und mir vorzustellen, und er hat sich dieses Vertrauens tausendfach würdig erwiesen. Er ist der Mann, dem ich nacheifere.«

»Du verehrst ihn sehr.« Ísa streichelte seine Schulter, seinen Arm.

»Er hat mir und auch Gabe so viel Zuneigung geschenkt, dass wir keine andere Wahl hatten.« Sie hatten nie das Gefühl gehabt, weniger seine Söhne zu sein als Jake und Danny. »Die Tattoos, die ich habe, das sind samoanische Symbole. Ab meinem achtzehnten Geburtstag bekam ich sie nach und nach geschenkt.«

Kein Geschenk hatte ihm je mehr bedeutet. »Mein Dad hat

die Muster entworfen und sein jüngerer Bruder sie mir gestochen. Ich heiße nur deshalb Bishop und nicht Esera, weil Brian, als sie ihn schließlich ausfindig machten, die Genehmigung zu einer Freigabe zur Adoption verweigert hat.« Ein jämmerlicher Versuch, an der Familie festzuhalten, die er weggeworfen hatte. »Gabe und ich waren am Boden zerstört, bis Dad uns versicherte, dass das absolut nichts ändere, wir trotzdem seine Jungs seien.«

In Ísas Augen schimmerten Tränen. »Ich glaube, ich habe mich in deinen Vater verliebt.«

Sailor küsste sie, ließ sich von ihr drücken und streicheln. »Aber mach ja keinen Annäherungsversuch. Meine Mutter ist ein bisschen besitzergreifend.« Er hauchte einen Kuss auf ihre Nasenspitze. »So, das war genug Seelenstriptease.« Sein Innerstes fühlte sich an wie mit Sandpapier abgeschmirgelt. »Ich brauche etwas in den Magen.«

Ísa drückte ihre Lippen auf seine, dann auf seine Wange, seine Nase.

Als sie bei seinem Ohr angelangt war, grinste er.

Ein paar Minuten später lösten sie sich schließlich voneinander. Sie duschten und stiegen in ihre zerknitterten Kleider vom Vortag. Wieder halbwegs vorzeigbar, schlichen sie sich in die Küche. Es war mittlerweile Viertel vor sechs, und vor den Fenstern erklang lautes Vogelgezwitscher.

Auf Zehenspitzen nahmen sie den Kühlschrank und die Vorratskammer in Augenschein.

»Lust auf Pfannkuchen mit Blaubeeren?«, flüsterte Sailor. »Ich habe welche im Kühlschrank gesehen.«

Sie strahlte ihn an. »Weißt du, wie man die macht?«

»Ich bin Experte«, brüstete er sich. »Und es ist auch Speck da. Wieso brätst du nicht ein paar Scheiben, während ich den Teig anrühre?«

Die ersten Pfannkuchen buken, der Speck brutzelte, als in Caties Zimmer das Licht anging. Mit wild zerzausten Haaren humpelte sie eine Minute später ohne ihre Prothesen in die Küche.

»Ist das Speck?«, fragte sie so ehrfurchtsvoll, als rieche sie himmlisches Ambrosia.

»Speck und Pfannkuchen«, bestätigte Ísa mit gedämpfter Stimme, um die schlafende Martha nicht zu wecken, dann zeigte sie mit dem Pfannenwender auf ihre Schwester. »Du weißt, dass die Ärzte es nicht gern sehen, wenn du auf deinen Knien läufst.«

»Ja, schon gut.« Catie drehte sich um und eilte so schnell sie konnte davon. »Gib mir einen Moment, um meine Prothesen anzulegen, dann komme ich zurück und esse alles allein auf.«

»Wieso benutzt sie nicht wie letzte Nacht den Rollstuhl?«, erkundigte Sailor sich, nachdem Catie in ihrem Zimmer verschwunden war. »Das wäre doch die schnellere Lösung, wenn sie so hungrig ist.«

»Sie hasst den Rollstuhl. Bockigkeit ist ein typisches Merkmal der Rains.« Es war eine warmherzige Feststellung. »Sie ist eine ganze Weile gut damit zurechtgekommen, auf ihren Stümpfen zu laufen, bis ihr Physiotherapeut ihr eingehämmert hat, dass dadurch Beuge-Kontrakturen entstehen können.« Ísa beugte die Knie, um es zu demonstrieren. »Die Muskeln verkrampfen, das Knie lässt sich nicht mehr richtig strecken.«

»Ich verstehe schon. Das wäre schlecht für eine Läuferin.«

Ísa nickte. »Sie vergisst es nur ab und zu, nicht so oft, dass es ihr schaden kann.« Ein flüchtiges Lächeln. »Aber wenn sie es tut, sollen wir sie darauf aufmerksam machen. So lautet der Befehl.«

Ísa schenkte Catie gerade ein Glas Orangensaft ein, als sie zurückkam. Sie hatte sich das Gesicht gewaschen und ihre

Haare zu einem Pferdeschwanz gebunden, trug aber immer noch ihren pinkfarbenen, mit winzigen blauen Sternen bedruckten Pyjama, der aus einer kurzen Hose und einem langärmligen, vorn geknöpften Oberteil bestand.

Sie kletterte auf einen Barhocker und trommelte mit den Fäusten auf den Tresen. »Wo bleibt mein Essen, Diener?«

Eine Mini-Ísa, schoss es Sailor durch den Kopf, als er ihre blitzenden Augen betrachtete. »Hier bitte, Euer Majestät.«

Sie machte sich sofort darüber her, bevor sie unverständlich nuschelnd mit einem Kopfnicken zum Kühlschrank wies, woraufhin Ísa ihn öffnete und etwas darin suchte. »Hab sie.« Sie stellte eine Sprühdose Schlagsahne neben den Ahornsirup, und Catie legte sich richtig ins Zeug, als sie ihre Pfannkuchen unter weißem Matsch begrub.

Sailor mochte sie lieber ohne alles, während Ísa beim Sirup blieb.

»Ihr zwei fahrt heute wieder heim, oder?«, fragte Catie kurze Zeit später, nach einem Pfannkuchengemetzel, von dem nur noch wenige Spuren auf ihrem Teller zu sehen waren.

»Es hat keine Eile.« Ísa trank einen Schluck Kaffee. »Ich kann bleiben, solange du möchtest.«

»Der Drache wird dich fressen.«

»Offenbar bin ich ungenießbar. Er spuckt mich immer wieder aus.«

Catie erstickte ihr Lachen mit der Hand. »Ist schon okay. Mir fehlt wirklich nichts. Ich hab mich gestern wie ein Baby benommen.«

Ísa strich ihr sanft über den Rücken. »Tja, was mich betrifft, bist du ein Baby. Ich erinnere mich, dass ich dir erst vor fünf Minuten die Windel gewechselt habe.«

»Bah, ist das peinlich!« Ungeachtet ihres empörten Ausrufs lehnte Catie sich hinüber zu Ísa, die, auf der anderen Seite flankiert von Sailor, neben ihr saß, und drückte ihr einen Kuss auf die Wange.

»Danke, dass du hergekommen bist, Issie.«

»Das habe ich gern gemacht, Käferchen.«

Die Liebe zwischen ihnen war unübersehbar, ihre Bindung eindeutig genauso eng wie die zwischen Sailor und seinen Brüdern. Auf diese Gemeinsamkeit würde er Ísa bei nächster Gelegenheit hinweisen. Er hatte das Gefühl, dass sie ihre Beziehung noch immer nicht für klug hielt und sein schwer zu fassender Rotschopf Reißaus nehmen könnte, wenn er nicht aufpasste.

Er wollte verdammt sein, wenn er das zuließe.

Catie verdrückte noch einen Pfannkuchen, bevor sie sagte: »Ich finde, du solltest heimfahren. Es geht mir wieder gut, und das bevorstehende Training wird mich ziemlich in Anspruch nehmen.« Sie genehmigte sich einen Schluck Orangensaft. »Abgesehen davon braucht Harlow dich dringend. Er hat mir letzte Nacht geschrieben – der Job macht ihn nervöser, als er es sich anmerken lässt.«

Eine steile Falte erschien zwischen Ísas Augenbrauen. »Er hat doch gerade erst angefangen. Weswegen ist er denn nervös?«

»Er hat gehört, dass die anderen Praktikanten jeden Tag in Mutters Büro gerufen werden. Er ist besorgt, dass er irgendetwas getan haben könnte, das ihr missfällt, und er schon jetzt ausgegrenzt wird.«

Ísa rieb sich übers Gesicht. »Nichts davon ist wahr. Wieso machte er sich so verrückt?«

»Es liegt am Drachen – du weißt, dass Jacqueline sein Idol ist. Harlow reagiert schon beim kleinsten Anzeichen von Ärger total emotional.« Catie sah Sailor an und schüttelte den Kopf. »Normalerweise ist er ein kluger, ausgeglichener Junge, aber der Drache verwandelt seine Hirnzellen in Mus.«

»Was ist mit seinen Eltern?«, fragte Sailor, den die Dynamik in Ísas Familie brennend interessierte.

»Die Loser kannst du vergessen«, kam Catie Ísa zuvor. »Sie haben beide wieder geheiratet und machen total auf glückliche neue Familie, so als existiere Harlow überhaupt nicht.« Ein Lächeln strich über ihre Lippen. »Gott sei Dank hat er mich und Issie und seinen heiß geliebten Drachen, denn sonst würde er sich vermutlich falsche Freunde suchen, Drogen nehmen und mit fettigen Haaren herumlaufen.«

Ja, sie war definitiv eine Mini-Ísa. Sie liebte aus ebenso vollem Herzen wie die Frau, von der Sailor selbst dann träumte, wenn er nicht schlief. Nein, er würde seine Ísalind auf keinen Fall entwischen lassen. Dieses Mal nicht.

Die Rückfahrt nach Auckland verlief unerwartet entspannt, nachdem Ísa es geschafft hatte, sich von Catie zu verabschieden. Und nachdem sie erst einmal gewartet hatte, bis Martha aufgestanden war und ihr bestätigt hatte, dass Catie einen vollen Trainingsplan hatte, den ihre geringfügigen Verletzungen nicht beeinträchtigen würden.

Catie hatte sie beim Abschied herzhaft gedrückt. »Ich hab dich lieb, Issie.«

Das machte die schlaflosen Nächte, die panische Angst um ein Vielfaches wett.

Er strich mit den Fingerknöcheln über ihre Wange. »Bist du immer noch in Sorge um sie?«

Ísa kostete die Liebkosung aus, bevor Sailor die Hand wieder ans Lenkrad legte. »Nein«, antwortete sie. »Ich weiß, wie wichtig es ihr ist, unabhängig zu sein.« Wichtiger als den meisten Mädchen ihres Alters. »Manchmal kann sie deswegen regelrecht kämpferisch sein, aber heute kam es mir nicht so vor.«

»Das Mädchen ist ganz verrückt nach dir.«

Ísa betrachtete Sailors Profil und dachte: *So wie ich verrückt nach dir bin.* Aber sie brachte diese erschreckenden Worte nicht über die Lippen. »Jedenfalls hat sie nicht angefangen, sich falsche Freunde zu suchen, Drogen zu nehmen und mit fettigen Haare rumzulaufen.«

Sailors leises Lachen war wie eine sanfte Liebkosung, dasselbe galt für den Blick, den er ihr zuwarf.

Beunruhigt und glücklich und atemlos verjagte Ísa jeden Gedanken an die Zukunft und genoss die Fahrt. Ihre Zweifel und Befürchtungen würden dann wieder aus den Schatten treten, wenn sie bereit wäre, sich mit ihnen auseinanderzusetzen. Aber jetzt würde Ísa ihnen nicht erlauben, diesen wundervollen Morgen zu ruinieren.

Sie runzelte die Stirn, als ihr plötzlich einfiel, dass sie gestern Abend nichts von Nayna gehört hatte. Sonst hielt ihre beste Freundin sie immer über die Treffen mit potenziellen Heiratskandidaten auf dem Laufenden, und wegen des Letzten war Nayna dermaßen in Panik gewesen, dass sie sie von sich aus angerufen hätte, wenn sie nicht wegen Caties Unfall so abgelenkt gewesen wäre. Entweder war etwas schiefgelaufen, oder aber Nayna hatte sich nicht mehr ungestört zurückziehen können, um sie anzurufen, ehe es zu spät war.

Ísa nahm sich vor, sich mit ihrer Freundin kurzzuschließen, sobald sie zurück in Auckland war.

Es verging eine weitere halbe Stunde in behaglichem Schweigen, bevor Sailor sie auf ein Hinweisschild zu einer Autobahnraststätte aufmerksam machte. »Möchtest du deinen Kaffeespiegel erhöhen?«, fragte er. »Seit unserem letzten Kaffee ist schon mindestens eine Stunde vergangen.«

Ísa lachte und hätte ihn nur zu gern geküsst. »Ich wusste gar nicht, dass du ein Kaffeespürhund bist.«

Sailor fand, dass er sich an dieses Lachen sehr leicht gewöhnen könnte. Doch zuerst musste er sie davon überzeugen, dass er die feste Absicht hatte, sie so zu verwöhnen, wie sie es verdiente. Für ihn stand völlig außer Zweifel, dass sein Rotschopf gewohnt war, immer nur zu geben.

Er wiederum würde sich um sie kümmern, sie zum Lächeln und Lachen bringen, damit sie sich mit ihm einließ. Gleichzeitig war ihm bewusst, dass das nicht leicht sein würde. Wegen der Dämonen, die ihn lautstark beschworen, seine Ziele zu verfolgen, ein besserer Mann zu werden, als sein Erzeuger es je gewesen war. Diese Bestien drohten, von seinem Körper und seiner Seele Besitz zu ergreifen.

Nein, schwor er sich. *Sie werden mir Ísa nicht wegnehmen.*

»Kaffee ist der Nektar der Götter«, sagte er, nachdem er diesen Entschluss gefasst hatte. »Ich versuche, mich mit zwei Tassen pro Tag zu begnügen, aber manchmal kapituliere ich vor der Verlockung.«

Ísa lachte wieder. »In diesem Fall sollten wir lieber rausfahren.«

Als er vor der Raststätte anhielt, kam Ísa ihm zuvor, indem sie sofort aus dem Wagen sprang. »Du bist der Fahrer, ich bin die Assistentin. Wie trinkst du ihn?«

»Schwarz, ohne Zucker.« Sailor bemerkte die Heiterkeit in ihren hübschen graugrünen Augen und konnte sich nur mit Mühe beherrschen, sie nicht zurück ins Auto und auf seinen Schoß zu ziehen. »Ich mag Kaffee, von dem einem Brusthaare wachsen – obwohl ich deine Brüste, so wie sie sind, bevorzuge, nur damit du nicht auf falsche Ideen kommst.«

Sie warf ihm einen Luftkuss zu, bevor sie sich umdrehte und auf die Gaststätte zusteuerte. Ihr scharlachrotes Haar leuchtete im Morgenlicht, als sie ihm über die Schulter ein Lächeln zuwarf, das ihn wie ein plötzlicher Schlag in die Magengrube traf.

Ísa Rain war gefährlich nah daran, sein Herz zu erobern.

Jetzt musste er sich nur noch eine Methode einfallen lassen, sie davon zu überzeugen, dass sie ihm auch ihres anvertrauen konnte.

26. KAPITEL

EIN QUÄNTCHEN INDUSTRIESPIONAGE, UM DEN DINGEN MEHR WÜRZE ZU VERLEIHEN

Der Highway spaltete sich in mehrere Fahrbahnen auf, es herrschte dichter Verkehr, und die auf Stahlpfeilern ruhenden Brücken, die die Straßen überspannten, glänzten im Sonnenlicht, als viel zu schnell der Ballungsraum Aucklands in Sicht kam.

Normalerweise liebte Ísa ihre Stadt, aber heute wünschte sie, sie wäre etwas weiter weg.

Wenigstens hatten Sailor und sie die Zeit genutzt, um die letzten Änderungen an der Kostenkalkulation für das Bio-Fast-Projekt vorzunehmen. Es war ihr wichtig, dass Sailor in dem, was er auf die Beine stellen wollte, nicht wegen einer Krise in ihrer Familie aufgehalten wurde.

Er nahm sie mit zu sich nach Hause, damit sie ihr Auto abholen konnte. Sie hatte während der Fahrt Jacqueline angerufen und sie über die aktuellen Ereignisse informiert. Wie immer, wenn es um ihre jüngste Tochter ging, hatte der Drache nicht viel gesagt, aber zumindest würde es Ísa jetzt erspart bleiben, wegen ihres Zuspätkommens Jacquelines feurigen Atem zu spüren zu bekommen.

»Sekunde mal.« Die Hände auf ihren Hüften, drückte er sie gegen die Seite des Lieferwagens. »Wolltest du dich etwa ohne Abschiedskuss aus dem Staub machen?«

Die letzte Nacht kam ihm schon jetzt wie ein wundervoller, sinnlicher Traum vor. Doch als Ísa sich ihm auf Zehenspitzen entgegenreckte und seine Lippen mit ihren berührte, wurde er feurige Wirklichkeit. Sailor vergrub eine Hand in ihrem Haar, umfing mit der anderen ihre Wange und küsste sie auf eine Weise, dass Ísa sich absolut geliebt … und über die Maßen begehrt fühlte.

Sie grub die Finger in seine Brust, ihr Busen spannte. »Was war das denn für ein Kuss?«, fragte sie leicht vorwurfsvoll, als sie die Lippen voneinander lösten, um Atem zu holen. »Ich muss mich gleich auf meine Arbeit konzentrieren können.«

Er lächelte hinterlistig, als er sie mit seinem muskulösen Brustkorb gegen das warme Metall des Wagens presste. »Nur damit du mich nicht vergisst.« Er stahl ihr noch einen Kuss, ehe er sie freigab. »Nicht dass du mich am Ende noch als einen One-Night-Stand ansiehst.«

Sein Ton war locker, trotzdem entging ihr nicht der Ernst in seinen Augen, und plötzlich begriff sie, dass sie die Macht hätte, ihn zu verletzen. »Ich lasse mich nicht auf One-Night-Stands ein«, entgegnete sie, weil sie es niemals über das Herz brächte, diesem Mann, der sie behandelte wie einen wunderschönen, kostbaren Schatz, wehzutun.

Sailor Bishops wegen würde ihr Herz schon bald in eine Million Stücke zerspringen, doch bis dahin würde er ihr keinen Schmerz zufügen. Und sie ihm auch nicht.

»Ich ruf dich an.«

Er blickte sie finster an. »Du meinst so wie damals, als wir uns zum Keksessen verabreden wollten?«

Sie pikte ihn mit dem Finger in die Brust. »Das war ein Ausrutscher!«

Er schnaubte abfällig, dann küsste er sie erneut, und seine Wärme war so wundervoll, dass sie für alle Zeit in seinen Armen geborgen sein wollte. »Ich werde auf deinen Anruf warten«, verkündete er mit dunkler Stimme. »Und solltest du meine Nummer verlieren – ich weiß, wo du arbeitest.« Er tat, als würde er seinen imaginären Schnurrbart zwirbeln, wie ein Gangster in einem zweitklassigen Film.

Ísa versetzte ihm lachend einen sachten Schubs und fühlte sich schon wieder jünger als seit einer Ewigkeit. »Weiche von mir, Dämon.« Sie stieg in ihr Auto. »Wir sehen uns heute Abend.«

»Bring Kekse mit«, befahl er.

Zu Hause angekommen, schlüpfte sie rasch in ein leuchtend gelbes Kleid mit ausgestelltem Rock, das die goldenen Strähnen in ihrem zu einem adretten Knoten geschlungenen Haar wiedergab, und in ein Paar flache Pumps mit Knöchelriemen. Eine schlichte türkisblaue Halskette rundete das Outfit ab.

Sie strahlte ebenso viel Heiterkeit aus wie ihr Kleid, als sie mit dem Aufzug nach unten fuhr.

Im Auto aktivierte sie die Freisprechanlage. Harlow hatte sie vor zwei Jahren bei einem Ausverkauf erstanden und eigenhändig installiert.

Während sie vom Parkplatz rollte, rief sie Nayna an. »Kannst du ungestört reden?«

»Lass mich schnell die Tür zumachen.« Sekunden später war sie wieder am Apparat. »Ich weiß, ich weiß. Ich hätte mich bei dir melden sollen. Aber ich war – bin noch immer – leicht neben der Kappe.«

Naynas verlegener Tonfall ließ Ísa die Stirn runzeln. »Wieso denn?«, fragte sie. »War der Typ so furchtbar?« Sie konnte sich nicht vorstellen, dass Mr und Mrs Sharma einen komplett unpassenden Partner für ihre Tochter in Erwägung ziehen würden.

»Er war kein Buchhalter«, antwortete Nayna. »Und auch kein Arzt. Weder Anwalt noch Ingenieur, kein Informatiker, nicht Geschäftsführer, Vorstandsvorsitzender oder sonst eine große Nummer!«

Von ihren eigenen Problemen abgelenkt, musste Ísa an sich halten, um nicht auf direktem Weg zu Naynas Büro zu fahren und sich von Angesicht zu Angesicht Bericht erstatten zu lassen. »Er war arbeitslos?«, fragte sie perplex.

»Nein.« Es klang wie ein Ächzen. »*Er* war es.«

»Wer?« Dann weiteten sich Ísas Augen. »*Neeiin.* Doch nicht dieser heiße Typ von der Party, oder? Wie hieß er gleich noch mal? Raj?«

»Ja. Raj. Der Typ, dem ich den Mund verboten habe, weil ich nicht wollte, dass er mich mit seinem Grips beeindruckt.« Es hörte sich an, als hämmerte Nayna mit dem Kopf auf den Schreibtisch.

»Stopp mal! Was fällt ihm ein, auf Brautschau zu gehen, während er gleichzeitig auf Partys Frauen aufreißt?« Ísa ärgerte sich maßlos für ihre Freundin.

»Äh, Ísa, es ist ja nicht so, als hätte ich ihn nicht dazu ermuntert«, erinnerte Nayna sie. »Aber er ist kein Arsch. Er hat meine Eltern gebeten, uns zum Auftakt ein paar Minuten unter vier Augen zu gewähren. Als ich ins Zimmer kam, stand er mit dem Rücken zu mir und sagte, dass es ihm leidtue. Seine Familie habe das Treffen so kurzfristig vereinbart, dass er nicht mehr die Gelegenheit bekam, ihnen zu sagen, dass er in Sachen arrangierte Ehe einen Rückzieher machen wolle, weil …«

Ísa hielt es vor Spannung kaum aus. »Weil?«

»Raj brachte den Satz nicht zu Ende! Er drehte sich beim Sprechen zu mir um, sah mich, und die Situation war an Peinlichkeit nicht zu überbieten.«

»Oh Gott.«

»Er hat mich die ganze Zeit über mit Blicken erdolcht.«

Ísa schnitt eine Grimasse. »Hat er irgendwas gesagt?«

»Oh ja. Dieser große, düstere, stille Mensch hatte jede Menge zu sagen, nachdem meine Eltern sich zu uns gesellt hatten. Er fragte mich, ob ich gern auf Partys gehe.«

»Was hast du geantwortet?«

»Gar nichts. Meine Eltern kamen mir zu Hilfe, indem sie lachend versicherten, ich sei mitnichten eine Partynudel, da müsse er sich keine Gedanken machen.« Nayna knirschte mit den Zähnen. »Woraufhin er sich zurücklehnte und in unmissverständlichem Ton ›Aha‹ sagte.«

»Du hast es ihm doch heimgezahlt?«

»Machst du Witze? Ich gab lächelnd die perfekte indische Prinzessin und fragte ihn, ob er einen oder zwei Löffel Zucker in seinen Tee haben wolle, bevor ich sieben hineintat. Du hättest sein Gesicht sehen sollen, als er ihn hinunterwürgte, um meine Familie nicht zu brüskieren.« Ihre Stimme triefte vor boshafter Genugtuung.

Ísa grinste, sie war stolz auf ihre Freundin. »Etwas Gutes hat die Sache: Du hast einen Mann gefunden, zu dem du dich extrem hingezogen fühlst und der gleichzeitig deinen Eltern zusagt.«

»Ich darf mich nicht zu einem Kerl hingezogen fühlen, den meine Eltern mir vorstellen«, sagte sie in gepresstem Ton. »Ich habe mich für meine Freiheit entschieden, darum würde das gegen meine Prinzipien verstoßen.«

»Das ist zwar widersinnig, trotzdem verstehe ich, was du meinst.« Ísa hielt vor einer Ampel. »Aber deine Prinzipien mal außer Acht gelassen, denkst du, es könnte funktionieren?«

»Keine Ahnung«, murmelte Nayna. »Wir kennen uns ja nur von dieser Party, wo ich ihm diese dämliche Szene gemacht habe, indem ich ihm sagte, er solle den Mund halten, weil ich nur an seinem Körper interessiert sei.« Wieder schlug sie mit dem Kopf auf den Tisch. »Und ehrlich gesagt, fürchte ich, dass sein Interesse an mir nur diesem Abend geschuldet war. Ich begreife nicht, wie meine Eltern ausgerechnet ihn als Kandidaten herauspicken konnten – er ist der Typ Mann, der in eine Bar spazieren und dort jede Frau haben kann.«

Ísa sagte Nayna nicht, wie schön sie war. Ihre Freundin war zusammen mit einer atemberaubend hübschen Schwester aufgewachsen, die immer im Mittelpunkt stand. Nayna hatte gewisse Komplexe, die nicht einmal Ísa ihr nehmen konnte. »Hast du ihm eine Antwort gegeben? Oder deine Eltern?«

»Raj hat mir heute Morgen eine Nachricht geschickt«, sagte Nayna. »Er schlägt vor, dass wir uns zum Mittagessen treffen und uns ernsthaft unterhalten, weil es seiner Meinung nach keinen Sinn ergibt, eine solche Lebensentscheidung zu treffen, nachdem wir nur ein paar Minuten zusammen verbracht haben.« Sie verstummte kurz. »Voraussetzung sei natürlich, dass ich mich inzwischen auch für seine inneren Werte interessiere.«

Ísa verzog wieder das Gesicht, gleichzeitig wurde Raj ihr zunehmend sympathisch. Er war der erste von Naynas Verehrern, der die Initiative ergriff und von sich aus versuchte, die Frau hinter der bezaubernden Fassade kennenzulernen. »Lässt du dich darauf ein?«

»Meine Eltern wären schockiert. Aber was kümmert's mich? Schließlich bin ich jetzt eine Rebellin. Ich möchte unbedingt erfahren, wieso Raj sich bei mir zu Hause wegen einer arrangierten Ehe vorgestellt hat, obwohl er eindeutig niemand ist, der in einer solchen Beziehung glücklich werden könnte!«

»Äh, Nayna«, wandte Ísa ein. »Auch du warst bereit, dich dem Wunsch deiner Familie zu fügen.«

»Das zählt nicht«, schnaubte sie. Ihre Logik hinkte gewaltig, dabei war sie sonst eine durchaus vernunftbegabte Person.

»Ja, ich denke, ich werde mich heute mit ihm zum Mittagessen treffen und ihm auf den Zahn fühlen.«

»Ruf mich danach gleich an.«

»Versprochen. Aber jetzt genug von mir. Hast du gestern Abend irgendetwas Interessantes erlebt? Womöglich mit dem sexy Gärtner?«

Ísa erzählte ihr von Caties Unfall und beteuerte, dass mit ihrer Schwester alles in Ordnung sei. Anschließend rückte sie mit dem Rest heraus. »Ich habe schrecklich Angst«, bekannte sie danach. »Davor, dass ich nie mehr als eine Randerscheinung in seinem Leben sein werde.«

»Urteile nicht voreilig über ihn«, riet Nayna ihr leise. »Er ist für dich in die Bresche gesprungen, oder nicht? Vielleicht findet ihr ja doch einen Weg.«

»Ja, das ist er. Auf umwerfende Weise. Aber … Nicht der einzelne Moment ist es, der zählt, sondern langfristig tagtäglich füreinander da zu sein.« Sorge schnürte ihr die Kehle zu, und sie musste schlucken, als sie sich dem Parkplatz von Crafty Corners näherte. »Aber zurück zu dir. Gib diesem Raj eine Chance, okay?«

»Wir werden sehen«, lautete Naynas unverbindliche Antwort, dann beendeten sie das Gespräch.

Auf dem Weg zu ihrem Büro traf sie auf Ginny, die auf den Hinterrädern ihres Rollstuhls um die eigene Achse kreiselte. Ísa lächelte sie an. »Seit wann gilt so was als angemessenes Verhalten am Arbeitsplatz?«

Ihre Assistentin grinste. »Seit ich mich der örtlichen Rollstuhlbasketballmannschaft angeschlossen habe.«

»Sagtest du nicht, dass du nicht nachvollziehen könntest, was so toll daran sein soll, einen Ball in einen Korb zu werfen?«

»Nachdem das Team mit ein paar rattenscharfen Spielern aufwartet, an denen ich mich nicht sattsehen kann, habe ich meine Meinung geändert.« Ginny winkte unbekümmert ab. »Übrigens möchte deine Mutter dich sprechen, sie wartet schon auf dich.« Sie kam näher und senkte ihre Stimme zu einem Flüstern. »Es dürfte dich interessieren, dass sie Änderungen am Ablauf von Harlows Praktikum vorgenommen hat. Es ist wesentlich anspruchsvoller als üblich.«

»Danke, Gin.« Ísa stellte ihre Tasche ab, bevor sie zu Jacquelines Büro ging.

Ihre Mutter telefonierte gerade. Als sie Ísa bemerkte, hob sie einen Finger, um ihr zu bedeuten, dass es nicht lange dauern werde. Ísa schloss die Tür hinter sich und schlenderte zu einer Staffelei, auf der eine große Skizze befestigt war.

Es war der Entwurf für einen Crafty-Corners-Megastore im Stadtzentrum.

Da Jacqueline von der Wirtschaftlichkeit der zur Debatte stehenden Expansion noch nicht überzeugt war, existierte das Ganze bisher nur als Idee. Sollte sie sich dazu entschließen, diese umzusetzen, würde sie vorher alle finanziellen Aspekte genauestens abwägen.

»Dann geht es Catie also gut?«, erkundigte Jacqueline sich.

Ísa wandte sich zu ihr um und nickte. »Clive blockiert meine Anrufe, aber ich habe ihm mehrere SMS geschickt. Ich möchte ihm wirklich raten, sich heute Vormittag bei ihr zu melden.«

Ihre Mutter lehnte sich in ihrem Sessel zurück. »Zum Glück ist Catie abgeklärter und vernunftgesteuerter, als du es in ihrem Alter warst. Sie mag sich mehr Zuwendung von Clive erhoffen, gleichzeitig hat sie sich mit seiner Persönlichkeit abgefunden.« Sie hob die Augenbrauen. »Wohingegen du immer von Stefán erwartet hast, dass er sich ändert und der Vater wird, den du brauchtest.«

»Ich war eine Traumtänzerin.« So hatte ihre Mutter sie mehr als einmal genannt.

»Du bist einfach zu sensibel.« Jacqueline klopfte mit ihrem Füller auf den Schreibtisch. »Ich wünschte, du wärst nicht so veranlagt – Gott weiß, woher du das hast –, aber so bist du nun einmal. Andererseits zeichnet dich gerade das im Umgang mit unseren Mitarbeitern aus – sie folgen mir aus Respekt. Dir dagegen folgen sie, weil sie dich mögen.«

»Ich habe mich nicht ohne Grund dafür entschieden, Lehrerin zu werden, Mutter«, wiederholte Ísa zum x-ten Mal. »Dafür, meinen Lebensunterhalt mit Lyrik und Literatur zu verdienen.«

Jacqueline hielt ihren Blick fest. »Wir haben eine Abmachung. Diesen Sommer über gehörst du mir.«

»Ich weiß. Was hat es übrigens damit auf sich, dass du Harlow ein schwierigeres Praktikum absolvieren lässt als seine Kollegen?«

Jacqueline legte den Füller weg und setzte ihr Barrakuda-Lächeln auf. »Du behauptest, der Junge habe das Rückgrat für diesen Job – ich gebe ihm die Gelegenheit, sich zu beweisen. Er wird in sämtlichen Abteilungen der Firma eingesetzt werden, und ich erwarte von jedem seiner Vorgesetzten einen Bericht.«

Ísa freute sich zwar, dass Jacqueline Harlow eine Chance gab, aber sie machte es ihm auf unfaire Weise schwer. »Er ist immerhin erst siebzehn«, wandte sie ein. »Du kannst ihn nicht an Standards messen, die für Erwachsene festgelegt wurden.«

»Du hast sie erfüllt«, entgegnete Jacqueline trocken. »Und du warst erst sechzehn.«

Verdammt sollte ihr jugendliches Ich sein, das so erpicht auf Jacquelines Anerkennung gewesen war.

Jetzt konnte sie keinerlei Einwände gegen Jacquelines Pläne für Harlow vorbringen, ohne deren Zweifel an den Fähigkeiten ihres Bruders zu nähren. Aber falls Harlow den Test bestand, hätte er sich Jacquelines Respekt und Unterstützung damit aufrichtig verdient. Und das war das Einzige, worauf es ihm ankam. Ísa vertraute auf ihn und sein Können.

»Wieso wolltest du mich sehen?«, erkundigte sie sich.

Jacquelines Mund verzog sich. Sie winkte Ísa zu sich und zeigte auf den Bildschirm ihres Computers, der rechts auf ihrem Schreibtisch stand. »Schau dir das an.«

Die Schlagzeile war nicht zu übersehen. *Neuer Crafty-Corners-Megastore in Planung.*

»Ich wusste gar nicht, dass das schon offiziell ist.« Ísa überflog den Artikel. »Wann hast du denn die endgültige Entscheidung getroffen?«

»Noch gar nicht.« Ihre Stimme war frostig.

Ísa hielt den Atem an und warf einen Blick auf Jacquelines eisern beherrschte Miene. »Jemand hat diese Information durchsickern lassen?«

Ein knappes Nicken. »Aber da ich von der Idee ohnehin nicht sonderlich angetan bin, ist der Schaden überschaubar. Ich habe mir überlegt, dass wir in einer weniger belebten Gegend expandieren sollten, wo ausreichend Parkplätze zur Verfügung stehen. Wir könnten die Veranstaltung von Kindergeburtstagen anbieten, schließlich gibt es viele Eltern wie deinen Vater und mich, die Wichtigeres zu tun haben, als Partys zu organisieren.«

Ísa betrachtete Jacquelines Profil, während diese sich abermals mit gerunzelter Stirn in den Zeitungsartikel vertiefte. So überaus intelligent ihre Mutter auch war, schien sie nicht zu merken, wie tief ihre Worte das Kind, das Ísa einmal gewesen war, verletzten.

Solange ihre Eltern verheiratet gewesen waren, hatte sie jeden ihrer Geburtstage ohne sie verbracht und auch nie eine Party gefeiert, weil weder Jacqueline noch Stefán daran gedacht hatten, das Personal entsprechend zu instruieren.

Bei den Partys, die Ísa für Catie gab, sorgte sie hartnäckig dafür, dass ihre Mutter auftauchte. Als Jacqueline zuletzt behauptet hatte, es zeitlich nicht einrichten zu können – an Caties viertem Geburtstag –, hatte Ísa die Feier kurzerhand ins Hauptquartier von Crafty Corners verlegt und jeden einzelnen von Caties Kindergartenfreunden dazu eingeladen.

Außerdem hatte sie Kinderanimateure samt einer Liveband engagiert.

Jacqueline hatte ihre Lektion sehr schnell gelernt.

Ísa musste immer noch grinsen, wenn sie daran zurückdachte, wie ihrer Mutter angesichts der siebenundzwanzig aufgeregten Knirpse mit ihren von Keksen und Kuchen klebrigen Fingern die Gesichtszüge entgleist waren. »Du bist gar nicht besorgt wegen der durchgesickerten Information an sich«, stellte sie fest, »sondern wegen der undichten Stelle.«

»Ich wusste, dass du es verstehen würdest.« Jacqueline lächelte kühl. »Diese Indiskretion wird sich nicht negativ auf das Geschäft auswirken, aber bei der nächsten könnte das durchaus der Fall sein. Ich möchte, dass du die Identität des Informanten herausfindest.«

Obwohl Ísa auch so schon in Arbeit erstickte, erhob sie keinen Einwand. Immerhin bat Jacqueline sie nur deshalb darum, weil sie wusste, dass Ísa die Familie niemals hintergehen würde. »Wie lange hast du diesen Entwurf hier schon auf der Staffelei stehen?«

Jacqueline warf einen Blick darauf und zog die Stirn in Falten. »Mindestens zwei Wochen. Du weißt, dass ich gern eine visuelle Orientierung habe, wenn ich über ein Projekt nachdenke.«

»Ich spreche mit Annalisa, um festzustellen, wer während dieser Zeit in deinem Büro war.« Das würde kein schwieriges Unterfangen sein. Man gelangte nur mit einer Schlüsselkarte in Jacquelines Büro, Besucher wurden hereingeführt. Selbst das Wartungspersonal und der Putztrupp betraten es nur vormittags, wenn Annalisa schon an ihrem Platz war und sie beaufsichtigen konnte.

»Dieser Landschaftsgärtner«, entfuhr es Jacqueline. »Sailor Bishop. Er war das einzige unbekannte Gesicht hier in meinem Büro, seit der Plan dort hängt.«

Ísa sträubten sich die Nackenhaare. »Nein«, sagte sie. »Er hätte keinen Grund, uns in die Parade zu fahren.« Darüber hinaus war er ein aufrichtiger Mann mit einem strengen Ehrenkodex – aber Ísa war nicht so dumm, ihre Argumentation darauf zu stützen.

Mit Emotionalität konnte man bei Jacqueline nie punkten.

Sie unterdrückte ihre instinktive Verärgerung und antwortete mit eiskalter Logik. »Was immer der Reporter für diese Information gezahlt hat, dürfte ein Kleckerbetrag sein verglichen mit dem, was Sailor allein die öffentliche Aufmerksamkeit rund um die Bio-Fast-Kette einbringen wird.«

Jacqueline musterte sie prüfend. »Ich habe mich auch mal in ein Paar hübsche Augen verliebt«, sagte sie. »Clive verstand es meisterhaft, mir zu sagen, was ich hören wollte.«

27. KAPITEL

PELZBESETZTE HANDSCHELLEN UND EIN CHEFSCHREIBTISCH (OH GOTT!)

Ísa verschränkte die Arme vor der Brust und rückte nicht von ihrer Meinung ab. Sie mochte Bedenken hinsichtlich ihrer persönlichen Beziehung zu Sailor hegen, aber an seiner Integrität zweifelte sie nicht eine Sekunde. »Kennst du jemanden bei der Zeitung, den du anrufen könntest?«

»Das Sagen hat dieser Blödmann Jay Mason«, antwortete Jacqueline. »Er hasst mich, weil ich nicht mit ihm ins Bett gehen wollte.« Sie schnaubte verächtlich. »Als müsste eine Jacqueline Rain mit einem drittklassigen Redakteur schlafen, um gute Presse zu bekommen.«

Nein, das war dann wohl keine Option.

»Überlass das Problem mir. Und, Mutter …« Ísa wartete, bis Jacqueline hochschaute. »Unternimm in der Zwischenzeit nichts gegen Sailor Bishop.«

»Dies ist meine Firma.«

»Das stimmt. Aber wenn du von mir erwartest, dass ich bei bestimmten Projekten und Fragestellungen die Zügel in die Hand nehme, dann ziehst du dich daraus zurück. Ich werde mich bei meinen Entscheidungen nicht von detaillierten Vorgaben leiten und sie auch nicht im Nachhinein kritisieren lassen.«

Jacquelines Lippen kräuselten sich zu einem Lächeln. »Zu

sensibel und zugleich doch brillant. Du bist wirklich aus demselben Holz geschnitzt wie ich. Dann leg los, Ísa. Es liegt allein an dir, ob du Erfolg hast oder scheiterst.« Bei ihren nächsten Worten senkte sie die Stimme. »Weißt du, dass dein Vater früher Gedichte gelesen hat?«

Ísa erstarrte mit der Hand auf der Türklinke.

Sie warf Jacqueline über die Schulter hinweg einen Blick zu und sagte: »Was?« Sie jedenfalls hatte ihren Vater nie mit einem Gedichtband in der Hand gesehen. Andererseits hatte sie Stefán in ihrer Kindheit überhaupt nur selten zu Gesicht bekommen, und sobald er Ísa mit dreizehn ihrer Mutter überlassen hatte, fast gar nicht mehr. Jacqueline war nicht sonderlich erpicht auf das Sorgerecht gewesen, aber nachdem Stefáns Mutter gestorben war, gab es niemanden mehr, der auf Ísa hätte aufpassen können.

Die Trauer, die sie noch immer in ihrem Herzen trug, stieg in ihr hoch, während sie auf Jacquelines Antwort wartete. *Amma* Kaja hatte Ísa zu ihrem neunten Geburtstag ihre allererste Party ausgerichtet. Sie hatte sämtliche Kinder aus dem abgeschiedenen, anrührend schönen isländischen Dorf eingeladen, wo sie lebte und wohin Stefán seine Tochter abgeschoben hatte, nachdem Jacqueline ihm das alleinige Sorgerecht übertragen hatte – das Stefán in einem Anfall von scheidungsbedingtem Wahn gefordert hatte.

Ísa vermisste ihre *Amma* noch immer. Das war der Grund, warum sie sich nicht bemühte, den leichten Akzent abzulegen, der bis heute ihr Englisch färbte. Auf diese Weise ehrte sie die sanftmütige Frau, die einer Sprache Leben eingehaucht hatte, welche Ísa anfänglich von Lehrern beigebracht worden war – weil Stefán darauf bestanden hatte, dass seine in Neuseeland geborene Tochter gefälligst die Sprache seines Geburtslandes zu beherrschen habe.

»Als Stefán und ich uns kennenlernten«, fuhr Jacqueline fort, »wollte er Lyriker werden.« Sie schüttelte den Kopf. »Kannst du dir das vorstellen? Aber er kam schnell zur Besinnung, als ihm klar wurde, dass das eine brotlose Kunst ist. Aber selbst danach hat er mir noch Gedichte geschrieben …« Jacquelines Blick schweifte in die Ferne. »Jedenfalls eine Weile. Bis ihn das Leben und das Geschäft einholten und keine Zeit mehr blieb für Poesie.«

Jacqueline sah sie scharf an. »Es ist nie von Dauer, Ísa. Weder die Leidenschaft noch das Lächeln aus hübschen Augen noch die grenzenlose Liebe.« Ihre Feststellung war eher wohlmeinend-pragmatisch als barsch. »Mach nicht den gleichen Fehler wie ich, sondern suche dir einen Mann wie Oliver, jemanden, der umgänglich und freundlich ist und dich auch im Alter noch schätzt. Leidenschaft ist kein Gradmesser für eine erfolgreiche Beziehung.«

Ísa ließ sich von Jacquelines Worten nicht irremachen. Gut möglich, dass sie recht hatte, aber Ísa wusste auch so, dass sie mit Sailor ein gefährliches Wagnis einging. Und da sie am Ende ohnehin die Quittung präsentiert bekommen würde, konnte sie ebenso gut gleich aufs Ganze gehen. Darum rief sie ihn an.

»Hallo, Rotschopf.« Seine dunkle Stimme war Balsam für ihre Seele. »Wärst du mit einem späten Abendessen einverstanden? Ich würde gern arbeiten bis zur Dämmerung.«

»Jacqueline hat mich soeben mit einem weiteren Projekt betraut, darum wird es bei mir sowieso auch spät.« Sie massierte sich den Nacken. »Komm zu mir ins Büro, sobald du fertig bist. Ich bestell etwas beim Lieferservice.«

Erst als sie das Gespräch beendet hatte, merkte sie, dass es bereits so weit war, dass die Arbeit ihnen die Zeit für ihre Zweisamkeit raubte. Aber Ísa würde den Kopf nicht einfach in den Sand stecken und es als unvermeidbar hinnehmen. Sie würde kämpfen.

Stellte sich nur die Frage, ob Sailor auch dazu bereit wäre.

Sie hing diesem Gedanken immer noch nach, als sie die Eingangstür der Hauptniederlassung aufsperrte, um ihn einzulassen. Er steckte noch in seinen mit Grasflecken verzierten Kakishorts, die er zum Arbeiten trug, und allein seine Gegenwart ließ ihr Herz höherschlagen.

Oh ja, sie hatte sich bis über beide Ohren in Sailor Bishop verliebt.

Er runzelte die Stirn, als er die schummrige Beleuchtung im Erdgeschoss bemerkte. »Ist außer dir niemand mehr hier?«, fragte er.

»Es ist vollkommen sicher. Und mein Auto steht direkt vor dem Gebäude.« Ísa deutete auf seinen Arm. »Wozu hast du eine Picknickdecke mitgebracht?«

Er beugte sich vor zu ihr und küsste sie, bis sie ganz außer Atem war. »Für unser Picknick hier natürlich.«

Ihr törichtes Herz machte einen Satz. »Komm mit, das Essen wartet schon.«

Auf dem Weg nach oben lenkte er sie ab, indem er aufreizend ihre Hüften und ihren Po streichelte. Ísa kicherte wie ein Schulmädchen, bis sie ihr Büro betraten. Er musste grinsen, als er den Kaktus auf ihrem Schreibtisch sah – den zweiten, den er ihr geschickt hatte. Beim Anblick der warmen, weichen Kekse, die sie zusätzlich hatte liefern lassen, geriet er vollends in Verzückung.

»Du weißt, wie man einen Mann bezirzt«, sagte er und küsste sie auf die Kehle, nachdem er sich eins der Gebäckstücke einverleibt hatte. »Entschuldige, dass ich so schmutzig bin.« Er ließ die Picknickdecke auf den Fußboden fallen. »Ich konnte es nicht erwarten, dich zu sehen.«

Ísa vergrub das Gesicht an seinem Hals und inhalierte seinen erdigen Duft, dabei versuchte sie, ihre panische innere Stimme zu ignorieren, die sie darauf aufmerksam machte, dass ihr die Zeit davonlief. »Das macht mir nichts aus.«

Er umfing ihre Hüften und hob sie auf den Schreibtisch. »Rühr dich nicht vom Fleck, Rotschopf«, sagte er streng, bevor er den Besucherstuhl zur Seite rückte und die blau-schwarz karierte Decke ausbreitete. »Ich kutschiere die hier seit unserem letzten Familien-Barbecue in meinem Wagen herum.«

Bevor sie etwas erwidern konnte, hatte er sich wieder zwischen ihre Beinen gestellt. »Hast du Hunger?« Es war eine erotisch aufgeladene Frage, während seine Hände den Rock ihres sonnengelben Kleids nach oben schoben und ihre Schenkel entblößten.

In ihrem Unterleib spannte sich alles an. »Ja«, flüsterte sie und starrte unverwandt auf seinen Mund.

Doch Sailor küsste sie nicht, er hatte andere Pläne.

Er senkte den Blick, hakte die Finger beidseitig in den Bund ihres Höschens und zog es ihr aus. Die Tatsache, dass sie schamlos entblößt auf ihrem Schreibtisch saß, mit einem unfassbar sexy Mann zwischen ihren Beinen, bescherte Ísa einen wohligen Schauder.

»Den nehme ich als Geisel«, verkündete er mit einem verschmitzten Lächeln und steckte den Slip ein.

Restlos bezaubert und nun selbst etwas wagemutiger, griff sie nach seinem Gürtel und öffnete ihn mit flinken Fingern. Sailor zeigte sich kooperativ, indem er sich seines T-Shirts entledigte. Ísa lehnte sich vor und fuhr mit der Zunge über seine Brust, während sie den obersten Knopf seiner Shorts aufmachte. Seine Haut schmeckte nach salziger Hitze und nach Sailor. Ísa konnte nicht mehr klar denken.

Seine großen warmen Hände trafen auf ihre, als sie ihn

durch den Stoff hindurch streichelte. Er biss sie sanft in die Unterlippe. »Bestehst du auf einem Vorspiel?« Er griff in seine Gesäßtasche.

»Lass uns das fürs Bett aufheben.« Ísa wollte ihn einfach nur in sich spüren. »Hast du an die …« Ihr entfuhr ein Keuchen, als er sie bei den Handgelenken fasste und sie hinter ihrem Rücken zusammendrückte.

Sekunden später rasteten Handschellen hörbar ein. Sie fühlten sich weich und plüschig an. Und sie waren pink, wie sie aus den Augenwinkeln erkannte. »Ich habe ein sehr robustes Exemplar für dich bestellt«, verkündete sie.

»Ich freu mich schon, Rotschopf.« Mit einem trägen Lächeln holte er sein steifes Glied heraus.

Plötzlich hatte sie Mühe zu atmen. »*Sailor*.« Sie vergrub die Zähne in ihrer Unterlippe. »Sag mir, dass du ein Kondom dabeihast.«

Da brachte er auch schon ein in Folie eingeschweißtes Päckchen zum Vorschein. »Ich mache nicht zweimal denselben Fehler.«

Es überlief sie heiß, als sie zusah, wie er sich ganz entblößte.

Großer Gott. Der Mann glich einer Skulptur, er war die personifizierte Männlichkeit mit seinem athletischen Körper, der von der Sonne geküssten Haut, die hier und da eine Narbe aufwies. Nicht zu vergessen seine phänomenal gelungenen Tattoos, die seine Geschichte, seine Familie symbolisierten.

Mit seinen strammen Muskeln, die sich bei jeder Bewegung anspannten.

Und er gehörte ihr ganz allein. »Ich möchte einen ganzen Tag mit dir im Bett verbringen.« Ihre Stimme klang so rauchig, als wäre sie ein Sexhäschen auf Steroiden. »Und deinen unerhört schönen Körper mit meinen Händen und Lippen erforschen.«

»Das ließe sich arrangieren.« Sein Grinsen verriet, dass ihm die Idee gefiel, als er sich rasch das Kondom überstreifte.

Dann trat er wieder zwischen ihre Schenkel, überprüfte kurz, ob sie bereit war, indem er mit den Fingern durch ihre Scham strich, bevor er sie zu sich heranzog und sich langsam in ihr versenkte. Sie stöhnte, ihn weder berühren noch in irgendeiner Weise kontrollieren zu können, ließ ihre inneren Muskeln zucken als Vorboten der ekstatischen Lust, die ihr bevorstand.

»Du bist vollkommen, Ísa, so heiß und eng.« Seine Wangen waren gerötet, seine Augen glänzten. »Ich liebe deinen Körper.« Seine Hand umfing ihre Brust durch das Kleid hindurch und drückte sie. »Er ist unbeschreiblich sexy.«

Ihm hilflos ausgeliefert, beobachtete Ísa, wie er sich an ihr labte, seine Muskeln sich anspannten und wieder erschlafften, als er rhythmisch in sie hineinstieß und dabei Stellen traf, von deren Existenz sie noch nicht einmal etwas geahnt hatte. Dann küsste er sie, und sie bog sich ihm entgegen. »Sailor.«

»Ja, das ist gut, Rotschopf.« Sein Mund lag an ihrer Kehle, eine Hand auf ihrem Schenkel, während er mit der anderen ihre Unterarme oberhalb der Handschellen festhielt. »Rede mit mir.«

»Du raubst mir den … *Oh Gott.*«

Ihr zittriges Stöhnen veranlasste ihn, sich aufzurichten, dann ergriff er ihr Kinn und küsste sie wieder voller Gier, bevor er den Mund von ihrem löste und das Tempo seiner Stöße erhöhte, ohne den Augenkontakt abzubrechen. »Soll ich tiefer in dich eindringen, Ísa?« Er demonstrierte es ihr, und die Innenseiten ihrer Schenkel zitterten. »Oder willst du es schneller?«

Seine ungezügelte Verbalerotik trieb sie dem Höhepunkt entgegen. »Alles, was du willst.« Ihre Brust hob und senkte sich ungestüm. »Tief, langsam, schnell, mir ist alles recht, solange du nur nicht aufhörst. Ich liebe es, wie groß und hart du dich in mir anfühlst.«

»Du bringst mich noch um«, stöhnte er, als er die Daumenkuppe fest auf ihre Klitoris drückte.

Sie kam in derart heftigen Zuckungen, dass sie nach hinten gekippt wäre, hätte Sailor sie nicht an sich gedrückt.

»Nächstes Mal«, keuchte er in ihr Ohr, während er mit unverminderter Kraft in sie hineinstieß, »sollten wir daran denken, den Kaktus wegzustellen.«

Ísa zitterten die Schultern, während ihr Schoß sich noch immer um ihn zusammenkrampfte. Sie hätte nie gedacht, dass sie während eines Orgasmus einmal lachen würde, aber es war ein wunderbares Gefühl. Besonders, als sie den Kopf hob und sah, dass Sailor grinste.

Ermattet von dem überwältigenden Höhepunkt beschloss Ísa, den Punktestand auszugleichen. Sie beugte sich vor und fuhr mit der Zunge über seine Brustwarze.

Er grub die Finger in ihre Schenkel, als er mit einem rauen Stöhnen explodierte.

28. KAPITEL

LIEBESRÄUSCHE, OHRFEIGEN UND
ERDBEERSCHOKOLADE

Die restliche Woche verging für Sailor in Lichtgeschwindigkeit, nachdem er angefangen hatte, sich mit Feuereifer dem Bio-Fast-Projekt zu widmen. Er gönnte sich kaum eine Pause, und Ísa hatte nicht die Zeit, ihn auf der Baustelle zu besuchen, dafür trafen sie sich zu nächtlicher Stunde und liebten sich bis an den Rand der Erschöpfung. Doch wie zärtlich er auch zu ihr war, wie hartnäckig er Anspruch auf sie erhob, er wusste, dass sie ihm noch immer nicht traute. Nicht auf die Weise, wie er es sich wünschte.

Es war, als versuchte er, einen Nebelschwaden einzufangen.

Tja, dann musste er wohl eine dafür geeignete Falle bauen, dachte er missmutig und stieß seinen Spaten in die Erde. Er war nicht bereit, das Beste, das ihm im Leben je begegnet war, aufzugeben.

Bis Freitag hätte er für diese Woche genügend Arbeitsstunden zusammenbekommen, um das Wochenende freizuhaben. Er hatte vor, die Zeit dafür zu nutzen, seinen schwer zu fassenden Rotschopf davon zu überzeugen, sich auf mehr mit ihm einzulassen als gemeinsam verbrachte Nächte. Sailor wollte unbedingt, dass Ísa sich zu ihm bekannte. Manche Dinge spürte ein Mann instinktiv, daher wusste Sailor, dass Ísa zu ihm gehörte.

Gleichzeitig war ihm klar, dass er einen Kampf gegen den lebenslangen Schmerz führen musste, den ihr ausgerechnet die Menschen zugefügt hatten, die sie eigentlich hätten lieben sollen. Sailor hatte gute Lust, ihre Eltern zu erdrosseln. Aber da das nicht möglich war, würde er Ísa eben mit Zuneigung überschütten, bis sie ihr Herz aufs Spiel setzte und das Risiko einging, einem Mann zu vertrauen, der noch auf Jahre hinaus von seinen Dämonen verfolgt würde.

Er war kein Märchenprinz, das war Sailor bewusst. Seine Seele hatte Narben davongetragen, die nach außen nicht sichtbar waren. Er wurde von Kindheitserinnerungen geplagt, die im Lauf der Zeit etwas von ihrem Schrecken verloren hatten, trotzdem vermochte nichts die panische Angst, die er als fünfjähriger Junge empfunden hatte, aus seinem Gedächtnis zu tilgen. Ebenso wenig konnte irgendetwas die entschlossene Zielstrebigkeit, die fest in seiner Persönlichkeit verankert war, ausmerzen.

Nein, er war nicht perfekt.

Aber er würde Ísa für immer und ewig lieben, wenn sie ihm nur eine Chance dazu gäbe.

Denn sie war sein Ein und Alles. Jetzt und für alle Zeiten.

Nachdem er an diesem Abend zusammengeräumt hatte, fuhr er zum Firmensitz von Crafty Corners, um Ísa zu überreden, endlich ihr gemeinsames Date in der Keks-Bar nachzuholen. Ihr Auto stand noch auf dem Parkplatz. Er stellte seinen Lieferwagen direkt daneben ab und wollte gerade aussteigen, als sie aus dem Vordereingang kam. Sein Lächeln erfasste seinen ganzen Körper.

Er sprang aus dem Wagen und rief ihren Namen, während er ihr entgegenlief.

Ihr Kopf fuhr hoch, aber von ihrem manchmal süßen, manchmal sündhaften und ausnahmslos gefährlichen Lächeln fehlte jede Spur. »Magst du Erdbeerschokolade?«, fragte sie mit mürrischem Gesicht, als er bei ihr war.

»Ist eigentlich nicht mein Geschmack, aber meine Mutter steht auf Schokolade mit Fruchtaroma.« Sailor entgingen weder die feinen Stressfalten um ihren Mund noch die Anspannung in ihren Schultern. »Ich hab ihr als Teenager immer welche gekauft, wenn ich mir Ärger eingehandelt hatte.« Er brachte ihr auch heute noch welche mit, wenn auch nur, um ihr eine Freude zu machen.

»Hier, bitte.« Ísa drückte ihm eine flache Schachtel an die Brust. »Ich hoffe, sie schmeckt deiner Mutter.«

Sailor nahm sie und warf einen Blick auf das schwarze Etikett mit der goldenen Schrift. »Wieso bringt dich eine teure Schachtel Pralinen so aus der Fassung?«, fragte er grimmig. »Stellt dir irgendein Kerl nach? Abgesehen von mir, versteht sich.«

Ihre Lippen zuckten leicht, und die Faust, die sich um sein Herz geschlossen hatte, verringerte den Druck. Er mochte es nicht, wenn sie traurig war. »Ich hasse Erdbeeren«, murmelte sie. »Das habe ich immer schon. In jeder Form, egal ob frische oder auch nur das Aroma.«

»Ach so.« Sie waren inzwischen bei ihrem Auto angelangt, und er legte die Schachtel auf das Dach, um sich auf Ísa konzentrieren zu können. »Du hast sie wohl von jemandem bekommen, der das eigentlich wissen müsste«, folgerte er, weil kein Werbegeschenk diese Entrüstung gerechtfertigt hätte.

»Ja.« Sie entriegelte ihren Wagen mithilfe der Fernbedienung. »Obwohl ich ehrlich gesagt selbst nicht weiß, wieso mich das überrascht. Mein Vater denkt immer noch, dass ich es genieße, bei seinen Hochzeiten zu erscheinen, obwohl ich nichts mehr hasse.«

»Warte mal. Hochzeiten? Plural?«

»Nummer acht steht noch dieses Jahr an.« Sie zog die Stirn kraus. »Nein, Quatsch. Es ist schon die neunte. Ich vergesse immer wieder den einmonatigen Liebesrausch, der mit Ohrfeigen auf einer Wohltätigkeitsveranstaltung im Beisein von Mitgliedern des Königshauses endete.«

Sailor fühlte sich wie ein Landei, so schockiert war er, trotzdem wies er mit dem Finger auf die Schachtel auf dem Autodach. Seine Neugier in Bezug auf Ísas Vater konnte warten; Ísa hatte Vorrang. »Gibt es einen speziellen Anlass für die Schokolade?«

»Meinen Geburtstag«, grummelte sie, während sie die Tür öffnete und ihre Tasche auf den Sitz warf. »Ich weiß nicht, was ihn dazu gebracht hat, mir überhaupt ein Geschenk zu schicken. Normalerweise teilt er mir nur Aktien zu. Ist vermutlich dem Einfluss seiner aktuellen Verlobten zu verdanken. Anfangs hört er immer auf sie.«

Sailor bekam nur einen Teil davon mit. »Du hast Geburtstag?«, fragte er verblüfft. Sie hatte in keiner der Nächte, die sie zusammen verbracht hatten, auch nur die geringste Andeutung gemacht. »Herzlichen Glückwunsch, mein bezaubernder Rotschopf.«

»Danke.« Merklich verlegen fügte sie hinzu: »Ist keine große Sache.«

Sailor war kein allzu intuitiver Typ – er zog das Praktische vor –, doch in diesem Moment traf ihn glasklar die Erkenntnis, dass zwei Menschen, die so sehr auf sich selbst fokussiert waren wie Ísas Eltern, höchstwahrscheinlich weder eine Kinderparty für ihr kleines Mädchen organisiert noch sonst irgendein Aufheben von ihrem Geburtstag gemacht hatten.

Ihn überkam erneut der Drang, ihnen den Hals umzudrehen.

»Für mich ist es durchaus eine große Sache.« Er stützte die Hände in die Hüften und beschloss, dass er unbedingt ein Aufheben darum machen würde. »Es ist der erste Geburtstag, den wir zusammen begehen.« Er küsste sie, ganz zärtlich und romantisch, bis sie Wachs in seinen Armen wurde. »Wie war dein Tag bis jetzt?«

Sie nestelte an seinem obersten Hemdknopf herum. »Ich habe mich heimlich mit Nayna zum Mittagessen getroffen. Und im neuen Jahr werde ich meinen Geburtstag mit Harlow und Catie bei einem Abendessen nachfeiern.« Ihre Augen leuchteten auf, als sie lächelte. »Willst du wissen, was die beiden mir geschenkt haben? Eine von diesen Hula-Wackelfiguren. Sie ist abartig kitschig. Jacqueline wird durchdrehen.«

»Lass mich raten. Du stellst sie ganz vorn auf deinen Schreibtisch?«

Ísa nickte schmunzelnd. »Ich kann es nicht erwarten, Jacquelines Gesicht zu sehen.«

Sie erwähnte ihre Mutter nicht im Zusammenhang mit irgendeinem Geburtstagswunsch, was keine große Überraschung war. »Wie wäre es, wenn wir heute zu zweit feiern?« Sailor wollte sie an sich drücken und besinnungslos küssen. »Wir könnten in diese Keks-Bar gehen und einen Geburtstags-Kekskuchen essen.«

Sie stellte die Stacheln auf wie die Kakteen, die er ihr weiterhin schickte – mittlerweile waren es vier –, und knuffte ihn in die Brust. »Nix da. Dazu bist du viel zu erschöpft. Du wirst nach Hause fahren, etwas essen und dich aufs Ohr legen. Ich werde dasselbe tun.«

»Wir könnten uns zusammen aufs Ohr legen.«

»Wir schlafen nicht, wenn wir zusammen sind.«

Damit hatte sie recht. Sie konnten einfach nicht genug voneinander bekommen.

Mit verdrossener Miene wägte er alle Möglichkeiten ab. Aber er kannte seine Ísa inzwischen gut genug, um zu wissen, dass sie sich nicht umstimmen ließ. Wenn es um Menschen ging, die ihr am Herzen lagen, war Ísa die Unnachgiebigkeit in Person. »Dann eben morgen«, sagte er, nun ebenso unerbittlich. »Wir werden deinen Geburtstag auf jeden Fall feiern.«

Ein misstrauischer Blick.

»Weshalb?«

»Weil ich es sage.« Er küsste sie auf die Nasenspitze.

Ísa kniff die Augen noch fester zusammen. »Was hast du vor?«

29. KAPITEL

HÜTE DICH VOR GEFRÄSSIGEN FISCHEN

Am nächsten Morgen wusste Ísa immer noch nicht, was Sailor im Sinn hatte. Er ließ sie seit gestern Abend gnadenlos schmoren und hatte ihr nur mitgeteilt, sie solle Badesachen anziehen und darüber ein Shirt, um sich vor der Sonne zu schützen, ohne ihr jedoch zu verraten, an welchen Strand er mit ihr fahren wollte.

Eigentlich war es auch nicht wichtig.

Allein der Gedanke, dass er eine private Geburtstagsparty für sie geben wollte, bezauberte sie über alle Maßen. Sailor machte sich keine Vorstellung, wie viel ihr das bedeutete. Sobald sein Lieferwagen auf dem Parkplatz des Hauses, in dem sie wohnte, auftauchte, eilte sie mit ihrer Strandtasche nach draußen, um sich den Kuss abzuholen, mit dem er sie sonst weckte.

Er stieß von innen die Beifahrertür auf, mit einem Blick offener Bewunderung – und das, obwohl sie Shorts und eine luftige weiße Tunika, die ihre Arme bedeckte, über ihrem Tankini trug.

Ihre strahlend weißen Beine rundeten das Bild perfekt ab.

Doch während sie fand, dass sie einer Geistererscheinung ähnelte, sah er in ihr die Frau, die heißes Begehren in ihm weckte. »Ich liebe deine Haut«, kommentierte er, als sie einstieg, dann legte er eine Hand auf ihren Schenkel und lehnte sich vor, um sie zu küssen.

Wie sollte Ísa ihm widerstehen, wenn er solche Dinge sagte? Sie berührte, als sei sie ein kostbares Rubens-Gemälde? Als sie die Lippen endlich voneinander lösten, war auch er ganz außer Atem.

»Merk dir, wo wir stehen geblieben sind«, sagte er, bevor er den Gang einlegte und den Wagen in Bewegung setzte.

Es dauerte mehrere Minuten, bis Ísa wieder klar denken konnte. »Was ist in diesem komischen Seesack auf dem Rücksitz?« Er schien aus wasserdichtem Gewebe zu sein.

»Meine Strandausrüstung und das Picknick, das ich für uns vorbereitet habe.«

Sein offenkundiger Stolz entlockte ihr ein Lächeln. »An welchen Strand gehen wir eigentlich?«

Sein leises Lachen machte sie äußerst misstrauisch. »An einen sehr hübschen.«

Sie kniff die Augen zusammen. »Wir werden im Sand liegen, lesen und Champagner trinken, nicht wahr, Sailor?«

»Aber sicher. Danach.«

»Nach was?«

»Das wirst du schon sehen.«

Er ließ sich nicht in die Karten blicken, womit Ísa ihm auch drohte. Eine halbe Stunde später wusste sie Bescheid. Er parkte den Wagen unweit der Mission Bay, doch ein anderer Strand – Okahu – war noch ein Stück näher. Dort gab es einen Kanuverleih.

»Bitte, sag mir, dass wir nicht Paddelboot fahren werden.« Sie machte keinen Hehl aus ihrem Entsetzen.

Er ergriff ihre Hand und hob sie an seine Lippen. »Hab Vertrauen zu mir, Rotschopf. Ich werde auf dich aufpassen.«

»Das ist nicht der springende Punkt, Sailor. Ich kann diese dummen Ruder nicht bedienen!« Zuletzt hatte sie es während einer Highschool-Klassenfahrt versucht, als sie von einer Lehrerin, die kein Verständnis für Ísas Mangel an Koordination aufgebracht hatte, gezwungen worden war, sich an der »lustigen« Sportart zu beteiligen. »Ich werde absaufen, und die Fische werden mich fressen.«

»Ich beschütze dich.«

»Willst du mein Totenschiff etwa von Zauberhand rudern?«

Lachend zog er sie zu dem Verleih, wo man sie zu einem Zweierkajak führte, das Sailor allem Anschein nach vorher reserviert hatte.

»Du hättest mich vorwarnen können«, sagte sie zu dem hinterlistigen Kerl neben sich.

Die Verspieltheit, mit der er sie am Kinn fasste, verursachte ein Flattern in ihrem Bauch. »Wozu?«, gab er zurück. »Es war zu spaßig, wie du mich mit Blicken erdolcht hast.«

»Wenn du wüsstest, wie scharf diese Dolche sein können«, murmelte sie, während sie sich die Rettungsweste überstreifte, die er ihr reichte. Sie war froh, dass er selbst auch eine anlegte. Sailor war stark und athletisch, aber sie hatte ein besseres Gefühl, wenn sie beide geschützt waren, auch wenn sie nur in der relativ stillen Bucht herumpaddeln würden.

Sie beobachtete, wie er zwei Wasserflaschen aus seinem Seesack nahm, die er ihr zusammen mit ihrem Sonnenhut reichte, und ihn hinter einer Lukenklappe im Heck des Kanus verstaute. Anschließend steckte er ihre Tasche in eine größere, die wasserfest aussah, und deponierte sie in einer Luke im Bug, in Reichweite des Vordermanns, bevor er beide Klappen fest verschloss.

Ísa musste schlucken. »Sailor, wie weit fahren wir denn?« Dort draußen gab es nichts, bis auf die Inseln innerhalb des Hauraki Gulf.

Oh Gott.

»Bitte, sag nicht Rangitoto.« Der inaktive Vulkan zeichnete

sich als dreieckiger Schemen am Horizont ab, und es war *wirklich ganz furchtbar* weit bis dort.

»Na schön.« Er grinste sie an. »Unser Ziel ist Motutapu. Die Insel liegt gleich hinter Rangitoto.«

»Ich weiß, wo sie liegt.« Nämlich noch weiter entfernt. »In diesen Gewässern verkehren Fähren und Jachten, nur falls dir das entgangen sein sollte. Niemand wird diesen Zahnstocher von einem Kajak auch nur bemerken. Wir werden ein Festmahl für diese gefräßigen Fische sein.«

Ihre unheilvolle Prognose animierte Sailor zu einem noch breiteren Grinsen. »Du kannst darauf vertrauen, dass ich uns heil ans dortige Ufer bringe, Geburtstagskind. Ich weiß, wie man dem Kielwasser größerer Schiffe ausweicht beziehungsweise es sich zunutze macht.« Er griff wieder nach ihrem Kinn und küsste sie. »Komm schon, wo ist meine tollkühne, nackt badende Ísa?«

»Sie fürchtet sich vor hungrigen Fischen«, grummelte Ísa, setzte aber gleichwohl ihren Hut auf. »Glaubst du, er wird halten?« Obwohl sie sich dick mit Sunblocker eingecremt hatte, würde sie ohne Hut auf dem Wasser verbrutzeln. Sie hatte sich auch die Beine eingerieben, konnte sich notfalls aber immer noch ein Handtuch darüberlegen, falls ihre Haut sich rötete.

Sailor überprüfte noch einmal, ob die Luken dicht waren. »Ganz bestimmt. Es geht kaum ein Lüftchen.« Seine Hand strich über ihre Wade, ihren Schenkel, dann richtete er sich auf. »Jetzt lass uns deinen Geburtstag feiern, und zwar mit Stil.«

Nachdem sie diesem Wahnsinn nun zugestimmt hatte, wollte sie auch ihren Teil beitragen, darum half sie ihm, das Kanu über den Strand ans Ufer zu tragen, wo Sailor sie anwies, sich nach vorn zu setzen. »Ich kann es besser vom Heck aus steuern«, erklärte er. »Und da unser Gepäck relativ gleichmäßig verteilt ist, sollte die schwerere Person hinten sitzen.«

Ísa wollte instinktiv protestieren, bis sie sich klarmachte, dass er tatsächlich schwerer war als sie. Seine auf einen knappen Meter neunzig Körpergröße verteilten Muskeln verliehen ihm so wundervoll Gewicht, wenn er im Bett auf ihr lag. Vorletzte Nacht hatte er sie überredet, sich rittlings auf ihn zu setzen und ihn zu reiten, während er schmutzige Dinge zu ihr sagte.

»Benutz mich, Ísa. Ja, so ist es gut.«

»Du machst mich so scharf, Baby.«

»Du hast den Körper eines Pin-up-Girls.«

Die Erinnerung an seine derben, sexy Worte, bevor er sich im Orgasmus aufgebäumt hatte, trieb ihr die Röte in die Wangen, als sie ihren Platz einnahm.

Sailor legte ihr Paddel quer über das Vorderteil des Kanus mit dem Hinweis, sie solle es in der Mitte festhalten.

»Ich hab es«, sagte sie, als eine kleine Welle über den Bug schwappte und das erotische Echo ihrer gemeinsam verbrachten Nacht fortspülte.

Ísa versuchte verzweifelt, sich davon zu überzeugen, dass ihr Plan nicht in einer Katastrophe enden würde.

Falls das Kanu kenterte, würden Sailor und sie einfach im Wasser treiben, bis jemand sie herauszog. Und sollten ein paar Fische an ihren Zehen knabbern … halb so schlimm, schließlich verkaufte man das mancherorts als Pediküre. Das wusste sie aus dem Internet. Und sie würde sie gratis bekommen. Es gab also nichts zu befürchten.

Wir werden sterben. Zumindest ist mein Testament auf dem neuesten Stand.

Sailor schob das Kajak ins Wasser und schaffte es hineinzuspringen, ohne dass es wild schaukelte, bevor er zu paddeln begann. Nein, sie musste sich wirklich keine Sorgen machen. Er hatte das Boot komplett unter Kontrolle, seine Bewegungen waren so flüssig, dass sie sich wie auf einer sanften Spazierfahrt fühlte. Sie wünschte, sie könnte sehen, wie seine Bizepse sich anspannten, seine golden getönte Haut in der Sonne schimmerte.

Sie glitten geschmeidig über eine heranrollende Welle.

»Soll ich es mal versuchen?«, fragte sie zögernd, ihre Finger fest um das Paddel geschlossen, das noch immer quer vor ihr lag. »Allerdings ist zu befürchten, dass ich deinen Rhythmus störe.«

»Mach dir nicht so viele Gedanken, Baby. Es geht nur darum, Freude daran zu haben.« Die Zuneigung in seinen Worten bewirkte, dass sie gegen heiße Tränen anblinzeln musste. »Aber warte, bis ich uns über diese Wellen manövriert habe, dann ist es einfacher.«

Es dauerte nicht lang.

Sobald sie sich in einer ruhigeren Zone befanden, hörte er auf zu paddeln und zeigte ihr, in welchem Winkel sie das Paddel halten musste, damit es durch das Wasser schnitt, anstatt dagegen zu kämpfen. Sie brauchte mehrere Anläufe, aber am Ende brachte sie einen halbwegs guten Ruderschlag zustande.

Ein Lächeln breitete sich über ihr Gesicht aus. »Das macht wirklich Spaß.« Sie hatte nie erlebt, dass jemand so geduldig mit ihr war, wenn sie sich in einer neuen Sportart versuchte.

»Ich weise dich nur ungern darauf hin, dass ich es dir ja gesagt hatte, aber …«

Sein blasierter Ton brachte sie zum Lachen. Sie paddelte weiter, musste jedoch regelmäßig eine Pause einlegen, weil es selbst für einen starken und erfahrenen Kanuten wie Sailor eine dreistündige Fahrt war. Da er gezwungen war, sein Tempo zu verlangsamen, damit sie mithalten konnte, und sie mittendrin eine Pause machten, um ins Meer zu springen und eine Kleinigkeit zu essen, war es schon nach halb vier, als sie schließlich in das kabbeligere Wasser vor der Insel gelangten.

Erfüllt von einer Zufriedenheit, wie er sie lange nicht mehr gespürt hatte und der selbst seine Dämonen nichts anhaben konnten, beobachtete Sailor Ísa, die sich vor ihm in die Riemen legte. Sie ruderte nicht gleichmäßig, aber beherzt. Obwohl sie wiederholt Sunblocker aufgetragen hatte, musste sie inzwischen einen Sonnenbrand auf der Nase haben.

Hätte sie sich zu ihm umgedreht, er hätte sie wild geküsst.

Vermutlich würde sie ihn noch einmal streng wegen der gefräßigen Fische warnen und wegschieben.

Er musste grinsen. »Zeit, dass du dich ausruhst, Rotschopf. Ich werde jetzt übernehmen, um uns durch die kniffligeren Abschnitte zu navigieren.«

»In Ordnung.« Sorgsam legte Ísa ihr Paddel wieder vor sich hin, damit es ihn nicht behinderte.

Mit kraftvollen Ruderschlägen steuerte er auf den Strand von Motutapu zu, wo er anzulanden beabsichtigte. Nicht weit davon entfernt lagen mehrere Jachten vor Anker, aber der Strand war menschenleer. Er war schwer zu erreichen, außer mit dem eigenen Boot.

»Bist du ein Roboter?« Ihre Stimme klang bewundernd.

Die Frage brachte ihn zum Lachen. »Nein, ein Kiwi aus Fleisch und Blut.« Trotzdem fühlte er sich geschmeichelt. »Möchtest du noch ein bisschen paddeln? Zum Strand geht es jetzt nur noch geradeaus.«

»Ja.« Sie warf ihm über ihre Schulter hinweg ein Lächeln zu, bevor sie sich ins Zeug legte.

Er passte seinen Rhythmus ihrem gemächlicheren an, und obwohl sie nun langsamer vorankamen, genoss er jede Sekunde. Wenn er sonst Kajak fuhr, legte er ein strammes Tempo vor, um seine Muskeln brennen zu fühlen und seine Dämonen zu übertönen. »Bleib sitzen«, wies er Ísa an, als sie fast am Ufer angelangt waren.

Er sprang ins Wasser und zog das Kanu mit ihr darin auf den Sand. Sie lachte vergnügt, und sein Herz vollführte einen derart heftigen Salto wie nie zuvor in seinen dreiundzwanzig Lebensjahren.

Ja, Ísa war die Einzige für ihn.

Ganz gleich, wie viel Zeit auf dieser Erde ihm vergönnt sein würde.

Sailor war sich hundertprozentig sicher.

Er reichte ihr die Hand und half ihr heraus. »Jetzt kommt der Teil des Genießens«, verkündete er.

Doch zuerst entledigten sie sich noch ihrer Rettungswesten und zogen das Kajak in den Schatten eines Pōhutukawabaums. Sailor holte Ísas Tasche und stellte sie in den Sand, gefolgt von seinem Seesack, dem er eine wasserundurchlässige Plane entnahm.

Er breitete sie aus und arrangierte darauf die von ihm vorbereiteten Sandwiches, daneben Flaschen mit Orangensaft und außerdem Äpfel, Orangen und Buttertoffeewürfel als Dessert. »Die sind von Jake«, erklärte er. »Er jobbt den Sommer über in einem Restaurant und kommt immer wieder mit Ideen von dort heim, die er zu Hause ausprobiert.«

Ísa nahm sich ein Stück der kalorienreichen Süßigkeit und biss hinein. »Oh, das schmeckt göttlich.« Ihr genüssliches Stöhnen bewirkte, dass sein Schwanz Habachtstellung annehmen wollte.

»He, spar dir den Nachtisch bis nach dem Essen auf«, monierte er. »Denn zuerst …« Er brachte einen unförmigen Cupcake mit Orangenglasur zum Vorschein, der jetzt noch schlimmer aussah als vorhin im frühen Morgenlicht. »Ich habe versucht, dir ein Geburtstagsküchlein zu backen. Aber du musst es nicht essen. Hauptsache, du kannst eine Kerze auspusten.«

Ísa schlug die Hände vor den Mund und sah ihn mit feucht glänzenden Augen an.

»Also so furchtbar ist er nun auch wieder nicht geraten«, protestierte Sailor. »Wenn man ganz genau hinsieht, weist er sogar eine vage Ähnlichkeit mit einem Cupcake auf.«

Unter Tränen lachend umfing sie sein Gesicht und bedeckte es mit Küssen. »Du bist wundervoll, Sailor Bishop. Und ich werde ihn ganz sicher essen.«

Ihre Worte waren Musik in seinen Ohren. »Nein, es ist mein Ernst. Ich fürchte, ich habe Zucker und Salz verwechselt und das Backpulver vermutlich mit Back-Natron.«

Ein Lachen ließ ihre Schultern erzittern. »Zünd die Kerze an«, befahl sie ihm und ließ sich auf die Knie nieder.

Er stellte das Küchlein zwischen sie beide und steckte eine dünne rosa Kerze in den orangefarbenen Zuckerguss, zündete sie an und schirmte sie gegen die sanfte Meeresbrise ab. »Wünsch dir was, Ísalind.«

Ihr Gesicht leuchtete, als sie für drei Sekunden die Augen schloss. »Okay, ich bin bereit, sie auszublasen.«

»Erst wenn ich gesungen habe.« Er schmetterte mit Begeisterung drauflos, während Ísa die Hände über Kreuz auf ihr Herz presste und so andächtig lauschte, als hätte er ihr Diamanten anstelle eines ungestalten Minikuchens geschenkt.

Sobald er verstummt war, blies sie die Kerze aus und kostete von dem Cupcake. Sailor war darauf gefasst, dass sie den Bissen ausspuckte, aber sie schluckte ihn nicht nur, sondern nahm noch einen zweiten. »Versuch mal«, forderte sie ihn mit vollem Mund auf. »Schmeckt ziemlich gut.«

Sailor hatte den Verdacht, dass sie ihn aufzog, aber schließlich war es ihr Geburtstag. Er probierte, dann machte er große

Augen. »Ich bin ein kulinarisches Genie.« In Wahrheit war der Teig eher zäh und pappig, aber er schmeckte keinesfalls salzig, was seiner Meinung nach schon ein Erfolg war.

Doch noch mehr freute ihn das glückselige Lächeln auf Ísas Gesicht.

In seinem Herzen schloss er behutsam die Hände um seinen Nebelschwaden, versuchte, ihn festzuhalten. Seine Hände waren voller Schwielen, von Kratzern und Schnittwunden verunziert, die er sich bei der Arbeit zugezogen hatte. Einer Arbeit, die ihn vollständig vereinnahmte, seit er mit fünfzehn von dem Gedanken gequält wurde, dass er die Anlagen für Verrat, Illoyalität und Feigheit in sich trug.

30. KAPITEL

SAILORS MÄCHTIGES HORN

Zehn Minuten später hatte Sailor seine dunklen Gedanken zurück in den Kerker verbannt, wohin sie gehörten. Dieser Tag war Ísa und ihm und ihrem Glücklichsein gewidmet. Böse Erinnerungen waren nicht dazu eingeladen.

Als Ísa ihr Handy hervorzog und einen Blick darauf warf, schaffte er es noch, ernst zu bleiben. Bis sie zwanzig Minuten später sagte: »Normalerweise schreibt Catie mir mehrmals am Tag. Ob mit ihr wohl alles okay ist?«

Erwischt!

»Ich habe ihr gesagt, dass ich dich entführen werde«, beichtete Sailor. »Sie gab mir ihre Nummer, als wir in Hamilton waren.«

Im Gegenzug hatte Sailor ihr seine gegeben und ihr gesagt, dass sie nicht zögern solle, ihn anzurufen, falls mal irgendetwas sei und sie ihre Schwester nicht erreichen könne. Er wusste nicht, ob sie das tun würde, aber so hatte sie wenigstens die Möglichkeit dazu. »Sie und Harlow werden dich nur im Notfall anrufen.«

Ísa zog die Augenbrauen zusammen. »Legst du mich etwa an die Kandare, Sailor Bishop?«

»Ja«, gab er zu, ohne einen Funken Schuldbewusstsein. »Mir ist klar, dass du für deine Geschwister praktisch die Elternrolle übernommen hast.« Und das vermutlich schon seit Caties

Geburt. »Aber Eltern lassen ihre Teenager von Zeit zu Zeit allein zu Haus, ohne gleich zu befürchten, dass sie die Bude abfackeln.« Er zeigte mit dem Finger auf sich. »Meine Mutter hat Jake und Danny einmal in meiner Obhut gelassen, als sie mit meinem Vater zu einem von Gabes Auswärtsspielen gefahren ist.«

»Hast du deinen Brüdern die Haare in Brand gesteckt?«, witzelte sie.

In Sailors Miene spiegelte sich Entrüstung. »Selbstverständlich nicht. Ich habe ihnen lediglich erlaubt, sie sich wasserstoffblond zu färben. Sie haben vorher gefragt, und mir war es egal. Allerdings bat ich sie, dafür das Waschbecken in der Garage zu benutzen, damit sie Moms hübsches neues Bad nicht ruinierten. Siehst du? Das nennt man Verantwortungsbewusstsein.«

Ísa verkniff sich mühsam ein Lachen, indem sie die Lippen aufeinanderpresste. »Das hast du dir ausgedacht«, sagte sie dann.

»Großes Pfadfinderehrenwort. Ich habe Fotos als Beweis.« Er würde sie ihr zeigen, wenn er sie seiner Familie vorstellte. »Catie und Harlow kommen prima zurecht, Rotschopf. Sie sind beide keine kleinen Kinder mehr.«

Sie machte ein langes Gesicht. »Haben sie irgendetwas gesagt? Hat Catie das Gefühl, dass ich ihr die Luft zum Atmen nehme, weil ich überbehütend bin?«

»Caties einzige Antwort auf meine Bitte lautete: ›Cool. Ich sage Harlow Bescheid.‹ Ach ja, und sie hat mir alle möglichen Emojis geschickt.« Er zückte sein Handy und zeigte sie ihr. Herzchenaugen, küssende Gesichter, Knutschmünder, ein Feuerwerk, ein Baum und ein Einhorn. »Das einzige, das ich nicht verstehe, ist das Einhorn. Hält sie *mich* für ein Einhorn, oder ist das die Anspielung eines Teenies auf mein mächtiges Horn?«

Ísa prustete los.

Sie stieß ihn gegen die Brust und versuchte, etwas zu sagen, aber sie musste zu heftig kichern.

Zutiefst bezaubert von ihr, nutzte Sailor die Chance und stahl ihr einen Kuss, dann noch einen. »Gib zu, dass du mein mächtiges Horn magst.«

»Du bist schuld daran, dass die Teufelin in mir die Oberhand gewinnt«, warf sie ihm vor.

Sailor grinste. »Gut so. Und jetzt lass uns rummachen und jedem potenziellen Zaungast auf diesen Jachten einen Schock versetzen.«

Nach ihrer Heimkehr sprang Ísa schnell unter die Dusche, um sich die Sonnencreme und das Salz von ihrem Bad im Meer vom Körper zu waschen. Sailor hatte sie abgesetzt und war anschließend nach Hause gefahren, um dasselbe zu tun. Es wäre wesentlich einfacher gewesen, wenn er ein paar Kleidungstücke bei ihr deponiert hätte, aber Ísa brachte es nicht über sich, ihn dazu aufzufordern. Solange noch ein paar Barrieren zwischen ihnen waren, redete sie sich ein, würde der Schmerz am Ende nicht so schlimm sein.

Aber sie wusste, dass das Selbstbetrug war.

Sie trocknete ihre Haare und band sie zu einem Pferdeschwanz zusammen, dann zog sie sich ein blaues T-Shirt mit U-Boot-Ausschnitt und eine weiche, bequeme graue Velourshose über, bei deren Anblick die stilsichere Jacqueline das kalte Grausen gepackt hätte.

Sekunden später meldete sich ihr Handy mit einer Bollywood-Tanznummer. »Nayna! Na, wie ist es dir bisher ergangen?« Sie wusste, dass ihre Freundin dieses Wochenende zu einer – wie Nayna es ausdrückte – »großen, fetten, maßlos übertriebenen indischen Hochzeit« eingeladen war.

Da viele der Gäste wegen der Weihnachtsfeiertage freihatten, würden sich die Festlichkeiten noch bis in die nächste Woche hinziehen. Auch Nayna hatte die nächsten drei Wochen Urlaub, weil ihre Firma Betriebsferien machte.

»Die eigentliche Zeremonie hat noch gar nicht stattgefunden«, antwortete ihre beste Freundin, »trotzdem wurde ich schon von Dutzenden Tanten in die Backe gekniffen und gefragt, warum so ein hübsches Mädchen wie ich noch nicht verheiratet sei«, brummte sie. ›Deine Jugend wird nicht ewig währen, Nayna *beta*. Ts-ts.‹ Anschließend überschlagen sie sich mit Komplimenten darüber, dass ich eine tolle Karrierefrau bin.«

»Hast du etwas von Raj gehört?« Nayna hatte dieses Thema in den letzten Tagen verdächtigerweise ausgeklammert.

»Ja. Aber wir werden heute nicht über ihn reden.« Sie fauchte die Worte regelrecht.

»*Nayna*.«

Schon knickte sie ein. »Ich habe ihn geküsst, okay! Ich wollte es nicht, aber offenbar muss ich nur auf seinen Mund schauen, schon werde ich magisch von ihm angezogen.«

Ísa unterdrückte ein Grinsen. »Ich verstehe, was du meinst. Ich kenne das Problem.«

»Ach, halt die Klappe«, sagte Nayna mit der Ungezwungenheit, die nur durch lange Freundschaft entsteht. Dann war am anderen Ende ein Rascheln zu hören. »Gott sei Dank. Ich dachte schon, ich werde nie damit fertig, diesen Sari um mich zu wickeln«, murmelte sie. »Gib mir eine Minute, um die Klunker anzulegen – du weißt ja, bei einer indischen Hochzeit ist viel nie genug.« Ein zartes, metallisches Klimpern erklang, als Nayna ihre Armreife überstreifte. »Wie war deine Nachfeier mit deinem sexy Gärtner?«

Ein warmes Gefühl breitete sich in Ísas Bauch aus. »Wundervoll. Er ist wundervoll.«

Die Worte hallten noch in ihrem Kopf nach, als sie das Telefonat beendete. Sailor war wirklich wundervoll, und er hatte ihr zur Seite gestanden, als sie ihn brauchte. Vielleicht war es an der Zeit, dass sie ihre Ängste vergaß und sich voll und ganz auf ihn einließ.

Doch sofort hatte sie das Gefühl, als griffen kalte Hände nach ihrem Bauch und vertrieben die Wärme.

Obwohl sie wusste, dass Sailor keinerlei Ähnlichkeit mit ihrem Vater hatte, musste sie zwangsläufig daran denken, wie aufmerksam und zuvorkommend Stefán sich zu Beginn einer Beziehung benahm. Jede der Frauen, mit denen er verheiratet gewesen war, hatte gedacht, das sei sein wahres Ich. Sie erkannten nicht den Workaholic in ihm, der ständig die Finanzmärkte im Blick behielt – bis er ihnen einen Ring an den Finger steckte und keine Mühe mehr darauf verschwendete, sie zu umgarnen.

Allerdings musste man Sailor fairerweise zugutehalten, dass er ihr gegenüber nie einen Hehl aus seinen Zielen gemacht hatte.

Wenn sie mit ihm eine feste Beziehung einging, musste sie darauf vorbereitet sein, dass seine Arbeit ihn zunehmend beanspruchen würde. Das war unvermeidbar. Es würde keine Picknicks mehr geben, keine Kajakfahrten, keine Zeit für seinen »Rotschopf«, außer zu seinen eigenen Bedingungen.

Ísa mochte so nicht leben.

Aber sie konnte ihn auch nicht loslassen. Nicht, solange sie nicht jeden erlebbaren Moment mit ihm ausgekostet und mit aller Kraft darum gekämpft hatte, ihren Traum zusammen mit ihm wahr zu machen – von einer Familie, von einem gemeinsamen Leben im Licht, anstelle von fiebrigen Vereinigungen im Dunkeln, um die vielen Stunden zu kompensieren, die sie jeden Tag getrennt waren.

Ísa zuckte zusammen, als es an der Tür klingelte. Sie stand auf, um Sailor hereinzulassen, dabei fasste sie den festen Vorsatz, alles in ihrer Macht Stehende zu tun, um ihn an sich zu binden. Damit er sie niemals vergessen würde. Nicht einmal dann, wenn er eine Million anderer Dinge um die Ohren hatte.

Sailor wollte sich schon seit Stunden über Ísa hermachen, er konnte seinen Wunsch, sie zu besitzen, kaum noch zügeln. Obwohl er bei ihr zu Hause war und sie ihm schon den ganzen Abend freche Antworten gab, spürte er, dass etwas in der Luft lag.

Unruhe überkam ihn.

Sein Bedürfnis, Anspruch auf sie zu erheben, ihr sein Zeichen aufzudrücken, war mehr als nur ein bisschen barbarisch.

Aber das kümmerte ihn nicht.

Als sie ihn fragte, ob er ein Dessert wolle, presste er seinen Mund auf ihren und labte sich an ihrem Geschmack, während seine Hände mit ungezügelter Gier ihren Hintern kneteten.

»Unbedingt«, antwortete er, als sie den Kuss unterbrachen, um Luft zu holen. »Wo ist das Schlafzimmer?«

Es glitzerte in ihren Augen. »Bist du mit deinem Lieferwagen hier?«

Sein Schwanz wurde steinhart, er stieß rau den Atem aus. »Hat die Teufelin in dir gerade die Oberhand?«

»Könnte sein.«

»Mein Wagen steht unten. Sollen wir zur Schule fahren?«

»Gott, nein.« Sie klang entsetzt. »Überleg dir ein hübsches, ruhiges Plätzchen.«

»Ich habe eine super Idee.« Sailor konnte sein Verlangen kaum noch zügeln, aber wenn Ísa eine Fantasie ausleben wollte, würde er mitspielen.

Er würde jedes Bedürfnis seines Rotschopfs erfüllen.

Sie musste nur ein Wort sagen.

Ísa starrte ihn an, als er vor seinem Wohnhaus anhielt. Wortlos stieg er aus und öffnete die Garage, dann fuhr er den Wagen hinein und schloss das Tor von innen. Er knipste die Lampe an, die von der Decke hing, allerdings spendete sie nur notdürftig Licht.

»Und jetzt?«, sagte er zu der Frau, die er mit niemandem teilen würde, noch nicht einmal einen Blick auf sie.

Sie stieg auf der Beifahrerseite aus und öffnete die Hintertür.

Jesses Maria.

Seine Lenden pochten vor Verlangen, als er mit der Hand über ihre sinnlichen Kurven strich. Sie gab einen atemlosen Laut von sich, bevor sie auf den zerkratzten ledernen Rücksitz glitt. Ohne die Augen von ihm abzuwenden, ergriff sie den Saum ihres T-Shirts und zog es sich über den Kopf.

Diese cremefarbene Haut.

Diese runden, von mintgrüner Spitze umhüllten Brüste, die zum Streicheln einluden.

Noch bevor das Oberteil auf dem Boden gelandet war, war Sailor schon im Wagen, seine Hand auf ihrer Brust und sein Mund auf ihrem. Sie stöhnte heiser auf und grub die Fingernägel in seinen Rücken. Sein Schwanz zuckte.

Er wollte mehr von ihr. *Alles.*

Seine Hand wanderte zu ihrer Hüfte und streifte ihr die Hose von den Schenkeln. Als sie sich an ihren Tennisschuhen verfing, zog er sie ihr aus, und gleich darauf schlang sie eins ihrer schlanken Beine um seine Taille, während sie mit dem Rücken an der Tür lehnte. Er fühlte sich wie eine große, gierige Katze vor einem Napf voll süßer Sahne. »Deine Haut ist weich wie Seide.«

Ísa erschauerte, ihre Lippen lagen auf seiner Kehle.

Stöhnend umfing Sailor wieder ihre Brust. »Dein BH ist hübsch.« Zart und feminin. »Aber ich möchte, dass er verschwindet.« Er sorgte umgehend dafür. Er begehrte sie so sehr, war so fest entschlossen, sie als die seine zu brandmarken, dass er sich wieder wie ein achtzehnjähriger Teenie fühlte und nicht wie ein hart arbeitetender Unternehmer, der um sein Überleben kämpfte.

Der einzige Nachteil war, dass Teenager nicht gerade für ihre Zurückhaltung bekannt waren. Und Ísa war der wahr gewordene feuchte Traum, mit ihren opulenten Kurven, der zauberhaften Haut und den Nippeln, die so rosarot waren wie ihre Lippen. Es war aussichtslos, dass er ihr würde widerstehen können. Er zog nur noch schnell sein T-Shirt aus, damit Ísa ihn anfassen konnte, bevor er eine aufgerichtete Brustspitze in seinen Mund hineinsaugte.

Ísas Gehirn war außer Rand und Band. Umhüllt von der Hitze seines Körpers grub sie die Finger in Sailors dichten, dunklen Schopf und presste die Schenkel um seinen kraftvollen Leib zusammen, während er ihre Brüste auf lustvolle Weise verwöhnte. Seine raue, schwielige Hand bildete einen erregenden Kontrast zu seinen weichen, vollen Lippen.

Schaudernd krallte sie die Nägel in seinen Rücken, bemüht, ihn zu einem Kuss zu sich heranzuziehen.

»Kleine Wildkatze.« Mit einem sündhaften Grinsen gab er ihre empfindliche, schmerzhaft erigierte Brustwarze frei, um ihrem Wunsch nachzukommen, indem er sie tief und aufreizend sinnlich küsste.

Er biss sie sanft in die Unterlippe. »Jetzt lass mich zurück an meine Arbeit.« Er senkte den Kopf wieder zu ihren Brüsten, während er mit einer Hand ihren Schenkel streichelte.

Als er ihr den Slip nach unten schob, wusste sie, dass dies der letzte Moment war, in dem sie ihn noch aufhalten konnte. Stattdessen ging es in einer Garage in einer Vorstadtstraße fleißig zur Sache.

Sie fühlte sich immer noch verwegen und verrückt.

Und jung.

Auf eine wilde, verruchte Weise.

Wie ein Teenagermädchen, das mit ihrem Freund auf dem Rücksitz eines Autos herummachte.

Zwei Sekunden später hing ihr mintgrüner Spitzenslip um ihre Knöchel. Sie schauderte, als Sailor mit der Hand über die Innenseite ihres Schenkels streichelte. Hätte er ihr nicht den Mund mit seinem verschlossen, sie hätte bei seiner nächsten Berührung – direkt zwischen ihren Beinen – aufgeschrien.

Er griff mit der anderen Hand in ihr Haar, um sie festzuhalten, während er sie küsste und dabei mit seinen Fingern streichelte und stimulierte, bis sie so heftig kam, dass sie anschließend am ganzen Körper zitterte.

»Oh, das war gut«, schnurrte er, als wollte er sie belohnen.

Sie hätte ihm gern gesagt, dass sie schon belohnt worden sei, aber ihr Mund gehorchte ihr nicht. Darum konnte sie auch nicht protestieren, als er sie so auf die Rückbank herunterzog, dass sie halb lag. Ohne sie vorzuwarnen, vergrub er das Gesicht zwischen ihren Schenkeln.

Ísa bäumte sich auf und tastete an den verschossenen, verschrammten Ledersitzen nach irgendeinem Halt, als Sailor sie unnachgiebig und hochkonzentriert ein weiteres Mal über den Gipfel trieb. Dieses Mal formte sich ihr Schrei so tief in ihrer Brust, dass er lautlos war. Eine Folienverpackung wurde aufgerissen, er machte sich bereit, in sie einzudringen.

Ihre erschöpften inneren Muskeln spannten sich vor erwartungsvoller Vorfreude an.

Starke Hände umfassten ihren Po und drückten ihn. »Bist du bei mir, meine Schöne?«

Ísa stützte sich auf ihre Ellbogen auf und sah ihm lächelnd in die blauen Augen. »Und ob, mein hinreißender Toyboy.«

Mit einem rauen, sündigen Lachen küsste er sie, während er gleichzeitig in sie hineinstieß. Dann gab es nur noch beschlagene Fenster, Verbalerotik und eine Fantasie, die auf lustvolle Weise Realität wurde. Und alles war durchdrungen von beängstigender Freude. Weil es sich richtig anfühlte.

Gefährlich, herzzerreißend, wundervoll richtig.

31. KAPITEL

DER PREIS VON TRÄUMEN

Nach fünf Tagen jenseits all dessen, was er sich in seinen wildesten Träumen hätte ausmalen können, landete Sailor am Donnerstag unsanft wieder in der Realität. Im Anschluss an ihr intensives, unbeschreiblich erotisches Beisammensein in seiner Garage war er mit Ísa zurück zu ihr nach Hause gefahren. Sie waren ins Bett gefallen ... und fast den ganzen Sonntag darin geblieben. Er hatte ihre zarte Haut mit seinen Händen, seinen Lippen, seinen Zähnen liebkost, und auch sie hatte nicht genug von seinem Körper bekommen können.

Was Sailor hocherfreut zur Kenntnis genommen hatte.

Montagnachmittag hatten sie eine Weihnachtsfeier nur für sie beide veranstaltet und sich kleine Geschenke überreicht, die sie heimlich besorgt hatten. Er hatte ein Paar hübsche Ohrringe für sie erstanden, die aussahen wie Blüten, die von ihren Ohren herabrieselten, und dem Strahlen ihrer Augen nach zu urteilen, hatte er einen Volltreffer gelandet.

Sie hatte ihm einen Gürtel mit einer antiken Schnalle verehrt, den er von nun an jeden Tag zu tragen beabsichtigte.

Obwohl sie die Welt am liebsten noch länger ausgesperrt hätten, trennten sich ihre Wege anschließend, weil sie beide familiäre Verpflichtungen hatten. Sailors Sippe traf sich bei seinen Großeltern väterlicherseits, die eineinhalb Stunden von Auckland entfernt wohnten, und Sailor hatte versprochen, schon früher zu kommen, um ihnen bei den Vorbereitungen zu helfen. Ísa hingegen hatte ihrer verstreut lebenden Familie den Befehl erteilt, sich zu einem gemeinsamen Abendessen in ihrer Wohnung einzufinden.

»Nächstes Weihnachten verbringen wir zusammen«, hatte Sailor ihr versprochen, als er sie zum Abschied küsste. »Mit der ganzen Bagage.«

Anstatt zu antworten, hatte Ísa mit weichem Blick noch einmal die Lippen auf seine gedrückt. Und da hatte er erkannt, dass er den Nebelschwaden doch noch nicht eingefangen hatte, sie ihr Herz noch immer nicht in seine Hände legen wollte. Dieser Gedanke hatte seine Vorfreude auf die Feiertage getrübt und ließ ihn auch jetzt, an seinem zweiten Arbeitstag, noch nicht los.

Obwohl er sich nur den Heiligabend und den ersten Weihnachtsfeiertag freigenommen hatte, hatte er Ísa noch nicht wiedergesehen, weil sie und Harlow nach Hamilton gefahren waren, um Catie zu besuchen. Sie waren an diesem Morgen zurückgekehrt und beide wieder in der Firma.

Aber heute Nacht würde er seinen Rotschopf endlich in den Armen halten.

Er tüftelte gerade an der nächsten Stufe seines Plans herum, sie davon zu überzeugen, als sein Handy klingelte. Sein Magen verkrampfte sich, als er den Namen seiner Kreditsachbearbeiterin auf dem Display sah. Um sich voll und ganz auf das Bio-Fast-Projekt konzentrieren zu können, hatte er die Arbeiten auf dem Schulgelände heute zum Abschluss gebracht und saß immer noch in seinem Lieferwagen auf dem Parkplatz.

»Hallo, Jenni«, sagte er und legte seine Hand locker auf das Lenkrad, während er durch die Windschutzscheibe seine in goldenes Sonnenlicht getauchte Umgebung betrachtete. »Ich hatte erst nach Neujahr mit einem Anruf gerechnet.«

»Da ich ohnehin zwischen Weihnachten und Silvester arbeite – meinen Urlaub hole ich später nach –, wollte ich Ihnen so schnell wie möglich Bescheid geben.«

»Haben Sie gute oder schlechte Nachrichten?« Sailor und die Kreditsachbearbeiterin verband ein freundschaftliches Verhältnis, sie kannten sich schon länger, da er bereits mehrere Kredite in Anspruch genommen und zurückgezahlt hatte.

Aber dieses Mal würde die Bank ein wesentlich höheres Risiko eingehen.

»Beides«, antwortete Jenni in einem Ton, der so nüchtern war wie ihr stahlgrauer Pagenkopf. »Die gute ist, dass die Bank Ihr Darlehen genehmigen wird.«

Sailor geriet noch nicht in Feierstimmung. »Und die schlechte?«

»Sie brauchen jemanden, der für Sie bürgt. Sie verfügen einfach nicht über die notwendigen Sicherheiten, um diesen Betrag aufzunehmen.«

Sailors Finger krampften sich um das Lenkrad. »Trotzdem danke, dass Sie es versucht haben.« Er wusste, dass Jenni bei ihren Vorgesetzten ein gutes Wort für ihn eingelegt hatte.

»Wo liegt denn das Problem?« Ihre Stimme wurde eine Oktave lauter. »Das ist doch keine große Sache, Sailor. Ihre Familie hat bei dem Kredit, den Sie seinerzeit als Achtzehnjähriger aufgenommen haben, doch auch für Sie gebürgt.«

Selbst da hatte es Sailor Überwindung gekostet, Hilfe anzunehmen. Er hatte es nur getan, weil es seinen Eltern ein großes Anliegen gewesen war, ihn zu unterstützen. Aber er war keine achtzehn mehr, und sein Bedürfnis, es aus eigener Kraft zu schaffen, war wie ein zweiter Herzschlag, der Tag und Nacht hämmerte.

»Manche Dinge muss ein Mann allein bewerkstelligen«, antwortete er.

Aber Jenni war aus einem harten Holz geschnitzt, sie gab so schnell nicht auf. »Was ist mit Ihrem Bruder?«

»Gabriel würde ohne Zögern einwilligen«, sagte er, weil es die Wahrheit war – und weil er nicht wollte, dass irgendjemand schlecht von seinem Bruder dachte. »Aber ich muss das allein hinkriegen.«

Auch Gabe war seinen eigenen Weg gegangen und hatte die Fesseln der Vergangenheit abgestreift.

Seine Zielstrebigkeit war legendär. Sailor hatte endlose Wochenenden Verteidigungsübungen mit ihm gemacht, war noch öfter mit ihm Laufen gegangen und hatte sich zahllose Spiele mit ihm angesehen, während Gabe sie analysierte.

Sailor war in Bezug auf sein Geschäft vom gleichen Ehrgeiz beseelt. Und sein Bruder hatte ihm im Lauf der Jahre ebenso unter die Arme gegriffen wie er ihm, indem er Gärten umgrub, Lastwagen voller Setzlinge entlud, mit Erde und Düngemittel gefüllte Säcke schleppte und Sailor auf der Fahrt zu dem Gewächshaus, das er ein Stück außerhalb der Stadt gemietet hatte, Gesellschaft leistete.

Aber Geld war ein anderes Thema.

Sailor würde seinen Bruder nicht bitten, seinen Traum in irgendeiner Weise finanziell zu unterstützen. Weil er dadurch zerstört würde. Sailor musste es allein schaffen, ohne fremde Hilfe. Das war das A und O des Ganzen. Kein Opportunist zu sein. Kein Schmarotzer.

Keiner, der die Menschen, die ihn liebten, ausnutzte.

»Sind Sie ganz sicher, Sailor?«, vergewisserte Jenni sich.

»Ja, das bin ich. Wie hoch wäre der Kredit, den ich ohne eine Bürgschaft bekommen könnte?«

Es war ein wesentlich geringerer Betrag, aber besser als nichts.

Nachdem er mit Jenni einen Termin vereinbart hatte, um

den Papierkram durchzugehen, blieb er noch minutenlang in seinem Wagen sitzen und starrte in die Spätnachmittagssonne. Das helle Licht schien die Schatten zu verspotten, die seinen Traum zu verschlingen drohten.

Ohne das Geld konnte Sailor die nächste Stufe seines Plans nicht in Angriff nehmen. Und wenn ihm das nicht innerhalb des nächsten Jahres gelang, würde jemand anderes ihm zuvorkommen und diese Marktlücke füllen. Seine Idee konnte nur funktionieren, wenn er der Konkurrenz eine Nasenlänge voraus blieb.

Und dafür brauchte er eine Stange Geld.

»Nein«, sagte er mit grimmigem Gesicht. »Es ist doch nur eine Hürde. Und Hürden hast du auch früher schon immer genommen.«

Er rechnete zehn Minuten hin und her und kam zu dem Ergebnis, dass er genügend Geld verdienen könnte, um sein Geschäft exakt zum geplanten Zeitpunkt aus der Taufe zu heben. Allerdings würde er dafür sieben Tage die Woche von früh bis spät arbeiten müssen. Auch an Feiertagen.

Sailor trommelte mit den Fingern auf das Lenkrad. Die Plackerei war nicht das Problem. Ebenso wenig, genügend Arbeit zu finden. Gewiss, Aufträge großer Firmen vereinfachten die Sache, aber er würde sich auch mit der Betreuung von Wohnanlagen zufriedengeben. Und er war in seinem Job erfahren genug, um zu wissen, wo man inserieren musste, um weitere Kunden zu akquirieren.

Seinen Brüdern machte es nichts aus, ihm bei der Arbeit Gesellschaft zu leisten, darum würde er sie auch weiterhin oft genug sehen. Er könnte ein bisschen Zeit abzwacken, um sich einige von Jakes und Dannys Spielen anzusehen, und Gabriel hatte Verständnis für die Besessenheit, mit der Sailor seinen Traum verfolgte. Und da er trotz allem essen musste, könnte er sich gelegentlich bei seinen Eltern zum Abendessen blicken lassen, dann wären sie ebenfalls glücklich.

Das eigentliche Problem war sein Rotschopf.

Ísa verdiente es, dass er sie verwöhnte und ihr oberste Priorität in seinem Leben einräumte. Indem er so viel arbeitete, wie sein Plan es verlangte, würde sie zwangsläufig ins Hintertreffen geraten. Und das noch, bevor er sich das Recht verdient hatte, sie um Geduld zu bitten, oder ihr bewiesen hatte, dass sie ihm vertrauen konnte, wenn er sagte, dass es nur für ein Jahr wäre. Darüber hinaus würde er auch noch von ihr verlangen, dass sie ihr Leben nach seinem ausrichtete.

Sein Kiefer spannte sich an. Wenn er das täte, wäre er keinen Deut besser als ihre Eltern.

Und riskierte damit, sie zu verlieren.

Aber wenn er nicht tat, was notwendig war, lief er Gefahr, den Respekt vor sich selbst zu verlieren und zu dem Typ Mann zu werden, den er immer verabscheut hatte. Zu jemandem, der aufgab, wenn es hart auf hart kam. Der einfach alles hinwarf.

32. KAPITEL

DAS FAMILIÄRE WEIHNACHTSFIASKO &
EIN SCHNUFFELHASE

Ísa arbeitete bis acht Uhr abends ohne Pause durch, indem sie sich nicht nur ihren gewohnten Aufgaben als Vizepräsidentin widmete, sondern auch die Informationen durchging, die sie über die Personen zusammengetragen hatte, die in Jacquelines Büro ein und aus gegangen waren. Sie musste zugeben, dass sie einen Lieblingsverdächtigen hatte, allerdings basierte ihre Vermutung einzig und allein auf ihrem persönlichen Widerwillen gegen glitschige Aale. Ihre Abneigung gegen Trevor war kein Beleg dafür, dass ihr Stiefbruder – *jepp, diese Bezeichnung würde ihr immer sauer aufstoßen* – ein verkommenes Subjekt war, das Firmeninterna den Medien zuspielte. Zumal er großen Wert darauf legte, bei Jacqueline gut angesehen zu sein.

Auf der anderen Seite durfte Ísa nicht außer Acht lassen, dass er auffallend oft bei Crafty Corners – und in Jacquelines Büro – auftauchte, obwohl er rein gar nichts mit dem Geschäft zu tun hatte. Von seinem Bestreben, sich eine Führungsposition in dem Unternehmen zu sichern, einmal abgesehen.

Trotzdem könnte Trevor der Parasit als Verdächtiger ausscheiden.

»Verdammt!« Ísa gab es auf – zumindest für heute. Sie warf ihren Füller auf den Tisch und beschloss, sich etwas zu essen zu gönnen. Normalerweise hätte sie Nayna gefragt, ob sie sich irgendwo treffen wollten, aber heute kam ihr als Erstes Sailor in den Sinn.

Sie presste die Schenkel zusammen. Der Gedanke, ihn wiederzusehen, ließ in ihrem Bauch Schmetterlinge flattern und zauberte ein albernes Lächeln in ihr Gesicht. Sie vermisste ihn und hätte ihn gern beim Weihnachtsessen in ihrer Wohnung dabeigehabt, um bei ihm Dampf abzulassen.

Wie zum Beispiel als ihr Vater, der für einige Tage hergeflogen war, den Arm um Elizabeth Anne Victoria gelegt und allen Ernstes verkündet hatte, sie sei seine Seelengefährtin.

Woraufhin Jacqueline den Kopf geschüttelt und – auf Isländisch – geantwortet hatte: »Du bist ein attraktiver Mann, Stefán, aber wenn du nicht aufpasst, wirst du dich in die Karikatur eines alten Wüstlings verwandeln. Deine ›Seelengefährtin‹ ist noch ein Kind.«

Während die süße, aber bedauerlich unterbelichtete Elizabeth Anne Victoria kichernd bemerkt hatte, wie »verblüffend« es sei, dass ihr »Schnuffelhase« so viele Sprachen beherrschte, hatte Stefán – ebenfalls auf Isländisch – sofort mit den Worten gekontert: »Sie versucht jedenfalls nicht, meine Firma zu übernehmen. Ich betrachte das als einen wunderbaren Charakterzug bei einer Ehefrau.«

»Das liegt einzig und allein daran, dass sie den Unterschied zwischen Rücklage und Rückenlage nicht kennt.«

Ísa hatte die Diskussion in eine andere Richtung gelenkt, bevor sie noch eskalieren konnte, aber das Essen war trotzdem, milde ausgedrückt, interessant gewesen. Auch als Freunde pflegten Jacqueline und Stefán noch eine komplizierte Beziehung. Ísa hatte Mitleid mit Elizabeth Anne Victoria und Oliver, die beide mit einem Barrakuda gestraft waren, ohne die geringste Aussicht darauf, ihn jemals zähmen zu können.

Ohne Ísa hätte es ein Blutbad gegeben – und anschließend

hätten sich Jacqueline und Stefán zugeprostet und sich gefragt, was der ganze Wirbel sollte. Aber dank Ísas Eingreifen floss kein Blut, und selbst ihre streitlustigen Eltern schienen sich unter der Einwirkung von gutem Wein und Essen zu entspannen.

Catie und Harlow amüsierten sich königlich, indem sie sich vielsagende Blicke zuwarfen und sich nur mit Mühe beherrschen konnten, um nicht loszuprusten, während sie mit den Lippen »Schnuffelhase« formten, wenn Stefán gerade nicht hinschaute. Unterdessen machte Oliver einen niedlich verdatterten Eindruck, bis seine Augen zu leuchten begannen, als Jacqueline ihn auf die Wange küsste und anschließend langsam mit ihm zu »Stille Nacht« tanzte.

Dankenswerterweise hatte Trevor sich nicht blicken lassen, er verbrachte die Weihnachtsfeiertage wie jedes Jahr bei seiner Familie mütterlicherseits. Was Ísa natürlich gewusst und bei der Planung ihrer Einladung einkalkuliert hatte. Sie war schließlich nicht von gestern. Und sie legte absolut keinen Wert darauf, dass Trevor sich in ihrer Wohnung herumtrieb.

Sie konnte es nicht erwarten, Sailor alles zu erzählen, mit ihm über ihre gestörte Familie zu lachen und sich im Gegenzug von ihm über sein Weihnachten Bericht erstatten zu lassen. Ihr törichtes Lächeln verstärkte sich mit jeder Sekunde.

Benimm dich wie eine Erwachsene, ermahnte sie sich, als sie Nayna eine SMS schickte, um sich nach Raj zu erkundigen. Es stellte sich heraus, dass seine Familie zu derselben prunkvollen Hochzeit eingeladen war wie Naynas und er tatsächlich den Nerv gehabt hatte, sich direkt neben sie zu setzen, was bei jedermann für fassungsloses Stirnrunzeln gesorgt hatte.

Ungebundene Männer setzten sich nicht neben ungebundene Frauen, es sei denn, es war »etwas im Busch«.

Obwohl Nayna ihn unter dem Tisch getreten und ihm zugefaucht hatte, er solle verschwinden, hatte er sich nicht davon abbringen lassen, ihr Chai vom Büfett zu holen, ihren Teller mit Süßigkeiten zu füllen und sich rundum zu benehmen wie ein liebestrunkener Verehrer.

»Und dann hat er mich auflaufen lassen, indem er sich eine Stunde vor allen anderen verabschiedete«, hatte Nayna ihr gestern Nachmittag wutschnaubend am Telefon berichtet. »Meine Eltern haben über das ganze Gesicht gestrahlt und meine Tanten mich mit neugierigen Fragen gelöchert. Ich hätte ihn umbringen können. Es war seine Rache dafür, dass ich behauptet hatte, nur an seinem Körper interessiert zu sein, da bin ich mir ganz sicher.«

Ísa versuchte, ein Lachen zu unterdrücken. Je mehr sie über diesen Raj hörte, desto sympathischer wurde er ihr. Nayna brauchte einen Mann, der sie auf Trab hielt, der sie neckte und ihre Schutzwände zum Einsturz brachte. So wie Sailor es bei ihr machte. Sicher, es war riskant und würde höllisch wehtun, wenn es schiefging, aber das war Zukunftsmusik, die Ísa geflissentlich überhörte.

Hat er sich noch mal gemeldet?, schrieb sie.

Dieser Teufel in Menschengestalt schickt mir in einer Tour Fotos von seinen ansehnlichen Muskeln und anderen Details seines spektakulären Körpers. Ich hebe sie auf. Weil ich schwach bin.

Schmunzelnd rief Ísa ihre Freundin an. Es wurde ein urkomisches und überaus erhellendes Telefonat. Allem Anschein nach war Nayna dabei, sich ganz gegen ihren Willen in Raj zu verlieben. Vielleicht sogar so heftig, wie Ísa sich in Sailor verliebt hatte.

Als sie das Gespräch beendeten, war Ísa noch hungriger als zuvor, darum holte sie sich etwas beim Chinesen, bevor sie zur Baustelle des ersten Bio-Fast-Restaurants fuhr. Sailor hatte ihr geschrieben, dass er bis Einbruch der Dunkelheit dort sein würde, und bei ihrem Eintreffen fing es gerade erst an, dämmrig zu werden.

Sein Wagen war der einzige auf dem Parkplatz – vielmehr dem, was davon noch übrig war. Er war total umgepflügt und der Beton abtransportiert worden.

Ísa war erstaunt, wie zügig das Ganze voranging.

Sie beachtete die Warnschilder, als sie die Baustelle mit vorsichtigen Schritten überquerte, und gab sich alle Mühe, unversehrt zu bleiben. Es fehlte gerade noch, dass sie auf die Nase fiel und die Firma wegen eines Verstoßes gegen die Sicherheitsvorschriften Ärger bekam.

»Sailor!«, rief sie. »Wo steckst du?«

»Ísa?« Sein Gesicht tauchte hinter einer Ecke des Gebäudes auf.

Als er sah, wie sie sich ihren Weg durch das aufgeworfene Erdreich des ehemaligen Parkplatzes zu bahnen versuchte, zog er stirnrunzelnd seine Handschuhe aus, bevor er in seinen schweren Arbeitsstiefeln zu ihr stapfte. Ehe sie wusste, wie ihr geschah, hatte er sie auch schon auf seine Arme hochgehoben und trug sie mitsamt ihrer Tüte vom Chinesen aus der Gefahrenzone.

Dann legte er seine raue Hand an ihre Wange und begrüßte sie mit einem leidenschaftlichen Kuss. Sie fühlte sich unendlich begehrt. Es war, als hätte er den ganzen Tag darauf gewartet, sie zu küssen, als wäre sie eine Droge, nach der er süchtig war.

Ísa diente nur zu gern als Sailors persönliches Rauschmittel.

Er löste den Mund erst von ihrem, als sie beide keine Luft mehr bekamen. »Du bist ein erfreulicher Anblick, Rotschopf.« Ein tiefer Atemzug. »Und ist das asiatisches Essen, was ich da rieche?«

Mit kribbelnden Zehen und geröteten Wangen drückte Ísa ihm die Tüte in die Hand. »Die Männer wollen mich nur, weil ich ihnen Essen bringe.«

»Oh, meine Ansprüche sind andere.« Er streichelte ihren Rücken, ihren Po, drückte ihn voll unverhohlener Bewunderung.

»Lass das«, befahl die Teufelin in Ísa. »Das ist der Nachtisch.«

Er seufzte. »Du machst mich total verrückt, Ísalind. Und du hast mir schrecklich gefehlt.«

»Du mir auch«, bekannte Ísa, die keine Lust hatte, Spielchen mit ihm zu treiben.

Er quittierte ihre Antwort mit einem seiner verspielten Nasenküsse, die jedes Mal Bauchflattern bei ihr auslösten, dann nahm er ihre Hand und führte sie um eine Seite des Gebäudes herum.

Ihre Augen weiteten sich. »Wow! Wie hast du das alles ganz allein hingekriegt?« Der zukünftige Gemüsegarten war von einer provisorischen Abgrenzung eingefasst, die Erde bereits an Ort und Stelle.

»Ich könnte jetzt behaupten, dass ich Superman bin«, antwortete er, »oder aber zugeben, dass ich meine Brüder und Raj um Hilfe gebeten habe. Alle vier haben heute mit angepackt. Mein Vater wollte sich uns eigentlich anschließen, aber dann musste er mit meiner Mutter zurück zu meinen Großeltern fahren, weil mein Großvater sich letzte Nacht den Knöchel gebrochen hat.«

Womöglich erklärte das die Anspannung, die Ísa in seinem Gesicht bemerkt hatte, als er vorhin um die Ecke gebogen war. »Ist es schlimm?«

»Nein. Ich glaube, meine Eltern haben es nur als Ausrede benutzt, um ihren Besuch bei ihnen zu verlängern.« Sein Lächeln drückte tiefe Zuneigung aus. »Sie hoffen, dass sie meine Großeltern überreden können, nach Auckland zu ziehen. Allerdings ist das eher unwahrscheinlich – die beiden lieben die Waikato Region.«

Er setzte sie auf einer umgedrehten Holzkiste ab, in der sich anscheinend einmal so etwas wie Gartenartikel befunden hatten, und ließ sich auf die Kiste daneben nieder. Anschließend zog er mit dem Fuß eine dritte zu ihnen heran und stellte die Tüte mit dem Essen darauf.

Womöglich war es nur der Stress gewesen, der sich in seinen Zügen widergespiegelt hatte, überlegte Ísa, als sie die Speisen auspackte. »Wie war dein Weihnachten?«

»Das übliche Chaos«, antwortete er grinsend. »Danny hat sich unbemerkt eine Flasche Rotwein gemopst, um herauszufinden, weshalb alle Welt solch einen Wirbel darum macht.« Er lachte auf. »Ich will es mal so ausdrücken: Er wird eine ganze Weile die Finger vom Alkohol lassen. Wie war's bei dir?«

Als Ísa es ihm erzählte, musste er so heftig lachen, dass er fast von seiner Kiste fiel. »Bin ich dein Schnuffelhase?«, fragte er grinsend.

Ihr Herz setzte kurz aus, dann schlug sie den gleichen unbeschwerten Ton an wie er, während sie anfing, die Behälter zu öffnen. »Ich bevorzuge Puschibär«, sagte sie und musste lächeln, als er abermals auflachte. In seiner Gegenwart fühlte sie sich so glücklich, dass es wehtat. »Hast du ein enges Verhältnis zu deinen Großeltern?«

»Ja. Als Kind bin ich oft ganze Wochen am Stück auf ihrer Farm herumgesprungen, bevor sie sich irgendwann verkleinert haben.« Er nahm die Schale mit gebratenem Reis, die sie ihm reichte. »Und du? Hast du Großeltern, die dir nahestehen?«

Trauer stieg in ihr auf. »Ja, meine Großmutter väterlicherseits. Ich bin mit acht zu ihr nach Island gezogen und habe fünf Jahre bei ihr gelebt. Ich mochte sie mehr als jeden anderen Menschen.« Und das Beste daran war, dass ihre Großmutter diese Liebe mit Herz und Seele erwidert hatte. »Sie war eine warme, sanftmütige Frau, die mich in ihren Armen wiegte, wenn ich einen Albtraum hatte.«

Sailors Blick war mitfühlend, als er ihr über die Wange streichelte. »Sie ist gestorben?«

»Vier Wochen nach meinem dreizehnten Geburtstag.« An dem sie Ísa geholfen hatte, ein Picknick für ihre Freunde zu organisieren. »Anschließend brachte mein Vater mich zurück nach Neuseeland und teilte Jacqueline mit, dass es jetzt an ihr sei, die Verantwortung für mich zu übernehmen.«

»Das ist ein schwieriges Alter, um sich in einem Land einzugewöhnen, das man zuletzt als Kind erlebt hat.«

Ísa schnitt eine Grimasse. »Ganz besonders, wenn man einen ›ulkigen‹ Akzent hat und auch noch mehr wiegt als der Durchschnitt.« Sie schüttelte die alten Erinnerungen ab und sagte: »Ich versuche, Catie und Harlow die Art von Liebe zu geben, wie ich sie von *Amma* Kaja bekam.«

»Und das mit großem Erfolg«, versicherte Sailor ihr ohne Zögern.

Ein warmes, behagliches Gefühl ergriff Besitz von ihrem Herzen.

»Hier, versuch mal.« Sailor hielt ihr eine Frühlingsrolle hin.

Ísa beugte sich vor und biss ein Stück ab. Die andere Hälfte steckte er sich selbst in den Mund. Die Intimität dieser Geste stahl ihr den Atem. Wie es wohl wäre, wenn sie jeden Abend diese schlichten, süßen Momente der Verbundenheit mit ihm genießen könnte, während sie zusammenwuchsen und in eine gemeinsame Zukunft aufbrachen?

33. KAPITEL

DAS DURCHSCHEINENDE TRAGÖDIENKLEID

Es war schwer, sich nicht an den Traum festzuklammern. Trotz ihres festen Vorsatzes, mit aller Kraft darum zu kämpfen, dass es funktionierte, blieb die immense Gefahr bestehen, dass alles in die Brüche gehen würde. Eigentlich war das Risiko zu hoch – keine Frau mit einem Killerinstinkt und Geschäftssinn im Blut würde noch mehr Energie in diese Angelegenheit investieren.

Ihr zukünftiges Ich war zu bedauern, denn Romantikerin, die Ísa war, würde sie aller Wahrscheinlichkeit nach ihre eigene Shakespeare'sche Tragödie inszenieren, inklusive einem blutenden, gebrochenen Herzen und geplatzten Träumen. Allerdings war sie sicher, dass sie nicht mit blumenumkränztem Haupt und in einem durchscheinenden Gewand Unsinn faselnd durch die Straßen irren würde.

»Eine Frau muss gewisse Standards einhalten«, murmelte sie.

Sailor wollte sich gerade eine weitere Frühlingsrolle einverleiben, als er mitten in der Bewegung innehielt. »Ich finde, sie schmecken ziemlich gut«, sagte er zu seiner Verteidigung. »Außen knusprig, innen saftig.«

»Was? Ach so, nein, das meinte ich nicht.« Ihre Schultern bebten, ihre Lippen verzogen sich zu einem tiefen Lächeln. »Ich wurde gerade zu einem Gedicht inspiriert.« Kaum waren ihr diese Worte entschlüpft, schlug sie sich die Hand vor den Mund. »Vergiss, dass du das gehört hast.«

Seine betörend blauen Augen funkelten. »Auf keinen Fall, Rotschopf«, sagte er, nachdem er die Frühlingsrolle verdrückt hatte, und zog ihr die Hand vom Mund. »Du verfasst Gedichte?«

Ísa nickte seufzend. »Exakt die richtige Kombination aus Wörtern zu finden, um einen Gedanken oder eine Idee zu transportieren, sie in einem kleinen, perfekten Gedicht zu verpacken, macht mich glücklich.« So einfach war das. »Ich erwarte nicht, einen Preis zu gewinnen oder so was. Es ist einfach ein … leidenschaftliches Hobby von mir.«

»Wenn aus dir trotzdem eine berühmte Lyrikerin würde«, sagte er und brachte Ísa damit zum Lachen, »würdest du den Lehrberuf dann an den Nagel hängen?«

»Nein. Ich liebe meinen Job.« Es war wie eine Berufung.

»Trägst du mir eins deiner Gedichte vor?«

»Ich werde darüber nachdenken.« Die Vorstellung, ihn an ihrer schöpferischen Arbeit teilhaben zu lassen und ihm damit einen Blick in den verschrobenen Teil ihrer Seele zu gewähren, machte sie eigenartig verlegen. »Du musst müde sein«, bemerkte sie, um Zeit zu gewinnen. »Du hast in null Komma nichts unglaublich viel geschafft.«

»Es wird vielleicht noch eine halbe Stunde hell genug für die Arbeit sein.« Sailor aß schnell die letzten Reste seines Essens. »Bist du für heute fertig?«

Ísa verzog das Gesicht. »Leider nein. Ich muss für Jacqueline etwas erledigen, das sehr zeitaufwendig ist.«

»Hat es mit dieser Megastore-Idee zu tun, über die neulich in den Wirtschaftsnachrichten berichtet wurde? Irgendwie passt es nicht zu deiner Mutter, dass sie ihre Pläne bekannt gibt, bevor alles in trockenen Tüchern ist.«

Ísa hätte ahnen müssen, dass er den Braten roch; man sollte Sailor Bishops Intelligenz nicht unterschätzen. Sie folgte ihrem Instinkt und erzählte ihm, was passiert war.

Sein Blick wurde kühl, als er hörte, dass sie jeden überprüfte, der während der fraglichen Zeit in Jacquelines Büro gewesen war. »Du denkst, ich war es?«

»Hör bloß auf«, fauchte sie und pfefferte ihre Essstäbchen in die improvisierte Mülltüte. »Ich habe schon zu viel Energie darauf verschwendet, meine Mutter davon zu überzeugen, dass du es auf keinen Fall warst. So dumm wärst du nicht.«

Er warf den Kopf zurück und lachte schallend, ein wunderschönes, vom späten Licht des Abends geküsstes Geschöpf. Ísa spürte ein Ziehen im Herzen.

»Und wen verdächtigst du?«, fragte er dann mit blitzenden Augen.

»Ich habe noch nicht den leisesten Hinweis.« Sie hätte sich vor Frust die Haare raufen mögen. »Aber falls jemand Crafty Corners schaden will, könnte er versuchen, auf dieser Baustelle Sabotage zu betreiben. Viele Leute beobachten mit großem Interesse, ob Bio-Fast sich als Erfolg oder als Misserfolg entpuppen wird.«

»Ich werde die Augen offen halten.« Sailor blickte zu dem Garten hinüber, den er angelegt hatte. »Ich habe das Bankdarlehen nicht bekommen«, sagte er unvermittelt. »Genauer gesagt, nur die Hälfte des Betrags, den ich eigentlich brauchte.«

Ísas Magen zog sich zusammen. Sie ahnte, dass das einen herben Rückschlag für ihn bedeutete. Und sie war sich auch des großen Vertrauens bewusst, das ihr zielstrebiger, ehrgeiziger Liebster ihr erwies, indem er es ihr erzählte.

Sie ergriff seine Hand. »Was sind die Konsequenzen?«

»Wenn ich nichts unternehme, um die Kosten auszugleichen, werde ich nicht die nötigen Mittel haben, um den Plan, an dem ich arbeite, seit ich vor zwei Jahren eine Marktlücke entdeckte, in die Tat umzusetzen.«

Obwohl er erst *einundzwanzig* gewesen war, hatte er schon einen großen Traum vor Augen gehabt und außerdem den Antrieb und die Willenskraft, ihn zu verfolgen. War es da ein Wunder, dass sie sich rettungslos in ihn verliebt hatte?

Oh Gott.

Warum zur Hölle hatte sie sich die Wahrheit eingestanden? Wie sollte sie sie jetzt noch verheimlichen?

»Klingt, als hättest du eine Strategie«, sagte sie mit einem Kloß im Hals.

Sailor verflocht seine Finger mit ihren und drückte sie. »Ich muss mein Arbeitspensum verdoppeln.« Er ließ das so beiläufig fallen, als spräche er nicht von einem irrsinnigen Zeitaufwand.

Als würde er Ísa damit nicht das Herz brechen.

Sie wappnete sich innerlich dagegen zu hören, dass er keine Zeit für eine Beziehung haben werde. Keine Zeit für sie.

»Ich werde vermutlich zum Zombie mutieren.« Er hob ihre Hand an seine Lippen und drückte einen Kuss auf die Knöchel. »Aber wenn du mich lässt, werde ich *dein* Zombie sein.«

Ísas Lungen schmerzten, sie bekam kaum Luft. »Ah ja?«

»Wir könnten es hinkriegen.« In seinen Augen stand dieselbe glühende Entschlossenheit, die sie in ihnen gesehen hatte, als er von seinem Geschäft sprach. »Wir frühstücken gemeinsam bei Tagesanbruch …« Sein verspieltes Lächeln forderte sie auf mitzulächeln. »… und speisen so exklusiv zu Abend wie jetzt gerade. Gefolgt von nackt verbrachten gemeinsamen Nächten.«

Mit feuriger Leidenschaft beschwor er sie, ihm zu glauben, obwohl sie doch mit eigenen Augen gesehen hatte, dass eine Beziehung diese Art von unerbittlichem Stress nicht überleben konnte. Und jemand, der so ambitioniert war wie Sailor, würde sich nicht mit einem einzigen Triumph zufriedengeben.

Es würde immer einen neuen Berg geben, den es zu erklimmen, mehr Ruhm, den es zu ernten galt.

Wichtigeres als Ísa.

Und trotzdem wollte sie daran glauben. Sie liebte ihn zu sehr, um sich nicht auch noch an den dünnsten Strohhalm zu klammern. »Was ist mit den Wochenenden?« Von den fünf wundervollen Jahren bei ihrer Großmutter einmal abgesehen, hatte Ísa in ihrer Kindheit unendlich viele Stunden allein verbracht. Die Vorstellung, dass sich das wiederholen könnte, war ihr persönlicher Albtraum.

Erst recht, da es Sailor war, den sie vermissen würde.

»Wie wäre es, wenn du mir Gesellschaft leisten würdest«, schlug er vor, seine Finger noch immer fest mit ihren verschränkt. »Sobald du nicht mehr bei Jacqueline eingespannt bist, könntest du Tests korrigieren oder Gedichte schreiben, während ich meiner Arbeit nachgehe.«

Als Ísa die Lippen öffnete, um etwas zu erwidern – was, wusste sie selbst nicht genau –, schüttelte er den Kopf. »Versuch es, Ísa. *Bitte.*«

Es war das herzzerreißende Flehen in diesem letzten Wort, das den Ausschlag gab.

Zutiefst aufgewühlt handelte sie jedem ihrer Instinkte zuwider, als sie nickte. »Ab wann willst du dir dieses höllische Arbeitspensum aufhalsen?«

Er zog sie auf seinen Schoß, dann griff er mit der Hand in ihr Haar und ließ es über ihre Schultern fallen. »Ich werde dich nicht enttäuschen, Rotschopf.« Sein Kuss raubte ihr nicht nur den Willen, sondern er drohte auch, alle ihre Träume zu zerstören und sie zu vernichten.

»Ich hab schon damit angefangen«, antwortete er, als sie sich anschließend an ihn schmiegte. »Aber gleich nach Neujahr lege ich eine Pause ein – ich habe meiner Familie schon vor Monaten versprochen, mit ihr zelten zu gehen. Kommst du mit?«

Ísa nickte und verdrängte ihre Angst davor, wegen bedeutenderer Träume auf der Strecke zu bleiben. Denn wenn sie zustimmte, einer Sache eine Chance zu geben, dann mit ganzem Herzen. Ohne Zögern. Ohne Reue. »Ja«, sagte sie, auf einmal ebenso wild entschlossen wie Sailor, nachdem sie ihren Schmerz fest in sich eingekapselt hatte. »Ich komme gern mit.«

Sailor küsste wieder ihre Fingerknöchel. Doch als sie den Schatten in seinen Augen bemerkte, wurde ihr bang ums Herz. Da war noch etwas anderes. »Sailor?« Sie sah ihn durchdringend an. »Sag mir, was los ist.« Ihre Stimme duldete keinen Widerspruch.

»Nicht heute Abend.« Es klang beinahe flehentlich. »Lass uns einfach nur den Moment genießen.«

Die Stirn noch immer gerunzelt, fuhr sie ihm mit den Fingern durchs Haar. »Ich warne dich, Sailor Bishop. Wenn du willst, dass ich mich zu dir bekenne, dann musst du das umgekehrt auch tun.« Sie strich mit der Nase über seine. »Sprich mit mir.«

Seine Lippen formten sich zu einem kleinen Lächeln. »Das werde ich, wenn wir beim Zelten sind. Versprochen.«

Ísa würde ihn an dieses Versprechen erinnern. Und sie würde alles in ihrer Macht Stehende tun, um dieses mächtige, sexy, humorvolle Band zwischen ihnen zu bewahren. Das Wort »aufgeben« kam in ihrem Sprachschatz nicht vor. Auch wenn es besser für sie wäre.

Nur gut, dass sie kein durchscheinendes weißes Gewand besaß.

Standards

Eine Frau muss gewisse Standards einhalten
Duftige weiße Gewänder mögen der letzte Schrei sein
In Momenten der Tollheit, der Nervenzusammenbrüche
Aber Schwarz birgt viel mehr Dramatik, mein Schatz
Und verleiht deinem Wahnsinn Bedeutung

Ísalind Rain

34. KAPITEL

Wenige Tage später rollte das neue Jahr auf einer hochsommerlichen Hitzewelle heran ... und mit einem Kuss, der Ísas Blut zum Kochen brachte. Sailor hatte den ganzen Tag gearbeitet, aber um Mitternacht gehörte er ihr. Sie standen auf dem Dach des Hauses, in dem sie wohnte, während sich auf dem Sky Tower in Auckland das Feuerwerk in gleißenden, farbigen Fontänen ergoss.

»Hast du einen guten Vorsatz für das neue Jahr gefasst?«, fragte sie flüsternd, während in der Ferne die Funken in den Himmel aufstoben und ihr romantisches Herz von immerwährenden Küssen träumte.

Mit ernster Miene legte ihr Sailor die Hand an die Wange. »Dass ich meine Ísalind so oft wie möglich küssen werde.«

Da war es um sie geschehen.

Sie stellte sich auf die Zehenspitzen und drückte die Lippen auf seine, während die warme sommerliche Brise sie umarmte und im ganzen Land Liebende sich küssten.

35. KAPITEL

ÍSA UND NAYNA UND EINE FLASCHE TEQUILA

Als Ísa zwei Tage später kurz nach neun endlich heimkam, wartete Nayna vor dem Haus in ihrem Auto auf sie.

Ísa hatte in der Firma Überstunden gemacht, um dem heimtückischen Schnüffler nachzuspüren, wie Catie und Harlow ihn nannten, weil sie der Meinung waren, »Spion« sei eine viel zu niveauvolle Bezeichnung. Sie fanden Schnüffler angemessener, da proletenhafter. Wie sie überhaupt von der laufenden Ermittlung erfahren hatten, war nicht schwer zu enträtseln, wenn man Jacqueline kannte und wusste, wie sie auf einen derartigen Vertrauensbruch reagieren würde.

»Und wen sollte sie damit beauftragen, wenn nicht dich, Ísa!«, hatte Harlow freimütig gesagt. »Die Familie ist für dich das Allerwichtigste.«

Ihr reizender, manchmal etwas naiver Bruder hatte den Nagel schmerzhaft auf den Kopf getroffen.

Ihren Traum von einem soliden Leben an der Seite eines Gefährten, der sie wirklich wahrnahm, tief in sich verborgen, ließ Ísa den unbeabsichtigten Hieb an sich abprallen und wandte sich wieder ihrer Arbeit zu. Sie verfügte zwar nicht über Jacquelines weitreichende Kontakte, dafür hatte sie einen Uniabschluss in Englisch. Zufällig arbeitete einer ihrer früheren Kommilitonen ausgerechnet für die Zeitung, die die Story veröffentlicht hatte.

»Wir bezahlen nicht für Informationen, egal, um welche Geschichte es geht«, beteuerte er, als sie ihn anrief und nach den Richtlinien seines Blatts fragte. »Das unterscheidet uns von der Boulevardpresse.«

Damit hatte sich ihre ganze Theorie erledigt. Sie hatte immer noch daran zu kauen, als sie auf den Parkplatz des Apartmentgebäudes einbog und Nayna in ihrem Auto auf einem der Stellplätze für Gäste entdeckte.

Ísa ging zu ihr hin und klopfte ans Fenster.

Ihre Freundin zuckte sichtlich zusammen. »Grundgütiger«, ächzte sie beim Aussteigen. »Hast du mich vielleicht erschreckt. Ich habe vor mich hin geträumt.«

»Wie lange wartest du schon?«

»Höchstens fünf Minuten. Ich wollte dich anrufen, um zu fragen, ob du schon daheim bist, doch dann beschloss ich, noch ein bisschen sitzen zu bleiben und vor mich hin zu brüten.«

»Dann lass uns gemeinsam brüten.« Ísas Kopf war voller Gedanken an einen gewissen Gärtner, der sie dazu animierte, verrückte Dinge zu tun. Wie beispielsweise Energie in eine Beziehung zu stecken, die hundertprozentig zum Scheitern verurteilt war.

In Ísas Wohnung angekommen, entledigten sie sich ihrer Handtaschen und Schuhe, bevor Ísa eine Kanne Tee kochte.

»Kommt dein blauäugiger Adonis heute Abend vorbei?«, erkundigte Nayna sich.

»Nein. Er hat seinen jüngeren Brüdern versprochen, mit ihnen ins Kino zu gehen.« Ísa liebte Sailor umso mehr, weil er den beiden so viel Aufmerksamkeit schenkte und sich diese Zeit nahm, obwohl er von früh bis spät schwer schuften musste. Ein ausgeprägter Familiensinn hatte Ísa nie Angst gemacht – Familie war für sie ein Lebenselixier. »Setz dich und erzähl«, forderte sie Nayna auf.

Diese ließ sich neben Ísa auf das Sofa sinken. »Ich muss weg«, verkündete sie mit zusammengekniffenen Augen. »Mir ist nämlich eines klar geworden: Raj ist auf seine stille Weise so starrköpfig wie ein Maultier. Er hat sich für mich entschieden und gibt nicht auf.«

»Aber du bist dir noch nicht sicher?«

»Ich möchte ihn ausziehen und vernaschen wie eine sexlüsterne Furie. Und es gefällt mir, dass er Grips hat.« Nayna trank ihren Tee auf ex, als wäre es Whiskey. »Aber mir schwirren so viele andere Dinge im Kopf herum, dass ich kaum denken kann.«

Sie knallte ihre Teetasse auf den Couchtisch und stand auf, dann ging sie unruhig im Zimmer auf und ab. »Als ich gestern Abend heimkam, saß meine Schwester mal wieder mit meinem Vater in der Küche und hat sich mit ihm unterhalten. Ich liebe sie, aber in dem Moment hätte ich sie am liebsten angebrüllt, weil sie mein Leben ruiniert.«

Sie atmete hörbar aus. »Dann wurde mir plötzlich bewusst, dass sie überhaupt keine Schuld trifft. Dies ist mein Leben, und ich bin diejenige, die es versemmelt hat.« Mit grimmiger Miene setzte sie sich wieder auf das Sofa und verschränkte die Arme. »Ich werde meinen Urlaub verlängern und für eine Weile aus der Stadt verschwinden, um wieder einen klaren Kopf zu bekommen. Das Okay meiner Vorgesetzten habe ich schon.«

»Wohin fährst du?« Ísa würde sie auf keinen Fall verreisen lassen, ohne alle Einzelheiten zu erfahren, damit sie ihre Freundin im Blick behalten konnte.

»Warte kurz.« Nayna zückte ihr Handy und leitete die Buchungsdetails an Ísa weiter.

»Und was soll ich tun, wenn Raj mich anruft und nach dir fragt?«

»Du weißt von nichts.«

»Verstanden.«

Nayna trank noch eine Tasse Tee. »Und du willst ernsthaft zelten gehen?«

»Mach dich nur lustig über mich.« Ísa funkelte sie böse an. »Ich tue es aus Liebe.«

Nayna stieß ein schnaubendes Lachen aus und riet ihr, unbedingt Klopapier mitzunehmen.

Nachdem Ísa gedroht hatte, sie zu erwürgen, bekannte sie die Wahrheit. »Ich habe schrecklich Angst, dass ich bei ihm an letzter Stelle kommen werde, Nayna.« Ihre Freundin war Zeugin ihres einsamen Daseins gewesen und wusste um die Narben, die diese Einsamkeit bei ihr hinterlassen hatte. »Und dass ich mir sage, nur noch einen Tag, einen Monat, ein Jahr, bloß um irgendwann feststellen zu müssen, dass ich allein in einem großen Haus sitze.«

»Schwachsinn.« Nayna stupste sie in die Seite. »Du bist kein Kind mehr. Sondern eine taffe Frau, die keine Gefangenen macht. Glaubst du wirklich, dein Sailor würde eine solch schäbige Nummer mit dir abziehen?«

Dein Sailor.

Es gefiel ihr, wie das klang. »Bei ihm bin ich so schwach wie du bei Raj.«

Nayna seufzte. »Hätte ich auf der Party doch bloß meinen Mund gehalten. Er ist so hübsch, und er hätte sich überall von mir anfassen lassen.« Sie schüttelte energisch den Kopf. »Aber meine schmutzigen Fantasien sind jetzt nicht das Thema. Im Ernst, Ísa, du bist viel zu stark – und zu ehrlich –, um dir einen Albtraum einzureden.«

In Anbetracht ihrer überwältigenden Gefühle für Sailor war Ísa sich da nicht so sicher.

In just diesem Augenblick öffneten sich krachend die

Schleusen des Himmels, und ein gewaltiger Platzregen trommelte gegen das Fenster.

»Verdammter Tee«, fluchte Nayna. »Wo ist der Tequila? Ich werde hier übernachten.«

Was dazu führte, dass Ísa am nächsten Tag zum ersten Mal seit Collegezeiten einen Kater hatte … und Nayna betrunken einen gewissen Mann anrief und ihm sagte, dass sie sein Sixpack ablecken wolle.

»Tequila ist Teufelszeug«, ächzte Nayna, als sie Ísa auf deren privater Büroleitung anrief. »Oh verflixt, mein Flug wird gerade aufgerufen. Übrigens hat Raj mir noch ein Foto von seinem Sixpack geschickt. Und einen Smiley mit herausgestreckter Zunge.«

Ísa musste so heftig lachen, dass ihr hinterher der Bauch wehtat. Zum Glück zeigten die rezeptfreien Schmerztabletten, die sie eingeworfen hatte, endlich Wirkung. »Wie viele sind es, seit du aufgewacht bist?«

»Hör auf zu lachen«, brummte Nayna. »Du machst dir keine Vorstellung, wie schwer es ist, klar zu denken, während mein Handy voll ist mit Bildern von seinem halb nackten Körper, den ich ständig anschauen möchte.« Ihr Atem klang auf einmal hektisch. »Das war der letzte Aufruf. Wir sprechen uns später.«

»Bring dich nicht noch mehr in Schwierigkeiten«, warnte Ísa sie.

»Keine Sorge. Ich kann schon von Glück reden, wenn ich mich nicht übergebe.«

Als Ísa sich anschließend in ihren Computer einloggte, stellte sie fest, dass der Sicherheitsdienst ihr endlich die von ihr angeforderten Videoaufnahmen geschickt hatte. In den Büros von Crafty Corners gab es keine Überwachungskameras – es wäre gruselig für die Mitarbeiter, rund um die Uhr beobachtet zu werden –, dafür aber an sämtlichen Eingängen sowie in den Fahrstühlen.

Sie hatte noch immer mehrere Stunden Material zu sichten, als sie unterbrechen musste, um sich ihren alltäglichen Verpflichtungen als Vizepräsidentin zu widmen. Als ihre Mutter sie bat, in ihr Büro zu kommen und ihr über ihre Fortschritte bei der Suche nach dem Maulwurf Bericht zu erstatten, entgegnete Ísa, dass sie daran arbeite und Jacqueline sich selbst darum kümmern könne, wenn sie nicht aufhöre, sie zu kontrollieren.

Der Drache gab klein bei.

Dann brachte Ginny ihr eine sorgsam verpackte Schachtel, die am Empfang für Ísa abgegeben worden war. Sie lächelte verzückt angesichts des Kaktus, der an einen Wattebausch erinnerte.

Du bist ein seltsamer Mann, schrieb sie Sailor.

Und zwar deiner.

Ísa stockte der Atem. Die Worte bedeuteten ihr so viel, dass sie es mit der Angst zu tun bekam. Aber sie war fest entschlossen, es zu versuchen und es niemals zu bereuen, darum fand sie sich um halb acht Uhr abends auf der Baustelle ein. Sie hatte eine gesunde, »hausgemachte« Mahlzeit aus einem Restaurant mitgebracht, das sich einfacher, fettarmer Hausmannskost verschrieben hatte.

Dafür sparten sie dort nicht mit Kohlehydraten, aber die hatte Sailor auch dringend nötig, nachdem er zum Mittagessen nur ein Sandwich gegessen hatte. »Lieber Himmel, Sailor, um dir deine Muskeln zu erhalten, brauchst du mehr als nur ein belegtes Brot. Und du weißt ja, dass ich nur ihretwegen hier bin.«

Grinsend zog er sie zu einem feurigen Kuss zu sich heran, dabei streichelte er mit unverhohlenem Genuss ihren Po. Im Gegenzug vergrub Ísa ihre Hände in seinen Gesäßtaschen und zwickte ihn in den Hintern. Zur Strafe leckte er mit der Zunge über ihre. Sie schlüpfte aus einem Pumps und strich mit den Zehen über seine Wade.

Stöhnend löste er den Mund von ihrem. »Du spielst unfair, Rotschopf.« Er saugte an ihren Lippen. »Das gefällt mir.«

»Wir sollten jetzt essen«, brachte Ísa mühsam heraus. »Das Beet, neben dem wir stehen, sieht nicht besonders komfortabel aus.«

»Schlaumeierin.« Er tätschelte ihren Po. »Aber ich stimme dir zu. Lass uns essen.«

Als sie fertig damit waren, fingen Sailors blaue Augen ihren Blick ein. »Musst du zurück ins Büro?«

Nach kurzem Überlegen kam ihr die Idee, sich den Rest des Überwachungsmaterials einfach auf ihrem Laptop anzusehen. »Nein, ich kann auch hier arbeiten.«

Umgehend zog er eine weitere Holzkiste heran. »Ta-da! Dein Freiluft-Schreibtisch.«

Sie verbrachten die nächsten anderthalb Stunden schweigend, während der Sommertag in den Abend überging, aber Hauptsache, sie waren zusammen. Von Zeit zu Zeit kam Sailor bei ihr vorbei, hob ihr Kinn an und drückte seine Lippen auf ihre. Jeder Kuss schürte ihre Erregung weiter, und als er schließlich zusammenpackte, weil es allmählich dunkel wurde, verzehrte sie sich so sehr nach ihm, dass sie am liebsten gleich auf dem Rücksitz seines Wagens über ihn hergefallen wäre.

So aber fuhren sie zu ihm nach Hause, statt zu ihr, weil er dort alles hatte, was er brauchte, um sich frisch zu machen. Doch sie störte sich kein bisschen daran, dass er verschwitzt und schmutzig war, als er sie gegen die Eingangstür presste und küsste. Sein erdiger Duft war wie ein natürliches Aphrodisiakum, das ihr Blut in Wallung brachte, es in Sirup verwandelte.

Sailor streichelte ihre Brust, als Ísa an seinem T-Shirt zerrte. Er zog es aus, dann öffnete er den Reißverschluss ihres Kleides und streifte es ihr von den Schultern, sodass es zu ihren Füßen landete. »Verdammt, Rotschopf. Kein Dessert schmeckt so gut wie du.« Er biss sie sacht in den Hals und legte die Hände auf ihre Brüste.

Sie zitterte, und er fluchte.

Sekunden später war ihr BH verschwunden, dicht gefolgt von ihrem Slip. Anschließend zog er ihr ihre Pumps wieder an. »Damit hast du genau die richtige Größe«, stieß er rau hervor, dabei drehte er Ísa um. »Stütz dich mit den Händen an der Tür ab.« Er fasste zwischen ihre Beine und ließ den Finger neckend um ihre Öffnung kreisen. »Mach schon, Rotschopf. Zwing mich nicht, die Handschellen zu holen.«

Leicht schockiert – und so erregt, dass sie vor Hitze zu vergehen drohte –, gehorchte Ísa. Aufreizend langsam zog er die Hand zurück. Sie hörte das Klimpern einer Gürtelschnalle, das leise Rascheln von Kleidung, die abgestreift wurde, das Knistern einer Kondomverpackung.

Sailor streichelte über ihren Rücken, ihren Hintern. »Diese Haut«, raunte er mit belegter Stimme.

Dann packte er mit einer Hand ihre Hüfte, schloss die andere fest um ihre Brust und drang in sie ein. Sein Glied fühlte sich in dieser Position so lang und hart an, dass Ísa sich trunken vor Lust auf die Unterlippe biss. Sailor ohne Shirt beim Arbeiten zu beobachten, seine zärtlichen Küsse und Liebkosungen – all das hatte eine solch brennende Begierde in ihr geweckt, dass er nur zweimal zustoßen musste, um sie zum Höhepunkt zu bringen.

Sailor hielt nicht viel länger durch, tief in ihr drin, die Finger in ihren Leib gegraben, stöhnte er auf und kam. Danach schmiegte er sich an ihren Rücken und strich ihr das Haar über die Schulter, um mit den Lippen an ihren Nacken zu gelangen. »Jetzt sind wir beide schmutzig.« Es klang hocherfreut.

Der sanfte Kuss ließ Ísa dahinschmelzen. »Wie groß ist deine Dusche?«

Wie sich herausstellte, nicht annähernd groß genug.

Ísa stützte sich ein zweites Mal gegen eine Wand, während Sailor sich unendlich geduldig in ihr hin- und herbewegte. Ihre Beine waren wie Gummi, als sie schließlich aus der dampfigen Kabine taumelten. Sailor warf ihr eins seiner T-Shirts zu, während er selbst in eine alte Jeans stieg, die seinen Hintern perfekt zur Geltung brachte.

Sie setzten sich an den Küchentisch und vertieften sich beide in ihre Arbeit.

Bis sie sich irgendwann im Bett ausstreckten und einschliefen. Als Ísa früh am nächsten Morgen ihre Sachen vom Vortag anzog, bedachte sie Sailor mit einem vorwurfsvollen Blick. »Nicht zu fassen, dass ich diesen Gang der Schande auf mich nehme. Pack Wechselklamotten ein. Du kommst heute Abend zu mir.«

Ohne einen Funken Reue zu zeigen, bemächtigte er sich ihrer Lippen. Da er in verspielter Stimmung und sein warmer Körper sowieso schon nackt war, landeten sie kurz darauf wieder im Bett. Diesmal war es köstlich und hart, bevor Sailor sich für die Arbeit fertig machte.

Eigentlich hätte Ísa sich benutzt fühlen müssen, aber Sailor verhinderte das, indem er liebevoll ihren Nacken küsste und fragte: »Sehen wir uns zum Abendessen?«

Doch tief im Inneren spürte sie Sorge.

Und noch tiefer Schmerz.

Denn das, was Ísa brauchte, war das Einzige, worum sie Sailor nicht bitten konnte. Wenn sie es täte, wäre das ihrer beider Ruin.

36. KAPITEL

DER FOTO-STALKER SCHLÄGT WIEDER ZU

Ísa kam vor der Arbeit nicht mehr dazu, sich die Überwachungsvideos anzuschauen, weil Harlow sie anrief, kurz nachdem sie ins Büro gekommen war, um ihr zu sagen, dass er auf dem Weg zu Crafty Corners von seinem Fahrrad gefallen sei und sich das Bein verletzt habe. Sie fuhr sofort zum Krankenhaus, wo sie viel Zeit brauchte, um ihn zu beruhigen.

»Jacqueline wird dich nicht feuern, nur weil du dich ein paar Stunden verspätest«, versicherte sie ihm. »Für einen Unfall hat sogar der Drache Verständnis. Falls du dich erinnerst, hat sie selbst sich vor sechs Monaten mehrere Rippen gebrochen.«

Ísa versuchte erst gar nicht, ihn zu überreden, sich den Tag freizunehmen.

Harlow hätte niemals zugestimmt. Er war zäh genug, um trotz der schmerzhaften Schnittverletzungen und Abschürfungen arbeiten zu gehen.

»In dir steckt ebenfalls ein Drache«, kommentierte sie, als sie ihn nach einem kurzen Zwischenstopp zu Hause, wo er sich umziehen konnte, zur Firma fuhr. Er grinste erfreut. »Danke!«

»Das war nicht als Kompliment gemeint«, wies sie ihn streng zurecht.

Harlows Augen strahlten hinter seinen Brillengläsern, als er auflachte.

Wegen ihres späten Arbeitsbeginns versuchte sie um elf noch immer, Zeit wettzumachen, als Jacqueline in ihrem Büro auftauchte und eine Zeitung auf den Schreibtisch knallte. Der Wirtschaftsteil war aufgeschlagen. Ísas Blick erfasste sofort das Foto, das sie beim Verlassen eines Gebäudes zeigte, in ihrer Hand eine große Tüte mit dem Logo des Restaurants, wo sie gestern für sich und Sailor Essen besorgt hatte.

Die Schlagzeile lautete: *Kein Vertrauen in Bio-Fast?*

»Bio-Fast existiert noch gar nicht!« Ísa rang die Hände. »Wovon soll ich mich bis dahin ernähren? Von Luft?«

»Dahinter steckt dieser Mistkerl, den ich habe abblitzen lassen«, sagte ihre Mutter, die heute ein maßgeschneidertes dunkelviolettes Kostüm trug, mit mühsam beherrschter eiskalter Wut. »Er will uns eins auswischen, und du hast ihm eine Steilvorlage geliefert. Verhalte dich um Himmels willen etwas diskreter.«

Ísa starrte sie an. »Ist dir eigentlich klar, dass ich anscheinend von irgendeinem Stalker verfolgt werde?«

»Oder es ist einfach nur jemand, der wusste, dass du dort Essen holen würdest.« Jacqueline zog eine Braue hoch.

»Fang nicht wieder damit an«, wies Ísa sie barsch zurecht und sah ihr fest in die grünen Augen. Sie mochte noch so zornig auf sich selbst sein, weil sie es nicht schaffte, ihre Gefühle für Sailor zu unterdrücken, trotzdem würde sie ihrer Mutter nicht gestatten, seinen Ruf zu beschmutzen.

Jacqueline hob abwehrend die Hände. »Geh dieser Sache auf den Grund, Ísa. Die Vendetta dieses armseligen Wichsers könnte den gesamten Zeitplan für die Eröffnungen in Gefahr bringen. Wir müssen seinen Informanten mundtot machen.«

Sobald sie gegangen war, rief Ísa Ginny zu sich. »Ich möchte, dass du alle meine Termine für heute absagst. Drück die wichtigen meiner Mutter aufs Auge.« Es wurde Zeit, Jacqueline ihre eigene Medizin kosten zu lassen. »Ich habe etwas anderes zu erledigen.«

Ginny nickte. »Was soll ich tun, wenn sie mich anschreit?«

»Sag ihr, dass ich mich auf die Aufgabe konzentriere, der sie oberste Priorität eingeräumt hat.« Ísa würde die Wahrheit zutage fördern, koste es, was es wolle.

Sailor betrachtete mit grimmigem Ausdruck das Foto von Ísa in der Zeitung. »So eine Schweinerei.« Er zeigte das Handydisplay Gabe, der gekommen war, um ihm ein paar Stunden zu helfen, bevor er zu einer Teambesprechung musste.

Die Miene seines Bruders war ebenso finster. »Das ist echt das Hinterletzte«, pflichtete er ihm bei. »Was kann man dagegen tun?«

»Falls jemand sie verfolgt, um Fotos zu bekommen, könnte die schwarze Limousine, die gestern auf der gegenüberliegenden Straßenseite parkte, etwas damit zu tun haben.« Der Wagen hatte plötzlich dort gestanden, als Ísa und er hinter der Baustelle aufgetaucht waren. »Halte danach Ausschau.«

Gabe nickte und klopfte ein Element der Einfriedung fest, das Sailor bereits gesetzt hatte. »Kann ich dich etwas fragen, Sail?«

»Klar.«

»Wieso bist du so wild entschlossen zu beweisen, dass du nicht nach diesem Dreckskerl gerätst, der uns gezeugt hat?«

Sailor biss die Zähne aufeinander und nahm sich das nächste Stück der Umgrenzung vor. Gabe bedrängte ihn nicht, sondern werkelte still weiter, bis Sailor nach einer Weile sagte: »Es gibt keinen rationalen Grund. Ich bin einfach ein bisschen bescheuert.«

Gabriels stahlgraue Augen taxierten ihn über das Beet hinweg. »Damit sind wir schon zwei.« Er verstummte für einen Moment. »Kennt deine Ísa die Geschichte?«

»Ich bringe sie ihr nach und nach bei. Um sie mit diesem Wahnsinn nicht zu vergraulen.« Leicht dahingesagte Worte, aber er meinte es todernst.

Gabriels Mundwinkel hoben sich, als er ihn prüfend musterte. »Du bist verrückt nach ihr, stimmt's?«

Sailor dachte daran zurück, wie verdammt gut es sich angefühlt hatte, heute Morgen neben ihr aufzuwachen, er konnte ihren warmen, weichen Körper noch immer in seinen Armen spüren. »Ich habe panische Angst, sie zu verlieren.« Er ging in die Hocke. »Welche Frau würde schon bei mir bleiben, während ich mich komplett verausgabe, um zu Ende zu bringen, was ich angefangen habe?« Und erst recht, wenn sie schon so oft enttäuscht worden war wie Ísa.

Sein Bruder wusste darauf keine Antwort, und als Ísa anrief, um Sailor mitzuteilen, dass sie es nicht zum Abendessen schaffen werde, weil sie Harlow nach Hause fahren und sich um ihn kümmern müsse, nagte wieder die Furcht an ihm. Die Distanz war schon jetzt spürbar. Dann machten seine sorgenvollen Bedenken fester Entschlossenheit Platz.

Scheiß drauf.

Ísa hatte in Sailor »Sturkopf« Bishop ihren Meister gefunden.

Ísa hatte Harlow zum Essen ausgeführt, weil sie wusste, dass sich keine andere erwachsene Person in seinem Umfeld um ihn kümmern würde und er jemanden zum Reden brauchte, der sich für ihn interessierte, bei dem er seinen ganzen inneren Aufruhr wegen seines Sommerpraktikums abladen konnte.

»Manche Menschen sollten keine Kinder bekommen«, murmelte sie, als sie durch ihre Wohnungstür trat. Ihr graute bei der Vorstellung, was aus dem lieben, klugen, sensiblen Harlow geworden wäre, hätte Jacqueline nicht eine Kurzzeitehe mit seinem Vater geführt. Ihr armer Bruder würde im Niemandsland zwischen den neuen Familien, die seine Eltern gegründet hatten, feststecken.

Beide schienen ihren erstgeborenen, siebzehnjährigen Sohn vergessen zu haben.

Frustriert kickte Ísa sich die Schuhe von den Füßen, warf ihre Tasche auf den Küchentresen und fläzte sich aufs Sofa. Die Suche nach dem Verräter hatte sie gedanklich, die Sorgen um Harlow emotional erschöpft, und zudem war sie verärgert über Sailor Bishop, weil er ihr einen ebenso wundervollen wie unerfüllbaren Traum in den Kopf gepflanzt hatte.

Es schellte an der Tür.

Das laute Schrillen ließ Ísa aufstöhnen. Vermutlich war es ein Gast eines ihrer Nachbarn, der den falschen Klingelknopf gedrückt hatte.

»Apartment 7 A«, meldete sie sich, nachdem sie sich zur Gegensprechanlage geschleppt hatte.

»Hallo, Apartment 7 A«, antwortete eine Männerstimme, die sie verlockte, mit all ihren Grundsätzen zu brechen. »Lässt du mich rein?«

Mit einem sehnsuchtsvollen Ziehen in der Brust machte sie ihm auf, dann wartete sie an der Tür, bis er aus dem Aufzug stieg. Sie wollte ihm entgegenlaufen, beherrschte sich jedoch, weil es zu beängstigend war, ihm ihre Gefühle so deutlich zu offenbaren. Andererseits hatte sie ein Versprechen gegeben. Und Ísa war kein Drückeberger.

Sie rannte los.

Sailor ließ seinen Seesack fallen, fing sie in seinen Armen auf und wirbelte sie herum. »Gott, hast du mir gefehlt.« Seine Wärme ging auf sie über, als er sie schier erdrückte.

Ísas wehes Herz wurde weit. Dann ging sie ein weiteres Risiko ein, ließ es darauf ankommen, als sie gestand: »Du mir auch.«

Sobald sich kurz darauf die Tür hinter ihnen geschlossen hatte, packte Sailor sie um die Hüften und drängte sich von hinten an sie. »Das Wichtigste zuerst.« Es verursachte ihr einen Schauder, als er die Lippen auf ihren Nacken, seine Erektion an ihre Rückseite presste.

Er roch nach Schweiß und heißem Mann.

Ísa drehte sich in seinen Armen zu ihm herum, suchte gierig seinen Mund.

Er küsste sie, ließ die Zunge über ihre schnellen, während er sie rückwärts ins Wohnzimmer drängte und auf die armlehnenlose Couch beförderte, die man zu einem Bett ausziehen konnte. Sie landete mit einem dumpfen »Uff« und sah zu, wie Sailor sich die Stiefel von den Füßen schleuderte.

»So ein Mist. Ich habe deinen Teppich beschmutzt.«

»Als wäre mir das im Moment nicht völlig schnurz.«

Ohne ihre Worte mit einem Lachen zu quittieren, entledigte Sailor sich seiner Socken und seines T-Shirts. Der Mann war der wahr gewordene Traum einer Frau; es war unfair, welche Wirkung allein sein Körper auf sie hatte. Zu wissen, dass er ihn durch schweißtreibende Arbeit geformt hatte, machte ihn nur noch verführerischer. »Ich möchte dich anfassen, dich küssen und schmecken.«

Sailor stand kurz reglos da, dann schüttelte er den Kopf und stieß vernehmbar den Atem aus. »Daraus wird nichts.«

Er schob ihr Kleid nach oben und streifte ihr den Slip herunter, sodass er um einen Knöchel baumelte, und sie war mehr als bereit, ihn aufzunehmen.

Ihn festzuhalten und zu besitzen, bevor die Welt Anspruch auf ihn erhebt.

Doch das war ganz und gar nicht Sailors Absicht. Stattdessen kniete er sich ohne Vorwarnung vor sie hin, zog sie bis an den Rand der Couch und legte den Mund auf die zarte, empfindsame Blüte ihres Schoßes.

Ísas Hirn explodierte in einem Funkenregen süßer Wonne.

Sailor lagerte ihre Beine über seine Schultern und schob die Hände unter ihren Po, um sie festzuhalten, während er sich an ihr labte. Ísa kapitulierte und ließ sich von den Wellen der Ekstase davontragen, bis sie keinen Knochen mehr im Leib spürte und vor Lust alles wie durch einen Schleier sah. Als er sich endlich aufrichtete, den Rest seiner Kleidung ablegte und sich ein Kondom überstreifte, hatte sie das Gefühl, nur noch aus flüssigem Wachs zu bestehen.

»Sieh mich an, Ísalind«, befahl er mit kehliger Stimme.

Ísa öffnete die Augen. Es war über alle Maßen erotisch, wie er in sie hineinglitt, während ihre Blicke einander festhielten. Gleichzeitig spürte sie bereits die Vorboten der schmerzlichen Einsamkeit, auf die sie zusteuerte. Sie legte die Hände auf seine Schultern und zog ihn näher zu sich heran. Seine Augen funkelten, als er den Oberkörper auf ihre Brüste senkte ... und sich in ihr verlor.

Beide versuchten verzweifelt, sich an einem Traum festzuklammern, der unter dem brutalen Gewicht der Realität zu zerplatzen drohte.

37. KAPITEL

WIESEL, RATTEN UND ANDERES GETIER

Ísa wurde davon geweckt, dass jemand sich in ihrem Zimmer bewegte. »Sailor?«, murmelte sie verschlafen.

»Guten Morgen, Rotschopf.« Bereits angezogen, mit noch feuchtem Haar, beugte er sich zu ihr hinunter und küsste sie. »Ich muss los.« Er legte seine Hand an ihre Wange. »Ich fahre zum Gewächshaus und werde zu spät zurück sein, um noch vorbeizukommen. Sehen wir uns morgen?«

Ísa nickte und stand auf, um ihm an der Tür noch einen Abschiedskuss zu geben, obwohl er sie drängte, im Bett zu bleiben. Ihr wurde die Brust eng, während sie zusah, wie er mit seinem Rucksack in der Hand davonging. Das Gefühl verstärkte sich noch, als er ihr vom Aufzug aus zuwinkte.

Sie hatte sich wahnsinnig, hoffnungslos, leidenschaftlich in Sailor Bishop verliebt.

Aber sosehr er sich auch bemühte, er würde ihr trotzdem nur kurze Momente seiner Zeit schenken können.

»Die Geschichte meines Lebens«, flüsterte sie mit einem selbstironischen Lächeln. Sie war ganz allein schuld an dieser Misere, als sie sich von seinen betörenden Augen hatte in Bann schlagen lassen und ihren Traum dem seinen geopfert hatte.

Ísa blieb nur die Wahl, es mit Galgenhumor zu nehmen oder sich einzuigeln und sich die Augen aus dem Kopf zu heulen.

Da sie sowieso schon auf war, beschloss sie, das verbleibende Überwachungsmaterial zu durchforsten. Es spielte keine Rolle, dass heute Samstag war, sie würde nicht ruhen, bis sie den Spitzel entlarvt hatte. Und falls sie Jacqueline sprechen musste, wusste sie, wo sie sie finden würde: im Hauptquartier von Crafty Corners.

Für ihre Mutter war auch der Samstag der Arbeit vorbehalten. Ebenso der Sonntag, wenn auch mit gewissen Zugeständnissen an Oliver, weil nicht einmal er tolerant genug war, zu akzeptieren, dass seine Frau an jedem Tag der Woche sechzehn Stunden in der Firma verbrachte. Also verlegte sie das Feilen an neuen Ideen nach Hause. Womit Oliver offenbar leben konnte.

Ísa sichtete bereits seit fünfundzwanzig Minuten die Aufzeichnungen, als ihr etwas ins Auge stach. Sie vergewisserte sich anhand einer anderen Aufnahme ihrer Vermutung. »Scheiße.«

In diesem Augenblick klingelte ihr Handy, das Display zeigte Sailors Nummer an. Ihr törichtes Herz begann wild zu pochen. »Sailor? Ist etwas passiert?«

»Ich habe einen Kerl verjagt, der die Bio-Fast-Baustelle fotografiert hat, als ich ankam.« Er klang leicht außer Atem. »Ich bin ihm gefolgt, aber dieser Mistkerl hatte einen Vorsprung, und der Motor seines Wagens war schon startklar. Er ist einfach reingesprungen und abgehauen.«

»Er war nicht zufällig blond und sah aus wie einer Zahnpastawerbung entsprungen?«

»Ich schwör's dir, seine Zähne haben in der Sonne regelrecht geblitzt.«

Tja, das war der Nagel zu seinem Sarg. »Ich weiß, wer das ist. Meine Mutter wird nicht erfreut sein.«

Das war die Untertreibung des Jahres.

»Vertraue niemals einem gut aussehenden, charmanten Mann, Ísalind«, ermahnte Jacqueline sie, nachdem Ísa ihr den Beweis für Trevors Spionage vorgeführt hatte.

Ísa schnaubte. »Meiner Ansicht nach trifft beides nicht auf Trevor zu.« Dazu war er zu schmierig. »Ich bin überzeugt davon, dass er die undichte Stelle ist – diese Aufnahme zeigt, wie er nach dem Treffen mit dir in den Aufzug steigt, nur um gleich im Anschluss wieder nach oben zu fahren.«

Sie tippte mit dem Finger auf ein Blatt Papier, das auf Jacquelines Schreibtisch lag. »Und das hier beweist, dass er deine Schlüsselkarte benutzt hat, um sich Zutritt zu deinem Büro zu verschaffen.« Trotz ihres Sicherheitsbewusstseins hatte Jacqueline die Angewohnheit, ihre Schlüsselkarte auf ihrem Tisch liegen zu lassen. »Darüber hinaus hast du bestätigt, dass Annalisa und du zum fraglichen Zeitpunkt abwesend wart.«

Jacqueline blickte gequält. »Möglich, dass ich Trevor gegenüber erwähnt habe, dass ich Annalisa zu einem wohlverdienten Mittagessen ausführen wollte.«

»Und ihr habt anschließend ihre Karte benutzt, um die Tür zu öffnen.« Das belegten die Aufzeichnungen des Scanners. »Ich wette, deine eigene lag wieder auf deinem Schreibtisch, als du zurückkamst.«

»Ich erinnere mich nicht – aber da ich sie nicht vermisst habe, muss es wohl so gewesen sein.«

»Trevor ist zehn Minuten später wieder in den Fahrstuhl gestiegen. Damit hatte er reichlich Zeit, um herumzuschnüffeln.« Die gute Nachricht war, dass der Konzeptplan der einzig interessante Fund gewesen sein dürfte, da die Computer passwortgeschützt waren und Jacqueline vertrauliche Dokumente in ihrem Wandtresor verwahrte.

»Besteht irgendeine Chance, dass es nicht Trevor war?«, fragte Jacqueline hoffnungsvoll. »Er ist der einzige Nachkomme meines armen, lieben Oliver.«

Ísa nickte mitfühlend. Ihr Stiefvater hatte es wirklich nicht verdient, eine solch illoyale Kröte zum Sohn zu haben. »So verdächtig sein Verhalten auch wirkt«, sagte sie, »könnte Trevor es trotzdem vielleicht irgendwie erklären. Anders sieht es hiermit aus.« Ísa schob ihr ein Foto hin, auf dem ein Auto zu sehen war, das fluchtartig die Bio-Fast-Baustelle verließ. Dank des unverwechselbaren Gebäudes auf der anderen Straßenseite war sie mühelos zu identifizieren.

Zudem hatte Sailor das Nummernschild gesehen. »Das Bild wurde vor einer Dreiviertelstunde von Sailor Bishop aufgenommen. Trevor ist herumgeschlichen und hat mit seinem Handy Fotos geschossen. Vermutlich hat er nicht damit gerechnet, dass Sailor an einem Samstag dort auftauchen würde. Noch dazu so früh.«

»Diese schäbige Ratte.« Jacquelines Stimme klirrte vor Kälte. »Wenn er sie vor weniger als einer Stunde geknipst hat, dürften sie noch auf seinem Handy sein.« Sie trommelte mit ihrem Füller auf den Schreibtisch. »Meinst du, du könntest ihn herlocken, indem du ihn auf einen Kaffee einlädst?«

»Keine Chance. Er weiß, dass ich ihn für einen Kotzbrocken halte.« Ísa zuckte die Achseln. »Aber du … du könntest das hinbekommen.« Eine Falte erschien zwischen ihren Brauen, als sie sich in ihrem Stuhl zurücklehnte. »Was mir nicht in den Kopf will, ist sein Motiv. Wieso sollte er Crafty Corners in irgendeiner Weise schaden wollen? Versucht er denn nicht, eine leitende Position zu ergattern?«

Jacqueline sah sie fest an. »Ich habe dir das nie erzählt, weil es definitiv nie zur Debatte stand«, sagte sie dann seufzend, »aber es ist dein Posten, auf den Trevor ein Auge geworfen hat.« Sie schnitt eine Grimasse. »Und ich bin mir ziemlich sicher, dass ich ihm gegenüber mein Vorhaben, das Megastore-Projekt in deine Hände zu legen, erwähnt habe.«

»Ah. Das erklärt einiges.« Trevor hatte versucht, an Ísas Stuhl zu sägen. »Er muss angenommen haben, du meintest sofort.«

»Ja. Und Bio-Fast ist ebenfalls dein Baby.« Jacquelines Augen wurden schmal, und sie setzte ein kaltes Lächeln auf. »Leider habe ich mein Vertrauen in dich verloren, Ísa. Und zwar in einem solchen Ausmaß, dass ich bei Trevor Dampf ablassen muss. Am besten bitte ich ihn herzukommen, um ihm klarzumachen, dass du dich auf dünnem Eis bewegst.«

Ísa hatte Mühe, nicht zu lachen. Von Zeit zu Zeit suchte sich der Drache ein würdiges Opfer aus. »Was führte zu diesem Vertrauensverlust? Doch sicherlich nicht ein einziger Zeitungsartikel?«

»Nicht nur. Ich habe soeben von einem Sicherheitsleck auf der Bio-Fast-Baustelle erfahren. Es ist empörend, dass meine Vizepräsidentin bei einem solchen Prestigeprojekt keine besseren Vorsichtsmaßnahmen getroffen hat.«

»Meinst du das auch nur ansatzweise ernst?«

»Selbstverständlich nicht.« Jacqueline schnaubte. »Wozu Geld für einen Wachmann verschwenden – es gibt weder Personal noch Waren, die beschützt werden müssten, abgesehen davon sind wir versichert.« Sie zuckte mit den Schultern. »Aber es ist nicht anzunehmen, dass Trevor das weiß. Er hält sich für einen gewieften Geschäftsmann, dabei ist er nichts weiter als ein Anwalt, der sich in seinem eingeschränkten Spezialgebiet ganz gut auskennt.«

»Was wirst du mit ihm machen?«

»Leider nicht das, was ich gern täte. Oliver liebt ihn nun mal. Aber ich werde ihn eine Weile zum Schwitzen bringen,

347

indem ich ihm androhe, ihn bei seiner Firma anzuschwärzen. Trevor legt großen Wert auf Ansehen, und Anwaltskanzleien verstehen keinen Spaß, wenn auch nur der Verdacht illegaler Handlungen besteht. Der Einfaltspinsel hat Strafe verdient.« Es glitzerte in Jacquelines Augen. »Ferner wird er auf keinem meiner Anwesen mehr willkommen sein, außer es handelt sich um einen familiären Anlass, und Oliver ist mit von der Partie. Dann hat er sich wie ein pflichtbewusster, liebevoller Sohn zu benehmen.«

Ísa erhob sich. »Dann lasse ich dich mal machen.«

»Was diesen Sailor Bishop angeht ...«, setzte Jacqueline an. »Bist du dir ganz sicher, Ísalind?«

Ísa führte sonst keine tiefgründigen Gespräche über ihr Privatleben mit ihrer Mutter, aber etwas in ihrem Tonfall ließ sie innehalten. »Wieso fragst du das?«

»Wie ich schon sagte, hast du dir immer gewünscht, dein Vater wäre anders«, erklärte Jacqueline sanft. »Ein besserer Mensch. Aber Männer ändern sich nicht, Ísa. Vergiss das nie.«

Ísa antwortete nicht darauf, aber insgeheim regten sich Zweifel in ihr. War es das, worauf sie spekulierte? Dass ihr Gärtner mit den hinreißend blauen Augen sich änderte?

»Nein«, sagte sie zu sich, als sie wieder in ihrem Büro war und die Reihe von Kakteen betrachtete. »Ich will ihn so, wie er ist. Und ich habe mich bewusst für ihn entschieden.« Dabei würde es bleiben, bis er ihr eines Tages so sehr das Herz brach, dass nicht einmal Ísas unbeugsamer Wille es wieder kitten konnte.

Als Sailor einige Tage später auf dem Weg zur Arbeit bei seinen Eltern vorbeischaute, um seiner Mutter mitzuteilen, dass er Ísa zu dem Campingausflug am kommenden Wochenende mitbringen werde, sagte sie: »*Ach ja?* Ist sie eine Freundin von dir?«

Sailor hatte mit dieser direkten Frage gerechnet. Er hatte noch nie eine Frau dazu eingeladen, wenn die Bishop-Eseras zelten gingen oder grillten, weil dabei die Familie, Bindung und Liebe im Vordergrund standen. Keine seiner bisherigen, nie lange währenden, Beziehungen hatte diese Vorgaben auch nur annähernd erfüllt. Aber Ísa …

Er gehörte ihr mit Leib und Seele.

»*Meine*«, sagte er mit unverhohlener Befriedigung. »Sie ist *meine* Freundin.«

Das Gesicht seiner Mutter leuchtete vor Entzücken. »Wie habt ihr euch denn kennengelernt?«

»Die Schule, an der sie arbeitet, hatte mich engagiert.« Es war schwer, eine ernste Miene beizubehalten und nicht zu grinsen bei der Erinnerung daran, wie sein Rotschopf sich ihm an den Hals geworfen hatte.

Als er an diesem Freitagnachmittag auf den Parkplatz von Ísas Apartmentgebäude einbog, überraschte es ihn nicht, dass dort nicht nur Ísa, sondern auch Catie auf ihn warteten. Das Mädchen hatte ihn per SMS gefragt, ob sie mitkommen dürfe, und so beiläufig ihre Bitte auch formuliert gewesen war, hatte Sailor ihre Neugier und ihren sehnlichen Wunsch erkannt.

Er hatte zugestimmt und ihr gesagt, dass sie auch ihren Bruder mitbringen könne, aber Sailor würde Harlow nun doch erst später kennenlernen, weil dieser Jacqueline zu einem gesellschaftlichen-Schrägstrich-geschäftlichen Anlass außerhalb der Stadt begleitete.

»Na, ihr zwei Hübschen«, begrüßte er sie, bevor er Ísa über seinen Arm nach hinten bog und ihr einen feurigen Kuss gab.

Weil ihre Zeitpläne in Schieflage waren, hatten sie sich vor zwei Abenden zuletzt gesehen. Sailor hatte sie wie verrückt vermisst und sich ins Zeug gelegt, damit sie ihn nicht vergaß oder ihre Entscheidung, bei ihm zu bleiben, noch einmal überdachte.

»Hast du die Blumen bekommen, die ich dir geschickt habe?«, fragte er, als er den Kopf hob, um Luft zu holen, wobei er sie weiter in dieser dramatischen Pose hielt.

Mit amüsiert blitzenden Augen drückte sie gegen seine Schultern. »Ich glaube nicht, dass man immer noch stachligere Kakteen als Blumen bezeichnen kann.«

»Es sind Sukkulenten«, murmelte er in ihr Ohr, sodass Catie es nicht hören konnte. »Saftige, saftige Sukkulenten. Fast so saftig wie ein gewisser Rotschopf, den ich kenne.«

Ísa errötete, und Sailor küsste sie wieder, während Catie ein Foto schoss.

Schließlich richtete er sich auf – mit Ísa noch immer in seinen Armen, wo sie hingehörte –, dann streckte er die Hand aus und zog Catie an einem ihrer Zöpfe. »Schick mir das Foto, dann drucke ich es aus und male Herzchen um Ísas Gesicht.«

Ísa knuffte ihn lachend mit dem Ellbogen. Er küsste sie abermals, ergötzte sich an ihrer sprudelnden Freude. Dabei spürte er, wie er wieder festen Boden unter den Füßen bekam, als hätte er zuvor auf Treibsand gestanden.

»Dann auf in die Höhle des Löwen«, sagte er. Die seiner harten Arbeitswoche geschuldete Erschöpfung war von ihm abgefallen, als hätte sie nie existiert.

Catie pflanzte sich grinsend auf den Rücksitz, während er ihr Gepäck auf der Ladefläche seines Vans verstaute. »Du darfst den Radiosender aussuchen«, sagte er zu Ísa, nachdem auch sie beide eingestiegen waren.

»Oooh«, machte Catie hinter ihnen. »Das ist ein Zeichen wahrer Liebe.«

Sailor entging nicht, dass Ísas Finger für einen Sekundenbruchteil regungslos auf den Knöpfen des Radios verharrten, bevor sie ihrer Schwester lächelnd einen Blick zuwarf und so tat, als sei nichts. Aber Sailor hatte ihren Schreckmoment bemerkt, es fühlte sich an wie eine Ohrfeige. Wusste Ísa denn nicht, wie viel sie ihm bedeutete? Hatte er es komplett vermasselt?

Er streichelte ihre Wange, dabei spannte er die Bauchmuskeln an und gelobte sich im Stillen, diesen Lapsus auszubügeln, noch ehe das Wochenende vorbei war. Sobald er einen kurzen Moment mit Ísa allein wäre, würde er ihr sein Herz zu Füßen legen. In der Hoffnung, dass sie es nicht wegstieße.

»Hey, Issie«, sagte Catie hinter ihnen. »Hat der Drache Feuer gespien, weil du dir den halben Tag freinimmst?«

Sailor hatte Ísa dieselbe Frage stellen wollen. »Ja, Rotschopf. Hat Jacqueline dich unter Beschuss genommen?«

Ísa schüttelte den Kopf, als ihr Handy läutete. »Falls ihr zwei sie mit eurem Gequatsche herbeigerufen habt«, grummelte sie, während sie in ihrer Handtasche kramte, »werde ich euch mit einem Fluch belegen, das schwöre ich euch.« Sie warf einen Blick auf das Display. »Noch mal Glück gehabt. Es ist mein Vater.«

»Hallo, Dad«, sagte sie auf Englisch, bevor sie ins Isländische wechselte.

Nachdem sie das Gespräch beendet hatte, checkte sie etwas auf ihrem Handy. »Seine Verlobte hat mir ein ›visuelles Konzept‹ für die Brautjungfernkleider geschickt. Weil sie es laut Dad ›niederschmetternd, Schnuffelhase, zutiefst niederschmetternd‹ fände, wenn ich nicht zu ihrem Ehrengefolge gehörte.«

Catie, von der Sailor geglaubt hatte, dass sie Musik auf ihrem Handy hörte, meinte: »Oje. Ist es sehr übel?«

»Es ist lila. So grell, dass einem die Augen davon bluten.«

Sogar Sailor zuckte unwillkürlich zusammen. »Ist es nicht der Gedanke, der zählt?«, fragte er.

Ísa bedachte ihn mit einem vielsagenden Blick … bevor sie in Gelächter ausbrach und so heftig kichern musste, dass sie nicht mehr sprechen konnte. Sekunden später fiel Catie dem gleichen Heiterkeitsausbruch zum Opfer.

Und so blieb die Stimmung auch für den Rest der Fahrt. Sailor, der mit drei Brüdern aufgewachsen war, hatte nicht geahnt, wie schwierig es sein würde, sich in Begleitung von zwei Schwestern am Steuer zu konzentrieren. Sie lachten, diskutierten über Musik, zogen Sailor auf und füllten den Wagen mit fröhlichem Lärm.

Als Ísa im Handschuhfach nach einem Ladekabel suchte und einen mit Markierungen versehenen Gedichtband von *Elizabeth Barrett Browning* entdeckte, schenkte sie ihm ein derart strahlendes Lächeln, dass ihm der Atem stockte. »Ich wusste gar nicht, dass du Lyrik magst.«

»Meine Brüder haben mich dabei erwischt, als ich dieses Buch las.« Seine Stimme war heiser von der Wirkung, die Ísa auf ihn hatte. »Dir ist hoffentlich klar, was ich deinetwegen durchlitten habe.«

Sie warf ihm einen Luftkuss zu.

Und Sailor gelangte zu dem Schluss, dass Ísas entzückte Reaktion jede spöttische Bemerkung seiner Brüder wert war.

38. KAPITEL

TRAUE NIEMALS EINEM NIEDLICHEN ROTSCHOPF

Der Campingplatz war gut besucht um diese Jahreszeit, aber Sailor wusste, wo er seine Familie finden würde, nämlich an derselben Stelle wie immer.

»Fahrzeuge sind auf der Wiese nicht erlaubt«, informierte er Ísa und Catie, nachdem er seinen Wagen auf dem befestigten Parkplatz abgestellt hatte. »Wir müssen unseren Kram zu den Zelten schleppen.«

Catie stieß die Tür auf und schnupperte skeptisch. »Die Luft riecht nach Salz und Gras«, meinte sie geringschätzig, ließ sich aber trotzdem dazu herab, ihre Ohrhörer und ihr Handy wegzupacken, um ihrer Schwester und Sailor beim Tragen zu helfen.

Sailor wusste nicht einzuschätzen, wie viel sie angesichts des unebenen Untergrunds würde bewältigen können, aber anstatt Ísa zu fragen, wandte er sich direkt an Catie.

Der Teenager stützte die Hände in die Hüften und inspizierte die Rasenfläche, die es zu überqueren galt. »Gib mir lieber etwas, das nicht kaputtgeht, falls ich es fallen lasse.«

Er reichte ihr seinen Seesack.

Sie konnte ihn sich über die Schulter hängen, und er wog auch nicht viel, weil Sailor fast nur Shorts und T-Shirts eingepackt hatte. Ísa gab er den Rucksack mit ihren Kleidern und häufte ihr einen Berg Bettzeug auf die Arme. Dann schnappte er sich Caties Tasche, die um einiges schwerer war. »Was ist mit deinen Krücken, Cat?« Sie hatte sie im Fond des Wagens gelassen. »Du solltest sie sicherheitshalber mitnehmen. Wenn sich herausstellt, dass du auch ohne sie zurechtkommst, kannst du sie immer noch im Zelt lassen.«

Catie verzog das Gesicht, erhob jedoch keine Einwände.

Zuletzt nahm Sailor die mit Snacks und Getränken gefüllte Kühlbox und klemmte sich einen Sonnenschirm unter den Arm.

Flankiert von den zwei Schwestern betrat er den Campingplatz. Es hatte durchaus etwas für sich, in Begleitung eines niedlichen Rotschopfs und dessen neunmalkluger Miniaturausgabe zu sein.

»Das Gelände ist weitläufiger, als ich gedacht hätte«, kommentierte Ísa. »Die Parzellen grenzen nicht direkt aneinander.«

»Weil die Preise höher sind als woanders. Aber meine Eltern bestehen darauf, die Kosten zu übernehmen – es ist ihre Version eines Sommerhauses.« Als Gabe und er das letzte Mal versucht hatten, sich zu beteiligen, war das Geld sang- und klanglos zurück auf ihre Konten überwiesen worden.

Der Wind rauschte in den Bäumen des dichten Naturwalds, der den Campingplatz umgab. Üppige silbergrüne Farnwedel reckten sich ihnen aus baumartigen Stämmen entgegen, während das Ufer von Pōhutukawas gesäumt wurde, deren von prächtigen roten Blüten übersäte Kronen diesem Bereich des Zeltplatzes Schatten spendeten, sodass man im Freien sitzen konnte, ohne sich einen Sonnenbrand zu holen.

»Hmm«, machte Catie beifällig. »Das ist echt clever. Deine Eltern können am Strand rumhängen, ohne Versicherungsbeiträge zahlen oder sich um Instandhaltung kümmern zu müssen.«

Erstaunt über diese reife Sicht auf die Dinge suchte Sailor Ísas Blick. Sie schüttelte fast unmerklich den Kopf und formte mit den Lippen »Clive«.

Ja, klar. Wenn man einen solchen Vater hatte, lernte man wahrscheinlich schon in jungen Jahren, das Geld zusammenzuhalten. »Erwähn das unbedingt meinem Dad gegenüber.« Er zwinkerte Catie zu. »Dann hast du sofort einen Stein bei ihm im Brett.«

Grübchen erschienen auf ihrem Gesicht, als sie lächelte. »Da vorn ist schon der Strand.«

»Siehst du das große grüne Zelt, direkt bevor er anfängt? Das gehört meinen Eltern. Es verfügt über einen extra Wohnraum, wo wir uns aufhalten können, wenn es mal regnet.«

»Sind das deine Brüder, die da gerade ein blaues Zelt aufbauen?«

Sailor beantwortete Caties Frage mit einem Nicken. »Jake und Danny haben ihr eigenes – dann können sie so viel Quatsch machen, wie sie wollen, laut Musik hören und bis in die Puppen aufbleiben.« So weit entfernt von der Zivilisation konnten die Jungs keine echten Dummheiten anstellen. Das Schlimmste, was ihnen einfallen könnte, wäre, mit ihren Kumpels auf dem Campingplatz eine Kippe zu rauchen, aber Gabe und Sailor hatten das auch gemacht und überlebt.

»Dort drüben ist euer Plätzchen.« Er deutete auf eine Stelle linker Hand, nahe bei dem Familienzelt. »Gabe und ich werden zusammen schlafen. Zwischen euch und den Jungs.« Auf diese Weise würden die Zelte ein Karree um den Platz bilden, wo sein Vater den Grill aufstellen konnte und sie abends zusammensitzen würden.

»Sailor!« Danny kam auf ihn zugerannt, bevor er bemerkte, dass sein Bruder nicht allein war, und abrupt stehen blieb. Er sah erst Ísa an, dann Catie. Aber es waren nicht deren Prothesen, die unter ihrer dreiviertellangen Caprihose hervorlugten, die seine Aufmerksamkeit erregten.

»Du bist geschminkt«, stellte er naserümpfend fest.

Catie verzog den Mund zu einem herablassenden Grinsen. Obwohl Danny ein Jahr älter war als sie, war er ein gutes Stück kleiner und wirkte noch wesentlich kindlicher. »Und du hast Schmutz im Gesicht, du Höhlenmensch.«

Danny guckte finster und verschränkte die Arme über der Brust. »Zumindest kleistere ich mich nicht mit Make-up zu, wenn ich zelten gehe.« Er klimperte mit den Wimpern und tat, als würde er Mascara auftragen.

»Danny, hör auf.« Sosehr ihn der verbale Schlagabtausch der beiden auch amüsierte, sprach Sailor ein Machtwort, bevor die Situation noch eskalierte. »Wo stecken Mom und Dad?«

»Sie machen einen romantischen Spaziergang am Strand.« Danny verdrehte die Augen. »Ihr seid früh dran.«

Sailor nickte; es war kaum Verkehr auf den Straßen gewesen. Dann zeigte er auf das Bettzeug in Ísas Armen. »Sei so nett und bring das in Moms und Dads Zelt.«

Während Danny seiner Bitte nachkam, winkte Jake, der gerade einen Hering in die Erde klopfte, Sailor zu. Dieser begrüßte ihn mit einem Hallo, bevor er zusammen mit Ísa und Catie ihre Sachen in der Mitte ihres Refugiums deponierte. Anschließend schnappte er sich eins der verpackten Zelte, die Gabe mitgebracht hatte. Der SUV seines Bruders hatte nicht auf dem Parkplatz gestanden, wahrscheinlich war dieser schnell in den Ort gefahren, um noch irgendetwas zu besorgen, bevor die Geschäfte zumachten.

»Dann wollen wir dieses Ding mal aufbauen«, sagte er zu seinen Mädels.

Die beiden stellten sich entsetzlich ungeschickt an, trotzdem hatten sie einen Heidenspaß dabei und brachten ihn mit ihren absurden Vorschlägen, wie man die Sache beschleunigen könnte, immer wieder zum Lachen. Catie fiel einmal hin, und für eine Sekunde erstarb ihr Lächeln, bis Sailor ihr aufhalf und sie eine Drückebergerin nannte. Sie streckte ihm die Zunge raus, und die Fröhlichkeit kehrte in ihre Augen zurück.

Aber viel mehr noch ging ihm der gerührte Ausdruck in Ísas Gesicht nahe. Er streichelte ihr über den Rücken, während Catie abgelenkt war, und drückte ihr einen Kuss auf die Schläfe.

»Danke, dass du auf meine kleine Schwester aufpasst«, sagte sie.

»Sie gehört zu dir, und damit auch zu mir.« Genau so empfand er es.

In Ísas Augen schimmerte es feucht.

»He, Lidschatten-Lady, was ist mit deinen Beinen passiert?« Dannys neugierige Frage ließ sie beide aufblicken.

»Ein Krokodil hat sie gefressen.«

Sailor verkniff sich ein Grinsen, während Ísa neben ihm ihr Lachen unterdrückte.

Danny ließ sich nicht verschaukeln. Er sah sie aus schmalen Augen an. »Ach ja? Was für eine Art Krokodil denn?«

»*Ein unterschenkulus fressus krokodilus.*«

Ísa prustete los. »*Catie.*«

Während Danny sich noch eine passende Entgegnung zu überlegen schien, tauchte Gabe auf dem Campingplatz auf. Er war ein breitschultriger, muskelbepackter eins fünfundneunzig großer Hüne, mit dem sich auf dem Rugbyfeld niemand gern anlegte. Wohingegen er mit seinen schwarzen Haaren, den grauen Augen und seiner Statur bei den Frauen viel Anklang fand.

Zu deren Leidwesen war Gabes ganzer Fokus auf seine steile Profisportlerkarriere gerichtet.

Nur für die Familie nahm er sich immer Zeit.

Gerade war er mit Einkaufstüten bepackt, die Jake und Danny sich kurzerhand schnappten, um den Inhalt zu verstauen. »Mom hat vergessen, Kartoffelchips auf deine Liste zu schreiben«, sagte Gabe zu Sailor. »Die Jungs sind halb durchgedreht bei dem Gedanken, ohne ihren Lieblingssnack zelten zu müssen.«

»Ísa, Cat, dies ist mein Bruder Gabriel«, stellte Sailor ihn vor.

»Hi.« Catie winkte ihm zu. Sie versenkte gerade so konzentriert einen Zelthering im Boden, als würde sie einen chirurgischen Eingriff vornehmen, und versteckte ihre Bewunderung für Gabes Rugbytalent hinter jugendlichem Gleichmut. »Hast du auch Schokolade mitgebracht?«

»Sorry, Cat.« Gabe musterte das dilettantisch aufgebaute Zelt mit belustigter Miene. »Das nächste Mal werde ich daran denken.«

Sailor ging zur Kühlbox und kramte eine große Tafel Schokolade heraus. Er hatte sich daran erinnert, welche in Caties Küche gesehen zu haben, und ihn als weiteren Posten seiner Einkaufsliste hinzugefügt. »Versteck sie«, riet er ihr, als er sie ihr in die Hand drückte. »Wenn Jake und Danny sie sehen, bleibt nichts für dich übrig.« Eigentlich standen seine Brüder gar nicht so sehr auf Süßem, aber sie waren nun einmal Teenager, darum war nichts vor ihnen sicher.

Beglückt packte Catie die Tafel in ihren Rucksack. »Danke, Sailor.«

»Es freut mich, dich kennenzulernen«, sagte Ísa im selben Moment zu Gabriel.

»Ganz meinerseits.« Seinen stahlgrauen Augen entging nicht, wie dicht Sailor bei Ísa stand. Seine Mundwinkel hoben sich zu einem Lächeln. »Bist du sicher, dass Sail nicht ein bisschen zu schwächlich für dich ist?«

»Lass bloß die Hände von ihr.« Sailor zeigte mit dem Finger auf den Unruhestifter. »Mag sein, dass ich in einem fairen Kampf keine Chance gegen dich habe, aber ich könnte dir ein Abführmittel ins Bier mischen.«

»Versuch es, und du wirst Moms Zorn zu spüren bekommen«, gab Gabriel zurück, bevor er mit einem Kopfnicken zu dem Zelt hinüberwies. »Braucht ihr Hilfe?«

»Nein. Wieso baust du unterdessen nicht unseres auf?« Sailor schlug die Faust gegen die seines Bruders, was beiden einen seltsamen Blick von Ísa und Catie eintrug. »Ich sorge schon dafür, dass das der Mädels nicht über ihnen einstürzt.«

»Hey«, echauffierte Ísa sich. »Wir haben immerhin schon diese Mittelstange angebracht.«

Sailor konnte der Versuchung, sie zu küssen, nicht widerstehen. »Gott, bist du niedlich.«

Eine steile Falte stand zwischen ihren Augenbrauen. »Ist das normal, wie Gabriel und du miteinander umgeht? Dass ihr euch beleidigt und bedroht und gleich darauf wieder ein Herz und eine Seele seid?«

Sailor zuckte die Achseln. »Ich schätze schon.«

»Jungs sind schräg«, befand Catie.

Ísa nickte zustimmend. »Leider scheine ich diesen speziellen ziemlich gern zu mögen.« Dieses Mal war sie diejenige, die sich einen Kuss stahl.

Und Sailor schmolz dahin.

»Schluss jetzt mit dem Gesülze.« Catie schaute grimmig drein. »Sonst steht Gabes Zelt am Ende noch vor unserem.«

Angespornt von dem Konkurrenzkampf waren sie gleichzeitig mit ihm fertig, als im selben Augenblick Alison und Joseph vom Strand zurückkamen.

Alison hielt schnurstracks auf das Grüppchen zu. »Das ist zu schön, um wahr zu sein«, sagte sie zu Ísa, nachdem sie alle umarmt hatte. »Gewöhnlich bin ich von so viel Testosteron umgeben, dass mir vermutlich noch Brusthaare wachsen und ich zu rülpsen anfange.«

Catie kicherte, während Ísa schüchtern, aber aufrichtig lächelte. »Ich muss gestehen, dass wir nicht sehr erfahren im Zelten sind.«

Alison winkte ab. »Das war ich auch nicht, bis ich meinen Ehemann kennenlernte.« Sie drehte sich zu Joseph um, als er sich zu ihnen gesellte, und stellte ihn den Schwestern vor.

Sowohl Sailors Rotschopf als auch dessen Miniaturausgabe harmonierten perfekt mit der Bishop-Esera-Familie. Auch wenn das in Caties Fall hieß, dass sie sich in einer Tour über Danny lustig machte. Wofür sein jüngster Bruder sich rächte, indem er jedes Mal, wenn sie nur in seine Richtung schaute, tat, als lackierte er sich die Fingernägel oder tuschte sich die Wimpern.

Was Ísa betraf, konnte Sailor buchstäblich zugucken, wie sie sich in seine Eltern verliebte.

Das erfüllte sein Herz mit Hoffnung. Es würde funktionieren.

Aber noch während er das dachte, sagte ihm sein Bauchgefühl, dass er sich gnadenlos in die eigene Tasche log. Sicher, es könnte funktionieren. Er hatte alles genau geplant, oder etwa nicht? Und er hatte Ísas Einverständnis. Es würde einen extremen Mangel an Schlaf und Freizeit bedeuten, aber Ísa und er würden das durchstehen.

Doch um welchen Preis, Schwachkopf?

Die Frage war dem Teil von ihm geschuldet, der die Augen niemals vor der bitteren Wahrheit verschloss. Und diese war so schwindelerregend, dass es ihm den Boden unter den Füßen wegzog.

Natürlich stand nach dem Abendessen eine Partie Rugby an. Ísa versuchte, sich davor zu drücken, aber Sailor nötigte sie mitzumachen. »Kneifen gilt nicht«, sagte ihr blauäugiger Dämon mit fester Stimme. »Cat! Du auch!«

Ihre Schwester, die vor dem Zelt saß und vorgab, mit ihrem Handy beschäftigt zu sein, obwohl Ísa wusste, dass ihr gerade das Herz brach, blickte auf. »Ich habe keine Unterschenkel, falls dir das entgangen sein sollte!«, antwortete sie.

Sailor blieb ganz gelassen. »Ich weiß nur, dass du eine Athletin bist, die hervorragend mit ihren Prothesen zurechtkommt. Erzähl mir nicht, dass du nicht an einem familieninternen Freundschaftsspiel teilnehmen kannst.«

Mit einem unwirschen Laut erhob Catie sich und hinkte zum Spielfeld.

»Oh Liebes, du humpelst ja«, ließ sich Alison mit besorgter Stimme vernehmen. »Bist du gestürzt?«

Mit verlegener Miene murmelte Catie: »Scheint, als ginge es meinem Bein schon viel besser.« Sie stellte sich auf die Position, die Sailor ihr zugewiesen hatte.

Danny, der ihr gegenüberstand, lachte spöttisch. »Erwischt.«

»Halt die Klappe, Höhlenmensch.«

Sailor stieß auf zwei Fingern einen Pfiff aus. »Ladies und Gentlemen, die Show kann beginnen. Willst du die Teams bestimmen, Gabe?«

Sein auf markante Weise attraktiver Bruder nickte, dann trat er vor und teilte sie rasch in zwei Mannschaften ein.

Gabriel, Alison, Ísa, Catie.

Sailor, Joseph, Danny, Jake.

»Nix da!«, protestierte Sailor. »Du kannst nicht alle Frauen haben. Hier, ihr bekommt stattdessen Danny.« Er schob seinen jüngeren Bruder kumpelhaft grob zu den anderen.

»Mir soll's recht sein«, meinte Danny gutmütig. »Ich will eh nicht im Verliererteam sein.«

Dann rief Sailor Catie zu sich.

Sie bedachte Danny mit einem Feixen, als sie die Seiten wechselte.

Er erwiderte es und machte Dehnübungen. »Als Vorbereitung für mein Siegertänzchen«, ärgerte er sie.

Verspieltheit löste Sailors vorherige Schwermut ab, als er Ísa angrinste. »Tut mir leid, Ísalind, aber du spielst für die gegnerische Mannschaft, und es herrscht Krieg.«

Ísa tat, als rollte sie ihre nicht vorhandenen langen Ärmel hoch. »Dann zeig, was du draufhast.«

Gabriel bedachte sie mit einem Grinsen, das Sailors so ähnlich war, dass sie gar nicht anders konnte, als ihn zu mögen. »Das nenne ich Kampfgeist«, lobte er sie. »Auf jetzt, Team, lasst uns die Köpfe zusammenstecken und eine Strategie entwerfen.«

Sie brauchten drei Minuten, während Sailor sich zeitgleich mit seiner Mannschaft leise besprach. Die Regeln waren einfach: kein harter Körperkontakt, ausschließlich die Hüfte durfte berührt werden, Pässe nur nach hinten, nicht nach vorn, und wer sich den oval geformten Ball geschnappt hatte, musste sofort zur Mallinie rennen.

Ísa hob die Hand. »Ich bin nicht besonders schnell.«

»Ich aber«, sagte Danny. »Ich bleibe hinter dir, dann kannst du mir den Ball zuwerfen, wenn du ihn gefangen hast.«

»Guter Plan.« Gabriel zauste seinem Bruder das Haar, dann sah er seine Mutter streng an. »Keine Pausen, um irgendwelche Wehwehchen zu hätscheln.«

Alison Esera schaute ihren ältesten Sohn entrüstet an. »Bekomm du selbst erst mal Kinder, bevor du mir vorschreibst, wann ich meine Jungs trösten darf.«

Danny stöhnte auf. »*Mom*, es ist ultrapeinlich, wenn du das machst. Besonders in Anwesenheit eines *Mädchen*s.«

Alison blieb unbeirrbar. »Ich werde mich auch um ihre Wehwehchen kümmern. Was ist jetzt? Spielen wir endlich?«

Der zusammengewürfelte Haufen brachte sich in Position, dann warfen Sailor und Gabe eine Münze, um festzulegen, welche Mannschaft als Erste den Ball bekam. Es traf die von Sailor, und sie schlugen sich mit Bravour – bis Danny Catie berührte und ihr den Ball abnahm.

Sie funkelte ihn aufgebracht an.

Danny lächelte selbstgefällig und warf den Ball Ísa zu, die ein Quieken ausstieß – was bei ihrem Gegenspieler Jake einen Lachanfall auslöste –, ihn aber nicht fallen ließ. Als wüsste sie nicht recht, was sie damit anfangen sollte, blieb sie für einen Moment regungslos stehen, bis Gabriel rief: »Lauf, Ísa!«

Sie rannte.

Sailor nahm die Verfolgung auf, nur um von Gabriel, der sich ihm in den Weg warf, weggeschubst zu werden. »Kein Gedränge!«, schrie Alison, aber die beiden rangelten zu heftig, um auf sie zu achten. Plötzlich stellte Ísa fest, dass sie es nur an Catie vorbei schaffen musste, um zur Mallinie zu gelangen.

Sie zog den Kopf zwischen die Schultern und stürmte los.

Nicht minder entschlossen kam ihre Schwester auf sie zu. Ísa versuchte, ihr auszuweichen; Catie änderte die Richtung. Sie prallten zusammen und fielen hin.

»Catie!«, rief Ísa erschrocken.

Ihre Schwester schnappte sich den Ball, sprang auf und sprintete los.

Ísa blieb der Mund offen stehen. »He!«

Danny rannte Catie nach, aber er kam zu spät. Triumphierend legte sie den Ball hinter der Linie ab, bevor sie ein Freudentänzchen aufführte.

Sailor trat zu Ísa und hob sie auf seine Arme. »Trau niemals einem niedlichen Rotschopf.«

39. KAPITEL

EIN GESTÄNDNIS IM MONDENSCHEIN
(UND PAVIANE)

Ísa konnte nicht schlafen.

Und das trotz der friedvollen Stille, in der nur die Brandungswellen zu hören waren.

Sie tastete nach ihrem Handy und schrieb Nayna eine Nachricht. *Wie geht's dir nach deiner »Flucht in den Dschungel«?*

In Anbetracht der späten Stunde rechnete sie nicht mit einer Antwort, aber tatsächlich war ihre Freundin noch auf. *In einem echten Dschungel wäre es zumindest geräuschvoller als hier. Dort gibt es Paviane, oder? Und die machen Krach. Es ist hier so STILL, dass ich ständig darauf gefasst bin, ein geisterhaftes Heulen und das Klirren von Ketten zu hören.*

Ísa musste sich auf die Unterlippe beißen, um nicht loszulachen. *Ich bin derzeit ebenfalls mit dem Fluch der friedvollen Stille in unberührter Natur geschlagen.* Offenbar steckten Stadtmenschen es nicht gut weg, aus ihrer normalen Umgebung herausgerissen zu werden. *Besteht die Hoffnung, dass der Geist einen umwerfenden Herzog im Schlepptau haben wird, der dich rettet?*

Neuerdings stehe ich eher auf Arbeitertypen mit Stoppelbart, bekannte Nayna. *Weißt du, was ich mir gerade ansehe? Die Wiederholung einer Sendung, in der Häuser renoviert werden und es von Handwerkern nur so wimmelt. Ich hasse mich selbst.*

Wieso lädst du Raj nicht ein, dich zu besuchen?, schlug Ísa ihr nicht ohne Hintergedanken vor. *Amüsier dich ein bisschen, fern-ab von neugierigen Blicken.*

Als fünf Minuten später Naynas Antwort eintraf, fuhr Ísa mit einem Ruck von der breiten Luftmatratze hoch, die Sailor für sie und Catie aufgepumpt hatte.

Schon geschehen. Ich hab ihn angerufen. Er klang brummig-ver-schlafen, und er ist sauer, weil ich mich verdünnisiert habe, trotz-dem hat er versprochen herzukommen. Ich hoffe nur, dass ich ihm vertrauen kann – falls er meinen Eltern verrät, wo ich bin, war's das. Dann bin ich erledigt.

Ísa lächelte vor sich hin, sie freute sie wie ein Kind für ihre Freundin. *Hör auf meinen Rat, und treib es so wild mit ihm, wie du es dir immer erträumt hast.*

Du bist mir keine Hilfe dabei, mich zu beruhigen, hielt Nay-na ihr vor. *Jedenfalls werde ich jetzt gleich versuchen, ein wenig Schlaf zu bekommen und den Fernseher dabei als Geräuschkulisse laufen lassen. Raj hat versprochen, morgen früh den ersten Flieger zu nehmen.*

Ísa hingegen fand noch immer keinen Schlaf.

Vielleicht sollte sie es mit Caties Trick versuchen; ihre Schwester war eingeschlummert, während sie Musik hörte. Ihre Prothesen lagen ordentlich an der Seitenwand des Zelts. Sie hatte Ísa gestanden, dass ihre Stümpfe von dem Laufen auf dem ungewohnten Terrain ein bisschen wehtaten, trotzdem war sie beim Entfernen der Silikon-Liner, die ihre Kniegelenke vor Reibung schützten, fröhlich gewesen.

»Sailors Familie ist der Hammer«, hatte sie mit einem sü-ßen Lächeln auf dem Gesicht gesagt, das ausschließlich ihrem engsten Kreis vorbehalten war. »Ich habe Harlow Fotos von dem Spiel und so geschickt, und er war trotz seiner Schwär-merei für den Drachen ganz frustriert, dass er nicht dabei sein kann. Nächstes Mal will er unbedingt mitkommen.«

Ísas Brust zog sich zusammen. Ihre kleine Schwester hatte die Bishop-Esera-Sippe ebenso sehr ins Herz geschlossen wie sie selbst. Sie hatte bei jeder Aktivität mitgemacht, sogar einem Spaziergang am Strand, um Muscheln zu sammeln. Wann immer sie gestrauchelt war, hatten Sailor oder Gabe ihr aufgeholfen, genau wie sie es bei Danny gemacht hatten, als er einen Rückwärtssalto versucht hatte und auf der Nase gelandet war.

Irgendwann hatte Catie ihre Verlegenheit überwunden und sich gegen Ende des Spaziergangs sogar von Gabe huckepack nehmen lassen, um sich mit Sailor und Ísa, die auf Sailors Rücken gestiegen war, ein Wettrennen zu liefern.

Ísa war nicht ganz sicher, wer gewonnen hatte. Es waren lachend Betrugsanschuldigungen erhoben worden, weil Catie zuvor ihre Prothesen abgelegt hatte, wodurch sie laut Danny leichter wurde und demzufolge zusammen mit Gabe disqualifiziert werden musste. Im Gegenzug hatte Catie darauf hingewiesen, dass Ísa sich mit ihren Beinen besser festklammern konnte, wohingegen Gabriel zusätzliche Kraft aufwenden musste, um Catie zu stützen.

»Komm mir ja nicht blöd, Höhlenmensch«, hatte Catie Danny gewarnt und ihm angedroht, ihn mit ihrer Prothese zu vermöbeln, als er dagegenhielt, dass er sich nicht mit einem Mädchen herumstreiten werde. Die ganze Gruppe war in schallendes Gelächter ausgebrochen, die beiden Zankhähne inbegriffen. Ísa hatte nie zuvor erlebt, dass ihre Schwester so schnell mit jemandem warm wurde. Sie hatte sogar ihre Schokolade mit Jake und ihrem Erzfeind Danny geteilt.

Sollte sich alles als Fehlschlag erweisen, würde nicht nur Ísas Herz brechen. Aber das wird nicht passieren, dachte sie grimmig. Sailor und sie hatten einen Plan.

Der darauf basierte, dass Ísa ihre Sehnsüchte Sailors Ambitionen unterordnete.

Ihre Wangen brannten – diesmal nicht vor Verlegenheit –, als Ísa sich aufsetzte und die Arme um ihre Knie schlang. Sie war bemüht gewesen, diese Wahrheit nicht an sich heranzulassen, und hatte all ihre Energie in die Suche nach einer Lösung gesteckt, wie ihre Beziehung diese schwierige Zeit überstehen könnte. Sie war die taffe, wild entschlossene Ísa gewesen.

Eine Kämpferin.

Während sich in ihrem Herzen erste Risse zeigten. Weil es immer ihr einziger Wunsch gewesen war, einen Mann zu finden, für den sie Vorrang hatte. Der um sie kämpfte.

Sie presste die Hand auf den Mund, rang mit den Tränen, dann beschloss sie, einen Spaziergang an der kühlen Nachtluft zu unternehmen. Es brachte nichts, vor Selbstmitleid zu zerfließen. Sie hatte ihre Entscheidung getroffen und würde dazu stehen. Weil sie Sailor Bishop allen Bedenken und seinen gegenteiligen Plänen zum Trotz über alles liebte.

Allein der Gedanke, ihn zu verlassen, und sei es nur, um sich zu schützen, war unerträglich.

Bevor sie aus dem Zelt schlüpfte, nahm sie noch rasch die Taschenlampe an sich, die Sailor ihr gegeben hatte. Aber es war nicht so dunkel, wie sie erwartet hatte. Der Mond hing schwer am sternenübersäten Nachthimmel, dessen Glanz von keinerlei Lichtverschmutzung getrübt wurde. Sie würde ohne die Taschenlampe zurechtkommen, darum legte sie sie zurück ins Zelt, wo Catie sie würde finden können, dann machte sie sich barfuß über die Wiese in Richtung Strand auf.

Sie mochte kein elegantes Bild abgeben, mit ihrer Flanell-Pyjamahose, dem alten marineblauen T-Shirt und dem Zopf, zu dem sie ihre Haare geflochten hatte, aber sie war zumindest vorzeigbar, von ihren nackten Füßen einmal abgesehen.

Kurz darauf stellte sie fest, dass der Strand nicht völlig verwaist war.

Ein Mann saß dort und starrte auf das Wasser.

Ísa würde dieses Profil, diese Schultern blind erkennen. Und obwohl sie sich zu verletzlich fühlte, sich Sailors blauen Augen zu stellen, tat es ihr in der Seele weh, ihn so allein zu sehen. Dann nahm er ihr die Entscheidung, ob sie ihren Weg fortsetzen sollte, ab, indem er sich zu ihr herumdrehte, als hätte er ihre Gegenwart gespürt.

Die Freude, die bei ihrem Anblick in seinem Gesicht aufleuchtete, lohnte all den Schmerz. »Kannst du nicht schlafen?«, fragte er, als sie ihn fast erreicht hatte.

Solange Sailor sie auf diese Weise anschaute, wie einen kostbaren Schatz, würde sie ihm wahrscheinlich alles nachsehen. Sie fühlte sich nackt, als sie sich eingestand, wie wehrlos sie war, wie wenig sie diesem Mann entgegenzusetzen hatte.

Ihr Magen zog sich zusammen, als sie sich neben ihn in den Sand setzte. »Zu viel Ruhe für ein Mädchen aus der Stadt.«

Er legte ihr seinen warmen, starken Arm um die Schulter. »Rück näher«, befahl er in neckendem Ton. »Ich liebe es, wenn mein Rotschopf sich an mich schmiegt.«

Da Ísa ihm einfach nichts abschlagen konnte, tat sie wie geheißen und ließ ihren Blick über das mondbeschienene Wasser schweifen. »Trotzdem ist es wunderschön hier.«

»Soll ich dir ein Geheimnis verraten?«

»Immer.«

»Während ich hier saß, habe ich mir überlegt, wie ich mich in euer Zelt schleichen und dich wecken könnte, ohne dass Catie wach wird. Nur damit ich es für die Zukunft weiß – würdest du schreien, wenn jemand dich im Schlaf an den Zehen kitzelt?«

Ihr Lachen ließ ihre Schultern beben. »Ja, und wahrscheinlich auch treten.«

»Hmm, dann brauche ich eine neue Strategie.« Er senkte ein

wenig den Arm, und sie ließ den Kopf in den Nacken sinken.
Er küsste sie so behutsam und tief und romantisch, dass es Ísa
nicht überraschte, als sie kurz darauf rücklings im Sand lag, mit
dem funkelnden Nachthimmel über sich.

Sie strich mit dem Finger über sein unrasiertes Kinn. »Du
hast nicht einfach nur hier gesessen, um einen Plan auszuhe-
cken, wie du mich unbemerkt wecken kannst. Irgendetwas be-
drückt dich doch. Was ist es?«

»Mein anspruchsvoller Rotschopf.«

Ihr finsterer Blick entlockte ihm ein Lächeln, bevor er sich
aufrichtete und sie dann zu sich heranzog, sodass sie zwischen
seinen angewinkelten Beinen kniete und ihn ansah. Ísa genoss
jede einzelne Sekunde. Nach diesem Wochenende würde er so
gut wie keine Zeit mehr für sie haben, und sie brauchte diese
Erinnerungen, um sich daran festhalten zu können.

»Ist es wegen des Darlehens?«, fragte sie und strich ihm mit
beiden Händen durchs Haar.

Die Finger hinter ihrem Rücken verschränkt, schüttelte er
den Kopf. »Es sind zwei Dinge. Zum einen muss ich die richtigen Worte finden, um meinen Eltern und Gabe zu erklären,
warum ich mein Geschäft unbedingt im Alleingang ankurbeln
will.« Er versuchte nicht, die Gemütsbewegung in seiner Stimme zu kaschieren. »Ich kränke sie, und das möchte ich nicht –
trotzdem kann ich ihre Hilfe nicht annehmen.«

»Warum nicht?« Sie musste endlich verstehen, was Sailor so
gnadenlos antrieb.

»Mein leiblicher Vater war ein Arschloch allererster Güte«,
sagte er ausdruckslos.

»Du hast gesagt, er hat euch sitzenlassen.«

»Er ist zu dem berühmten Laden an der Ecke gegangen und
nie zurückgekommen.« Sein Mund wurde verkniffen. »Wir
dachten, dass er irgendwann wiederauftauchen würde – weil

er diese Nummer schon früher abgezogen hatte. Aber dieses Mal hat Brian seine Familie einfach aus seinem Gedächtnis gelöscht.«

Selbst nach all diesen Jahren war sein Verrat wie ein Tritt in den Magen. »Ich habe am längsten auf ihn gewartet«, gestand Sailor mit einem schweren Seufzer. »Ich wollte einfach nicht glauben, dass er uns einfach so verlassen hatte. Ich habe meine gesamte Freizeit am Fenster verbracht, um nach ihm Ausschau zu halten. Jedenfalls bis zur Zwangsräumung.«

Ísas Hände, die sanft sein Haar streichelten, nahmen den Schmerz fort, verwandelten ihn in eine Zärtlichkeit, die sich gleich einem Schutzpanzer um sein Herz schloss. Er hatte seiner Ísalind etwas zu sagen, doch zuerst musste er ihr seine Narben zeigen, ihr all seine Geheimnisse enthüllen.

Und darauf hoffen, dass sie ihm verzieh.

»Bevor mein verdammter Vater abgehauen ist, hat er sogar noch mein und Gabes Sparbuch geplündert.« Er ballte hinter Ísas Rücken die Hand zur Faust. »Meine Mutter hatte dieses Geld buchstäblich in Fünf-Dollar-Beträgen zurückgelegt. Für Schulbedarf, Ausflüge und Freizeitaktivitäten.« Sailor brachte es kaum über sich, seine nächsten Worte zu formulieren. »Ich habe diesen Bastard so sehr geliebt.«

»Du warst ein Kind!«, stieß sie mit zornig blitzenden Augen hervor. Sie griff fester in sein Haar und zwang ihn, sie weiterhin anzusehen. »Und er war dein Vater. Natürlich hast du ihm vertraut.«

Er fasste sie um die Taille, legte die Stirn an ihre und beichtete ihr das Schlimmste. »Ich sehe aus wie er.« Er war fünfzehn gewesen, als er im Spiegel die Ähnlichkeit erkannt hatte. »Meine Mutter hat nie melodramatisch reagiert, indem sie alle seine Fotos wegwarf oder so was. Sie hat immer betont, dass er unser Vater ist und sie uns nicht unserer Vorgeschichte berauben würde.«

»Ich beneide dich um deine Mutter«, sagte sie aufrichtig. »Irgendwann möchte ich sein wie sie.«

Sailor entging nicht, dass sie vor dem letzten Satz kurz zögerte. Er hätte sich ohrfeigen mögen. Besser noch, Ísa würde das übernehmen. Er würde ihr einen Boxhandschuh geben, damit sie ihm eine Abreibung verpassen konnte, ohne sich selbst zu verletzen.

»He«, sagte sie, als er weiterhin schwieg. »Glaub ja nicht, dass du schon fertig bist. Sprich weiter.«

Gott, er war verrückt nach ihr. »Nachdem Dad in unser Leben getreten war, hatte ich nie mehr das Bedürfnis, mir Fotos von Brian anzuschauen. Joseph war derjenige, der für uns da war, der Hausaufgaben mit mir machte und mich bei der Hand nahm, wenn wir eine Straße überquerten.« Er hatte Sailor gezeigt, was es hieß, ein echter Vater zu sein, jemand, auf den Verlass war, dessen liebevolle Art und innere Stärke es Sailor erlaubten, sich bei ihm anzulehnen, wenn er es brauchte.

»Bis wir dann an der Highschool Familienkunde durchnahmen und ich beschloss, meine Büchse der Pandora zu öffnen.« Was Lebensentscheidungen betraf, zählte diese nicht zu seinen glorreichsten. »Ich fand ein Foto von Brian aus der Zeit, als er und Mom geheiratet haben. Es war, als würde ich ein älteres Abbild meiner selbst betrachten.«

Sailor erinnerte sich noch gut an den Zorn, der in ihm aufgewallt war. »Gabriels Haare sind zwar ebenfalls schwarz, aber er hat Moms Augen. Von wem er seine Statur geerbt hat, weiß ich nicht.« Die alten Erinnerungen brachten ihn zu einem kläglichen Lächeln. »Früher habe ich immer behauptet, dass er im Mutterleib nur das Beste und ich die kläglichen Reste abbekommen habe.«

Ísa zog die Nase kraus. »Du bist selbst auch nicht gerade schmächtig.« Die Berührung ihrer Hände, die besitzergreifend seine Schultern massierten, ließ ihn Hoffnung schöpfen. »Wie groß bist du? Ein Meter achtundachtzig?«

»Gut geschätzt.« Wenn überhaupt, wirkte er nur neben Gabe, der ihn um sieben Zentimeter überragte, klein. »Aus deiner Perspektive sehe ich vermutlich aus wie ein Riese, du Winzling.«

Ísa knuffte ihn in den Arm. »Nur damit du Bescheid weißt: Ich messe respektable eins siebenundsechzig.« Ihr Blick wurde nachdenklich. »Dann siehst du also aus wie er. Aber das heißt doch nicht, dass du sonst in irgendeiner Hinsicht nach ihm schlägst.«

»Es ist nicht nur das«, entgegnete Sailor. »Ich erinnere mich noch an vieles aus meiner Kindheit, bevor er sich aus dem Staub machte. An außergewöhnlich viel sogar, wenn man bedenkt, dass ich damals erst fünf war.« Er hatte das noch nie jemandem erzählt, noch nicht einmal Gabe.

»Mich überrascht das nicht.« Sie küsste ihn zärtlich und liebevoll, seine Ísa, die für ihn da war, wie für alle Menschen, die ihr am Herzen lagen. »Das war eine dramatische Zeit in deinem Leben.«

Sailor beschloss, dass er notfalls auch mit schmutzigen Mitteln darum kämpfen würde, sie zu behalten. Selbst wenn das bedeutete, vor ihr einen Seelenstriptease hinzulegen und ihr seine jämmerlichsten Gefühle zu gestehen. »Manchmal habe ich den Eindruck, als nähme ich mir jede dieser Erinnerungen einzeln vor, um sie ganz genau zu untersuchen. Dabei erkenne ich, dass sich so vieles von ihm in mir wiederfindet.« Er spielte mit einer ihrer Locken. »Fast wäre ich kein Gärtner geworden.«

Ísas Brauen zogen sich über ihren Augen zusammen. »Aber du liebst den Beruf doch so sehr.«

»Er hatte keinen festen Job. Gabe, der damals mehr mitbekommen hat, sagt, dass Brian immer auf das schnelle Geld aus war, den großen Coup.« Sailor fragte sich, ob sein Bruder seine eigenen Dämonen in Bezug auf ihren Vater wirklich besiegt hatte. Er war Brians ältester Sohn und hatte eine vollkommen andere Beziehung zu ihm gehabt als Sailor.

Gabriel war so stark und in sich ruhend, dass es schwerfiel, ihn sich als Kind vorzustellen, vor allem, weil er immer Sailors Fels in der Brandung gewesen war. »Ich weiß noch, wie ich mich am Tag der Zwangsräumung an Gabes Bein festgeklammert habe. Ich hatte solche Angst, aber ich sah, dass er nicht weinte, darum beherrschte ich mich auch.«

Ísa lächelte. »Ich sehe euch buchstäblich vor mir, zwei starke kleine Jungs. Bestimmt wart ihr für eure Mutter eine riesengroße Hilfe, als sie um einen Neuanfang kämpfte.«

Sailor hatte sich damals nicht wirklich stark gefühlt, aber dank Ísa betrachtete er seine furchtbaren Erinnerungen nun aus einem neuen Blickwinkel und erkannte, dass nicht das Verlassenwerden an erster Stelle gestanden hatte und immer noch stand, sondern Liebe, innere Kraft und Familienzusammenhalt.

Nein, er würde seinen Rotschopf nicht mehr hergeben. Niemals.

»Wenn Brian dann doch einmal arbeitete«, knüpfte er wieder an das eigentliche Thema an, »dann meistens für einen Landschaftsbaubetrieb. Ein paar Monate, bevor er ging, schenkte er mir einen Kinderspaten. Mom gärtnert auch gern, aber ich habe ihn immer mit Brian assoziiert.« Mit dem Mann, der seine Familie im Stich ließ. Diesen Entschluss hätte Sailor ihm womöglich irgendwann vergeben können, aber nicht, dass er die Konten leer geräumt hatte, sodass seine Frau und seine Kinder nicht einmal mehr genug Geld für Nahrungsmittel hatten. Wer tat denn so etwas?

Und wie konnte man ein solch abscheuliches genetisches Erbe in Schach halten?

»Aber eines Tages«, fuhr Sailor fort und wickelte eine ihrer Haarsträhnen um seinen Finger, »entschied ich, dass mein Traum mir ganz allein gehörte. Brian hatte uns so viel gestohlen – das würde ich mir nicht auch noch von ihm wegnehmen lassen.« Er blickte in Ísas sanfte, vom Mond erhellte graugrüne Augen. »Kannst du das nachvollziehen?«

Mit weicher, gefühlvoller Miene antwortete sie: »Du musst es allein schaffen, weil dein Vater immer nur genommen hat. Das ist nicht rational und vielleicht auch nicht vernünftig, aber dir bedeutet es viel.«

Er war solch ein Glückspilz, dachte er mit einem wohligen Schauder. Ísa verstand es. Sie verstand ihn.

»Deine Eltern und deine Brüder lieben dich«, bekräftigte sie. »Binde sie in nicht finanzieller Weise ein, darüber würden sie sich ganz bestimmt freuen. Sprich mit ihnen über deine geschäftlichen Entscheidungen, frage sie um Rat. Und nimm weiter die Tiefkühl-Care-Pakete und die anderen Lebensmittelgaben an.«

Das war mal wieder typisch Ísa. Sie sorgte sich um jeden, nur nicht um sich selbst.

Aber das spielte keine Rolle. Weil er diese Aufgabe übernehmen würde.

»Ich hatte von zwei Dingen gesprochen, weißt du noch?«

Sie nickte.

Sailor holte tief Luft, bevor er ihr sein Leben zu Füßen legte. »Ich dachte über die Zukunft nach, darüber, dass, sollte alles nach Plan laufen, ich bald eine erfolgreiche, umsatzstarke Firma haben werde.«

Seine Hände waren noch immer hinter Ísas Rücken verschränkt, nur für den Fall, dass sie versuchen sollte, ihm ein viertes Mal zu entwischen. »Dann wäre ich reich und könnte meiner Familie Häuser und andere schöne Dinge kaufen.«

Ísa runzelte die Stirn. »Ich glaube nicht, dass sie das von dir erwarten würde.«

»Nötig hätten sie meine Großzügigkeit ja auch nicht«, murmelte Sailor. »Aber in meiner Zukunftsfantasie beschenke ich alle mit tollen Autos und Häusern. Spiel einfach mal mit.«

Ísas Mundwinkel zuckten. »Na schön, Mr Spendierhose. Was würde dieser Sailor noch tun?«

»Er würde eine Prunkvilla bauen, samt Schwimmbad, Tennisplatz und allem Drum und Dran.«

»Auch einen muskelbepackten persönlichen Masseur namens Sven engagieren?«

»Himmel, nein.« Er verzog das Gesicht. »Sondern Helga, eine fünfzigjährige Masseurin und ehemalige Bodybuilderin. Kann ich jetzt fortfahren?«

Ísa tat, als würde sie ihre Lippen mit einem Reißverschluss verschließen, und bedeutete ihm mit einer Geste, weiterzusprechen.

»Dieser zukünftige Sailor wird außerdem einen riesigen begehbaren Kleiderschrank für dich bauen und ihn mit Designerklamotten und -schuhen füllen. Du bekommst von ihm alles, was dein Herz begehrt.«

Ganz kurz zeigte sich ein Schatten in ihren Zügen, und ihre Hände wurden reglos auf seinen Schultern, doch sie unterbrach ihn nicht.

»Außerdem wird es ein hochmodernes Gewächshaus geben«, fügte er hinzu. »Und einen Spielplatz für unsere Kinder.«

Ísa schluckte sichtlich, bevor sie fragte: »Wie viele?«

»Sieben, denke ich.«

»Sehr witzig.«

»Ich bin noch nicht fertig.« Jetzt war es an Sailor zu schlucken. »Und dieser zukünftige Sailor hat eine atemberaubend schöne, kluge, sexy Frau und zauberhafte Kinder. Aber sein Rotschopf sieht ihn nicht mehr so an wie früher, weil er wegen wichtiger Besprechungen ständig das Abendessen in seinem prachtvollen Haus versäumt. Und ganz gleich, wie viele Schuhe oder Halsketten er ihr kauft, sie wird ihn nie wieder so ansehen, wie sie es tat, bevor er ihr das Herz gebrochen hat.«

40. KAPITEL

TRÄUME UND HINGABE

Ísas Unterlippe zitterte, aber sie sagte nichts.

»Es tut mir leid, Baby.« Sailors Hände umfingen ihr Gesicht, er wollte, dass sie die nackte Panik sah, die ihn bei der Vorstellung, sie zu verlieren, ergriff. »Ich habe mich so sehr von meinem Traum, erfolgreich zu sein, vereinnahmen lassen, dass ich darüber ganz aus dem Blick verlor, worauf es tatsächlich ankommt: Für die Menschen, die ich liebe, da zu sein. In guten wie in schlechten Zeiten. Sie niemals im Stich zu lassen.«

Tränen rollten ihr über das Gesicht.

»Was nun meinen großartigen Plan betrifft …« Nein, Sailor würde es sich nicht leicht machen. »Indem ich ihn umsetzte, würde ich alle enttäuschen. Wie kann ich für jemanden da sein, wenn ich ununterbrochen arbeite und jede andere Verpflichtung ausblende? Wenn die Menschen, die mir wichtig sind, zögern, meine Zeit zu beanspruchen, weil ich ständig zu müde und zu beschäftigt bin?«

Er wischte ihre Tränen mit seinen Daumen fort, aber es kamen immer mehr, sie benetzten seinen Handrücken, ihr Schmerz brannte sich in seine Haut. »Bitte, Rotschopf«, flehte er sie an, war im Begriff zusammenzubrechen. »Du darfst mich so oft schlagen, wie du willst, wenn du nur aufhörst zu weinen. Mit einem Boxhandschuh. Du kannst die Fotos im Internet posten.«

Ísa presste die Lippen aufeinander und blinzelte mehrmals. Dann tat sie, als würde sie ihm einen Fausthieb versetzen, mit einer Berührung, so zart wie von Schmetterlingsflügeln.

Er nahm ihre Hand und drückte die Lippen darauf. »Das ist schon eher meine Ísa.« Wieder zog er sie in seine Arme, bevor er ihr das Wichtigste eingestand: »Mir ist klar geworden, dass ich Millionen verdienen könnte, aber es hätte keine Bedeutung, wenn du mich nicht mehr so ansehen würdest wie in diesem Moment, wenn du dich weiterhin um alles allein kümmern müsstest, so wie du es gewohnt bist – und das nur, weil dein Liebster ein selbstsüchtiger Mistkerl ist, der nie für dich da ist.«

Ísa rieb ihre Nase an seiner. »Du gehst sehr hart mit dem Sailor aus deiner Zukunftvision ins Gericht«, flüsterte sie mit heiserer Stimme.

»Der Schwachkopf hat es verdient«, knurrte Sailor. »Er war drauf und dran, sein Bestreben, ein wichtiger Mann zu werden, über die Bedürfnisse seines hinreißenden, klugen, liebevollen Rotschopfs zu stellen.« Er vergrub die Finger in ihrem Haar und küsste sie. Ihre Lippen schmeckten salzig, und in ihm regte sich erneut Zorn. »Ich liebe dich, Ísalind Rain. Du bist der wichtigste Teil meines Traums. Bitte sag mir, dass ich es nicht ganz vermasselt habe.«

Ísa konnte kaum sprechen. »Und wenn ich genau das sagen würde?«, wisperte sie schließlich lächelnd.

»Dann würde ich dir erzählen, dass mein Katerchen gestern gestorben ist, damit du Mitleid mit mir hast.« Er verzog schmerzlich das Gesicht. »Der arme Fluffy. Ich hatte ihn dreiundzwanzig Jahr lang. Und bin jeden Tag mit ihm Gassi gegangen.«

Sie quittierte seine Worte mit einem tränenerstickten Lachen. »Ich finde, ein derart betagter Kater hat sich die letzte Ruhe verdient.«

»Oh, Ísa.« Er ließ sie seine Gefühle offen sehen. Ohne Abwehr, ohne Schutzschild. Die Liebe und Hingabe, die er ihr bezeugte, erschütterten sie bis ins Mark.

Nicht einmal in ihren wildesten Träumen hätte sie sich vorstellen können, dass sie irgendjemandem einmal so wichtig sein könnte. Als wäre sie für ihn die Luft zum Atmen.

»Ich liebe dich auch«, sagte sie leise. »Und ich verzeihe dem zukünftigen Sailor seine Verblendung.« Tief bewegt schlang sie die Arme um seinen Hals. »Tatsächlich glaube ich, dass aus diesem Sailor ein ganz unglaublicher Mann wird, den ich von Tag zu Tag mehr bewundern werde.«

»Ach ja?« Seine Mundwinkel hoben sich zu dem ihr so vertrauten Lächeln, doch in seinen Augen stand eine Frage, ein stiller Hunger. »Und wieso?«

Ísa wusste, worauf er abzielte, was er unbedingt von ihr hören wollte. »Weil er ein hart arbeitender Mann sein wird, der trotzdem Zeit für die Menschen hat, die er liebt. Und für erotische Spielchen mit einem gewissen Rotschopf.«

»Ich mag die Prioritäten dieses Kerls schon jetzt.«

»Und er ist der Typ Vater, der sich mit seiner Frau dabei abwechselt, das Kind zur Schule zu fahren, weil er es genießt, Zeit mit ihm zu verbringen.« Es war Furcht einflößend, ihm ihre Träume zu enthüllen, aber Sailor hatte es ja auch getan.

Ísa würde ihren Mut zusammennehmen und ihm denselben Gefallen erweisen. »Er hat die Muße, mit seinem Kind zu spielen und seine Frau zu küssen, und selbst wenn er hin und wieder etwas vergisst oder manchmal stark eingespannt ist, geht das in Ordnung, weil seine ganze Familie weiß, dass er sie über alle Maßen liebt.« Nach Perfektion hatte Ísa sich nie gesehnt.

»Denn wenn es darauf ankommt, ist er da. Er nimmt die Menschen ernst, die ihm von Herzen zugetan sind.«

Seine betörend blauen Augen blickten ruhig und besonnen. »Das schaffe ich.« Es war ein Schwur. »Ich kann dieser Sailor sein.«

»Der bist du schon«, flüsterte Ísa. »Du bist der Mann meiner Träume.«

Er schüttelte den Kopf. »Das Beste kommt noch. Ich werde dich nach allen Regeln der Kunst umwerben.« Nach kurzem Überlegen fügte er hinzu: »Hüllenlosigkeit während dieser Phase ist kein Muss, wird jedoch wärmstens empfohlen.«

Er war wundervoll. Und er gehörte ihr.

Ísa fühlte sich wie ein Kind im Süßwarenladen.

Sie drückte ihn nach hinten in den Sand und legte sich auf seinen warmen, muskulösen Körper. »Sag mir die Wahrheit«, verlangte sie.

»In Bezug auf was?«, seine Hände streichelten ihren Po. »Wie sehr ich es liebe, dich zu befummeln?«

»Schsch.« Mit stürmisch klopfendem Herzen schaute sie hoch. »Und wenn deine Eltern uns sehen?«, fragte sie. Die Teufelin in ihr hatte sich urplötzlich in eine prüde Jungfrau verwandelt, der nicht im Traum einfiel, etwas Unanständiges zu tun.

»Ich habe sie allein in diesem Sommer schon zweimal beim Knutschen erwischt.« Sailor zwinkerte ihr zu und schob die Hand in ihre Pyjamahose. »Wir sagen ihnen jedes Mal, sie sollen sich ins stille Kämmerlein zurückziehen.«

Nicht bereit, sich von ihrem Thema ablenken zu lassen, hielt Ísa seinen Blick mit den Augen fest. »Du arbeitest seit Jahren an deinem Unternehmenskonzept.« Es war seine Antriebsfeder gewesen, sein Fixstern. »Du willst es doch immer noch umsetzen, oder?«

»Nicht auf Kosten unserer Beziehung«, betonte er mit Nachdruck und knetete mit festem Griff ihren Po.

Sie rollte sich von ihm hinunter und legte sich mit dem Rücken in den Sand, woraufhin er die Gelegenheit nutzte, sich über sie zu beugen. »Diese Stellung mag ich auch«, kommentierte er, als er sie auf den Hals küsste.

»Sailor, es ist mir ernst.«

Ihr Tonfall veranlasste ihn, den Kopf zu heben und sie anzusehen. »Ich kann wunderbar mit dem Kompromiss leben, Rotschopf. Wir sind zusammen, nur das zählt. Der Rest ist nebensächlich.«

Aber Ísa kannte sich aus mit Träumen und wusste, wie schwer es war, sie aufzugeben. Sailor hatte die ihren wahr gemacht, und das mit einer solch wilden Leidenschaft, dass sie sich bis zu ihrem letzten Atemzug daran erinnern würde. Sie würde dasselbe für ihn tun, ihren blauäugigen Dämon, der sie als kostbaren Schatz sah.

»Erzähl mir von deinem Plan«, forderte sie ihn auf. »Ich werde keine Ruhe geben, bis du mit der Sprache herausrückst.«

Er stützte sich neben ihr auf einen Ellbogen und streichelte ihren Bauch. »Ich hätte die Handschellen mitbringen sollen«, bemerkte er mit zusammengekniffenen Augen.

»Wenn du ein braver Junge bist, zeige ich dir nach unserer Heimkehr, welche ich für dich gekauft habe.«

Seine Augen blitzten auf. Dann erläuterte er ihr sein Vorhaben.

Es war großartig und bis ins Detail ausgearbeitet. Die Geschäftsfrau in Ísa zollte seiner Schlichtheit und gleichzeitigen Brillanz höchsten Respekt. Das Konzept war vergleichbar mit Crafty Corners, eine Grundidee auf die nächste Stufe gehievt. Aber während Jacqueline mit Kunsthandwerk der Durchbruch gelungen war, würde Sailors Fokus auf Pflanzen gerichtet sein.

Genauer gesagt, auf kleine Gartencenter, die nicht nur die üblichen Produkte anbieten würden, sondern auch ein fein abgestimmtes Programm aus von Einheimischen organisierten Veranstaltungen und Kursen, mit dem Ziel, sich zu gesellschaftlichen Treffpunkten zu entwickeln.

Die Absicht, die dahintersteckte, war, Bindungen zu schaffen und den spezifischen Bedürfnissen des jeweiligen Einzugsbereichs Rechnung zu tragen. Die Läden würden nicht identisch sein, sondern jeweils dem wirtschaftlichen und sozialen Umfeld entsprechend individuell gestaltet werden. Und zugleich kreativen Ortsansässigen als Ausstellungsraum für ihre handgefertigten Kunstobjekte dienen, die zur Verschönerung des Gartens gedacht waren, wie beispielsweise Unikate in der Gestalt von Mosaiken, sodass die Gemeinschaft auch auf diesem Sektor eine Rolle spielen würde.

Die kleinen, integrierten kinderfreundlichen Cafés würden das Tüpfelchen auf dem i sein.

»Verflixt«, murmelte Ísa. »Wir müssen uns überlegen, wie wir die Sache durchziehen.«

»Was?« Sailor blinzelte.

»Der Plan ist zu gut, um ihn aufzugeben.« Sie tippte an ihre Unterlippe. »Das Problem ist die Finanzierung. Vor allem, da du sie ja allein stemmen willst.« Ísa beging nicht den Fehler, ihm ihre Unterstützung anzubieten. Das wäre wie eine Ohrfeige für ihn gewesen.

Es war ihm so wichtig, nicht zu nehmen, sondern zu geben.

Sie sah jetzt seine Narben, erkannte, wie tief sie reichten. »Hast du sonst noch jemanden wegen eines Darlehens gefragt?«

Sein Blick wurde wachsam. »Nein«, sagte er, und sie begriff, dass er glaubte, sie spräche von seiner Familie.

»Du brauchst einen Investor.« Sie stupste ihn mit dem Zeigefinger in die Brust. »Jemanden, der an deine Idee glaubt und angesichts deines guten Leumunds bereit ist, dir das Geld vorzuschießen. Der mit der Aussicht auf einen fetten Gewinn ein Start-up-Unternehmen finanzieren würde.« Sie runzelte die Stirn. »Ich weiß, du willst es aus eigener Kraft schaffen …«

»Nein, gegen einen Investor hätte ich keine Einwände«, unterbrach Sailor sie. »Es wäre für ihn eine geschäftliche Entscheidung, und er würde eine Gegenleistung dafür bekommen. Aber innerhalb der Familie …«

Ísa merkte ihm an, wie schwer es ihm fiel, die richtigen Worte zu finden. »Ich verstehe das, Sailor. Es ist ein völlig anderes Paar Stiefel, wenn es sich um eine Bank oder einen Investor handelt, deren Geschäft es ist, Kredite zu vergeben. Die die potenziellen Risiken abwägen und kalkulieren und keine Gefühle einfließen lassen. Sie würden dir das Geld nicht aus Liebe geben, sondern erwarten, dass sie mehr zurückbekommen, als sie hineingesteckt haben.«

Sailor nickte. »Genau das ist der Punkt.« Er küsste sie zärtlich und strich mit der Hand über ihre Taille. »Aber ich dachte, Investoren würden sich nur für Hightech-Start-ups interessieren?«

»Machst du Witze? Meine Mutter hat eigens einen Anlagefonds für solide Grundideen wie deine eingerichtet.« Sie schnitt eine Grimasse. »Gott, Jacqueline wird mich umbringen, weil ich sie nicht ins Boot hole, aber die Liebe verlangt uns allen Opfer ab.« Wenn Sailor keinerlei Unterstützung seitens der Familie wollte, musste sie das akzeptieren.

»Ich kenne mich in dieser Sparte aus«, fuhr sie fort. »Ich könnte ein paar Recherchen für dich anstellen, um herauszufinden, welche Investoren verlässlich und vertrauenswürdig sind.« Ísa würde sich ihm zuliebe in einen Barrakuda verwandeln und dafür sorgen, dass kein skrupelloser Kredithai die

Zähne in Sailors Traum schlug. »Das Verkaufsgespräch musst du selbst führen, aber nachdem es dir gelungen ist, Jacqueline am Telefon von dir zu überzeugen, zweifle ich nicht an deiner Fähigkeit, ein entsprechendes Abkommen zu schließen.«

Sie zuckte zusammen, als sie seinen verblüfften Gesichtsausdruck bemerkte. »Ähm, vorausgesetzt natürlich, du willst, dass ich dir helfe.«

Lächelnd drückte er kurz die Lippen auf ihre. »Du bist der Wahnsinn, Rotschopf. Was bin ich froh, dass ich kein verblendeter Dummkopf war.« Er bedeckte ihr ganzes Gesicht mit Küssen. Dann schlug er einen ernsteren Ton an. »Sollte es nicht klappen, glaub ja nicht, dass ich es auch nur eine Sekunde bereue, Ísa.«

In seiner Miene stand grimmige Entschlossenheit.

Gepaart mit einer tiefen Liebe, die ihr bestätigte, dass sie ihm wichtig war, er sie anbetete.

»Das werde ich nicht«, brachte sie mit Mühe heraus. »Aber … wir werden es durchziehen.« Weil sie ihn ebenso abgöttisch liebte.

»Hat dir schon mal jemand gesagt, dass du starrsinnig bist?«

»Man nennt das eine Gabe.«

EPILOG

(DER VON MONSTERN, SCHRECKEN, EINEM DRACHEN UND WAHRER LIEBE HANDELT)

Ísa versuchte, sich an die hechelnde Atemtechnik zu erinnern, die man ihr beigebracht hatte. »Es ist so weit, sagte sie mehr zu sich selbst und legte das Buch mit den Sonetten von Elizabeth Barrett Browning weg, in dem sie gelesen hatte. »Harlow, Jake.«

Die beiden Jungs, die in Ísas und Sailors Wohnzimmer ein Videogame spielten, wandten die Augen nicht vom Bildschirm ab, wo sie Monster unschädlich machten und Schätze aufspürten.

»Was ist denn?«, murmelte einer von ihnen.

»Krankenhaus.«

Dieses einzelne Wort bewirkte, dass sie wie von der Tarantel gestochen aufsprangen und keinen Gedanken mehr an ihr Spiel verschwendeten. Auf dem Monitor fraß zwar gerade ein Ungeheuer Harlows Kopf, während ein anderes in unheilvoller Absicht Jake zu Leibe rückte. Aber die Teenager waren jetzt mit anderen Dingen beschäftigt.

Einer lief zum Schrank und holte die Tasche heraus, die Ísa dort deponiert hatte, während der andere nach den Schlüsseln griff. Beide hatten einen Führerschein, aber es war der erfahrenere Harlow, der zum Chauffeur ernannt wurde. Der reibungslose Ablauf war Sailors unablässiger Fürsorglichkeit – und seiner leichten Panik – zu verdanken.

Sobald Ísa auf dem Beifahrersitz Platz genommen hatte, rief sie ihren Ehemann an. »Hallo, Puschibär«, sagte sie und musste wie immer über den Insiderwitz lächeln. »Ich bin auf dem Weg zum Krankenhaus.«

Er schnappte nach Luft. »Wir treffen uns dort.«

Sie legte auf und konzentrierte sich wieder auf ihre Atmung, dabei ließ sie innerlich Revue passieren, was alles geschehen war, um an diesen Punkt zu gelangen, an dem sie im Begriff war, Sailors und ihr Kind zur Welt zu bringen und ihre ohnehin schon umfangreiche Familie um einen weiteren, winzigen Menschen zu vergrößern. Es war nicht immer einfach gewesen, sondern hatte Willenskraft, Mut und den festen Glauben an beider Träume erfordert.

Nicht zu vergessen die Bezwingung eines Drachen.

Jacqueline war alles andere als erfreut gewesen, als Ísa vergangenen Sommer ihre Kündigung einreichte. Sie hatte noch mit weiteren Erpressungen gedroht, bis Ísa sie vor die Wahl stellte, entweder eine echte Beziehung zu ihrer ältesten Tochter und den Kindern, die diese vielleicht irgendwann haben würde, aufzubauen oder aber ein einsames, trostloses Leben ohne jeglichen Kontakt zu ihr und ihrer Familie zu führen.

Sie ersparte es sich zu erwähnen, dass in letzterem Fall Jacqueline ihre Bindung zu Catie und Harlow allein würde aufrechterhalten müssen. Und Jacqueline taugte absolut nicht für die Mutterrolle. Es war Ísa, die die Familie zusammenhielt und dafür sorgte, dass Jacqueline nicht vergessen und einsam zurückbleiben würde.

»Harlow wird prima zurechtkommen«, hatte Ísa betont. Das Sommerpraktikum hatte ihm gutgetan und sein Selbstbewusstsein gestärkt, was zur Folge hatte, dass die Mädchen nun plötzlich genauer hinschauten. Zwar hatte er noch immer Ehrfurcht vor Jacqueline, aber wenigstens wusste er jetzt, dass er es beruflich auch in einer großen Firma schaffen würde.

»Solltest du dir einbilden, dass ich den Jungen nach der ganzen Mühe, die ich diesen Sommer in ihn investiert habe, ziehen lasse«, hatte Jacqueline gefaucht, »müssen dir die Liebeshormone wohl das Hirn vernebelt haben.« Ein scharfer Blick. »Seit wann bist du so skrupellos?«

»Ich habe deine Gene.« Ísa lächelte ironisch. »Ich versuche, diesen Charakterzug zu unterdrücken, aber manchmal kommt er trotzdem zum Vorschein.«

Die Lippen ihrer Mutter zuckten belustigt. »Dir ist bewusst, dass du mich in der Hand hast.« In diesem Moment kam eine ungewohnte Verletzlichkeit zum Vorschein. »Ich lege keinen Wert darauf, allein alt zu werden, nur von meinem Geld umgeben und mit Trevor als einzigem Nachkommen.« Ein Lächeln huschte über ihre Züge. »Er hat mir neulich Blumen geschickt. Als könnte man Jacqueline Rains Vergebung mit Charme erkaufen.«

Überrascht von dieser menschlichen Seite tat Ísa etwas sehr Seltenes. Sie umarmte ihre Mutter. Der Duft ihres Parfums hüllte sie ein, bevor Ísa einen Schritt zurücktrat und ihr fest in die Augen sah. »Halte den Drachenatem unter Kontrolle, dann kommen wir gut miteinander aus. Außerdem musst du Catie dieses Wochenende besuchen und sie zu einem Mutter-Tochter-Essen ausführen.«

Ganz kurz schimmerte so etwas wie Unmut in Jacquelines Blick auf, aber sie notierte es sich in ihrem Terminkalender. Dann seufzte sie. »Lyrik? Ist das wirklich dein Ernst, Ísa? Du willst deinen brillanten, messerscharfen Verstand wirklich an Poesie verschwenden?«

»Nein. Ich werde ihn dazu nutzen, um im Laufe der Jahre Tausende junge Menschen zu unterrichten und hoffentlich eines Tages selbst etwas zu veröffentlichen.« Ísa war vollkommen im Reinen mit den Entscheidungen, die sie getroffen hatte. »Und ich werde ihn darauf verwenden, meine Familie zu lieben und diese Liebe weiterzuvererben.«

Jacqueline hatte sacht Ísas Wange gestreichelt, und ihre Miene war so weich gewesen, wie man es selten bei ihr erlebte. »Weiß dieser Sailor Bishop zu schätzen, welch kostbares Geschenk du bist?«

Ja, dachte Ísa. Das tut er.

Vor zwei Wochen hatte er sie mit einem restaurierten antiken Schreibtisch überrascht, über den sie jedes Mal, wenn sie sich daransetzte, um an ihren Gedichten zu arbeiten, bewundernd mit der Hand strich. Sailor hatte das zerschrammte, arg mitgenommene Möbelstück im Internet gefunden und es eigenhändig in neuem Glanz erstrahlen lassen.

Er hatte es in Gabriels Garage versteckt und daran gearbeitet, wann immer Ísa Catie in Hamilton besuchte. Für gewöhnlich begleitete er sie, aber von Zeit zu Zeit legten die Schwestern ein Mädels-Wochenende ein, dann blieb er zu Hause und kümmerte sich um seinen älteren Bruder, dessen Leben infolge einer Verletzung, die er sich beim Rugby zugezogen und die seiner Karriere ein abruptes Ende gesetzt hatte, völlig auf den Kopf gestellt worden war.

»Gabe war immer schon unfassbar stark«, hatte Sailor einen Monat danach zu Ísa gesagt. »Unter der Enttäuschung versteckt sich noch immer der alte Biss. Er braucht nur ein bisschen Unterstützung, um ihn wiederzufinden.«

Ísa stimmte Sailor zu; sie hatte das Gefühl, dass Gabe eine Richtung im Leben einschlagen würde, die sie vielleicht alle überraschen würde. Jedem der Brüder wohnte eine große innere Kraft inne – nur zeigten sie es auf unterschiedliche Weise. Während der Mann, den sie aus tiefstem Herzen liebte, immer nur schrittweise voranging, war Gabriel kompromissloser.

Inzwischen fand sich Jacqueline etwa jedes dritte Mal zu den gemeinsamen Wochenenden mit Catie ein, wenn auch hauptsächlich, weil Ísa Jacquelines Assistentin vorher darum bat, diese Tage im Terminkalender ihrer Mutter freizuhalten. Aber zumindest gab der Drache sich Mühe. Und allmählich zahlte es sich aus. Catie hatte sie sogar zu einer Schulveranstaltung eingeladen – und Ísa sie höchstpersönlich hingefahren, als ihre Mutter hatte anklingen lassen, dass sie wegen einer Strategiesitzung nicht kommen könne.

Drachen änderten ihre Gewohnheiten nicht ohne einen kleinen Schubs von außen.

Harlow blühte nicht nur auf, er und Jake waren außerdem auch beste Freunde geworden, und das trotz eines Jahres Altersunterschied und der Tatsache, dass Jake in demselben Maß sportlich war wie Harlow unsportlich. Ihr Bruder gehörte nun zum ersten Mal einer Clique aus Teenagern und jungen Männern an, die zusammen rumhingen und »echte Männersachen« machten, wie Catie es ausdrückte.

Harlow war mit den Bishop-Esera-Jungen beim Wildwasserrafting gewesen, hatte Danny Nachhilfe in Chemie gegeben und für Jake mithilfe statistischer Methoden ganze Rugbypartien analysiert. Inspiriert von Jakes Traum, für einen internationalen Club zu spielen, hatte er mit Ísa über seinen Plan gesprochen, im Ausland zu arbeiten, sobald er den Anforderungen genügte.

Es war, als würde ein Schmetterling aus seiner Puppe schlüpfen.

Catie hatte unterdessen endlich aufgehört zu wachsen. Sie maß jetzt einen Meter fünfundsiebzig, was dem armen Danny zu schaffen machte. Er war noch immer der Kleinste in seiner

Klasse, allerdings meinte Ísa Anzeichen für einen Wachstumsschub bei ihm zu erkennen. In Anbetracht seiner Gene sagte ihr das Gefühl, dass er Catie eines Tages um ein gutes Stück überragen würde.

Worauf Catie die passende Antwort parat gehabt hatte: »Dann besorge ich mir einfach längere Prothesen.«

Ísa lachte bei der Erinnerung an den letzten verbalen Schlagabtausch der beiden in sich hinein, während sie ihren Bauch streichelte, dann schweiften ihre Gedanken zu dem Mann, der ihren Traum wahr gemacht hatte. Es mochte hart gewesen sein, aber Sailor und sie hatten jeden Schritt des Weges gemeinsam unternommen, sich gegenseitig ihre Sehnsüchte anvertraut und sie dadurch noch wundervoller gemacht.

»Wie wäre es mit Calypso?«, fragte Jake vom Rücksitz aus.

Das war zufälligerweise der Name seiner Freundin – seiner ersten richtigen. Die beiden waren seit sechs Monaten bis über beide Ohren ineinander verknallt. Es war zu süß.

»Mir gefällt Sofia«, meinte Harlow und schob gleichzeitig seine Brille nach oben. »Wahlweise könntest du sie auch nach ihrer Großmutter Jacqueline nennen.« Kurze Stille. »Sie hat letztes Wochenende so eine Anspielung gemacht.«

»Wir werden sehen«, antwortete Ísa, ohne zu verraten, dass sie und Sailor den Namen für ihre Tochter schon entschieden hatten.

Zwar hatten sie sich erst nach vielen spätabendlichen Diskussionen, die mit Heiterkeitsausbrüchen einhergingen, auf einen Namen einigen können, aber sie benutzten ihn jetzt seit einem Monat, wenn sie mit ihrer ungeborenen Tochter sprachen, und er passte zu ihr.

»Oh Mist! Da vorn ist eine Straßenbaustelle.« Harlow schluckte und schielte auf Ísas Bauch. »Ich liebe dich wirklich,

Issie, aber ich will auf keinen Fall dein Baby auf die Welt holen müssen.«

Belustigt über sein schockiertes Gesicht tätschelte sie ihm seine unrasierte Wange. Ohne dass sie es bemerkt hatte, hatte ihr Bruder angefangen, zum Mann heranzureifen. »Das wird schon nicht geschehen. Uns bleibt noch reichlich Zeit.«

Doch der Verkehr schleppte sich weiter zäh dahin, und allmählich geriet Ísa in Sorge, dass sie vielleicht zu optimistisch gewesen war. Ihre Wehen kamen in immer kürzeren Abständen. Sie biss sich auf die Innenseite ihrer Wange, damit die Jungs es ihr nicht anmerkten.

»Müssen wir auch Windeln wechseln?«, fragte Jake.

»Das gehört mit zu den Aufgaben eines Onkels«, bestätigte Ísa.

»Oh Gott.« Sie stöhnten unisono auf.

Jakes Handy klingelte. »Es ist Catie«, sagte er. »Ich hatte ihr eine Nachricht geschrieben.«

Ísa hatte darauf verzichtet, weil ihre Schwester dieses Wochenende in einem Trainingslager war. Aber sie freute sich, ihre Stimme zu hören. »Hallo, Käferchen. Wie läuft's beim Training?«

»Wen interessiert das! Du bekommst ein Baby! Ich nehme den nächsten Bus nach Auckland! Ich habe dem Coach schon Bescheid gesagt, und er hat es mir griesgrämig erlaubt!«

Ísa lachte, wohl wissend, dass Catie sich ihren Entschluss nicht würde ausreden lassen. Ihre Schwester hatte eine gute Portion von Jacquelines eisernem Willen abbekommen. »Wir sehen uns später.« Es war erst Vormittag, Catie hatte jede Menge Zeit, um es vor Einbruch der Dunkelheit in die Stadt zu schaffen. »Melde dich von unterwegs bei Sailor, nur für den Fall, dass ich anderweitig beschäftigt bin.«

»Oh Issie! Ich kann es kaum erwarten!«

Ísa wünschte, ihr Baby hätte noch etwas Geduld. Nur noch ein kleines bisschen länger, flehte sie im Stillen. »Komm schon, Süße«, wisperte sie so leise, dass die Jungs, die ins Gespräch vertieft waren, sie nicht hörten. »Warte auf deinen Daddy.«

Ihre Tochter ließ sich erweichen – ganz knapp.

Sailor, den Jake telefonisch informiert hatte, dass sie sich verspäten und welchen Eingang sie ansteuern würden, wartete bereits. Als er Ísas Gesicht sah, stellte er keine Fragen, sondern küsste sie nur flüchtig, ehe er sie auf seine Arme hob und umgehend mit ihr das Gebäude betrat. Zehn Minuten später drückte Ísa seine Hand, als ihre Tochter das Licht der Welt erblickte.

Er nahm der Hebamme das entrüstet strampelnde Baby mit dem roten Gesichtchen ab und bettete es sanft an seine Brust. »Hallo, Emmaline.«

Er küsste die Kleine, bevor er sie Ísa auf den Bauch legte. Sie hatte gelesen, wie wichtig Hautkontakt für ein Neugeborenes sei, und dem Ärzteteam klar zu verstehen gegeben, dass sie und Sailor sich während der ersten Stunden nicht von ihrem Kind trennen lassen würden, es sei denn, es handelte sich um einen Notfall. Sie wollte, dass Emmaline vom ersten Augenblick an wusste, dass sie geliebt wurde, dass sie gewollt war und nie beiseitegeschoben und sich selbst überlassen würde.

Sie würde niemals die Einsamkeit fühlen, die Ísas Kindheit geprägt hatte.

»Hallo, meine Süße.« Tränen liefen ihr über die Wangen, als sich das aufgebrachte Baby an ihre Haut schmiegte.

Sailor beugte sich nach unten und küsste sie, dieser blauäugige Mann, der mit dazu beigetragen hatte, dass all ihre Wünsche in Erfüllung gehen konnten.

»Wie war das Meeting?«, erkundigte sie sich, nachdem man sie und Emmaline in ein Krankenzimmer verlegt hatte.

Sailor zuckte die Achseln. »Keine Ahnung. Wir haben spät angefangen, und dann hat Emmaline sich angekündigt, darum habe ich alles in Naynas Hände gegeben.«

Ísa war sich sicher, dass niemand die Verhandlungen besser führen konnte als ihre Freundin – die zugleich die Finanzchefin des ersten Bishop Gartencenters war. Aber sie wusste auch, wie wichtig Sailor diese Expansionsmöglichkeit war. Ungeachtet dessen saß er gerade neben ihrem Bett und spielte völlig fasziniert mit Emmalines winzigen Fingern.

»Ich liebe dich, Sailor Bishop«, flüsterte sie.

Er hauchte einen Kuss auf das Händchen seiner Tochter, bevor er aufblickte. »Ich liebe dich noch viel mehr – Ísalind, mit der Alabasterhaut und dem feuerroten Haar.«

Emmaline wählte just diesen Moment, um zu gähnen, und das war so niedlich, dass sie sich minutenlang in ihrem Anblick verloren – bis sie durch die Jungs unterbrochen wurden, die ins Zimmer stürmten. Kurz darauf erschienen Alison und Joseph zusammen mit Gabe und Danny. Catie traf etwa zur selben Zeit wie Jacqueline ein.

Kurz nachdem sie die Verhandlungen zum Abschluss gebracht hatte, eilte Nayna mit Raj im Schlepptau zu ihnen.

Alle wollten Emmaline begrüßen, sie hochleben lassen.

Und das war in Ordnung. Ísa und Sailor hatten alle Zeit der Welt für das, worauf es ankam.

Doch Liebe, einfach Liebe,
ist sie nicht schön und des Nehmens wert?

Elizabeth Barrett Browning
(Portugiesische Sonette)

Ich hoffe, »Cherish Love« hat euch gefallen. Falls euch Gabriels Geschichte interessiert, »Rock Kiss – Ich berausche mich an dir« ist überall erhältlich. Zwei weitere Bishop-Esera-Brüder stehen noch aus! Um hinsichtlich meiner Veröffentlichungen auf dem Laufenden zu bleiben und exklusiven Zugang zu nicht verwendeten Szenen und Kurzgeschichten zu erhalten, meldet euch bitte auf www.nalinisingh.com für meinen Newsletter an. Falls ihr Lust habt, eine Rezension abzugeben, würde mich das sehr freuen!
Eure Nalini

DANKSAGUNG

Ich möchte mich bei Alison, Leena und Rahaf für ihr Feedback zu meinen ersten Entwürfen von »Cherish Love« bedanken.

Mein Dank gilt außerdem der wohlwollenden Person, die meine Fragen zu Prothesen und einer Vielzahl anderer Details beantwortet hat, was dazu beitrug, der Figur der Catie Tiefe zu verleihen. Ein herzliches Dankeschön auch an Nikita Gill, die mir erlaubt hat, aus ihrem Gedicht zu zitieren.

Ein großes Hurra für Ashwini und Nephele für ihre unverzichtbare Unterstützung.

Alle diese Menschen sind fantastisch. Sämtliche Fehler gehen zu meinen Lasten.

Nicht zuletzt danke ich euch, meine Leserinnen und Leser, die ihr mich auf dieser Reise ins Liebesglück begleitet habt.

»Einfach nur schön, berührend, gefühlvoll und sexy!« GOODREADS

Nalini Singh
CHERISH HOPE
Aus dem
neuseeländischen
Englisch von
Patricia Woitynek
ISBN 978-3-7363-1072-8

Um ihre Familie wieder zu vereinen, hat Nayna Sharma zuge-stimmt zu heiraten – einen Mann, den ihre Eltern für sie auswäh-len. Doch zuvor möchte sie noch einmal ausbrechen – und findet sich in den Armen eines geheimnisvollen Fremden wieder, der küssen kann wie kein anderer. Aber Raj sucht kein Abenteuer, er sucht eine Liebe fürs Leben. Und staunt nicht schlecht, als ihm die unbekannte Schönheit am nächsten Tag als mögliche Ehefrau vorgestellt wird ...

LYX

Lesejury

LYX Lounge

Tritt ein in die LYX Lounge!

Warum sie dich begeistern wird:

★ In unseren Challenges kannst du die aktuellsten Bücher aus dem LYX Verlag gewinnen – und tolle Zusatzgewinne!

★ Bei unseren exklusiven LYX Leserunden kannst du Bücher schon vor Erscheinungstermin lesen und rezensieren!

★ In unseren thematisch variierenden LYX Boxen kannst du Bücher und tolle Fanartikel gewinnen, die sonst niemand hat!

★ Und in unseren Buchempfehlungen von LYX Autoren und Lektoren findest du bestimmt dein nächstes Lieblingsbuch!

Tritt am besten gleich der Community bei und sichere dir die Chance auf tolle Gewinne: www.lesejury.de/eintreten

Die LYX Lounge ist Teil der Lesejury, einer Community, in der du Bücher vor allen anderen lesen und dich mit anderen Buchliebhabern über das schönste Hobby der Welt austauschen kannst: das Lesen.

f **◎** / lesejury